A Wicked Pursuit
by Isabella Bradford

伯爵の優雅な暇つぶし

イザベラ・ブラッドフォード
草鹿佐恵子=訳

マグノリアロマンス

A WICKED PURSUIT
by Isabella Bradford

ジュネッサへ

あなたの賢明な提案、綿密な編集、絶え間ないユーモアのセンスによって、この物語をガスとハリーにふさわしいものにすることができました。

この本を皮切りとして、さらに多くの本が生まれますように！

謝辞

コロニアル・ウィリアムズバーグ財団の歴史的商業プログラムに参加している友人知人がいなければ、この物語は十八世紀の舞台を忠実に再現できなかったでしょう。皆様は知識や経験を惜しみなく分け与えてくださいました。尽きせぬ感謝の意を表します。

〈マーガレット・ハンター・ショップ〉
ジェイニー・ウィテカー、サラ・ウッドヤード、アビー・コックス
マーク・ハンター、ジェイ・ハウレット、マイケル・マッカーティ

〈アポセカリー・ショップ〉
ロビン・キップス、シャロン・コトナー

〈歴史的調理法部門〉
ロブ・ブラントレー、バーバラ・シェラー、メリッサ・ブランク

伯爵の優雅な暇つぶし

主な登場人物

オーガスタ・ウェザビー――――――――通称ガス。子爵の娘。
チャールズ・ネヴィル・フィッツロイ――――通称ハリー。
　　　　　　　　　　　　　　　　　ハーグリーヴ伯爵。公爵の息子。
ジュリア・ウェザビー――――――――子爵の娘。ガスの異母姉。
アンドリュー・ウェザビー――――――ガスの異母兄。
テュークス――――――――――――ハリーの従者。
ランドルフ・ピーターソン―――――――ロンドンの外科医。
ドクター・レスリー―――――――――医師。
シェフィールド公爵――――――――ハリーのいとこ。
ブレコンリッジ公爵――――――――ハリーの父親。
シーリア――――――――――――――ハリーの義母。

1

一七六八年四月
ノーフォーク州　ウェザビー・アビー

第四代ハーグリーヴ伯爵チャールズ・ネヴィル・フィッツロイは、元来〝ほどほど〟ということができない人間である。彼にとっては、行う価値のあることは躊躇なく、疑念を持たず、徹底的に行うべきなのだ。狩猟馬にきわめて高い塀を跳び越えさせることであっても、カードゲームできわめて高額の金を賭けることであっても。

ハリー――家族や親しい知人からはそう呼ばれている――はなにごとも中途半端にしない。愛についてもしかり。彼は間もなく二十四歳になる一人前の伯爵であり、いずれは父の跡を継いで公爵になる身だ。周囲が常に指摘しているとおり、そろそろ結婚して世継ぎをもうけねばならない。

ゆえに、彼はなにをするときとも同様の確固たる決意により、英国において最も美しく、最も望ましく、最も妻としてふさわしい若い娘と結婚することにした。ミス・ジュリア・ウエザビーである。当然ながら、彼女はロンドンの社交シーズンのあいだ常に彼の視界に入っており――美しく若い娘たちはいつも彼を取り巻いている――彼が真剣に迫ってくるなら自分は喜んでつかまるとの意図を明瞭に示していた。

しかしながら、こうした場合においてありがちなことだが、ジュリア・ウェザビーが完璧な妻になるだろうとハリーが確信したのは、彼女がロンドンを発《た》って田舎にある領地に向かったあとだった。ハリーは昨日の朝コーヒーを飲んでいるとき、彼女との結婚を決断した。そしてカップが空になって馬車の用意ができるやいなやロンドンをあとにした。道中、馬を替えるときしか止まらなかった。ジュリアは伯爵夫人となる。その点に関して、ハリーはいかなる疑いも不安も感じていなかった。

以上が、彼がいまノーフォークの片田舎にいて、ジュリアの父親が持つ屋敷の客間の隅に立たされている理由である。目の前を練り歩いているのは、地元の紳士階級《ジェントリ》の人々だ。ハリーは彼らを知らず、彼らもハリーと知り合いたい様子ではない。彼は見るからに疲れていて空腹であり、非常に清潔とは言いがたいのだ。屋敷に到着したとき、ジュリアの兄アンドリュー・ウェザビーの大陸巡遊旅行出発を祝うパーティが開かれていることをハリーは知らなかった。アンドリューに旅の無事を祈ってやりたいとは思う。しかし、騒々しい田舎特有の祝宴には参加したくないし、参加したいというふりもしたくない。ハリーの望みはジュリアに会うことだ。

「きみの妹はいったいどこに隠れているんだい、ウェザビー？」挨拶のあと、ハリーはアンドリューに尋ねた。ふたりは、パートナーのいないほかの男性陣とともに暖炉の前にたたずんでいる。「少なくとも三十分前には、わたしが来たという知らせは伝わっているはずだ」

アンドリュー・ウェザビーは同情のため息をつき、通りかかった使用人にグラスを差し出してお代わりを求めた。「ジュリアはこちらの都合に合わせるのではなく、自分の都合のいいときに出てくるんです。それには慣れたほうがいいですよ」

しかし、長時間悪路を馬車に揺られてきたハリーは、アンドリューの冗談まじりのおしゃべりに付き合う気分ではなかった。今夜のことについては、もっと別の展開を予想していた。ジュリア自身に温かく出迎えられ、ふたりきりになれるところに連れていかれ、そこで求婚して彼女を驚かせるはずだったのだ。

「わたしに会えて、彼女は喜んでくれると思っていたのだが」ハリーは落胆や不快感を隠そうともしなかった。もしかすると、ジュリアは彼の来訪を知らされていないのかもしれない。

ハリーが話をした若い使用人の女性はうろたえていた。そうした反応には慣れっこになっていたので、あのときはとくになんとも思わなかったのだが。「わたしが自分で彼女を連れ出しに部屋まで行きたいくらいだ」

「ロード・ハーグリーヴ、そんなことをなさったら間違いなくブラシを投げつけられますよ。あるいは花を花瓶ごと」いかにも、妹のわがままについてはあきらめている兄らしい言い方だった。「男たらしのフランス女なら着替えの最中に入ってこられて喜ぶでしょうけど、ジュリアは完璧な身支度ができるまで誰にも姿を見られないことを好みます——いや、要求します。いつものことです」

ハリーは答えなかった。ジュリアがそんな女性だとは信じられなかった。たしかに、彼女がちょっとすねて不機嫌になるのを見たことはある。しかし美女なら誰でもそういうところはあるものだし、ジュリアは間違いなく美女だ。美人はわがままでも許される。それでも、花瓶を投げつけるほどの短気な行動は見たことがない。将来についての不安が暗示されたというより、兄が誇張しているだけだと彼は思った。

とはいえ、ハリーが感じている熱心さを、ジュリアにももう少し示してほしいとは思う。ハリーはふたたびベストのポケットからエナメル加工を施した懐中時計を取り出して、待たされている正確な時間を確かめた。会えないほうが思いは募ると詩人は言うが、ハリーとしては必要以上に長く待たされたくない。

四十分。彼はパチンと時計の蓋を閉め、ポケットに戻し、深呼吸して気を落ち着かせようとした。感傷的なところのある父なら、こうした時間も有意義であり、愛のために払うべき犠牲だと言うだろう。父の言うとおりだとは思うし、自分はジュリアを愛していると思っている。なにしろ結婚するつもりなのだから。

いますべきなのは求婚だ。彼女が現れさえしたら。ジュリアがもはや彼に関心を抱いていない可能性が皆無とは言えない。だがそんなくだらない無意味な不安を、ハリーは急いで払いのけた。彼のジュリア、光り輝く女神が、彼に愛想尽かしをするわけがない。それでも、いまのハリーがとんでもなくみじめな気持ちであることは否定できない。

またしても時計を確かめた。彼女がいないと、時間がちっとも進まないような気がする。

「ジュリアが来ました」アンドリューは喜びというより安堵の笑みを浮かべた。ふたりの従僕が彼女のために扉を開けている。「ああ、とても美しい」

顔をあげたハリーも同じ感想を抱いた。彼女は美しい。非常に美しい。ジュリアが飛び抜けて得意なことがひとつあるとすれば、それは人目を引く登場のしかただ。彼女は自分に会える幸運に恵まれた人々に優雅に微笑みかけながら、なめらかな足取りで部屋に入ってきた。髪粉の振られていない髪は金糸のごとく本来の金色を輝かせ、どんな女神よりも美しい顔の上で巧みに高く結いあげられている。

その顔の下にある体も女神そのものだった。女神ヴィーナス。ジュリアのドレスの特徴について、ハリーが認識できたのは三つだけだった。エメラルドグリーンであること、体にぴったり張りついていること、襟ぐりが非常に深く切れこんでいること。文句を言っているわけではない。彼女はまだハリーの妻ではないし、コルセットで細く絞った腰の上の豊満な乳房を見て不快感を覚える健康な若いイングランド男性はいない。

当然のごとく、ハリーは長く不愉快な旅とさっきまでの苛立ちを忘れた。ジュリアが両手を広げ、乳房を揺らして微笑みながらやってきたとき、彼はひとつのことしか考えられなくなった。いや、ふたつある――彼女がお辞儀をするのを見たとき、そう思った。だが彼女の父親の客間で、そのどちらかに手を触れるわけにはいかない。

「こんばんは」ジュリアはまつげの下で青い目を輝かせた。「いとしのロード・ハーグリーヴ！　あなたと会えなくて、言葉にできないくらい寂しかったわ！」

「こんばんは、ミス・ウェザビー」ハリーはばかみたいににやにやしていることを充分自覚していた。差し出された手にキスをし、彼女を引き寄せる。「いますぐ話をしたい、非常に差し迫った用件で」

ジュリアは顔を赤らめてあとずさった。「ここではだめよ、ハリー、人が見ているんですもの」

ふだんなら、ハリーは彼女をからかって赤面させるのが好きだ。しかしいまは苛立っていて、それを楽しむ余裕もなかった。「では見られないところへ行こう」

「まあ、ハリー」ジュリアの顔がますます赤く染まる。「無理よ、お父様がすぐ近くにいらっしゃるのですもの。それに、これはお兄様のためのパーティだし、わたしはここにいなければ。あなたは——もっとこの場にふさわしいことを言わなくてはだめよ、たとえばドレスを褒めるとか」

「ドレス?」ハリーは戸惑って訊き返した。

「ドレスを気に入っていただけて光栄ですわ、伯爵様」ジュリアは周囲の人間、とりわけ父親に聞こえるよう、わざと声をあげた。ハリーに握られている手を引き抜き、スカートをはためかせてくるりと回る。

「最高に美しい緑色だとお思いになりません? 仕立屋は、〝ル・ヴェール・ド・トレフル・イルランデ〟と呼んでいますのよ。〝アイルランドのシャムロックの緑〟という意味ですの。お気に召して?」

「うん、そうだね、すばらしい」ハリーはそう言ったものの、緑色のシルクやアイルランドのシャムロックに興味はなかった。「しかし、わたしはドレスを褒めるためにこんな遠くまでやってきたわけではないんだ」

ジュリアは回るのを止め、レースで縁取った扇をゆっくりと開いていった。その優雅な動きにハリーは見入った。

「そうなの」ジュリアは息を弾ませた。扇の上からのぞく目はきらめいている。「ではなんのため？　ロンドンでお別れの挨拶をしてから一週間にもならないのに、どうしてこんなところまでいらっしゃったのかしら、お兄様の送別会の最中に」

「頼むよ、ジュリア」アンドリューが苛立って口を挟んだ。「鈍感なふりをするのはやめてくれ。伯爵閣下はおまえと話をするために遠路はるばる来てくださったんだぞ。人目のないところに引っこんで、お話を聞いたらどうだ」

「あら、それはできないわ、お兄様。今夜は接待役《ホステス》を務めることになっているのよ、お兄様のパーティのために。お客様の前から姿を消すわけにはいかないの」

アンドリューは鼻を鳴らした。「彼らが気づくとは思えないね。だいたい、下におりてきたとき、おまえはすでに一時間遅刻していたんだぞ」

「皆さん気がつくわ」ジュリアは明らかに気分を害していた。「それに、誰がわたしの代わりを務めるわけ？　ガス？」

「ガスは分別があるから、こんなつまらないパーティに出てきやしないさ。さっき会ったとき、晩餐会用に着飾ってはいなかったよ。賢い子だ。ぼくもあの子にならって姿を隠していたいね。だいたい、このパーティを開こうと言い出したのはおまえだろう。ぼくじゃない」

「ガスとは？」ハリーは尋ねた。とくに関心はなかったが、ジュリアにはアンドリューでなく自分と話してほしかったのだ。

「ガスは妹。正確には異母妹だけど。あの子はわたしに比べて……すごく現実的なの。きれいな服や宝石や人付き合いを嫌っているのよ。高貴な人たちと交わるよりも、使用人と一緒にワイワイガヤガヤしているほうが好きみたい。とても血がつながっているとは思えないわ」

「ひどい言い草だな、ジュリア」アンドリューが言った。「きっとガスも、おまえについていつも同じことを思っているぞ」

ジュリアは無言で肩をすくめただけだった。ハリーの腕を取って、意図的に兄から背を向けた。

「いますぐお話を聞けなくてごめんなさい」彼女は声をひそめた。「でも今夜はお客様のお相手をするとお父様に約束したし、お父様をがっかりさせるわけにはいかないの。あなたがいらっしゃるとは知らなかったのよ。知っていたら、そんな約束はしなかったのに。だけどわかるでしょう、父親というのがどういうものか」

「たしかに」ハリーはしぶしぶ言った。彼女の父親がどういう人間かは知っている。空いばりして怒鳴りちらす、ずんぐりした子爵だ。できればさからいたくない。

ジュリアは宝石で飾った指でハリーの袖を軽くなぞった。体の向きを変えながら、偶然のように豊満な胸で彼の腕をかすめる。もちろん偶然ではないし、ふたりともそれを知っている。ハリーをいっそう幻惑させるための計算ずくの仕草だ。それには効果があった。

「でも埋め合わせはするわ。約束よ」声を落として意味ありげにささやく。「明日の朝厩舎で会いましょう。一緒に乗馬に行くの。ふたりきりで」

ハリーは興味をそそられた。いますぐ彼女を連れ出したいのはやまやまだが、少なくとも明日の朝ならひげを剃り、顔を洗い、食事をすませて、いまより愛想よくなれるだろう。自分の手でジュリアの手を覆って、落ち着きない指の動きを止めさせた。「何時に？」

「朝早く」ジュリアはほんの小さくうなずいて、彼に大きな期待を抱かせた。「みんなが起き出す前に。八時ではどう？」

「では八時に」ハリーが甲にキスをしようと彼女の手を持ちあげると、ジュリアはにっこり笑った。

彼女がそのように微笑んだとたん、ハリーは周囲の騒がしい田舎者たちの存在も忘れ、明日のことしか考えられなくなった。明日の朝には、ついに彼女をひとり占めできるのだ。

彼がそんな物思いにふけりかけたとき、ジュリアは唇が触れる直前に手を引き抜き、後ろを向いてふたりの客に明るく手を振った。

「ねえ、レディ・フランセス、こちらにいらっしゃって！　サー・ジョンもどうぞご一緒に。おふたりに、ロンドンで親しくさせていただいた方をご紹介したいの。ハーグリーヴ伯爵よ」

ハリーはそれをきっかけに、田舎という逃げ場のない奈落の底に落ちたように感じた。結局、ひと晩じゅうその場にとどまることになった。ようやくベッド――屋敷の中で〝最高〟という触れこみだったにもかかわらず、長く使われておらずじめじめしていたベッド――に潜りこむことを許されるまで、気を紛らそうと子爵のまずいワインをしこたま飲んでいた。その結果ぐっすり眠ることもできず、翌朝ジュリアと会うために目覚めたとき、求婚という重要な出来事にふさわしい楽しい気分ではなかった。

従者テュークスは彼のひげを剃り、髪をとき、格好よく服を着せるのに最善を尽くし、とっておきの元気づけの食べ物を用意した。かきまぜた生卵だ。ハリーは従順に生卵を飲みこんだものの、まずい味にひどい悪態をついた――まずいからこそよく効くのだが。胸をポンと叩いて、母の婚約指輪を入れたフラシ天の箱がベストのポケットの奥深くにあって最も効果的な瞬間に取り出せることを確かめる。二分後、箱がまだそこにあるのを再確認した。それからようやく、寝静まっている屋敷の階段をおり、大外套の裾を風になびかせて屋外の厩舎に向かった。

昨日の旅を困難なものにしていた猛烈な雨は夜のうちにやんでいたものの、厩舎前の砂利の地面には水たまりが残り、濡れた軒からは水がぽたぽた垂れつづけている。しかも雨雲に代わって深い霧が立ちこめ、空気は冷たく、地面や木の上や建物の屋根は露に濡れていた。外と同じく、ハリーの頭にも靄《もや》がかかっている。ジュリアが戦利品として待っているのでなかったら、喜んでベッドに戻っただろう。だがハリーは我慢して、ぴかぴかのブーツで水たまりの水をはねあげながら厩舎に向かった。

ついに厩舎に着くと、そこにはジュリア——間もなく彼のジュリアとなる女性——がいた。さながら霧の中で光り輝く妖精。暖を取るために馬丁が用意していた小さな火鉢に手をかざして温めている。淡いグレーの乗馬服を縁取るたっぷりの銀色のレースは熱い石炭の火に照らされてきらきら光り、愛らしく滑稽な黒の三角帽にはカールした羽根が一本差されている。乗馬服は顎の下まで彼女の体を覆っていたが、柔らかなウールは体にぴったりしていて、ウエストはありえないほど細く見え、胸は高く盛りあがっている。ハリーはまたもや、彼女が完璧な妻になるであろうことを思った。

「おはようございます」ジュリアは器用にスカートの裾が水につかないようにしながら、さっとお辞儀をした。厩番や馬丁がさがっていって闇に姿を消し、彼らをふたりきりにする。

「すばらしい朝じゃなくて?」

「ひどいね」ハリーは微笑み、手袋をした手を火鉢にかざした。「なにがすばらしいもんか」

ジュリアが笑う。その笑顔のぬくもりは朝の冷気を吹き飛ばした。彼女と並んで立ち、口から白い息が吐き出されるのを見ていると、くつろいで親密な感じがした。ジュリアの頰は紅潮し、金色の小さな毛束が滑稽な帽子の下から逃れ出て顔のまわりで揺れている。

「今朝のあなたはとてもハンサムね」ジュリアは上から下までハリーを眺めた。その笑みからすると、彼の格好に満足しているようだ。「こんなに男らしいお供をつけて乗馬できるなんて、わたしったらなんて幸運なのかしら」

「わたしはあなたの僕《しもべ》です、ミス・ウェザビー」ふたりのあいだの空気は欲望で火花をあげているようだ。相手がジュリア以外だったら、この機に乗じてキスをしただろう。しかし彼女は妻となる女性であり、ハリーは礼儀をわきまえようと意を決していた。それは簡単ではない。彼は、いつでもどんなふうにでも思いどおりになる美しい女性との付き合いに慣れているのだ。だが将来の妻と愛人は違う。どれだけ強くそそられていても、求婚を受けてもらうまでは待つよう、彼は自分に言い聞かせていた。

水のしたたる軒の向こうをちらちらと誘うように眺めている様子からすると、ジュリアもそれをわかっているようだ。

「お天気はそんなに悪くないわ。それに、いかにもノーフォークらしい朝よ」

「だとしたら、あまりノーフォークに魅力はないな」ひとたび結婚したら二度とノーフォークには来るまい、とハリーは決意した。「乗馬に行かなくてもいいだろう。話なら屋敷の客間でもできる。そのほうが濡れずにすむし」

「それはだめよ」ジュリアは帽子をほんの少し片方の目にかかるように傾けた。「あなたはいつも公園の乗馬で一日を始めると言っていたでしょう。ふだんの朝の習慣をあきらめさせるわけにいかないわ」

ハリーはにこやかに笑った。彼女が帽子の縁から恥ずかしそうにのぞき見る様子は愛らしい。「今日はいつもと違う。ふだんとはまったく違う。きみが一緒にいてくれるからだ」

ジュリアもにっこり笑い、肩越しに振り向いて馬丁をちらりと見たあと、火鉢の上に身を乗り出して、かすれた声でささやいた。

「だからこそ乗馬に行きたいのよ。今日がわたしの願ったとおりの日になるのなら、完璧に進めなくちゃ。お父様にも、忙しく働いている部屋係のメイドにも邪魔されたくないわ」

「それはそうだ」ハリーはつぶやいた。では、このおてんば娘はハリーの意図を理解しているらしい。理解していて当然だ。付き添い《シャペロン》に見張られて晩餐会や舞踏会やオペラ鑑賞でロンドンの社交シーズンを過ごしながら、彼女はハリーを巧みに先導していたではないか？

「そうでしょ」ジュリアは優美に下唇を舐めた。「殿方とふたりきりになったことはいままで一度もないの。だけど今日、あなたとまさに——まさにそうなるつもりよ。あら、馬丁が馬を連れてきたわ」

ハリーは馬などどうでもよかった。彼女にあんなことを言われたあとでは。乗馬のなにが面白いのだ？　誘いを受けていたらそれとわかる。とくに女性からの誘いは。

「この子、わたしのかわいいタンジーよ」ジュリアは愛情をこめて言い、馬丁が押さえている雌馬の頭絡の下にある鼻を撫でた。「お父様があなたに乗っていただけるようにヘラクレスを貸してくれたの。ヘラクレスはお父様の特別のお気に入りで、ほかの誰も乗せたことがないのよ。立派な馬じゃなくて？」

「たしかに」ハリーは、左右にひとりずつ馬丁がついて大きな黒い去勢馬を連れ出そうとしているのを見て取った。いい兆候ではない。馬は見るからに力が強そうで、頭絡をつかんでいる馬丁をせわしなく引っ張っている。見方によって、この馬は力がありあまっているとも言えるし、単に調教ができていないだけとも言える。どちらの可能性にもあまり心惹かれはしない。とはいえ、でっぷりした老人がヘラクレスを操れるのなら、ハリーにできないはずはない。

ジュリアと二頭の馬、そして馬丁のあとについて、霧に包まれた中庭に向かった。彼女が歩くところを見るのは好きだ。水たまりを避けるのに長いスカートの裾を片側に寄せねばならず、生地が引っ張られて、魅力的に揺れる腰の動きがくっきり際立って見えるのだ。馬車用の昇降段をのぼって横乗り鞍に乗るとき、黒い乗馬ブーツの上から明るい黄色のストッキングがちらりと見えた。彼女が鞍と脚の上にスカートを広げるところを、ハリーは見つめつづけた。ハイドパークでもジュリアが馬に乗ったところを見たことはあり、彼女がすぐれた乗り手であるのは知っている。それでも、雌馬に乗った優雅な姿、どんな女武者にも劣らず胸を張りぴんと背筋を伸ばした姿勢に、彼はあらためて魅了された。

妻としてこれ以上に望めることがあるだろうか？

「せかして悪いんだけど」ジュリアは笑顔で見おろしながらハリーをからかった。「あなたがあまりのろのろしていたら、タンジーはわたしを乗せたまま寝てしまいそう」

「そうは思わないね、ミス・ウェザビー」ハリーは馬丁から手綱を受け取るとヘラクレスに飛び乗った。「どちらがのろのろしているか、すぐにわかるさ」

ジュリアは楽しげに笑い、馬に鞭をくれて合図した。小柄な雌馬は即座に駆け出して馬場の門を駆け抜けた。ハリーは手綱をつかんでヘラクレスの腹をかかとで蹴り、あとを追うよう命じた。ところがヘラクレスは言うことを聞こうとしない。ヘラクレスの名にそぐわない臆病ぶりを発揮し、そわそわして後ろに飛びのいた。

ハリーはうんざりして、神経質な馬をなだめようとした。彼はどんな馬を与えられても常に乗りこなせることが自慢だった。といっても、たいていは気性の荒い駿馬であって、こんなふうにぶるぶる震えている腰抜けではない。ジュリアはすでに視界から消えている。まわりの馬丁たちがにやにや笑っているのは、見るまでもなくわかっている。これは幸先のいい求婚の滑りだしとは言えないだろう。

悪態をついて馬の脇腹にかかとを食いこませる。するとヘラクレスはいななき、大砲の弾丸よろしく勢いよく飛び出した。仰天したハリーがしがみつく。馬はジュリアが出ていったのと同じ門を駆け抜けた。まさかヘラクレスがこんなふうに走りだすとは思っていなかったが、馬場でぐずぐずしているよりはましだ。元気な馬は好きだし、ジュリアのところに連れていってくれるならそれでいい。

彼女がどちらに向かったのかは皆目見当もついていなかった。だが、濡れた砂土についた馬のひづめの跡が標識のごとく明確に行き先を示してくれている。どうやら彼女は一種のゲームをしたかったらしい。ハリーに必死で追いかけさせ、最後に求婚させるつもりなのだ。狡猾な雌ギツネを追うように彼女を追いかけるのだと思うと、ハリーもかなり気が高ぶったことは否めない。

ハリーはすみやかに足跡をたどってジュリアを追いかけた。果樹園を抜け、刈り入れの終わった畑を横切り、浅い川を渡り、小さな木立に入っていく。このあたりは霧が深く、海が近いことをうかがわせる。濃い霧に、木の上方はすっかり隠れてしまっている。

手綱を引いて馬の歩調をゆるめ、慎重に木々や草のあいだを進みはじめた。低い枝にぶつかって頭を割ってはかなわない。ここまで来ると、彼女がどこを通っていったのかはわかりにくい。踏まれた落ち葉や足跡を注意深く探さねばならなかった。ヘラクレスはゆっくり歩くのをいやがった――あるいは霧が怖かったのかもしれない。不安そうに小さく鼻息を吐きつづけ、鳥のかすかなさえずりや小枝の折れる小さな音にもびくりとして耳を震わせている。

「ミス・ウェザビー？」ハリーは呼びかけた。彼女が近くの霧の中からこちらを見守っているという気がする。もう追跡は充分だ。「出てきてくれ。お願いだ、話をしよう」

それでも返事はない。霧のため、森は気味悪いほど静まり返っていた。

「ミス・ウェザビー？」声をあげてもう一度呼びかける。「ミス・ウェザビー！　どこにいるんだ？」

「すぐ前よ」ジュリアはわっと叫び、楽しそうに笑いながら、薮の陰から目の前に飛び出してきた。片方の手で雌馬の手綱をつかんだまま、乾いた木の葉の上で大げさにお辞儀をする。

「驚いた？」

たしかにハリーは驚いていた。しかしヘラクレスの驚きようは、その比ではなかった。ジュリアの広がったスカート、きらめく銀色のレース、帽子の上で揺れる黒い羽根をひと目見るなり、馬は怯えてあとずさった。目をむき、頭を振り、苦しげに鼻息を吐いている。どれだけハリーが手綱を引いて落ち着かせようとしても、馬はますますうろたえるばかりだ。馬が二歩後ろにさがったとき、ハリーは制御できたと思った。

ところがヘラクレスはだしぬけに前足を蹴りあげて後ろ足で立った。上を向いたジュリアの怯えた顔を見たハリーは、渾身の力をこめて、馬の顔を彼女から別のほうに向けさせようとした。ヘラクレスが身をよじり、よろめきながら猛烈な勢いであとずさる。ハリーは鞍から投げ出された。ほんの一瞬とも永遠とも思えるあいだ、彼は空中を飛んだ。そして激しく地面にぶつかった。最後に覚えているのは、着地したときの強烈な衝撃だった。

意識が戻ったとき――数分後、それとも数時間後？――彼は乾いた木の葉や枝の山の上にあおむけになっていた。頭上ではあらゆるものが狂ったようにぐるぐる回っている。あまりに速く回転しているので、彼はまた目を閉じた。回転は止まらない。頭が胴体と切り離されているような気がする。だがそうだとしたら、左脚の強烈な痛みをこんなにはっきり感じているはずがない。少しは痛みがやわらぐかと思って動かしてみると、逆にひどくなった。鋭い痛みに、息をあえがせて毒づくことしかできなかった。

「ああ、よかった、生きているのね！」

やっとの思いでふたたび目を開け、細目で上を見た。ぐるぐる回る木々の中心に、身を乗り出したジュリアの顔がある。ただし目は四つついていた。彼女は泣いている。それはうれしかった――おそらく現在の状況の中で唯一うれしいことだろう。

ハリーは男らしく起きあがろうとしたが、片方の肘で体を持ちあげるのが関の山だった。それだけでも、頭の回転がひどくなり、脚には新たな激痛が走った。情けないことに、テュークスに飲まされた生卵が胃からせりあがってくるのが感じられ、横を向いたとたんに嘔吐してしまった。

「きゃっ、いやだわ」ジュリアがどこか近くから悲鳴をあげる。彼女がもはや彼の顔をのぞきこんでいなかったのは幸いだった。のぞきこんでいたら、ハリーは彼女に吐瀉物を浴びせていただろう。「ヘラクレスをつかまえるのに手を貸してくれるのは難しそうね」

ハリーは地面に体を倒して目を閉じた。男らしさを示すのもここまでだ。

「そうだな」かすれた声で言う。「無理だ」

「そうよね。助けを呼びに屋敷に帰ったほうがよさそう。戻ってくるわ、必ず。はい、これ──わたしのハンカチよ。よければ使ってちょうだい」

ジュリアは彼の手にハンカチを握らせた。たっぷりのレースがつき、さらにたっぷりの香水を振りかけた上質の生地。顔の上まで持ちあげなくても、においが漂ってくる。またしても吐き気が襲ってきた。

「ありがとう」彼はなんとか声を出した。「ありがとう」

だがジュリアは聞いていなかった。すでに背を向けてタンジーに乗り、走り去っていたのだ。見捨てられたわけではない、とハリーは自分に言った。彼女が急いでいたのは彼の身を案じたからであり、一緒にいるのが不快だったからではないことを祈った。もちろんいまのハリーが一緒にいたい相手でないのはわかっている。今日という日がこんなふうに進んだのはハリーの本意でなかったことを、ジュリアが理解してくれればいいのだが。そう考えているうちに脚と頭の痛みがぶり返し、彼はふたたび安らかな無意識の世界へと戻っていった。

しかし、安らぎも孤独も長くはつづかなかった。

「ロード・ハーグリーヴ」女性の声。「聞こえますか?」

ジュリアではない。声に深みがあり、少女っぽいところがないだけではなく、ジュリアには決して醸し出せないであろう威厳が感じられる。それでもハリーはジュリアの声であることを願い、わずかにまぶたをこじ開けた。

失望は大きかった。彼の金髪の女神ではなく、地味な顔立ちの若い使用人だ。茶色の髪はリンネルの縁なし帽にたくしこまれ、きめの粗いウールのショールが肩を覆っている。見覚えがある。ゆうべ屋敷に到着したとき、ハリーがジュリアへの取り次ぎを頼んだ娘だ。ほかの使用人たちもまわりにいる気配がぼんやりと感じられた。さっき厩舎で別れてきた厩番もいる。しかしジュリアの姿はない。

「お目覚めになりましたね」若い娘は言った。霧のような淡い灰色の目は、いま彼を心配そうに見つめている。「大怪我をなさったようですけれど、呼びかけに反応されたのはいい兆候です。きっとひどく喉が渇いておられるでしょう。さあ、これをひと口お飲みください」

たしかに喉が渇いていた。思っていたよりもひどく渇いていた。彼女はまだぐるぐる回っている頭をそっと持ちあげて自分の曲げた腕に乗せ、スプーンで唇まで水を運んだ。

ハリーはこれほどおいしいものを飲んだことがなかった。「もっとくれ」かすれた声でささやく。「頼む」

「だめです。また意識を失われる危険がありますから。あなたの手当てをしている最中に窒息させたくありません」

「しない」窒息するつもりも、意識を失うつもりもない。なぜこんなことになったのかという記憶は失われていた。馬から投げ出される前のことはほとんど覚えていない。いまはこんなに弱っている。それでもしっかりと自分を保っておこうと彼は心に決めていた。「お願いだ」

「いけません」女性は拒絶の言葉をやわらげるため笑みを浮かべた。「いまは無理だと思います」

ハリーは痛みと苛立ちにうめき声を漏らした。彼の頼みを断るとは、この女は何様のつもりだ？

「申し訳ありません」苦痛を聞き取ったのか、彼女はやさしく言った。「残念ですけれど、これから少しつらい思いをしていただなくてはなりません。担架にお乗せして屋敷まで運んでいきます。そこで外科医が待機していて、きちんと手当てしてくれることになっています」

「呼んでくれ――サー・ランドルフ・ピーターソンを。ハーリー・ストリートの」彼は声を絞り出した。「外科医だ」

「わかりました」彼女のきっぱりとした口調に、ハリーは心慰められた。男たちはまわりで動いて担架の用意をしているようだ。永遠に落ち葉の中で横たわっているわけにいかないのはわかっていたが、動かされるのもいやだった。彼女の言ったとおりだ。いまの痛みはひどいが、さらにつらい思いをしなければならないらしい。

「ミス・ウェザビーは？」ハリーは尋ねた。ある意味では、ジュリアがここにいないことを願っていた。こんな状態の自分を見られたくない。泥と木の葉と吐瀉物にまみれた自分は、さぞや見苦しいだろう。

「屋敷で待っていますわ。さ、用意ができました。できるだけそっと動かすようにしてもらいますね」

男たちはそっとしているつもりだったのかもしれないが、ハリーは上下や左右のわずかな揺れも鋭敏に感じていた。左脚はありえないほど痛い。あまりに痛くて悪態をつくこともできない。ショックのため体は震え、冷や汗が出る。頭の中に黒雲が立ちこめ、また意識を失いかけているのがわかった。

「伯爵様はお強い方ですわ」女性は赤ん坊をおくるみで包むようにハリーの体をウールの毛布で包んだ。「勇敢な方でもあります。さあ、わたしの手を取ってください。痛みがあまりにひどくて耐えられなかったら、手を強く握ってくださいね。わたしはずっと横について歩きます。ぜったいにそばを離れないとお約束します」

彼女の手は驚くほど柔らかく、指は温かい。ハリーは夢にも思わなかったほど、この女性に元気づけられていた。彼女はハリーの手を離さない。彼はそう確信した。

彼女は……手を……離さない……。

2

ミス・オーガスタ・ウェザビーはロード・ハーグリーヴのベッドの脇で背もたれがまっすぐな椅子に腰かけ、姉を愛する男性を見守っていた。

医師の指示どおりカーテンが引かれていて部屋は暗く、唯一の明かりは暖炉で燃える炎だ。ミス・オーガスタ——家族にはガスと呼ばれている——にとって、枕の上の苦痛にゆがんだ青白い顔を見るには、それで充分だった。彼はいま目を閉じ、アヘンチンキによる深い眠りについている。

でも安らかな眠りではないようだ。閉じた目の下にはくまができ、ハンサムな顔に苦痛でしわを寄せている。一日分の無精ひげと、白いシーツの上でくしゃくしゃになっている黒い髪が、顔色の悪さをいっそう際立たせていた。副木をあてて包帯を巻かれた左脚は持ちあげられて〝骨折治療箱〟と呼ばれる木と革でできた珍妙な箱に入れられ、上掛けをかけられている。いまはこれ以上手当てのしようがない。だからガスは座ったまま手を忙しく動かして靴下を編みながら、伯爵が現在置かれている危機的な状態については考えまいとしていた。

昨日はほとんど一日じゅう、そして夜中も今朝もここにいる。そんなことを期待されているわけでも、必要というわけでもない。ドクター・レスリーはノリッチから雇われ看護婦を連れてきていた。ミセス・パットンという、糊の効いたエプロンをつけた気難しい顔の女性だ。伯爵の取り乱した従者テュークスも、主人のベッドのそばにつきたがっている。付き添いの仕事は、屋敷の未婚の娘でなく彼が引き受けるほうがはるかに適切だろう。

けれどもガスはこの種の仕事に慣れている。母を六年前に亡くして以来、やもめとなった父に代わって徐々に家の切り盛りを引き受けるようになっていった。二十歳を目前にしたいま、ガスはこの屋敷ウェザビー・アビーの実質的な女主人だ。大怪我をしたとき、ハーグリーヴ伯爵は父の客だった。だから、彼の滞在中できるかぎりの世話をするのは自分の務めだと心得ている。

伯爵がわずかに動き、半ばうなり声のようなため息をついた。ガスは急いで編み物を置き、彼がなにか話そうとしたりほかの合図を出そうとしたりしたらわかるように顔を寄せた。だが彼はまた深い眠りに沈んでいった。息は非常に浅くて、胸の上下もほとんどわからないくらいだ。

ガスは手のひらをやさしく彼の額にあて、医師が言っていたような熱が出ていないかどうかを確かめた。幸い、肌はまだ冷たい。ガスは彼の髪を額から後ろに撫でつけた。大柄でたくましい男性なのに、意外にも髪はとても柔らかい。

背後で扉が開いたので、ドクター・レスリーが戻ってきたのかと思って振り返った。けれども目に入ったのは外科医でなく父の恰幅のいい体だった。

「閣下の容態はどうだ？」父はささやき声で尋ねた。古めかしいかつらの下の表情は暗い。彼は娘とともに伯爵のベッドの脇の椅子に座った。「あまり元気そうには見えないな」

「ええ」ガスがささやき返す。「まだ熱は出ていないの。それはいい兆候だけど、アヘンチンキがなければひどい痛みだと思うわ」

「当然だ。脚の骨を折ったのだからな」子爵は身震いした。「草むらで落馬した人間はずいぶんたくさん見てきたが、ここまでひどい怪我はなかった」

ガスもこれほどの怪我は見たことがなかった。母と同じく、屋敷の近辺でのありふれた捻挫や切り傷の手当てはしてきたけれど、脚がねじ曲がって体の下に入った状態で地面に横たわる伯爵を見た瞬間、ガスのかぎられた経験では出合ったことのない重傷であるとわかった。

また、ノリッチから呼ばれてきたドクター・レスリーにも治療経験のない怪我だった。彼はこうした場合に最善とされる処置、すなわち胃腸の浄化と瀉血《しゃけつ》を行い、折れた脚の骨をできるかぎりもとの形に整復した。また、伯爵の父親ブレコンリッジ公爵に事故のことを知らせ、伯爵の要求どおり高名な医師サー・ランドルフ・ピーターソンに助けを求めるため、使者がロンドンに送られていた。

「レスリーが連れてきた看護婦はどこだ?」父は部屋を見まわした。「レモンを食べたみたいなくしゃくしゃの顔をした女だ」

「ミセス・パットンは下の厨房で自分が飲む紅茶を淹れているわ。我が家の使用人には正しく紅茶を淹れられないと思っているの。少なくとも自分が満足できるようには。もうすぐ戻ってくるはずよ」

父はぶるっと震えた。「あのガミガミ女に言わせれば、この屋敷のなにもかもが正しく行われていないんだろう。本来ならおまえではなく、あの女が閣下の看病をしていなくちゃならんのだぞ」

「わたしはかまわないの」ガスは急いで言った。「平気よ」

「閣下は、膝をすりむいて泣きごとを言っておるメイドとは違う」父は陰鬱に言った。「レスリーは、閣下の容態はよくないと言っておった。骨折部分のまわりの肉は壊疽《えそ》になるそうだ。命を救う唯一の方法は――」

「お医者様がどう言っておられたかは、わたしも知っているわ」ガスは伯爵への約束を守り、ドクター・レスリーと助手が折れた骨を整復して革製の副木で固定しようと奮闘しているとき、ずっと彼の手を握っていた。伯爵が耐えていた苦痛がどのようなものかは想像もできないが、意識を消失したり回復したりしているあいだ、彼は一度たりとも悲鳴をあげなかった――といっても、彼は非常に強く手を握ってきたので、ガス自身がドクター・レスリーの治療を受けることにならなかったのは驚きだった。

「伯爵様は血気盛んな、とてもたくましい男性よ。ドクター・レスリーとロンドンの外科医の治療を受けられれば、きっと回復されるわ」

だが父はかぶりを振った。「おまえはいつも楽天的だな、ガス。しかしレスリーによれば、閣下は脚を失うことになるかもしれないのだぞ」

「そんなこと言わないで、お父様」ガスはぞっとして抗議した。「ここは海戦の真っ最中の軍艦ではないのよ。外科医が手あたりしだいに脚を切り落とすようなことはないわ！」

「それはそうだ。しかし水兵であろうと貴族であろうと、人間の体は血と肉でできているのだよ」父は達観したように言った。「この気の毒なお方が、我が屋敷で、おまえの姉と結婚する前に亡くならないことを祈ろう」

ガスは答えなかった。伯爵がジュリアを愛しているのはわかっている――ジュリア自身が何度もそう断言していた――し、彼が求婚のために訪問してきたことはこの屋敷の住人全員が知っている。ジュリアにとっては願ってもない縁組となるだろう。とりわけロンドンで過去二シーズン、ジュリアが望ましい男性から一度も求婚されなかったことを思うと。ロード・ハーグリーヴはいつの日か公爵に、そしてジュリアは公爵夫人になる。ガスもその利点は否定できない。

それでも心の奥では、気まぐれで自己中心的な姉はこんな勇敢な男性にふさわしくないと思わずにいられなかった。彼が凡庸な男性でないことは、屋敷に入ってきた瞬間に気づいていた。あのとき彼は微笑んで姉を呼ぶよう頼んだだけだったが、ガスの心を乱すにはそれで充分だった。彼がまばゆいほどのハンサムだから、というだけではない。彼にはそれ以上のなにかがある。言葉では表せないけれど、無視できないなにかが。しかし彼が姉のものであるという事実も忘れてはならない。姉は自分の幸運に気づいていないようだ。ジュリアは昨日からヒステリーに陥っていて、事故の経緯をきちんと説明できないでいる。しかし生まれてからずっと一緒に暮らしているガスには推測できた――その推測に、彼女は非常に心を痛めていた。

「ほら、見てごらん」父は悲しげに伯爵を見つめた。「こんな重傷を負っていても、罪深いほどのハンサムだ。閣下がジュリアに夢中になり、ジュリアが彼に夢中になるのもうなずける。美男と美女は引きつけ合うものだ。そうだろう？」

ガスはうつむき、上掛けを伸ばして伯爵の体にかけ直した。父は彼女を傷つけるつもりで言ったのではない――父は決してそんなことをしない――けれど、それでも父の言葉は胸に突き刺さっていた。しかたないではないか？　父が述べたのは紛れもない真実だ。伯爵のような紳士はジュリアのような美女を妻に選ぶ。ガスのような女性に目を留めることは決してない。

「お姉様はどこなの？　お兄様は今朝カレーに発つ前にお見舞いに来たわ。この方と結婚することになっているのはお兄様じゃないのよ。どうしてお姉様は会いに来ないの？」

父は肩を持ちあげてすくめた。長女について言い訳しようとするときに必ずする仕草だった。

「自分の部屋にいるんだろう。昨日は一日じゅう寝こんでいたようだ。相当なショックを受けておる。あの子は非常に感受性が強いし、昨日の出来事にひどく心を痛めているのだ。ドクター・レスリーはあの子を落ち着かせるのに特別な薬を与えていた」

ガスに言わせれば、伯爵のほうがジュリアの何倍も苦しんでいるのだが。それでも父に同意を示してうなずくしかなかった。姉の感受性に疑問を差し挟んだところで、得るものはなにもない。

「今日は具合がよくなっているの？　だったら、お父様がここに連れてくればいいでしょう」

父は顔をしかめ、頬をぷっとふくらませた。「連れてきてもしかたないだろう。ジュリアが来ても来なくても閣下にはわからない。こんな状態の閣下を見せればジュリアは落ちこむだけだ。ふたりのあいだには介入しないのがいちばんだ。縁組が正式にまとまりもしないうちに破談にはしたくない。閣下が王族の血を引いていることをジュリアは話したかね？　曾々祖父が国王だったということは？」

「それから曾々祖母はフランスの娼婦で、その奉仕を評価されて女公爵に取り立てられたのでしょう。もちろん知っているわ。だけどそれは、わたしが森で見つけたとき、この方がお姉様に会いたがっておられたのにお姉様はまだ来ていないことと、なんの関係もないわ」

「いずれ来る。来られるようになればすぐに」父はぎこちなくガスの肩に手を置いて、彼女を慰めようとした。ガス自身はまったく慰めてほしくなかったけれど。「おまえは大丈夫なのか？　よく閣下の看病をしてくれたとは思うが、おまえに病気になってほしくないのだ」

「大丈夫。伯爵様はお怪我をなさっているのよ、病気ではなく」

「それでも、あまりに体力を消耗したらすぐに倒れてしまうぞ」父の大きな顔の表情がやわらいだ。「こういうとき、おまえを見ているとおまえの母さんを思い出す。彼女は他人を助けることに一生懸命で、自分のことは顧みなかった」

胸が詰まり、ガスの笑みが揺らいだ。父が母についてこんなふうに話す機会はめったにない。そばかすだらけで淡い茶色の髪をした自分が母に似ていることはガスも知っている――書斎に置かれた母の肖像画を見ればわかる――けれど、外見よりもそういうところで母に似ていたいと思っている。誇れる行動という面で。

「お母様みたいになれるようがんばっているわ」

「できているよ」父は気まずそうに娘の肩を叩いた。「おまえがいなかったらどうしたらいいんだろうね、おまえがロンドンへ行って夫を見つける番になったら」

ガスは顔を赤らめてうつむいた。「もう、お父様ったら。まだまだ先のことよ」

「すぐだ。ジュリアが片づいたらな。おまえももうすぐ二十歳。ジュリアが協力してくれれば、おまえも公爵を射止められるかもしれん。だからこそ、いまはこの気の毒な方にあまり近づかないよう頼んでおる」

「お願いよ、お父様、わたし――」

「よく聞きなさい」父はきっぱりと言った。「どんな傷病人のまわりにも危険な毒気がある。傷病の原因がなんであってもだ。看護婦が来たらすぐ部屋に戻って休みなさい。それから今夜は下におりてきて、一緒に夕食を取ろう。これ以上こんなところに隠れていてほしくない」

「隠れているわけではないわ」ガスは父に劣らずきっぱりと言った。なにしろ彼の娘なのだから。「わたしは伯爵様をできるかぎり看病しているのよ。家族にそういう人間がいて幸いだったわ。言うまでもないでしょうけど、この方はお父様のヘラクレスに乗っていて落ちたのよ——お父様以外の乗り手にはぜったいに敬意を払わない馬に。そのときお姉様がどんな愚かしいことをしていたかは——」

「議論は終わりだ、ガス」父は不機嫌にさえぎり、クマの前足のような手をふたたび彼女の肩に置いた。「姉やわしについてそんな言い方をするということ自体、おまえがひどく疲れている証拠だ。おまえは見事に看病してきた。しかし、そろそろミセス・パットンにあとをゆだねなさい」

涙で目がちくちくする。それもひどく疲れている証拠だった。ガスはハンカチを使うことなく手の甲で目じりをぬぐった。

「だけど、そばにいるって約束したの。わたしにいてほしいならここにいると約束したのよ」

父はため息をついた。「ガス、この方はおまえに会ったことも覚えておられんよ。もちろんおまえの約束もな」

そう、そのとおりだ。ガスが伯爵を忘れないからといって、彼も同じように感じるわけではない。彼女は病や怪我に苦しむ多くの人の手を握ってきた。そのときは相手も喜んでくれたが、癒えたあとも友情がつづいたことはめったになかった。今回も同じ。ガスはごくりと唾をのみ、そそくさと編み物の道具を集めて、編みかけの靴下で針と毛糸をくるんだ。

父は娘の沈黙を同意だと誤解し、現れた看護婦に心から安堵して声をかけた。「ああ、ミセス・パットン。ガス、もうなにも心配いらんぞ。これで世話は任せられる」

ミセス・パットンは父に向かって大仰にお辞儀をし、部屋の中を意味ありげにせかせか動きはじめた。自分の有能さを見せつけるためだろう。少なくともガスにはそう思えた。

「行くぞ」父はやさしく言ってふたたびガスの腕を取った。「閣下の容態に変化があれば必ず知らせる」

ガスは最後にもう一度、意識のない伯爵に目をやった。彫りの深い優雅な横顔、波打つ黒髪、ひげを剃っていない顎、閉じた目にかかるまつげ。元気になりますように、傷が癒えて回復しますように、と心の中で祈る。そしてうつむいて背を向け、部屋を出た。自分の部屋に行くまで立ち止まらなかった。

手と顔を洗っているとき、侍女のメアリーが背後にやってきた。

「湯浴みをなさいますか、ミス・オーガスタ?」メアリーはお辞儀をしながら尋ねた。「朝のこの時間でしたら、厨房からお湯を運んでくるのに時間はかかりません」

「ありがとう、でもいいわ」ガスは顔を拭いた。「しばらく横になるだけ。服は脱がないでおいて、ロンドンのお医者様がいらっしゃったらすぐに身支度するわね」

ベッドの端に腰をおろす。自分が疲れているのはわかっていたけれど、こんなに疲労困憊しているとは、いまのいままで気づいていなかった。メアリーに靴のバックルを外してもらうため順に足をあげているあいだ、目を開けているのがやっとだった。

「失礼ですけれど、お嬢様」メアリーは無遠慮に非難がましく言った。「森を歩いてこられたので、ペチコートに木の葉や泥がついています。あとできれいなのを持ってきますね」

「ありがとう」メアリーがペチコートの紐をほどいてアンダースカートの下から抜くあいだ、ガスは立っていた。それからベッドに崩れ落ち、足を抱えて横向きに丸くなった。

「せめてポケットを外させてください」メアリーは軽いキルトをガスの体にかけながら言った。「そんな重いものを腰につけていたら、ちゃんと寝られません」

ガスはすべての女性がしているように腰のまわりに刺繍入りのリンネルのポケットを結びつけている。といっても、ジュリアのポケットには小型鏡、口紅、櫛など身だしなみを整える小物が入っているのに対して、ガスのポケットは鍵、指ぬき、針箱といった実用的なものでふくらんでいる。「大丈夫よ、メアリー」すでに眠りかけているガスはもごもごと言い、ポケットを脇腹まで押しあげた。「ほんのしばらく横になるだけだから」

「わかりました、ミス・オーガスタ」メアリーはキルトを引きあげた。「よくお眠りください」

メアリーは静かに扉を閉めた。ガスはため息をつき、枕に顔をうずめた。じっとしているとポケットが脇腹から滑って体の前に落ちたので、うとうとしながら後ろに押し戻した。そのとき指が覚えのないかたまりに触れ、彼女はぱっと目を覚ました。ポケットに手を入れて蝶番式の小箱を取り出す。蓋が半球形に盛りあがり、赤い革で覆われている箱だ。

使用人がロード・ハーグリーヴを階上へ運ぶときに彼の服から落ちたものだった。ガスはそれを拾い、ポケットに入れて預かっていた。そのことはすっかり忘れていたけれど、手のひらに乗せた箱を見たとき、なんの箱かわかった。

ジュリアは高価な宝石に異常なくらい執着しているが、宝石に興味がないガスだってこれが指輪ケースであることくらいは見ればわかる。伯爵が姉と乗馬に出たとき女性用の指輪を携帯していた理由は、ひとつしかありえない。ジュリアは先週ウェザビーに戻ったとき、伯爵が近いうちに自分を追ってくるだろうとうれしそうに予言していた。求婚しに来るのだ。ジュリアの勘はあたっていたらしい。

箱を開けてはならないこと、中の指輪が自分に関係ないことは、ガスにもわかっていた。それでも我慢できなかった。ゆっくりと――ゆっくりすることで他人のものをのぞく罪が軽くなるわけでもないのに――小さな真鍮の留め金を外して蓋を開ける。

ガスは息をのんだ。のまずにはいられなかった。指輪はさながらダイヤモンドでできた贅沢な花だった。中央の大きなダイヤが十個以上の小さなダイヤに囲まれ、ビロードの台の上でまばゆいばかりに輝いている。ガスは指輪を眺め、光を反射するようさまざまに向きを変え、あんなにすてきな紳士からこんなにすてきな指輪をプレゼントされたらどう感じるだろうと切ない想像にふけった。もちろんジュリアはそれを知ることになる。でもガスは知らないまま終わるだろう。

やがて彼女は蓋を閉じて箱をポケットに戻した。できるだけ早く伯爵の従者に渡そう。この指輪を見て興奮したあとで眠れるかどうかはわからなかった。それでも、彼女はほどなく疲労に負け、ぐっすりと深い眠りに落ちていった。

ガスを眠りから覚ましたのは、部屋の下の私道から聞こえる馬車の音だった。慣れない時間に寝たので頭が混乱していて、すぐには起きあがれなかった。正面の窓から斜めに差しこむ夕方の太陽のまぶしさに目を細める。

夕方。ああ、そんな、昼じゅう寝てしまった！　ガスはあわててベッドから出ると、窓まで足を急がせた。砂利道をガラガラと走っていったのはドクター・レスリーの馬車だ。正面の門に向かっている。医師が帰っていくのであれば、きっとロンドンから来た外科医が伯爵のところにいるのだ――あるいはその外科医も診察を終えて帰ったかもしれない。なぜ父は誰かをよこして起こしてくれなかったのだろう？

「メアリー！　メアリー！」苛々と呼んでいると侍女が現れた。「あとで持ってくると言っていたペチコートはどこ？　すぐに伯爵様のお部屋に行かなければ。早くして、メアリー。急いでくれなかったら、ペチコートなしで下に行くわよ！」

メアリーが濃い赤のシルクのきれいなペチコートをつけ、ネッカチーフのしわを伸ばし、青いウールのボディスのピンを留め直しているあいだ、ガスはそわそわしていた。十歳年上のメアリーはガスが幼いころから侍女を務めている。ゆえに通常よりも自由にふるまっている――たいていの場合、ガスはその自由を許している。

でも、いまはだめだ。伯爵のところに戻らなければならない。「王妃に謁見するわけじゃないのよ、メアリー。完璧でなくてもいいの」

「お世話している以上、お嬢様をできるかぎりきれいにお見せするのはあたしの務めです」

メアリーはそう言い張り、ガスのほつれ毛を帽子の中にたくし入れた。「失礼ながら、お嬢様はミス・ウェザビーの美しさにはかなわないと思ってらっしゃいますでしょ。だけどそれは、お嬢様があまり身なりにかまわないからですよ」

ガスはメアリーの肩越しに、鏡台の鏡に映った自分の姿を一瞥した。父母のそれぞれから、地味なところばかり受け継いでいる。父の丸い顔、くすんだ茶色の髪、母のそばかす、小さな体。外見に問題があるわけではないけれど、記憶に残る特徴があるわけでもない。メアリーがどれだけ努力しても、それを変えられはしないのだ。

「行かなくちゃ」ガスはメアリーの手から逃れた。「もう充分」

急いでロード・ハーグリーヴの寝室に向かう。美人ではなくとも、役立つ人間にはなりたい。彼女は扉を開けて押さえている従僕の横を早足で通りすぎた。

今朝部屋を出たときとほとんど変わった様子はない。中は暗く、伯爵の従者テュークスがベッドのそばで掲げている一本のロウソクだけが部屋を照らしている。伯爵はまだ青白い顔でじっと横たわっている。父が難しい顔で部屋の端に立ち、腰の後ろで手を組んでいた。

ベッドの足元で革の鞄に道具を詰めているのは、派手なかつらをかぶり高価そうな黒いスーツを着た、長身で痩せ形の男性だ。袖を肘までめくりあげている。おそらくロンドンから来た外科医だろう。彼の後ろではミセス・パットンが、外科医が替えたらしい汚れた包帯を入れたたらいを持っている。ガスが入っていくと外科医は振り返り、父がせかせかと進み出て彼女を紹介した。

「おまえ、こちらはサー・ランドルフ・ピーターソンだ。ロンドンから求めに応じてロード・ハーグリーヴの治療にいらっしゃった」声は低くても、父は興奮を隠しきれなかった。「サー・ランドルフ、娘のミス・オーガスタです」

「はじめまして、サー・ランドルフ。ウェザビーへようこそおいでくださいました」ガスは反射的に、いつものとおり女主人としてふるまった。「このような悲しい状況でお会いしなければならなかったのが残念です」

サー・ランドルフは袖をおろして会釈した。「お会いできて光栄です、ミス・ウェザビー」彼の声は低く深刻そうだった。「公爵閣下はよく、ご子息があなたを敬愛しておられることを喜んでいるとおっしゃっています」

「いやいや、サー・ランドルフ、それはオーガスタではないのです」父は言った。「ロード・ハーグリーヴのお目に留まったのは姉のジュリアのほうです」

サー・ランドルフはふたたび頭をさげた。「勘違いをお許しください、ミス・オーガスタ」いかにも恥ずかしそうだ。「ロード・ウェザビーのご息女が閣下を思いやり深く慎重に看病なさったことを称賛したい気持ちにはやるあまり、お嬢様を混同してしまったようです」

「わたしたちが混同されることはめったにありませんのよ、サー・ランドルフ」ガスが言うと、父がまたもや口を挟んだ。

「それについてはガスをお褒めください」父は誇らしげだった。「閣下を屋敷までお連れして、ドクター・レスリーが来るまで看病したのはこの娘です。我がガスほど有能な者はおりません」

サー・ランドルフの顔から笑みが消えた。ますます困惑した様子だ。「しかし事故が起きたとき、閣下はミス・ウェザビーと乗馬をしていらっしゃったのでは？」

「姉がわたしに助けを求めてきたのです」ガスは急いで言った。ジュリアが大怪我をしたロード・ハーグリーヴを不面目にも見捨てたことは知っているが、姉の欠点を家族以外に吹聴するつもりはない。「それはともかく、サー・ランドルフ、伯爵様の容態はいかがですか？どういう状態なのでしょう？」

サー・ランドルフはため息をついた。医師が悪い知らせを告げるときにしばしばするように。「非常に重傷でいらっしゃいます。脛骨と腓骨が折れているだけでなく、骨のまわりの靭帯、筋肉、組織も損傷している可能性があります。どのくらいの期間でどこまで回復するかは、まだなんとも言えません」

「でも回復されますわね」ガスは質問するというより宣言した。「お命は無事なのですね」

医師はまたしても暗いため息をついた。

「申し訳ありませんが、現段階では、はっきりしたことは言いかねます。こういう症例では、傷が一カ所でも腐敗しはじめたり、冷たい地面に横たわっていたせいで熱が出たりしたら、容態が急変することもあるのです。汚れた体液を排出するため胃腸の浄化と瀉血を行い、炎症を起こした部位にはヒルを吸いつかせました。もっと小さく目立たない危険な骨折箇所がないかとできるかぎり子細に調べました。確実なことを知るのはほぼ不可能ではありますが、それはなさそうです。いまできるのは、治癒が促進するようできるだけ閣下を楽にしてさしあげること。そうして待つことだけです」

その瞬間まで自覚していなかったのだが、高名なロンドンの医師サー・ランドルフが即座に傷を治して奇跡的な展開をもたらすことを、ガスは期待していたのだ。ところが彼はノリッチのドクター・レスリーが施した以上に効果的な治療はしなかったし、より大きな希望も与えてくれなかった。彼の率直な発言にガスは衝撃を受け、不安に陥った。伯爵の青白く表情のない顔をちらりと見て、彼の貴族としての特権的な生活が唐突にこのような不幸に陥ったことを思った。

「ドクター・レスリーの処方どおり、あと一日か二日アヘンチンキの服用をつづけたほうがいいでしょう」サー・ランドルフは話をつづけた。「そのあいだに今後の治療方針を決めましょう。壊疽や腐敗の兆候がないか、しっかり見張っていなければなりません。そうなった場合、残念ですが閣下のお命を救うためには脚を切断するのもやむをえないでしょう」

「切断！」父がオウム返しに言う。「お気の毒に。その心配はなくなったと思っていたのですが」

「まだなのです、ロード・ウェザビー。消毒のため、副木をあてた脚にオクシクレイトをたっぷり塗っておきました——酢と水、ワインをまぜたものです。しかしこれから先は、わたしよりも神の手にゆだねなければなりません。看護婦さん、それは処分してください」

ミセス・パットンはお辞儀をし、たらいを抱えて出ていった。サー・ランドルフは革の鞄を持ち、自分も出ていこうとした。

「我が家のお客様としてお泊まりいただけますな、サー・ランドルフ？」父は言った。「いやとは言わせませんぞ」

サー・ランドルフはうなずいた。「ご厚意ありがたくちょうだいします。危険が去るまでご子息のもとにとどまるとの伝言を公爵閣下に宛てて届けさせました」

「それはよかった。あなたとレスリーが力を合わせれば、ロード・ハーグリーヴもすぐに全快なさるでしょう。さて、閣下の回復を祈って一杯酌み交わしましょう」

サー・ランドルフは胸に手を置いて会釈した。「ありがとうございます。ぜひご一緒させていただきましょう」

「では書斎へどうぞ。世間の心配事からのささやかな避難所です」父は医師を伴って部屋を出た。「ガス、サー・ランドルフに泊まっていただく部屋の手配をしてくれるな？」

「ええ、お父様、もちろんよ」新たにひとつ客間を使えるようにしてもらうよう、ガスは女中頭に話をしなければならない。暖炉に火を入れ、シーツを新しくするのだ。また、料理人のミセス・ブキャナンとともに夕食のメニューを見直して、滞在客をもてなすため食事をもう少し豪華にする必要もある。「すぐに行くわ」

ふたりの男性が出ていくのを待ち、テュークスのほうを向く。彼はまだベッド脇のガスの横で辛抱強く控えていた。奥まった茶色の目をしたこの小柄な男性は、誠実な使用人らしい静かで穏やかな雰囲気がある。メアリーが長く自分に仕えているように彼も伯爵に長く仕えているのだろうか、とガスは思った。

ポケットから指輪ケースを取り出す。「屋敷にお運びするとき、伯爵様のポケットから落ちたの。きっと伯爵様も取り戻したいとお思いでしょう」

「ミス・オーガスタ、ありがとうございます」テュークスは燭台を手近なテーブルに置き、ケースを受け取り、あいた手で上からそれを覆った。また落ちるのを心配しているかのように。「この指輪は閣下のご母堂、亡き公爵夫人の持ち物でした。紛失したら閣下は非常に落胆されるでしょう」

指輪の稀有な美しさを思い出し、ガスは切なげに微笑んだ。なるほど、彼の母親の持ち物だったのか。公爵夫人から次期公爵夫人へと受け継がれていくべきものなのだろう。

「安全なところにしまってちょうだいね」ガスは静かに言った。「でも行く前に、ちょっとお願いがあるの」

「なんでもおっしゃってください」テュークスはまだケースを大事そうに両手で抱えている。

「あなたの意見を聞きたいの」医師は――とくに偉い医師になればなるほど――使用人の意見を無視する傾向がある。しかしガスの経験によれば、彼らの意見は往々にして非常に役立つのだ。「あなたはご主人様のことや習慣を、わたしたちよりずっとよく知っているでしょう。どんな小さなものでもいいから、お医者様たちが見逃したかもしれない変化はない？」

「わかりません」テュークスは悲しみを隠せない様子だった。優秀な使用人として気をつけの姿勢でガスに話しかけていたものの、視線はちらちらと伯爵のほうに向かっていた。「閣下はずっとお眠りになっていますので。あんなにたくさん薬を飲まされて、閣下はもう二度とお目覚めにならないのではと心配でなりません」

「痛みを感じていただかないためよ。アヘンチンキがなかったらどんなに苦しがられるか、想像もしたくないわ」

「わたくしも想像できません」テュークスは苦悶の表情になった。「外科医どもが閣下の脚を〝取る〟と話しているのが聞こえました。役に立たないがらくたを捨てるかのように。閣下がお目覚めになって、ご自分がもはや五体満足ではなくなったこと、障害者になったことに気づかれたら――ああ、ミス・オーガスタ、閣下は心を痛められます。精神が打ち砕かれます。わたくしは――」

「ガス？」ジュリアが部屋の入り口に立ち、不安な面持ちで扉を大きく押し開けている。「ガス、まだここにいる？」

「ちょっと待ってね」ガスは答えた。「ありがとう、テュークス。あなたはご主人様の誇りね」

従者はお辞儀をした。ガスは急いで入り口に向かった。「お姉様、やっとお見舞いに来たのね。よかった」

「お父様に行きなさいと言われて」ジュリアは廊下まであとずさった。すでに夕食用に着替えをすませている。光のあたり方で色合いの変わる淡いブルーのシルクのドレスが、ロウソクの明かりを受けてきらめいていた。「彼、どんな具合？」

ガスはジュリアの手を取って部屋に引き入れようとした。「入ってきて自分の目で見てちょうだい」

ところがジュリアは手を抜いた。「病人は苦手なの。あなたも知っているでしょう。わたしはあなたと違うの。いやなのよ」

「彼は病人じゃなくて怪我人。それに、お姉様が一緒にいるときに事故が起きたのよ。求婚を受けて妻になる心づもりはできていたんでしょう。それは愛しているということじゃないの？」

ジュリアは指にくるくると髪を巻きつけた。「愛について、あなたになにがわかるの？」

ガスの顔がほてった。彼女に男性と付き合った経験がないというジュリアのほのめかしが図星だったからではなく、伯爵がジュリアに感じている愛を姉が軽視しているからだ。

「わたしにわかるのはね、結婚してもいいと思うくらい伯爵様を愛しているのなら、せめて様子を見るくらいはできるはず、ということよ」

ジュリアが首を横に振ると、真珠のイヤリングが揺れて頬にあたった。「そんなことしたくない」

「お姉様がなにをしたいかしたくないかという問題じゃないの」ガスは強く言った。これが初めてではないが、自分のほうが妹でなく姉だという気がする。「なにをすべきかという問題よ。森で乗馬をしていたとき、お姉様と伯爵様のあいだでなにがあったのか知らないけど」

「知らなくて当然よ」ジュリアは早口で言った。「あなたにはなんの関係もない話だもの」

——ジュリアがなんらかの形で伯爵の事故にかかわったことは、その発言で充分裏づけられた——ガスがそれを姉に言えるわけではないけれど。ジュリアは後ろめたく感じれば感じるほど、自分が悪いということをますます強く否定するだろう。誰も彼女の言葉を疑わないくらい、きっぱりと。それがジュリアのいつものやり方だ。

「わたしが知っているのは、森で見つけたとき、伯爵様はお姉様についてお尋ねになったということよ」

ジュリアはうつむいた。「お医者様たちがいらっしゃってからも、わたしのことをお尋ねになった？」

「いいえ」実際には森でなにがあったのだろう、とガスはあらためて考えた。「だって無理だから。痛みを感じないよう薬を飲まされていて、ずっと眠っていらっしゃるのよ」

「だったら、どうしてお見舞いしなくちゃいけないの？」ジュリアはこれを、逃げるための格好の口実だと考えたらしい。「眠っているのなら、わたしが来ても来なくても彼にはわからないわ」

「そういうのは、なんらかの形で感じられるのよ。さあ、枕元まで来てちょうだい。ちょっとのあいだでもいいから。これはお姉様の務めよ。伯爵様に対してだけでなく、家族に対しても」

ガスはジュリアの手を強く引っ張り、有無を言わせず寝室に入らせた。姉妹は並んで伯爵のベッドの脇に立った。

「彼――ひどい様子だわ」ジュリアはショックを受けてささやいた。「別人みたい。ねえ、ガス、だからこんな状態の彼を見たくなかったのよ！」

「静かに」ガスは断固たる口調で言った。「わたしは部屋の外にいるから、お姉様は甘い言葉をかけて励ましてさしあげて」

ところが今度はジュリアのほうがガスの腕をつかんだ。「置き去りにしないで、ガス、お願いよ」声が甲高くなる。「彼と――ふたりきりにはなりたくない。なにを言ったらいいの？どうしたらいいの？」

ガスはため息をついた。「お姉様がふさわしいと思うことをして。それしか言えないわ」

ジュリアは恐怖に目を見開いてガスの腕を握りしめている。「従者があなたに言っていたことが聞こえたわ。サー・ランドルフとドクター・レスリーが彼の脚を切断したがっているという話。ほんとうなの？　お医者様は脚を切り落とすの？」

「命を救うために必要な場合だけよ」ガスは目の前の男性を見おろしながらやさしく言った。一本のロウソクの揺らめく光が彼の顔に投げかけた影が踊り、実際にはない生気の幻想を見せている。

「ああ、ガス、こんなのってないわ！」ジュリアは嘆いた。「もう少しで望んでいたもの、夢見ていたものがすべて手に入るところだったのに！」

ガスは姉の肩に腕を回した。「伯爵様はお若いし健康よ。できるかぎりの治療を受けておられるわ」

「だけど、命が助かったとしても脚が片方しか残らなかったら?」ジュリアの頬を涙が伝い落ちていく。「わたしはあなたみたいに強くないのよ、ガス。いい奥さんにはなれそうにないわ――障害者の妻だなんて」

「まだ障害者じゃないでしょう」ガスは伯爵をかばって言った。「お母様が言っていたわ、愛、真の愛はあらゆる障害を乗り越えられるって。お姉様と伯爵様が愛し合っているのなら――」

「これ以上こんな話はしていられない」ジュリアの声は喉でつかえていた。「あまりにも――あまりにも悲劇的」

ガスはかぶりを振った。「彼には悲劇でしょうけど、お姉様にとっては、それほどの悲劇じゃないはずよ」語気を強める。「お姉様がうっかりばかなことをして彼を落馬させたのでなければ。そういうことなの? 罪の意識があるから、彼の顔を見られないの?」

ジュリアは息をのんだ。「よくもそんなことが言えるわね、ガス。どうしてそんなに――そんなに無慈悲なことが言えるの?」

彼女は唐突にガスの腕を放して、スカートをはためかせて部屋から駆け出していった。

「待って、お姉様、お願い」ガスはひそめた声で、できるかぎり強い調子で呼びかけた。

「まだ行かないで!」

「行くな」ロード・ハーグリーヴが言った。しばらく話をしていなかったので、声はかすれている。

ガスはびっくりして振り返った。薬で眠らされていたためにまぶたはまだ重そうだったものの、伯爵は目を覚ましていて彼女を見つめている。

彼の瞳の美しいブルーを、ガスはどうしていままで忘れていたのだろう？

「伯爵様」彼女はすっかり取り乱していた。彼はジュリアの声で目覚めたのだろう。彼が行くなと言っているのはジュリアのことに決まっている。ふたりの会話を彼が聞いていなかったのを願うばかりだ。「すみません、すぐ連れ戻しに――」

「行くな。せっかくいまここにいるんだ。逃げるな」

ガスはためらっていた。なぜ伯爵がジュリアでなく彼女をいさせようとするのかわからない。

「行くな。ここにいろ。座れ」

「わたしはあなたの飼い犬ではありません」ガスは椅子をベッドの脇まで引っ張ってきた。

「命令は不要です。わたしはあなたを置いていきません」

「よし」まぶたがぴくぴくし、彼はふたたび目を閉じた。ほんの少ししゃべろうとしただけで疲れ果てたかのように。「ありがとう」

驚きと安堵で、ガスはばかみたいににやにや笑ってしまった。こんな顔を見られなくてよかった。「なにかお望みのものはございますか？」

「きみの手だ。前に一度手を握ってくれた。今度も握ってほしい」

ガスはすぐさま、上掛けの上に置かれた彼の手と指を絡めた。縞瑪瑙《しまめのう》に沈み彫りを施した金の指輪が指にあたる。彼の望みどおりにしたことをわかってもらうため、ガスはやさしく手を握りしめた。

伯爵はわかってくれた。彼が弱々しく微笑むと、ガスも微笑んだ。

「わたしはどうなったんだ？」薬の影響でろれつは充分回っていない。でも言っていることはまともだ。「教えてくれるかい、スイートハート？」

親しげな呼びかけの言葉にガスは赤面したが、伯爵はまだ彼女が誰かわかっていないのだということを思い出した。「あなたは馬から落ちて――」

「投げ出されたんだ。四つ足の悪魔から、まっすぐ地獄へと投げ出された」

「では、あなたは投げ出されました。着地したとき頭を打ち、左脚の膝から下を二カ所骨折されました」

「ああ」それだけ言って彼は黙りこんだ。おそらくガスの言葉と自分の感じている痛みとを結びつけているのだろう。

「投げ出されたことは覚えておられますか？」ガスは慎重に尋ねた。無理やり思い出させたくはない。しかし、記憶喪失は重大な脳損傷の兆候でもありうる。

「それは覚えている。あの悪魔の馬も。しかしなぜ、どうやって投げ出されたのかは――だめだ。思い出せない」

これ以上苦しめたくないので、ガスは問い詰めなかった。「お医者様をお呼びして、怪我の状態をもっときちんと説明していただきましょうか？　ご命令どおり、主治医でいらっしゃるサー・ランドルフ・ピーターソンがロンドンから診察に来てくださいました。伯爵様が危険を脱するまで我が家に滞在していただきます」

「ああ、ピーターソンじいさんか」伯爵はまた弱々しく微笑んだ。「父のカード仲間だ。王女たちの引っかき傷や打ち身の手当てをして高く評価されている」

「伯爵様の怪我はもっと難しいようですわ」ガスはわざと、彼の父親ブレコンリッジ公爵にも知らせを送ったことは黙っていた。意外にも、公爵は長男の容態をまったく尋ねてきていない。伯爵がこのような危険な状態であるにもかかわらず家族が誰も見舞いに来ないことに、ガスは驚いていた。伯爵もそろそろ家族の不在に気づくかもしれない。

「いまからサー・ランドルフとお話しなさいますか？　怪我の状態と治療についてご説明くださると思います」

「わたしの望みはきみにここにいてもらうことだけだ、スイートハート」伯爵はもぞもぞ動いて顔をしかめ、ガスの手をぎゅっと握った。

「痛むのですね」ガスはやさしく言った。「ほんとうにサー・ランドルフをお呼びしなくていいのですか？」

「いい」伯爵は見るからに苦労して目を開け、微笑もうとした。「ただ……ここにいてくれ」

「いますわ」ほんとうなら、ガスは夕食やサー・ランドルフの部屋の手配をしに行かなければいけない。でもそれはもう少しあとでもいい。伯爵のほうが彼女をもっと必要としているのだ。

「シルクだ」彼は不意に言って、またしてもガスを驚かせた。「きみのスカート」

どういう意味かといぶかりながらもガスはうなずいた。

「よく気づいただろう」伯爵は得意げに言った。「ウェザビーは女中に高給を払っているんだな」

「女中?」たしかに、そう思われたのも無理はない。ガスはいつものように見かけよりも着心地と動きやすさを優先した服を着ている。しかも、ジュリアのような、貴族の娘であることを示す生まれつきの優雅さは持ち合わせていない。「あの、伯爵様、わたしは女中ではありません」

「では女中頭か。それにしては若いが、きっと有能なのだろう。きみは献身的に看病してくれた。掘り出し物だ」

「そんなこと」ガスは喜びと狼狽を感じながら口ごもった。

「いや、ただの掘り出し物ではない」彼女の戸惑いを見て彼はにっこり笑った。「天使だ。幸運の天使。テュークスはどこだ?」

「ここでございます」テュークスは即座にガスの横に現れた。

「テュークス、この娘に褒美をやりたい。わたしの命を救ってくれたんだ。いますぐ五ギニー渡してくれ」

テュークスは仰天して目を丸くした。「この女性にでございますか?」

「そうだ。五ギニーだ。ウェザビーに、彼女にそんな金を受け取る値打ちはないなどと口を出させるなよ」

ガスはうろたえて息をのんだ。「五ギニーですって！　まあ、伯爵様、そんな――」

「払える。払う」伯爵は彼女の反応を喜んでいるようだ。まったく誤解しているのだが。

「きみはそれに値する。サー・ランドルフのヒルやわけのわからん道具の十倍の値打ちがある」

「違います、伯爵様」ガスはきっぱりと言った。使用人と間違われるのはかまわないけれど、義務を果たしただけで五ギニー払われるなんて許しがたい。五ギニーというのは、ひとりの女性使用人が一年に受け取る給金よりも多い。こんなふうに屋敷の使用人に金貨を無造作に渡したら、ほかの使用人が嫉妬し、騒ぎが起きる。「いけません。そんなものは受け取れ――」

「伯爵様！」ミセス・パットンが駆けこんできた。デカンタと病人用の吸い飲みを載せたトレイを持っている。「お話しされる元気があるのはいい兆候ですけれど、不要な会話でお疲れにならないようにしてください」

「不要ではないわ、ミセス・パットン」ガスは照れくさくなり、伯爵に握られていた手を引き抜いた。「伯爵様とは大事なお話をしていたのよ」

「そのとおり」伯爵の視線はガスの顔から離れなかった。「非常に重要なことだ」

これほどの重傷を負った人間が必死で笑いをこらえるようなことがあるとは、ガスには信じられなかった。しかし実際そのようだ。彼女は急いで伯爵から目をそらし、ミセス・パットンに向き直った。

「失礼しました」ミセス・パットンはあわてて言った。「それでも、レディとの会話より伯爵様の健康のほうが大事です」

「〝レディ〟？　誰のことだ？」

「もちろんミス・オーガスタです」ミセス・パットンはデカンタのワインを吸い飲みに注いだ。「いまここに、ほかにレディはいらっしゃいません。さ、伯爵様、これをお飲みください。サー・ランドルフのご指示です。お目覚めになったらすぐお飲みいただくようにと」

彼女はベッドの反対側に行き、飲みやすくするため枕をもうひとつ伯爵の頭の下に押しこんだ。だが伯爵のほうは、ミセス・パットンを完全に無視してガスに目を据えている。ガスは頬が熱くなるのを感じていた。この午後彼と一緒にいて、これが百回目くらいに思える。

「きみはミス・ウェザビーの妹か」彼は信じられないという表情だ。「使用人ではない」

「使用人だというふりをしたことはありません」ガスは弁解するように言った。「ただの一度も」

「飲んでください」ミセス・パットンは吸い飲みを彼の前に持っていった。

伯爵は彼女が吸い口を唇にあてるのを許さず、吸い飲みをつかみ取って横からひと口で飲み干した。

「まあ、なんてことを」ミセス・パットンはあわてて吸い飲みを奪い返した。「無茶です。

カナリーワインにアヘンチンキを二十滴入れてあったんです。そんなに一気に飲んだら——」

「無茶ならしょっちゅうしている」伯爵は枕に頭を置いて横たわった。疲れきってぜいぜい息をしている。「ちょっとした策略を楽しんだかい、ミス・オーガスタ？　わたしをばかにして楽しかったか？」

「ばかになどしておりません」ガスは自己弁護するときも冷静さを保とうと努めた。彼がどんなに分別を失っているとしても、いまは非常に具合が悪く、不必要に興奮させてはならないのだ。「悪気はありませんでしたし、なんの不都合も起こっていません。ご自分をばかだとお感じになっているのでしたら、それはわたしでなくあなたご自身のせいですわ」

伯爵はすでにアヘンチンキの影響を受けはじめていた。目は閉じかけ、ろれつは回らなくなっている。「言ってくれればよかったのだ、ミス・オーガスタ。きみの——正体を」

「申し訳ございません。ただ、この状況ではわたしの正体などどうでもいいと思うのですが」

「ミス・オーガスタ、もうおやめください」ミセス・パットンは強い調子で言った。「薬が回るまで放っておくほうが伯爵様のためです」

ガスの目には、アヘンチンキは充分回っているように見えた。伯爵の目は閉じられ、表情はやわらいでいて、頭は枕に深く沈みこんでいる。ガスの言った最後の言葉も聞こえなかったのではないかと彼女は思った。

だが、彼には聞こえていた。

「ど――どうでもよくない」彼はかすれた声でささやいた。「き――きみだから」

3

サー・ランドルフは大げさに、ドクター・レスリーはもう少し穏やかに、熱が出るだろうと警告していた。たとえそれを聞いていなかったとしても、その夜遅く熱が出たのを、ハリーはすぐに感じ取っただろう。アヘンチンキを服用したにもかかわらず、体じゅうが燃えるように熱く、汗が出、苛立ち、頭は混乱した。最悪なのは夢だ。目を閉じるたびに、夢が彼を容赦ない怒りに駆り立てた。

夢はどれも同じ場面から始まっていた。彼はまたしてもジュリアを捜している。彼女のからかうような笑い声を追って、馬に乗って霧に包まれた森に入る。それが夢の中でいちばんいい場面だ。そして残念ながら、その場面はあっという間に終わる。

そして彼はなすすべもなく、またしても馬から投げ出されてむなしく空中を飛んでいく。落ち葉に覆われた固い地面に落ちることもある。だが多くの場合、予想外の場所に着地する。たとえば〈ホワイツ〉の晩餐室の模様入り絨毯の上に落ちて、集まってきた仲間の会員から見おろされる。あるいは貴族院の議事堂の真ん中に落下する。ある夢では――単なる夢というよりは悪夢だ――騎手を乗せた何十頭もの馬が足音を轟かせて走るエプソム競馬場の、泥だらけのコース上に投げ出された。また別の悪夢では、子どものとき以来訪れていなかったロンドン塔のライオンの檻に放りこまれた。

る。どの夢でも、骨の折れた脚のために動くことができず、命運が尽きるのをじっと待っている。ところがどの夢にも、必ずあるひとりの人物が登場する。ミス・オーガスタ。家族がガスと呼ぶ、灰色の目をしたジュリアの妹だ。毎回、彼がもう救出されないと観念し、痛みが耐えがたいほどひどくなったとき、現実と同じく彼女が現れる。ハリーの手を握ってくれる。ありふれたことを、まったくありふれていない声でささやきかけ、彼をひとりで放ってはおかないと約束してくれる。

なのに悪夢では、彼女はとどまってくれない。霧のごとく消え失せ、彼の手はガスの手があったところをむなしく握るのだ。いつも、必死で彼女を呼び戻そうとしているところで目が覚める。汗をびっしょりかき、ぜいぜいと息を切らし、乱れたシーツや枕や革製の副木から逃れようともがきながら。

「落ち着いてください、閣下、お静かに」サー・ランドルフがささやいて、ベッドから起きあがろうとしたハリーの体を押さえた。医師はベストの上から青い上っ張りを着ている。上っ張りには鮮血が飛びちっていた。

「くそっ、なにをしたのだ?」ハリーはざらついた声で言い、医師の手を押しのけようとした。彼が寝ているのかと思って医師たちが無神経に切断の話をしていたのは、ハリーも漏れ聞いていた。外科医どもは常にメスを持ち歩き、治療という名目で人間を切り刻もうとする。ハリーの学友のひとりは将校となり、アメリカの植民地で戦っていて片方の脚を失った。それ以来、彼は老人のようによぼよぼ歩く半人前の男になってしまった。「もしもわたしの脚を切り落としたのなら——」

「瀉血を施したのです、閣下。それだけです」サー・ランドルフは腹立たしいほど冷静に答えた。ハリーの腕を彼の目の前に持ちあげて、ナイフで切ったばかりの箇所と、そこに巻かれた血のついた布を見せる。「熱をさげようとしているのです」

「それだけです、それだけです、か」ハリーは辛辣に医師の言葉を繰り返した。「おい、わたしの脚はどうなった？　脚になにをした？」

「閣下の脚はいまだに危険な状態にあります」サー・ランドルフは言った。「なんとか切断せずにすませるつもりです。しかし、骨折部分の周辺の炎症が広がって発熱の誘因となっているのです。瀉血が体液の状態を正常に戻し、回復を促進させると考えております」

「なんのことやらさっぱりだ」ハリーはぶつぶつ言い、落ち着きなく体を動かした。動いた拍子に、副木をきつく縛りつけられて骨折治療箱に入れられた脚が痛みで疼いた。いい兆候ではある。少なくとも脚はまだつながっており、医師は嘘をついていないことが確かめられたのだから。

「ご安心ください、閣下には無意味に思えることでも、回復のためには重要なのです。わたしを信じて、最善の処置をさせてください」

「だったら窓を開けてくれ、ピーターソン、ちゃんと呼吸できるように」ハリーは苛立たしくシーツと上掛けをはがした。「この部屋は燃えるように暑い」

「熱が出ているからです」サー・ランドルフは言い、看護婦が上掛けを戻した。「いまのご病状では、開けた窓から入る外気を浴びることはお命にもかかわります」

ハリーはぐったりとなり、頭上のひだの入ったベッドの天蓋を苛々と見つめた。天蓋は車輪のようにぐるぐる回っている。見ているだけで頭が痛くなったが、それでも視線をそらすことはできなかった。

それにしてもミス・オーガスタはどこだ？　彼女なら、いまいましいベッドの回転を止められるだろうに。なぜ彼女はここにいない？

「さあ、閣下、これで不快感がましになるはずです」ミセス・パットンは温かく濡れた布をハリーの目に押しあてた。

「やめてくれ」ハリーは布をつかんでどけた。「ミス・オーガスタはどこにいる？」

サー・ランドルフと看護婦が交わした目配せに、ハリーは胸騒ぎを覚えた。

「ここにはいらっしゃいません」サー・ランドルフは慎重に口を開いた。「以前にも申しましたが、未婚の若い女性がここにいるのは適切ではなく――」

「いつそんなことを言った？」

「何度か申しました。今日は落馬から四日目ですが、熱のために閣下の、えー、判断力は、低下しているのかもしれません」

四日。ハリーの絶望感が募った。すっかり打ちのめされた。自分がひ弱な赤ん坊並みに非力で無能だと感じているだけでもつらいのだ。脚は疼き、頭は痛み、全身が熱い。ピーターソンたちが主張するとおり、彼の命はほんとうに危機に瀕しているのか？

「彼女を呼べ」ハリーは弱々しく言った。「いますぐに」

「閣下がお会いになりたいのは、ミス・ウェザビーではございませんか？」サー・ランドルフは穏やかに言った。姉妹の違いもわからないくらいハリーの頭がおかしくなっているかのように。

「違う」ハリーはそっけなく答えた。ジュリアには、こんなにひどい姿を見られたくない。オーガスタなら平気だろう。いや、たとえ平気でないとしても、ハリーはかまわない。彼女はハリーにとって幸運の天使、彼女の手は癒やしの魔法だ。幸運が必要なときがあるとしたら、それはいまこの瞬間だ。「ミス・オーガスタだ」

サー・ランドルフと助手、そしてミセス・パットンが、またもや暗い目つきで互いを見交わす。彼らはハリーが病気である上に盲目だと思っているのか？

「閣下」ふたたびサー・ランドルフが言った。「それは適切とは思えま――」

「いますぐだ」ハリーは残った体力を総動員して、いつものような力強い口調を心がけて命令した。

サー・ランドルフは躊躇し、唇をきつく結んで非難の意を示したものの、やがてうなずいた。

「わかりました」扉のそばで控えている従僕に合図をする。「閣下のお望みに応じまして、ミス・オーガスタに来ていただけるよう頼んでみます。しかし、来てくださるという保証はいたしかねます」

ハリーは枕に頭を落として目を閉じた。彼女は必ず来る。彼は一瞬たりともそれを疑わなかった。自分の好きにしていいなら、彼女はずっとここにいたはずだ。彼女が消えてしまう悪夢を見たのは——ピーターソンたちが彼女を来させなかったからだ。

またうとうと眠ってしまったらしい。ガスの声を聞いて目覚めたとき、彼女はすでにベッドの横の椅子に座っていた。本来いるべき場所に。

「こんにちは、伯爵様」ガスが身を乗り出すと、シルクがさやさやと音を立てた。「おかげんはいかがですか？」

彼女は外出から帰ったばかりらしい。そこからまっすぐ会いに来てくれたのだと思うと、ハリーはうれしくなった。彼女は花模様のシルクのドレスの上に白い薄絹をはおり、シルクでつくった花をあしらったつばの広い麦わら帽をかぶっている。美しく、新鮮で、非常に無垢な服装だ。姉のようなフランス風の派手な装いではないにしろ、彼女が最初からこのような格好をしていたらハリーも使用人と間違わなかっただろう。

ハリーは容態を尋ねる質問には答えなかった。見れば明らかだと思ったからだ。逆にハリーのほうから質問して答えを求めた。「どこに行っていた？」

ガスがすぐには答えなかったため、彼女が自らの判断でここを離れていたのではなく追い出されていたことを、ハリーは確信した。

「教会へ行っていました」ガスは山羊革の手袋を脱いだ。「家族全員で。今日は日曜日ですから」

彼女は切りたての草、日光、緑の牧草地のにおいがする。彼女がこの花柄のドレスを着て祈祷書を手にきっぱりとした足取りで草原を横切っているところを想像して、ハリーの気持ちはたちまち浮き立った。

「わたしのために祈ってくれたか？」どれほど気分が悪くても、ハリーは彼女をからかわずにはいられなかった。「わたしの邪悪な魂をお救いくださいと？」

「牧師様が挙げられた、信者一同の祈りを必要としている病める人々、弱き人々の中に、伯爵様も入っていましたわ」ガスは彼の邪悪さへの言及を巧みに避けた。ハリーの額に手のひらをあてる。その手は心地よく冷たかった。「まあ、ひどい熱」

「申しあげたとおりです、ミス・オーガスタ」サー・ランドルフは淡々と言った。「閣下は高熱に苦しんでおられて、我々は熱をさげるべく積極的な治療を施しています」

「伯爵様の腕を切り刻んで血を流させているということですね」ガスの口調はハリーが予想もしなかったほど辛辣だった。「熱が出るほど体内に血が残っているのが驚きですわ」

「ミス・オーガスタ」サー・ランドルフは強い調子で言った。「わたしは最新の、博識ある医学者がきわめて重視する考えにもとづいて閣下の治療を行っておりますゆえ、どうぞご安心ください」

「ええ、そうでしょうとも」ガスは甘やかに微笑みながらハリーに向き直った。

「喉は渇いておられませんか？」やさしく尋ねる。「唇が乾いていますわ」

ハリーは反射的に唇を舐めた。たしかに乾いてひび割れている。おそらく熱のせいだ。彼は唾をのみこもうとした。「そうだ、ひどく喉が渇いている」

「では、なにかお飲みにならなくては」ガスはきっぱりと言い、水を取りに行くため立ちあがった。

「おやめください、ミス・オーガスタ」サー・ランドルフが語気を強めた。「熱をさげる最良の方法は、積極的な瀉血と過剰な水分摂取の抑制です。汚れた体液を排出させるためには必要な処置です。アヘンチンキとまぜたカナリーワインだけで、閣下の基本的な欲求を満たすには充分すぎるほどですし、単なる水よりも精がつきます」

「でも回復のためには、患者さんを楽にしてさしあげることがきわめて重要なのではありませんか、サー・ランドルフ？」ガスはそばのテーブルに置かれた水差しの水をグラスに注いだ。「昔ここに修道院を建てた古代の修道士は、深い泉からわきあがる清らかな水を求めてこの地を選びました。いまでも、ここの水は体にいいことで知られています。閣下にも効果があると思わずにはいられません」

ハリーも同感だった。ガスがこの奇跡の水について話せば話すほど、喉が渇いてくる。彼女が持つグラスに注がれていく水を、ハリーは物欲しげに眺めた。

だがサー・ランドルフは不満そうだった。「ミス・オーガスタ」苛立ちもあらわに言う。「ミス・オーガスタ、どうか、わたしの患者の治療に介入しないでください。わたしは――」

「黙れ、ピーターソン、わたしの喉はサハラ砂漠のようにカラカラだ」ハリーが割りこんだ。「その水が欲しい」

サー・ランドルフは首を横に振った。「閣下、こんなことは許せません。閣下がこれほど衰弱して危険な状態のときに」

「わたしは許せる。その水を飲む」

「閣下。わたしは公爵であらせられるお父上の知人として閣下の治療を引き受けました。閣下の身に万一のことがあったら——」

「わたしが責任を持つし、必要とあらばわたしが父に釈明する。ミス・オーガスタ、水をくれ」

敗北を認めてというより、ブレコンリッジ公爵が主治医より息子の言葉を重視するであろうことを認めて、サー・ランドルフはぶっきらぼうにうなずいた。

ガスは得意げな表情を浮かべることなく、ベッドの横を回ってハリーのところまでグラスを持ってきた。ハリーはなんとか体を起こそうしたが、情けないことに衰弱していて動けない。ガスは躊躇なく彼の肩に腕を回して起きあがらせ、唇にグラスをあてて傾けた。

「さあ、どうぞ」小声で言う。「ゆっくり飲んでください。伯爵様が喉を詰まらせて、わたしの考えが間違っていたと思われたくありませんから」

警告の必要はなかった。どんなに喉が渇いていても、ハリーはじっくり時間をかけるつもりだった。そのあいだ、ガスがこうやってそばにいてくれるからだ。単に支えているのではなく抱擁していると思えるほど、彼女の腕はやさしく体に回されている。彼女は花をつけた帽子のつばを傾け、丸い顔に真剣な表情を浮かべ、ハリーに水を飲ませることに集中していかわいいピンク色のシルクの花をつけた帽子のあまりの滑稽さに、ハリーはすっかり明るい気分になった。この深刻な状況における、ほんの少しの軽薄さだ。ふっくらした頰や鼻梁には、木漏れ日のようにそばかすがちらばっている。おとなの女性にそばかすがあるなど、ハリーは思ったこともなかった。おそらくほかの女性はおしろいで隠しているのだろう。なのにガスは気にしていないようだ。気にしていなくてよかった、とハリーは思った。

飲み終わったあとも彼女から目を離さなかった。あまりにじっと見つめているので、彼女は頰を染め、あわてて視線をそらした。

「いまはこれくらいで充分です」ガスはハリーの体をおろしかけた。

「すみません、ミス・オーガスタ」ミセス・パットンがいつもどおりの看護婦らしいきつい口調で言った。「そろそろお薬の時間です」

すっかりおなじみとなった、病人用のカナリーワインを持って進み出る。彼女のおかげで、ハリーはカナリーワインが嫌いになってしまった。このワインが痛みやアヘンチンキを連想させるからだけではなく、ハゲワシの急襲よろしくエプロン姿の彼女がのしかかってくる横暴な態度ゆえに。ガスのいたところにミセス・パットンが代わって立つと、不快感はさらに増した。もうたくさんだ。さっきはサー・ランドルフに抵抗した。今度はミセス・パットンだ。

「グラスをミス・オーガスタに渡してくれ。彼女の手から飲みたい」

ミセス・パットンは顔をしかめ、援軍を求めてサー・ランドルフのほうに目を向けた――だが援軍は来なかった。

「ミス・オーガスタがお手伝いくださるなら、どうぞお願いします」サー・ランドルフは地位の高い患者に屈してプライドをのみこんだ。「わたしが最も懸念するのは閣下の健康状態ではありますが、閣下や公爵閣下のご機嫌を損ねたくはありません。閣下のお望みには快く応じたく存じます」

ミセス・パットンはしぶしぶ薬のグラスをガスに渡した。ハリーはふたたび勝利したのだ。

だが、こんな短いやりとりだけでも、すっかり体力を消耗してしまった。アヘンチンキを服用するまでもなく、すでに意識を保つのが難しくなっている。

「待ってくれ」ガスが薬を手に持って彼に飲ませようとしたとき、ハリーは首を横に振った。彼女のあいている手を取り、逃げられないよう指を絡める。

「わかって――わかっておいてほしい、きみがここにいてくれて、わたしがどんなに喜んでいるか」疲れのために言葉が不明瞭になっている。ああ、どうしていつも、大事なことを言おうとするとこうなってしまうのだ？　なぜ意識を集中できない？「わたしは――きみが戻ってきてくれてうれしい。離れるな。やったぞ」

ガスは微笑んだ。口角をわずかにあげた、こわばった笑みだった。「なにをやったのですか？」

ハリーがさっきからからかったように、ガスも彼をからかっているのか？　それとも、熱に浮かされて彼は錯乱しているのか？

「ちゃんと言えたということだ」彼はできるかぎりはっきりと言った。「ここにいてくれ。きみはわたしに幸運をもたらしてくれる。わたしには——幸運が必要だ」

「では幸運を得られますわ」ガスはやさしく言いながら、グラスを彼の唇にあてがった。

「次にお目覚めになったとき、わたしはまだここにおりますから」

「ミス・オーガスタ？」

数日後。ガスは夢見心地でまだ目覚めたくなかったので、枕にもたれこみ、自分を無礼に起こそうとする男性の声を遮断しようとした。

「ミス・オーガスタ、起きてください」ふたたび男性が言う。ガスは不承不承に声のほうを向いて目を開けた。ここが自分のベッドではなく、ロード・ハーグリーヴのベッドの横まで引いてきた時代遅れの安楽椅子であり、いまはショールにくるまって眠っていたことを思い出すのに、一瞬の間を要した。声の持ち主は外科医だった。ガスが目を開けると、凝ったかつらをかぶったサー・ランドルフの深刻そうな面長の顔が、まっすぐに彼女を見つめていた。

「ミス・オーガスタ」ガスがはっきり目覚めたと確信するやいなや、彼は静かに言った。「ロード・ハーグリーヴの容態に変化がありました。あなたもお知りになりたいのではと思いまして」

ガスはすぐさまショールを投げ捨て、心臓をどきどきさせてベッドをのぞきこんだ。最後に見たときも彼の具合はかなり悪かった。さらに悪化したとは考えたくない。

だが彼の上に屈みこんだ瞬間、いいほうに変化したのだとわかった。表情は穏やかになり、額はもう汗まみれでなく乾いており、呼吸は深く規則的になっている。

「夜のあいだに熱はさがりました」サー・ランドルフは声を低く保っている。「お目覚めになって包帯を替えるときには、骨折箇所も改善していることが確かめられるでしょう」

「危険は脱したとお思いですか?」ガスは心配して尋ねた。

サー・ランドルフはにっこり笑った。「今夜までこの状態がつづけば、喜んでそう言わせていただきます」

ガスは感激して手を頬にあてた。この瞬間まで、自分がどれほど最悪のことを案じていたかわかっていなかった。伯爵はまだ完全に危機を脱したわけではないし、脚の機能が少しでも戻るという希望が持てるまでには回復の長い道のりを歩まねばならない。彼は怪我をしてからかなりの体重を失い、黒いひげに覆われた顔はやつれ、頬はげっそりこけている。おそらく自覚している以上に体力も失っているだろう。ガスの経験によれば、男性は回復期にかなり気難しくなる。今後数カ月伯爵の看病にあたる人が気の毒だ。

「今日、閣下の容態が期待どおりに改善したなら」サー・ランドルフは言葉を継いだ。「わたしはこれ以上こちらにご迷惑をおかけするのをやめてロンドンに戻ります。今後はドクター・レスリーが閣下を見てくださるでしょう。すでにドクター・レスリーに連絡を取って、こちらに来てもらうようにしております。彼と最終的な打ち合わせをすませて、おいとまします。わたしの帰りを待っている患者さんは、ほかにもおられますのでね」

「そうでしょうね」ガスは眠っている伯爵から目を離さなかった。「伯爵様をロンドンに連れて帰られないのですか？」

「それは無理です」不快なものから逃げるかのように、外科医はわずかに体を引いた。「数週間は動かさないほうがいいでしょう。もしかしたら数カ月。現状では、馬車での長旅はお命にもかかわります。それは間違いありません。残念ながら、ミス・オーガスタ、お父上様にはもうしばらく閣下を預かっていただかなくてはなりません」

「喜んでお預かりいたします」このような高貴な客を長期間滞在させるためにはどのくらい物資を調達すればよいかについて、ガスは忙しく頭をめぐらせた。

「お姉様もさぞお喜びでしょう」サー・ランドルフは意味ありげににやりと笑った。「美しいレディが男性の心を射止めるのに、愛想よく看病するのにまさる方法はありません」

ガスも微笑んだ。単に微笑むことが期待されていたからだ。けれども彼女はサー・ランドルフが知らないことを知っている。ジュリアは一度いやいや見舞いに来たあとは、二度と来ようとしない。また、父にどれだけ水を向けられても、彼の容態や現状について話したいというそぶりも見せていない。

もちろん、この数日ガスはロード・ハーグリーヴの看病につきっきりになっているので、ジュリアの言動を正確には知らない。でもこの件に関する父の不機嫌な様子から、想像するのは難しくなかった。ジュリアがこんなに気まぐれで神経質になって伯爵を無視していることについて、ガスは心ひそかに彼を哀れんでいる。いくらジュリアが姉でも、ガスから見れば彼女の行動はとても正当化できない。

それでも、ガスが伯爵のことを姉の将来の夫以外の男性として考えるべき理由はない。誰もが、彼はジュリアと結婚するものと考えている。状況はなにも変わっていない。伯爵は熱に浮かされているときガスが幸運の天使だと口走ったものの、心はいまだに美しい姉にとらわれている。

だからこそ、伯爵の看病ができてジュリアは喜ぶだろうとサー・ランドルフが言ったとき、ガスは彼の容態が改善したことを姉にも知らせなければならないと気づいたのだ。

「ちょっと失礼します、サー・ランドルフ。このうれしい知らせを姉と父にも伝えてきますので」

眠っている伯爵を最後に一度見やったあと、ガスは部屋を出て急ぎ足で長い廊下を進み、家族の寝室がある翼棟に向かった。時間をかけるつもりはない。伯爵が目覚めるまでに戻ってこよう。

まだ朝も早く、屋敷は静かだ。女中はカーテンを開けたり暖炉を掃除したりしはじめており、父の飲むブラックコーヒーの香りが寝室から漂っていた。ジュリアはまだベッドでぐずぐずと朝食を取っているか、鏡台の前で侍女に髪をとかして結わせているだろう。

ところがガスが予想もしなかったことに、ピンクと白に塗られたジュリアの寝室には父がいて、怒鳴り、毒づき、檻に閉じこめられた雄牛さながらにうろうろ動きまわっていた。べッドは整えられておらず、服や帽子やストッキングや靴は、急いで放り投げたかのように部屋じゅうにまきちらされている。蓋の開いた旅行鞄が衣装ダンスのそばに立てかけられていた。半分ほど服が入っている。こんなにちらかっている理由はさっぱりわからない。

「ガス！」彼女が入り口に現れるなり、父は叫んだ。「よかった、来てくれて。おまえはなにか知っているか？　おまえの愚かな姉は、今度はいったいなにをしてくれたのだ？」

父は部屋の中央に立ち、赤い顔をして手に持った手紙を振りまわしている。まだペイズリー柄のガウン姿で、ナイトキャップは頭頂から後ろに押しやられていた。従僕や女中は後ろめたそうに父のまわりに立っている。なにが起こったにせよ、彼らになんらかの責任があるかのように。

「なにもわからないわ」父の気を静めるため、ガスは極力落ち着いた口調を保った。「お父様が教えてくださらないと。お姉様はどこなの？」

「逃げおった。臆病者のようにロンドンへな。見ろ、自分でも認めておる」

ガスは父の手から手紙を奪い取った。たしかに女学生っぽいジュリアの丸い字だ。まさに父が言ったとおり、ロンドンに逃げていったらしい。

手紙は非常に長く、お気に入りのロマンティックな小説から借りてきたに違いない大げさな文言であふれている。彼女は〝純然たる苦悶に悩まされ〟、〝愛する高貴な方の筆舌に尽くしがたい残酷な苦しみ〟のために〝華奢な心は苦しみにのたうち〟、ついに〝この恐ろしいほどの空虚さにはもはや耐えられなくなり〟、〝正気を保って自分を取り戻す〟ためここ以外の場所に〝援助と慰めを求めねばならなくなった〟ようだ。この恐ろしい〝苦悩〟からの避難所は、ポートマン・スクエアにあるアビゲイルおばの贅沢な屋敷。そこで新たな舞踏会やパーティに出て、心を癒やすつもりらしい。

「お姉様はいつ家を出たの？」手紙にざっと目を走らせたあと、ガスは尋ねた。

「何時間も前だ」父は陰気な顔で曖昧に答えた。「あのならず者のトムがぐるになって、ジュリアと侍女を軽装馬車で連れ出した。あの男はもう厩舎に出入りさせんぞ。娘と馬を盗んだ罪で告発し――」

「やめて、お父様」ガスはきっぱりと言った。「かわいそうなトムにはどうすることもできなかったのよ、お姉様に命令されたら。お姉様は、その気になればひどく説得力豊かになれるんだもの」

「その気になればひどくよこしまにもなれるぞ、おてんば娘めが」父はそばの肘かけ椅子にどすんと座りこみ、うんざりしてナイトキャップを脱いだ。「よこしまで不誠実だ！　あのだらだらした手紙を見てみろ。自分のことしか考えておらん。ハーグリーヴのことには、ほとんど触れていなかった」

ガスは吐息をついた。父の言うことはすべて真実だ。けれどもいま重要なのは、手遅れになる前に事態の改善を図ることだ。

「お姉様は伯爵様にも手紙を置いていったの？」そうではないことを祈りつつ、ガスは尋ねた。

「ないな、わしの見たかぎりでは。なくてよかった。考えてみろ、ガス、考えてもみるんだ。公爵夫人になる絶好の機会だったのに、あの娘はなにをした？　ハーグリーヴが回復するのが待ちきれないからと、せっかくの好機を棒に振ったのだぞ！　そんなことをされて、まだあの子を求めるような男がいるか？」

「お父様が追いかけないといけないわ」ガスはなんとか冷静さを保とうとした。父が示唆したように、これはジュリアの身の破滅を招くかもしれない。ジュリアがロード・ハーグリーヴの求婚を断ったとロンドンの上流社会に知られるだけでも充分まずいのだ。しかも求婚の際に骨折して意識を失った彼を見捨ててきたとなったら、状況はますます悪くなる。ジュリアは不都合な噂の的になってしまう。「ロンドンに着くまでに、お父様がお姉様をつかまえるのよ」

「ああ、つかまえてやるぞ、必ずな」父は新たな決意を胸に立ちあがった。「つかまえて、あの身勝手なわがまま娘を後悔させてやる。それから――」

「すぐ着替えに行って」ガスは強く言って父の腕をつかみ、部屋から引っ張り出した。「これ以上、話をして時間を無駄にしないで。わたしはお父様に付き添うようウィリアムに言って、馬車を用意させるわ」

父はうなずいた。「ウィリアムはしっかりしたやつだ。ろくでなしのトムと違ってな。やつはわしの娘を盗んで――」

「お父様、早く」ガスはせかした。「いますぐお姉様を追いかけないと」

「行くぞ」父はまたしても怒りに駆られて走りだした。「待っておれ。夕食までにおまえの姉を連れ戻すからな」

ガスは小さな輪になって期待の表情で命令を待っている使用人に向き直った。父は使用人を信頼しきっているので、彼らの前で心の内を自由に――ときには軽率に――話すことをなんとも思っていない。だから、彼らに警告を与えるのはガスの役目だ。

「お姉様がしたことについては、いま聞いたとおりよ」ガスは胸の前で両手を握り合わせた。「お父様はなんとしてもお姉様の衝動的な行動を改めさせるつもりよ。それまでのあいだ、この件については他言無用でお願いね――屋敷の人間以外には漏らさないこと。とくにサー・ランドルフ・ピーターソンやドクター・レスリーの助手や使用人に。お姉様の幸せ、ひいてはこの屋敷に住む人間全員の幸せは、あなたたちの口の堅さにかかっているのよ。わかったかしら？」

一同は声を揃えて同意の言葉をささやいた。ガスは彼らが本心からそう言い、それを守ってくれることを祈るばかりだった。ジュリアの衝動的な行動は突拍子なさすぎるので、どんな忠実な使用人でも口をつぐんでいるのは難しいだろう。ガスは、姉の部屋を片づけ、父と馬丁頭のウィリアムのために馬を用意するよう、てきぱきと指示を出した。それからようやく、屋敷の反対側の端まで駆け戻った。運がよければ、ロード・ハーグリーヴはまだなにも知らずにぐっすり眠っているだろう。

けれども、どんな幸運もガスから逃げていったようだ。伯爵の部屋へ行き着く前から声が聞こえてきた。怒れる男性に面と向き合わねばならないのは、今朝はこれで二度目だ。

この一週間あまりで初めて、窓のカーテンが開けられ、広い角部屋全体を日光が照らしていた。ここは屋敷の最上級の部屋、高位の客のための寝室だ。龍の模様が入ったシルクの黄色い壁紙やマホガニーの椅子カバー、衣装ダンスの上で日の光に輝く磨かれた真鍮の道具。部屋の中央には大きなマホガニーのベッドがあり、これにも中国製の黄色いシルクのカーテンがかかっている。異国の君主のごとく、凝った模様の蛇腹がついた天蓋の下で座っているのは、ロード・ハーグリーヴだ。

いや、異国の君主でなく怒れる君主だ。彼は積んだ枕にもたれている。顔は黒いひげに覆われ、黒髪はくしゃくしゃに乱れ、青い目は澄んでいて眼光鋭い。ベッドの脇に立つサー・ランドルフとその助手は、不幸にも彼の怒りの標的となっていた。彼がほんとうに異国の君主だとしたら、彼らふたりをこの場で処刑せよとの命令を出しているに違いない。

「いったいどこに行っていた？」ロード・ハーグリーヴはガスをにらみつけた。「わたしのそばにいると約束したはずだ。約束を守らなかったようだな」

ガスは急停止し、背筋を伸ばし、腰の前で両手を握り合わせた。

「おはようございます、伯爵様」極力穏やかに言う。「ほかにどうしても対処しなければならない重要な問題がありましたので」

その弁解を聞いて、伯爵は意外そうに黒い眉をあげた。「わたしへの約束を守る以上に重要なことがあるのか？」

「あったのです」それ以上説明するつもりはない。父のおかげで、ガスは癇癪持ちで非論理的な男性への対処には慣れている。伯爵のほうが驚くほどハンサムではあるが、中身はさほど父と変わらない。彼と口論して得るものはなにもない。だから、そんな愚かなことをするつもりはない。気をそらし、ちょっとおだてるほうが、よほど効果的だ。

ガスは笑顔になった。「ずいぶんおかげんがよくなられたようですね。ほっとしました。こんな晴れた日には、以前の伯爵様に戻られたみたいに見えますわ」

伯爵は苛立たしげに窓を一瞥した。晴れた日というのがどういうものか、思い出そうとするかのように。

「きみは以前のわたしを知らないだろう、ミス・オーガスタ、だから似ているかどうかわかるわけがない。わたしは衰弱し、消耗している。昔の自分の抜け殻だ。ほら、きみも自分の目で確かめるといい」

伯爵はガスのほうに腕を突き出し、ナイトシャツの袖を肘までめくりあげた。ガスの目には、むき出しの腕は充分筋肉質で男らしく見えた――実のところ、並外れて男らしく。たくましい腕を見せられて、ガスの顔がほてった。

「見てみろ」彼は嫌悪をこめて言い、こぶしを握って、最近の瀉血の痕が細い包帯で巻かれた腕で力こぶをつくろうとした。「すっかり筋肉が落ちて、子猫並みに弱っている」

「それは誇張ですわ」彼が同情を望んでいるのは明らかだが、ガスはそれを拒んだ。「いまでもおとなの猫並みの体力はあるはずですもの」

伯爵はそれを聞いてにやりと笑った。まったく予想外の言葉だったようだ。

「では、おとなの雄猫としよう」腕をおろして言う。「それも、扱いにくい、馬小屋に住みついているような雄猫だ」

「同感です」ガスは真顔で言った。「雄猫がふさわしいと思います」

「そうだな」彼は捕食動物のように目をきらめかせた。「しかし、以前のトラのような強さを取り戻すには、ものを食べなければならない。なのにこの愚か者どもは、厨房からまともな料理を運ばせることを拒んでいる」

「栄養をお取りになることを拒んでいるわけではありません」サー・ランドルフは非常につらそうな顔をしている。もっと扱いやすい患者のいるロンドンに戻るのが待ちきれないようだ、とガスは思った。「慎重にと申しあげているだけです。今後数日は軽い食事にとどめておかねばなりません。でないと体液が異常に熱くなって、また発熱する危険があります。牛肉か鶏肉のスープ、あっさりしたパンがゆ——」

「パンがゆ?」伯爵は疑わしげに訊き返した。「いったいどういうものだ?」

「元気回復に役立つ素朴な料理です」パンがゆをおいしそうに思わせるのは無理だとわかっていながら、ガスは言ってみた。「味のないパンをミルクと一緒に煮て、プディングみたいにどろどろにします。蜂蜜か砂糖少々で甘味をつけて——」

「子ども用の食べ物だ。おとなが食べるものではない。ピーターソン、わたしをずっと病人のままにしておいて料金をふんだくる気か? だから病人食しか与えないのか?」

「そんなつもりは毛頭ございません」サー・ランドルフは声を張りあげた。「わたしの目的は、閣下にもとどおりお元気になっていただくことだけです。閣下はすでに目覚ましい回復ぶりを見せてくださいましたので、わたしはロンドンに戻れます」

「すぐにあとを追うぞ。これ以上ノーフォークに閉じこもっていたら、退屈で死んでしまう」

「だめです、閣下」外科医は強く言った。「骨が自然に癒えるまで、少なくともあと五週間ほどは、このベッドで横になっていただきます。旅をするなど、もってのほかです。せっかく修復した骨が外れるかもしれず、またしても脚を失う危険が生じます」

伯爵は長々と大声でさまざまな悪態の言葉を並べた。「しかし、こんなところにはいられないぞ！　あと五週間も！」

「いてください」サー・ランドルフは堂々と、きびしい口調で言った。「このレディの前でばちあたりな言葉を口にするよりは、この方の慈悲にすがって親切な扱いをお求めになるべきです。回復のためにはそれが必要ですから」

伯爵は彼女を見やった。あたかもすべてガスのせいだと言うかのように。「ほんとうなのか、ミス・オーガスタ？　わたしはこのつまらん部屋に、あと五週間も囚人のように閉じこもっていないといけないのか？」

ガスは顔をしかめた。悪気はなかったけれど、しかめずにはいられなかった。屋敷の最高級の部屋をつまらないと言い捨てられるのを聞いて、家族のプライドも、自分が屋敷を切り盛りしていることへのプライドも傷ついていた。

「おみ足が大事でしたら、サー・ランドルフのご指示を聞かれたほうがいいと思います」彼女はぶっきらぼうに言った。「もちろん、お望みのかぎり我が家に滞在してくださってかまいませんし、お客様として快適にお過ごしになれるよう、わたしが責任を持ちます」

「パンがゆを食べさせられて、なにが快適だ」彼はきつい調子で言った。「それに、わたしはここの客ではない。囚人だ」

「いいえ、囚人ではありません」ガスは息巻いた。「好きなときに出ていってくださってけっこうです。あなたも、あなたの脚も、まっすぐ地獄行きでしょうけどね。あなたが片意地張って主治医の言葉に従わなかったためにこの屋敷でお亡くなりになって我が家が恥をかくよりは、さっさと出ていってくださったほうがましですわ」

伯爵はガスをにらみつけた。黒いひげの上からのぞく頬は赤くなっている。「ピーターソン、出ていけ。わたしはこの……レディとふたりきりで話したい」

「閣下、お願いですから、そのようにふたりきりでお話しされる際の危険を考えてください」サー・ランドルフは言い張った。「閣下の忍耐が切れて強い怒りに身をお任せになったら、またしても体液のバランスが崩れるかもしれず――」

「ミス・オーガスタに言うべきことを言わなかったら、よけいに体液のバランスが崩れるぞ。出ていけ。いますぐ」

サー・ランドルフはしぶしぶお辞儀をし、助手とミセス・パットンを従えて部屋を出た。

扉が大きな音を立てて閉まる。ガスはひとりで伯爵と向き合うことを余儀なくされた。もちろん彼とふたりきりになったことはあるし、そのときは平気だった。でもそれは、彼が夢うつつの状態だったとき、頭を起こすこともできないほど弱っていたときだ。いまのロード・ハーグリーヴはベッドで上体を起こしており、ハンサムな顔は生気に満ち、青い目はかっと燃えていて、以前の彼とはまったく違っている。

しかし彼はなにも言わない。ガスも無言だった。どちらも相手が口を開くのを待って、沈黙ばかりが長引いている。〝相手を値踏みしている〟――父ならこんな状況をそう呼ぶだろう。たしかに、ガスが伯爵という人物を見きわめようとしているのと同じく、彼もガスを見きわめようとしているようだ。やがて、怒りで紅潮していた彼の顔から赤みが引きはじめた。いくら彼が苛立たしい態度をとっていようと、ガスは自分のせいで彼の病状がふたたび悪化する事態は避けたかった。

「ミス・オーガスタ」ようやく伯爵が言った。「世に知られるウェザビーの水をグラスに一杯いただけるかな?」

ガスは後ろめたく感じながら急いで水差しの置かれたテーブルまで行き、グラスに水を注ぎ、戻ってきて彼に手渡した。伯爵はゆっくりと飲んだ。じっくり味わっているらしい。それを見たガスは、彼に頼まれるまで水のことを考えなかったうかつさを、いっそう後ろめたく感じた。

伯爵はガスを見つめながらグラスを返した。「さて、ミス・オーガスタ。どうしようか」

「そうですね、ロード・ハーグリーヴ」ガスは用心深く答えた。彼と一緒にいると、どうしてこんなに戸惑い、狼狽するのかわからない。そんな必要はないというのに。「どうしましょう」

彼はため息をついて、ベッド脇の肘かけ椅子を手で示した。眠っている彼を見守ってガスが何時間も座っていた椅子だ。「座ってくれ」

ガスは小鳥が止まり木に止まるように椅子の端にちょんと腰かけ、背筋をぴんと伸ばし、膝の上で両手を組んだ。

「そのほうがいい」伯爵は枕にもたれ、かすかに顔をしかめた。折れた脚を動かしてしまったのだろう。ガスは彼がまだ重傷を負っていることを思い出して罪悪感を覚えた。

「そうですね」さっきのいがみ合いは忘れよう、とガスは心に決めた。「おかげんがかなり改善して、わたしもうれしいですわ」

「これが改善だとしたら、容態はよほどひどかったんだな」伯爵のため息には、ガスが予想していた以上のあきらめがこもっていた。「この一週間のことは、ぼんやりとしか覚えていない。しかしミス・オーガスタ、きみが非常に親切にしてくれたことは覚えている。わたしにはもったいないほど親切に。なにしろ、わたしはひどく不機嫌だったからな」

「わたしは必要なことをしたまでです」それがどんなに不自然に聞こえるかは、ガスも充分わかっている。ある意味では、彼女がしたことを伯爵がまったく覚えていないようにと願っていた。彼はジュリアと婚約したも同然であり、いずれガスの義兄になる男性だ。状況がどうあれ、ガスが彼の手を握り、彼が熱に浮かされて彼女を天使と呼んだのは事実なのだ。それを思うと恥ずかしくてたまらない。

「必要かどうかはともかく、わたしたちは関係改善が図れると思う」伯爵はガスが気乗りしない様子なのを見ながら抑揚なく言った。「どうやらわたしは、もうしばらくここで厄介になるしかないようだ。お互い少しは友好的になったほうが、試練でなくなるだろう」

「伯爵様のお世話をするのはわたしの責務です」ガスはさらに背筋をまっすぐに伸ばした。彼の看病という重荷を文字どおり肩にしょいこもうとするかのように。「試練ではありません」

「そうか、そのほうがいい響きだというわけか」伯爵は無念さを隠そうともしなかった。

「ああ、自分が若い女性の責務になるなどとは思わなかった」

「そんなつもりで言ったのではありません」ガスはすぐさま言った。「まったく違います」

「いや、それ以上の弁解は不要だ」伯爵は苛々と手を振った。「驚くべきことでもない。きみの姉上から、きみたちふたりがいわば昼と夜ほど違うことは、あらかじめ聞いていた。ほんとうだな。きみをひと目見れば違いは明らかだ」

ジュリアほどの美人でないことは、ガスも自覚している。物心ついたときからずっとわかっていた。それでも彼の無頓着な言葉にひどく傷つき、急いでうつむいた。目に浮かんだ悲しみを見られたくなかった。

悲しみ、そして戸惑い。月並みだと彼に思われていることが、どうしてそんなに気になるのだろう？　彼がガスよりジュリアを好きだからといって、それがどうした？　ガスとジュリアは彼の注目を求めて争うライバルではない。父が以前言ったとおり、美男と美女は常に引き合うものだ。そしてガスは美女ではない。とりわけ伯爵ほどハンサムな男性の目から見れば。

「わたしと姉は異母姉妹です。それぞれ母親似で、お互いはあまり似ていません」

「なるほどね」伯爵はなにげなく言った。思いは別のところに向かっているようだ。「聞いてくれ、ミス・オーガスタ。わたしがきみの姉上に求婚するためここに来たことは秘密でもなんでもないし、いまでもそのつもりだ。彼女が受けてくれることを信じている」

ガスはうつむいたままだった。目下ジュリアが家におらずロンドンに向かっていることを自分は知っているが、彼は知らない。それを思うと心が痛む。

「姉上とはできるだけ早く結婚したいと思っている。しかし、ひとつ質問がある。ミス・ウエザビーはいまどこにいる？」

ガスはそれを尋ねられることを予期して、正直だが曖昧な答えを用意していた。

「姉はいま留守にしているのです」早口で言う。「おばを訪ねに行きました」

「いつ戻る予定だ？」

「わかりません」今度も正直に答えた。「姉はよく気まぐれに行動しますから」

伯爵は微笑んだ。ジュリアに関して父が見せるのと同じ類の、男性が女性を甘やかして考えるときの笑みだ。

「具合が悪かったとき、彼女が会いに来てくれたのを覚えていないのだ」伯爵はばつが悪そうに言った。「ただの一度も。しかし、そのことは彼女に言わないでほしい」

「もちろんですわ」ガスは即座に同意した。ジュリアはなんと運がいいのだろうと思いながら。「あなたの秘密は漏らしません」

「ではもうひとつ、きみの好意に甘えたいことがある」伯爵はひげに覆われた顎を手のひらでさすった。「このようなところを彼女に見られたくない。こんな、情けない無一文の世捨て人のような姿は。わたしがもう少しまともな格好になるまで、彼女をこの部屋に来させないようにしてくれないか?」

「姉をあなたに会わせないのですか?」ガスは驚いて訊き返した。これは単なる幸運ではない。考えられうるかぎりの最高の天恵であり、そして——こんなふうに考えるのは姉に対して不忠義だと思うけれど——ジュリアにはもったいないほどの幸福だ。

「ほんの二、三日でいい」伯爵はガスの驚きを誤解して言った。「このいまいましい脚については当分なんともできないが、ひげを剃り、少しものを食べれば、もっと文明人らしくなれると思う」

彼は微笑もうとしたが、またしても顔をしかめ、目を閉じて痛みに耐えた。

ガスはあわてて立ちあがった。「サー・ランドルフを呼んできます。こんなに話をさせてあなたを疲れさせたのはわたしの責任です。サー・ランドルフにまた薬を処方していただいて——」

「だめだ」彼は目をきつくつぶったまま、きしんだ声で言った。「もう薬はいらない。アヘンチンキはごめんだ。また意識を失ってなにも感じないようになるくらいなら、痛みを感じるほうがいい」

「でもサー・ランドルフは――」

「ピーターソンなど地獄へ行けばいい」ゆっくりと薄目を開ける。「そこでわたしと会える。地獄は連れがあったほうが過ごしやすいらしいぞ」

ガスの顔が赤くなる。彼が、ジュリアの架空の訪問のことを忘れたように、先ほどのガスの怒りの爆発も忘れてくれればよかったのに。「サー・ランドルフを呼びに行きます」

「やめろ」伯爵はガスの手をつかんで引き留めた。「本気で頼んでいるのだ。あんな男より、きみがいてくれるほうが、よほどわたしのためになる。わたしの健康を気遣ってくれるなら、料理人がつくる最高のパンがゆを持ってきて、ピーターソンの名はもう口にしないでほしい」

ガスは自分の手をつかむ伯爵の手を見おろし、それがどんなに温かくて親しげに感じられるかは考えまいとした。

「ではパンがゆを取りに行きます」きっぱりと言って手を引き抜く。「でも申しあげておきますが、わたしが持ってきた以上、最後のひと口まで食べていただきますから」

「貪り食うと誓う」彼の目はいまだに半ば閉じられていて、ゆったりとした笑みは意外なほどに無邪気だった。「そのあいだきみが横にいてくれるなら」

ガスは唇を引き結んできびしい表情を保とうとした。「パンがゆを持って戻ってきます」扉の手前まで来たとき、ふたたび彼に呼ばれた。閂《かんぬき》に手をかけたまま物問いたげな表情で振り返る。

「ミス・オーガスタ」伯爵の顔にはまだ笑みが浮かんでいた。「お願いだ。横にいると言ってくれ。うんと言ってほしい、パンがゆのためにも」

ガスは深く息を吸った。これはパンがゆとはなんの関係もない話だ。彼はたぶんからかっているのだろう。男性――とくにハンサムな男性、とりわけ姉と愛し合っているはずのハンサムな男性――にからかわれた経験はほとんどないけれど、兄のアンドリューは家にいるときよくガスをからかってくる。これも似たようなものだろう。といっても、からかっているのは兄ではなくロード・ハーグリーヴなのだが。

「約束します」ついに彼女は言った。「あなたが必ず食べるという条件で」

「ああ、食べるとも」伯爵は即答した。「さっききみが言ったように蜂蜜がかかっているなら。ミス・オーガスタ、きみにも知っておいてほしい、わたしは不埒なほど求めているのだ……甘いものを」

ガスは真っ赤になり、返事もせずにあわてて扉をくぐった。廊下を歩いていくあいだ、彼の笑い声はいつまでも聞こえていた。

階段まで来ると足を止め、手を頬に押しあてて、ミセス・ブキャナンをはじめとする厨房の使用人に会う前に気を落ち着かせようとした。これからの回復期はきわめて長く厄介なものになりそうだ。それが厄介である期間を決めるのは、伯爵の脚がどれだけ早く癒えるかではない。ガスがどれだけ早く彼への思いを断ち切れるかなのだ。

4

五日後、ハリーはベッドで体を起こして目を閉じ、ほぼ二週間分のひげを剃るためテュークスが顎に滑らせている剃刀の感触を懐かしく味わっていた。こんなふうに目をつぶっていたら、自分の人生は以前とまったく同じであり、気軽で予測可能な生き方はなにも変わっていないと思いこむことができる。

だが現実には、彼の人生はすっかり変わってしまった。陰気な顔をした医師たちの話が真実だとしたら、気軽で予測可能な日々は永遠に失われたのかもしれない。脚は切断を免れ、命は助かった。熱や壊疽や壊死や腐敗や、その他薬の作用で無意識状態に陥っていたあいだに彼を脅かしていたらしい危険によって死にはしなかった。少なくともそれについてはありがたく思うべきだ。サー・ランドルフとドクター・レスリーは声を揃えてそう言っていた。

だがハリーはありがたくなかった。まったく。厚かましくも彼に感謝を説いたふたりの悪党によれば、助かった左脚は決して右脚と同じような状態には戻らないらしい。せいぜい望めるのは、立ったときにこの情けない脚が支柱として体重を支えるようになる程度であり、動くことではない。損傷は甚大で、骨のずれはあまりに大きく、それ以上は期待できないという。

運がよければ、杖やステッキの助けを借りて歩けるようになるかもしれない。よくなければ、松葉杖か、もしかしたら車椅子が必要になるだろう。走り、踊り、馬に乗り、狩り、剣やこぶしで戦った日々は、いまや過去のものになった。あのいまわしい馬から投げ出されたほんの数秒のあいだに、彼はあらゆる可能性が広がる二十四歳目前の若者から、制限や制約に縛られた男に変わったのだ。

颯爽としたハーグリーヴ伯爵は、哀れみの言葉をささやかれる対象になってしまった。冷酷な者なら、彼に〝もたもたハリー〟といった心ないあだ名をつけるだろう。

ありがたいと思うべきことなど、ほとんどない。だがベッドに寝たきりになっておぞましい黄色いカーテンを見つめていた何時間も、彼の思いはこの悲惨な事態の中で唯一考えうる明るい面に向かいつづけていた。もちろんジュリアのことだ。

すでに彼女の心を射止めていてよかった。まだ求婚の言葉を口にしてはいないが、ジュリアが承知してくれるのは確実だ。この社交シーズン中ハリーにあとを追わせて逃げまわっていながらも、彼女ははっきりと愛情を示していた。ハリーの人生は計画どおりではなくなったが、少なくとも彼を愛し、支え、ベッドを温めてくれる妻の存在を楽しむことはできる。あの部分が損なわれなかったことは神に感謝しているし、彼女にそれを証明するのが待ちきれない。ジュリアの美しい顔――そして魅力的な肉体――のことを考えるだけで、自然と笑みが浮かんでくる。

「閣下、できましたら笑わないでいただけますでしょうか」テュークスは一歩さがって怖い顔で言った。「手に剃刀を持っておりますれば、なにが起こるか保証はできかねます」

「ひげが生えはじめたときから、おまえはそう言っているな」ハリーは穏やかに言った。手をあげ、つるつるになった顎を撫でる。「どうせ、もう終わっているじゃないか」

「ほぼ終わりです」テュークスは顔をしわだらけにして集中し、身を寄せてハリーの頬に残ったひげを石鹸ごと剃り取った。「恐れながら率直に言わせていただきますが、閣下のお顔からここまで長いひげを剃らねばならないことはございませんでした」

「それは、わたしがこれほど紳士にあるまじき長さまでひげを伸ばさなかったからだ」ハリーはテュークスに文句を言われないよう、ほとんど唇を動かさずに話した。「未開の地の野蛮人でも、わたしよりひげの薄い者がいるに違いない」

「ひげが濃いのを恥じる必要はございません」テュークスは叱責口調になった。「王族の血統を示す印です。そして、メディチ家の血を引くイタリア人であることも示しているのです」

「クマ並みに毛むくじゃらだという印だ。それもイングランドのクマですらない。イタリアのクマだ」

テュークスはご主人様の王族の先祖のことを、ハリー自身が思うよりもはるかに誇らしく思っている。ハリーとしては、百年ほど前にイングランド王からフランス人愛人への報酬として与えられた財産や爵位にあまりロマンは感じない。すべては、曾々祖母が国王を悦ばせる技術に長けていたこと、王が認知して爵位を与えるべき非嫡出子を彼女が都合よく産んだことに依存している。それはテュークス——そしてたいていの者——が忘れたがっている、外聞をはばかる事実なのだ。それでも、公爵の長男という立場はそうでない立場よりはいいものだし、ハリーはイタリア人先祖の濃い黒髪とともに国王の伝説的な精力をも受け継いでいるので、文句を言うつもりはない。

一方のテュークスは、主人がイタリアのクマに似ているかどうかについて意見を述べるほど無神経でもない。彼は温かく濡れたリンネルの布でそっとハリーの顔を拭き、儀式の最終手順として、大きな銀縁の手鏡を渡した。

ふだんのハリーは鏡に映った顔をちらりとしか見ない。どんな顔をしているかは知っているし、自分の容姿にうっとり見とれる虚栄心の強い伊達男ではないからだ。しかし今朝は、一瞥するどころか、衝撃に打たれてじっと見つめた。

これは、いつも鏡で見ている顔ではない。屋外で過ごしていたときの日焼けの跡は消え、顔色は青白い。頬はこけて落ちくぼみ、疲労と怪我のため目に生気はない。まともな食事をせずベッドで寝こんでいたので筋肉が落ちたのはわかっていたが、まさかここまでとは思っていなかった。

「剃り残しがございましたか？」テュークスはハリーの沈黙を誤解して尋ねた。

「いいや、問題ない」ハリーは自分の変化に唖然としていた。ロンドンの街中でこの顔を見かけたとしても、自分だとわかる自信はない。「しかし教えてくれ。嘘はつくなよ。やつらがわたしの喉にアヘンチンキを流しこんでいたときは、これよりもっとひどい様子だったのか？」

「はい、閣下、さようでございます」テュークスはひげ剃り道具をハリーの化粧箱にしまった。「あのときに比べたら、ずっとよくおなりです」

「そんなに悪かったのか？」ハリーは不安に駆られて尋ねた。いま以上に悪いなどということが、果たしてありうるのだろうか。

「はい」テュークスは疑いの余地を残さず即座に答えた。「まるで死神のようなお顔でございました」

ハリーは身震いしてふたたび自分の顔を見やったあと、鏡をテュークスに突き返した。ようやくジュリアに再会できると思っていたが、これでは無理なようだ。彼女を怯えさせたいのでなければ。

「ここ数日、屋敷の中でミス・ウェザビーに会ったか？」望んでいるのは従者がジュリアに会ったことか、それとも会わなかったことか、ハリーは自分でもわからないまま質問した。テュークスは鏡を受け取って片づけた。「いいえ。しかしながら、わたくしは裏階段を使って厨房とこの部屋とを往復しているだけですので、いずれにせよお嬢様にお会いする機会はございませんでした」

「たしかにな」ふだんなら、とくに他家に滞在中は、ハリーは自分の使用人をスパイとして利用しようとは考えない。しかしジュリアの消息が知りたくてたまらなかったので、テュークスをもう少し問い詰めてみた。「階下の使用人は彼女の噂をしているか？」

「ミス・ウェザビーのでございますか？」テュークスは手を止め、首をかしげて考えた。「ミス・ウェザビーの話は聞いた覚えがございません。わたくしの知るかぎり、この家に居住しておられるかどうかもわからないくらいです」

「では、ミス・オーガスタは約束を守ってくれているのだな」ハリーは安堵して言った。「ミス・オーガスタに、姉上をわたしに近づけないよう頼んだのだ。わたしが、その、もう少し人に会える状態になるまで」

テュークスはうなずいた。「ミス・オーガスタは非常に頼りになる有能な女性です」彼は心から彼女に敬服しているようだ。ジュリアのことを話していたときに比べて、明らかに感情がこもっている。「あの若さで屋敷の女主人役を務めておられます。おやさしい方で、使用人全員から慕われておいでです」

ハリーはため息をつき、ガスのことを考えながら枕にもたれこんだ。使用人が彼女に好意を持っている理由はよくわかる。彼もおおいに好意を持っているからだ。テュークスの言ったとおり、やさしく、寛大で、頼りになる。だからこそ痛みと熱に苦しんでいたあいだ、彼女がいてくれたことをハリーはよく覚えている。

また、ガスからは隠れなくてもいい。彼女はハリーが最悪の状態のときも一緒にいてくれた。具体的にどんなふうにと説明するのは難しいのだが、ともかく彼を慰めてくれた。彼女がここにいてくれるときが楽しみだし、彼女がいないと寂しい。ジュリアのような美人ではなく、非常に謙虚なので、大勢が集まるパーティや舞踏会では埋没してしまうだろう。それでも、大きな灰色の目、鼻のそばかす、ハリーにからかわれるたびに真顔になろうとするかわいい様子には、不思議な魅力がある。

実際、そういうところはとても愛らしいし、退屈や苛立ちを追い払うため楽しみを求めているハリーは、彼女が部屋に来るたびにからかっている。もちろん辛辣にいじめるわけではなく、悪気はまったくない。ただからかわずにはいられないのだ。

そのこと、そしてガスのことを考えると、ハリーの顔に笑みが浮かんだ。この悲惨な訪問において、ジュリアに求婚することが最高の出来事だとしたら、彼女の妹に会えたのはそれに次ぐ出来事だ。弟しかいないハリーにとって、結婚によってガスという妹を得、彼女がいつまでも自分の人生にかかわってくれると思うと楽しみでならない。

「お医者様たちは、ミス・オーガスタが閣下のお命を救ってくださったとおっしゃっています」テュークスはそう言ってハリーの物思いをさえぎった。「お嬢様が閣下をお見つけにならなかったら、あんなふうにてきぱき動いてくださらなかったら、閣下はお命を、もしくは少なくとも脚を失っておられただろうとのことです」

「彼女は自力でわたしを見つけたわけではない。姉が彼女を、わたしが落馬した場所まで案内したのだ」

「さようでございますね」テュークスは小さくうなずいて譲歩を示した。「しかし、厨房で耳にした話では、ミス・ウエザビーは閣下の事故で取り乱されて、あまり役にお立ちになれなかったそうです。ミス・オーガスタが閣下の落馬した場所を推測され、厩舎の男たち数人を連れて馬の足跡をたどり、閣下が倒れているところを発見されたのです。閣下を落ち着かせ、体を温かく保ち、閣下をお運びするとき細心の注意を払うよう男たちにお命じになったとか」

「そうなのか？」ハリーは不安を覚えた。ジュリアが約束を守って、森で倒れている彼を助けに戻ってきたという感動的な場面の想像を壊したくない。だが記憶によると、あの場にいて彼の手を握り、彼が勇敢だと言っていたのはガスひとりだった。「それはほんとうか？」

「何人かの使用人がそう申しております。わたくしが言えますのは、閣下を屋敷にお連れしてきた一行の中にミス・ウェザビーはいらっしゃらなかったということだけです」

テュークスは口からでまかせを言う人間ではない。ジュリアがそこにいなかったと彼が言うなら、ハリーはそれを信じるしかない。

「どうしてもっと前に言わなかった？」

テュークスはほんの少し頭をさげた。「閣下がお尋ねになりませんでしたので」

ハリーは苛立ちのため息をついた。「ほかにわたしが知っておくべき重大な秘密はあるか？」

「いいえ、閣下」テュークスは一瞬ためらい、言葉を選んで言った。「わたくしには、ミス・ウェザビーのあら探しをする意図は毛頭ございません。ミス・オーガスタが正当に功績を認められることを望んでいるだけです」

「ふたりは性格が違うのだ」ハリーも慎重に言葉を選んだ。「ミス・ウェザビーは非常に繊細な女性だ。ミス・オーガスタは違う」

そう口にしたとたん、ガスをおとしめるような表現になってしまったことに気がついた。

「つまり、ミス・オーガスタもレディとして充分繊細ではあるが、それよりも現実的な女性であるということだ」

「はい、閣下」テュークスは落ち着いて穏やかに曖昧な返事をし、化粧箱を片づけた。「ほかにご用はございますか？」

それが合図だったかのように、ノックの音がして、扉の向こうからガスの声が聞こえた。ハリーは急いで髪を手ですき、体を起こして枕に背中を預け、扉を開けるようテュークスに手ぶりで示した。

「こんにちは、伯爵様」ガスはいつものように早足で入ってきた。細かい緑の木の葉模様が入って白いレースのフリルの袖がついた干しブドウ色のキャラコのドレスを着、薄手のネッカチーフをし、フリルつきの縁なし帽をかぶり、純白のエプロンを巻き、地味な銀の帯飾り鎖に屋敷の鍵をつけて腰に留めている。ハリーは彼女の腰が好きだ。ジュリアの腰ほどの丸みはないが、体のほかの部分と同じく小さく引きしまっていて、まさに男性が腕を回したくなるような腰だ。彼女はさっとお辞儀をするとベッドの脇までやってきた。読み古された感じの雑誌か新聞らしきものを手に持っている。

「こんにちは、ミス・オーガスタ」ハリーは言った。ガスは溌剌《はつらつ》として元気そうで、髪は小さな白いフリルつきの帽子にたくしこまれている。彼女が微笑んでくれたらいいのにとハリーは思った。「なにを持ってきてくれたのかな？」

「その話はあとで」彼女はきびしい顔で言った。「その前に、ひとこと言わせてください」

彼女が現実的だというさっきの話を聞かれていたのでなければいいが。ハリーは無邪気を装った。

「なんでも聞くぞ」できるだけ愛想よく言う。

ガスの表情は変わらない。「ミセス・パットンを解雇なさったというのは事実ですか？」

ハリーは渋面になって弁解した。「そうだ。今朝早くに。あの女には満足できなかった」

「あなたを満足させるのが仕事ではありません」ガスは熱弁を振るった。「彼女が雇われたのはあなたが健康になるよう看病するためであって、あなたの愛人になるためではありません」

彼女が愛人になることを想像して、ハリーは鼻にしわを寄せた。「不愛想な女だ。あんな顔をされていたら、わたしの容態はよくなるどころか悪くなる」

「ミセス・パットンは優秀な看護婦で、ドクター・レスリーも高く評価しておられます。どうやって代わりを見つければいいのかわかりません」

「見つけなくていい。ほら、簡単に解決できた」

「いいえ、違います」ガスは怒りに顔を赤くした。「事故に遭われてから、まだ二週間にしかなりません。ベッドから起きあがれるようになるまでには、さらに数週間かかります。看護婦がついていないと――」

「具体的にはなんのためだ？」ハリーはもはやガスをからかってはいなかった。真剣だ。真剣に考えてミセス・パットンを首にしたのだ。「レスリーは一日置きにやってきて、包帯を外して患部を調べ、また包帯を巻いていく。治療というのはそれだけだ。骨は時間がたてば自然にくっつく。それまでは、たとえミセス・パットンが二十人いたとしても、治癒を早めることはできない」

「でも、誰が寝具を替え、体を拭き、そして――あなたの用足しを担当するのですか?」ガスの頬がピンク色に染まる。怒っているのではなく、ハリーの〝用足し〟について考えて恥ずかしがっているのだろう。

「テュークスに任せられる。それに、もちろんきみもいる。わたしのそばについていると言っただろう」

「わたし、ですか?」ガスが驚いて目を丸くする。〝用足し〟のことも気にしているらしい。

「わたしはあなたの使用人ではありませんし、看護婦でもありません。わたしは――」

「だがきみは、この屋敷の女主人としてふるまっている」ハリーは割りこんだ。「それに、客としてわたしの世話をすると約束した。わたしの要求はそれほど多くない。きみとテュークスが協力すれば、わたしの世話は難しくないはずだ」

「でもそれは、あなたの容態が深刻だったときです！　こんなに改善したのですから、以前ほどの切迫した状態ではありません」

「つまり、これ以上お父上の客に便宜を図る必要はないということだな」ハリーはこのように拒絶されることに慣れていない。ガスは奉仕を申し出て、彼は受け入れた。ハリーから見れば完璧に筋の通った話であり、いまになって彼女がしりごみする理由はまったくわからない。

「わたしが言いたいのは、あなたと長い時間一緒に過ごすのは適切でないということです。ほかにも用が――」

「わたしよりも大事な用か？」ハリーは怖い顔になって腕組みをした。ガスに対してこんな高圧的な態度をとるつもりはなかった。だが、魅力的なガスの代わりに、ミセス・パットンに劣らず不愛想な人間が来ては困る。「この件に関してきみは強情を張っている。強情で頑固だ」

「〝強情で頑固〟？」ガスはあきれ顔でオウム返しに言った。「まあ、それには同意しかねますわ。あれだけいろいろあなたのために尽くしましたのに！」

「だったら、もっと尽くしてくれてもいいだろう？」ハリーは彼女の屋敷に滞在しているというより自分の家にいるときのように尊大になっていた。「なにしろ、わたしが頼んでいるのだぞ」

「伯爵様は、わたしがお断りする理由を誤解していらっしゃいます」ガスは怒りに駆られ、一語一語区切りながら言った。激高のあまり、鎖からぶらさがる鍵が揺れ、ジャラジャラと音を立ててスカートにあたっている。「あなたがもう危険を脱しておられる以上、わたしは雇われ看護婦のようにつきっきりになることはできない、と言いたかったのです。この屋敷にはほかにも仕事がありますし、それを放置するわけにはいきません」

「ほかの、わたしの看病よりも大切な仕事か」ハリーは侮蔑口調で言った。空中で大きく手を振る。どんな反対をもしりぞけるかのように。

「いったいどんな仕事だ？　燃え残りのロウソクを集める？　シーツに折り目をつける？　使用人が誘惑に駆られないよう食肉庫の南京錠を確かめる？　残飯を集めて恵まれない貧乏人に恵むスープをつくらせる？」

「わたしは、この屋敷をきちんと切り盛りする責任を負っているのです」ガスは硬い声で言った。「父が望むとおりに」

いま嘲り半分に並べ立てた仕事がそれほど的を射ているとハリーは思っていなかったのだが——なにしろ彼女は女中頭でなくレディであり当家の娘なのだ——あの打ちひしがれた表情からすると、ガスが誇る仕事には、そういった面白みのない職務の少なくともどれかひとつは含まれているらしい。彼女の表情を見てハリーは気まずく居心地悪くなり、ガスを追い詰めてしまったのではないかと不安になった。そのため当然ながら、いっそうむきになって自分を正当化しようとした。

「お父上にさからいたいとは言っていない。ここは彼の屋敷だからな。わたしがそんなことを言ったと責めるのはやめてくれ」

「そんなことはしていません」ガスは雑誌をくるくると巻いた。「わたしは、ありもしないことで人様を責めたりするつもりはございません」

こんなことで言い合っていてもなんにもならない——それに、あまりしつこくするとガスはあの巻いた雑誌でハリーを叩くかもしれない。だから彼は、話題をガスの父親という無難な方向に転換した。

「ところで、お父上はどこかな？　意識が戻ってから、一度もお会いしていない。まだきみの姉上に会う準備はできていないと言ったが、お父上は別だ。いまお父上を呼んできて、きみの仕事についてご意見をうかがわないか？　テュークス、廊下にいる従僕に、子爵を呼んでくるよう伝えてくれ」

ガスは息をのんだ。見るからにうろたえていて、さっきの頑固さはみじんもなくなっている。

「だめです、伯爵様」彼女は急いで言い繕った。「つまり、父は留守で——用があって出かけています。でも、もしもここにいたとしたら、父も伯爵様に同意するはずですし、だからわたしも——おっしゃるとおりにいたしますわ。そう。そうしましょう」

彼女が即時降伏したことにハリーは驚き、眉を寄せてじっと見つめた。自分がごまかされていればわかる。といっても、これは見え透いているから、子どもにでもわかるだろう。しかもガスはいまにも泣きそうだ。灰色の大きな目があまりに悲しそうなので、ハリーは自分が狭量で卑劣になったような気がして心からの後悔を覚えた。

だが、ガスはなぜ父親を巻きこみたくないのだろう？　父娘はすでにハリーについて話し合ったのか？

「わかった」ハリーはぶっきらぼうに言った。理由はどうあれ、これ以上ガスを困らせたくない。とはいえ、自分がなにをしたかもよくわからないまま謝る気にもなれない。「合意ができてよかった」

ガスはぐすんとはなをすすりあげ、ハンカチで何度も鼻を押さえた。

「そう、よかった」ガスが答えなかったので、ハリーは自分の言葉を繰り返した。「さて、まずはきみが手に持っている雑誌を見せてくれないかな？」

ガスは気を落ち着けるため深く息を吸い、初めて見たかのように雑誌を見おろした。

「退屈で気晴らしが欲しいとおっしゃっていたでしょう」ガスの声はわずかに揺らいでいる。彼女はハリーに見えるよう表紙を上にして雑誌を持ちあげた。「父はあまりものを読まないのですが、書斎でこれを見つけたので、退屈しのぎになるかと思って持ってきました」

以前退屈で手持ちぶさたであることに文句を言ったのをガスが真剣に受け止めてくれたことに、ハリーは不思議なほど感動していた。たとえ彼女が見つけたのが、六カ月前の読み古した『紳士の雑誌、そして歴史的年代記《The Gentleman's Magazine and Historical Chronicle》』であり、新しいときでも無味乾燥で面白くない雑誌だったとしても。読み物を手に入れるため、最新の本、雑誌、新聞を送るようすでにロンドンの行きつけの書店に連絡していることを、ガスに告げるのは忍びなかった。

また、時間つぶしのために別のもの――そして人――を送るよう今朝早く知らせを出したことも言いたくなかった。彼女はいま機嫌がよくないので、そういう話をするのにふさわしいときだとは思えない。それに、ロンドンから人やものが届きはじめたら、どうせ彼女も知ることになる。

いま、ガスはハリーを見つめていた。

「ひげを剃ったのですね。顎ひげがすっかりなくなっていますわ。どうして気づかなかった

「ひげは長く伸びすぎていた」

ハリーは見せつけるように、つるつるになった顎を撫でた。

「なくなって残念かな?」

「いいえ」ガスは澄まし顔になった。「顔つきはずいぶんよくなりました。もう海賊には見えません」

幸い、彼女はもう、いまにも泣きじゃくりそうな様子ではない。ハリーはほっとして笑いだした。笑ったのはずいぶん久しぶりだ。「きみは海賊のなにを知っているんだ?」

「昨日までのあなたが海賊そっくりだったことは知っていますわ」ガスはそっけなく言った。

「いまお読みになります?」

「きみに読んでほしい」ハリーは枕にもたれかかった。「力がなくて、雑誌を持つこともできそうにない」

ガスは疑わしげにハリーの腕を見やった。怪我のため肉が落ちたといっても、まだ充分たくましい。「ほんとうですか?」

「そうだ」彼は弱っているということにした腕を、上掛けの上にゆったりと置いた。「朗読はきみの新しい仕事の重要な部分だ。あのパットンという女は、読むのが実に下手だった。きみならもっと上手に読めるはずだ。さ、その肘かけ椅子に座ってくれ。声がよく聞こえるように」

「わかりました」ガスは巻いていた雑誌を広げた。「光があたって読みやすくなるよう、椅子を窓のほうに向けてもかまいませんか？」

彼女の従順さの中にかすかに冷やかすような調子があり、首をかしげる仕草にわずかな皮肉っぽさがあるように思ったのは、ハリーの気のせいだろうか？

「もちろん、きみのいいように椅子を動かしてかまわない」ハリーは用心深く言った。「手助けできないのを許してくれたまえ」

ガスは甘やかに微笑んだ。「そんなことは期待しておりませんわ、伯爵様」

ハリーは曖昧な笑みを浮かべた。もしかすると、ガスのほうが彼をからかっているのだろうか。ジュリアが相手のとき、ハリーは常に状況を把握していた。ジュリアはかわいらしく単純で、考えや気分ははっきりと顔に出ていた。だが、ガスの心中を推し量るのははるかに困難だ。彼女と一緒にいるときには、彼女の言葉に細心の注意を払う必要があるということがわかってきた。

ハリーが見ていると、ガスはまず窓のカーテンを全開にし、それから日光が自分の肩越しに差しこむよう椅子の位置を調節した。ハリーはひとつの部屋に閉じこめられるのはいやだったが、この角部屋の寝室には背の高い窓がついていて、ほとんど一日じゅう日光が差しこむという利点があることはしぶしぶながら認めていた。外界が恋しくてたまらないため、テユークスに命じて昼も夜もカーテンを開けたままにさせ、木々や草原、空や移りゆく天気を眺めている。

いま、いちばん近くにある窓の濃い茶色の枠が額縁のようにガスを囲み、窓の向こうの景色が背景になっている。ジュリアが古典的美人の顔つきをしているのに対して、ガスの頬はふっくらしていて、そばかすのある鼻は上を向いている。けれども眉は優美できれいな弧を描いているし、膝に置いた雑誌を見おろしているとき頬を覆うように見える長いまつげは非常にきれいだ。

以前はガスの髪をよくある平凡な薄茶色だと思っていたが、こうやって日光があたると、淡い褐色や金色がまざって見え、とても魅力的だ。フリルつき帽子から落ちた数本のほつれ毛が、開いた窓からのそよ風に吹かれて顔のまわりで揺れている。ガスは膝に置いた雑誌を開くと、読むために唇を湿らせた。舌の微妙な動きに、ハリーはとてつもなく魅了された。

「とてもたくさんの記事があるのですね」ガスはざっと内容を見て、小さく顔をしかめた。「どれをお読みすればいいですか?」

「きみが興味を持った題名を読みあげてくれ。その中からわたしが選ぶ」

「わかりました」ガスはそう言って咳払いをした。「〝ブラウンシュヴァイク公殿下にロンドンの名誉市民権が授与された場である金色の貴賓席に描かれた象徴的デザインについて〟まあ、どうして市民権が必要だったのでしょう。王族の血を引く公爵なら、ロンドンを自由に歩きまわれるでしょうに」

「彼はイングランドの公爵ではないのだ。プロイセンの貴族で兵士でもあり、先の戦争で英雄的な功績を残した、フェルディナント・ブラウンシュヴァイク=ヴォルフェンなんとか公だ。我が国王のハノーヴァー家の遠縁にあたるため名誉市民権を与えられたのだろう。国王陛下は親戚をおそばに置くのがお好きだからな」

ガスは好奇心に駆られて顔をあげた。「国王陛下に拝謁なさったことはおありですか？」

「もちろん」王族の血を引く公爵である父は頻繁に王宮に行き、国王に近しく仕えている。

「いや、正式に陛下に紹介された記憶はない。父は王宮に入り浸っていて、子どものころはよく一緒に連れていってもらった。宮殿はロンドンによくある町屋敷とそう変わらない。ただ、もっと広くて豪華で、風変わりな外国人であふれているだけだ」

「そうなのですか？」ガスは目を大きく見開いている。「姉は、宮殿は見たことがないほど壮麗な場所だと言いました。国王への拝謁は、人生最大の出来事だったと言っています」

「人生で最も退屈な出来事とも言える。なにしろ人が多くて、のろのろとしか進めない」できるだけ王宮への参内を避けている人間として、ハリーは経験談を話した。「しかしいずれはきみも、頭に白い羽根をつけて国王の前で平伏するのだろうね、ほかの貴族の娘たちと同じく」

「そう思います」ガスの声が小さくなる。「金色の貴賓席の話をお聞きになりたいですか？」

「とくに聞きたいとは思わないな。ほかにはどんな記事がある？」

ガスは咳払いをして、ふたたび題名を読みあげた。「〝ブリッジウォーター公爵の可航運河〟」

「その運河なら実物を見たことがある。近代的な立派なものだった。しかし、いまさら記者の感想を聞く必要もないだろう。次の記事を」

「〝落雷の悪影響を阻止するためのドクター・ワトソンによる建物の改良〟」

「それを聞いてわたしの退屈が紛れるか？　次」

「〝神託――ギリシャに伝わるきわめて驚くべき物語〟」

ハリーは長く大きな音の下品ないびきをかくまねをした。「次」

「政治に興味はおありですか？　こんな記事があります。〝堕落した内閣が利用するミスター・ピットの名声〟」

「政治はいらない」ハリーはうんざりとため息をついた。「とくに、古くさくつまらない政治の話は。こんなことは無駄じゃないだろうか、ミス・オーガスタ。朗読の代わりに、会話のほうがいいかもしれない」

「会話ですか？」ガスは拒絶された雑誌の表紙を手のひらで撫でながら訊き返した。「どんな話題についてでしょう？」

「あたりさわりのない凡庸な話題として天候を論じてもいい。あるいは、わたしが興味を持つことが確実な話題を選ぶこともできる。たとえば、きみがなぜ姉上のあとを追って王宮に行きたいという気持ちを持っていないのか」

「想像で話をつくっておられますわ。そんなことは申しておりません」

「言う必要もない。わたしは類推したのだ。若い女性は皆、疑いを知らない独身男性の待つ世界に解き放たれる日を夢見ていると思っていたのだが」

「わたしは違います」ガスははっきりと言いきった。「姉の話からは恐ろしいとしか思えませんでしたし、わたしが楽しめるものではなさそうです。わたしは舞踏会や夜会に出ても目立ちませんし、それに――ええ、なに、プライス？」

プライスと呼ばれた従僕はお辞儀をしてガスに近づくと顔を寄せ、慎み深く小声で知らせを伝えた。

「ウィリアムが戻りました。お嬢様にお話しできるよう待機しています」

ガスは驚いて顔をあげた。「ひとりなの？」

「はい」

「ではすぐ会いに行かなくては」ガスは立ちあがった。「伯爵様、申し訳ありません、この――この問題にはただちに対処しなくてはいけないのです」

「出ていくのか？」訊くまでもなかったのだが。ハリーは予想もしなかったほど落胆していた。会話が面白くなりはじめたところで中断されて、非常に残念だ。「これはきみにとって、急を要する仕事なのか？」

「そのようです」ガスは上の空で言った。サイドテーブルに雑誌を置いたとき、思いはすでにハリーから離れていた。「申し訳ありませんが、どうしてもわたしが行かなくてはならないのです」

「戻ってくるだろう？」ハリーは上体を起こし、懇願すまいとした。いや、彼女がここにいてくれるなら懇願してもいい。「その用事が終わったら、戻ってきてくれるな？」

扉の手前まで行っていたガスは、挨拶していなかったことを思い出してハリーのほうを振り返り、遅まきながらお辞儀をした。「あわてて出ていくことをお許しください。戻れるようになれば戻ってきます」

ハリーは放っていかれたくなかった。彼女のあとをつけ、追いつき、いったいどうしてそんなに急いでいるのかを突き止めたい。なすすべもなくベッドに固定されているような気がする。脚にくくりつけられた革製の副木が、彼をベッドに縛りつける鉄の枷に感じられる。

「ミス・オーガスタ、待ってくれ！」ハリーは必死になって呼びかけた。

ガスは見るからに不承不承に止まって再度振り向いた。

「ミス・オーガスタ」彼女の名前を繰り返すより、もっと意味のあることを言わなければ。「ミス・オーガスタ。わたしの聞いたところでは、きみは命の恩人だそうだ。ほんとうなのか？」

ガスはハッとした。「誰がそんなことを？」

「テュークスが、外科医がそう話していたと言った。きみの看病と機転がわたしの脚を、そして命を救ってくれたということだ。そうなのか？」

「そんなことをひとりでできたはずが――」

「しかし、馬の足跡をたどってわたしを見つけたのはきみだった。使用人に命じてわたしを安全に運ばせ、外科医が来る前にいろいろな処置をしてくれた。きみがそうしたのはわかっている。わたしが覚えているからだ」

「すべては覚えておられないでしょう」

「助けてくれたのがジュリアでなくきみだったことは覚えている。きみの手を握らせてくれたことも。そうだろう？」

「姉にはできなかったのです」ガスは姉にきわめて忠実だった。「事故のことで、姉はすっかり動転していましたから。そうでなければ、わたしでなく姉が行っていたはずです」

「だがジュリアは来なかった」ハリーは否定の余地を残すことなくきっぱりと言った。こんなことを言うつもりではなかったが、言いはじめてしまったいま、言えてよかったと思った。

「そうです」ガスはゆっくりと言った。「行きませんでした」

「ではきみに礼を言う、ミス・オーガスタ」ハリーはやさしく言った。「心から。ありがとう」

ハリーは感謝を表明しただけだった。ガスが彼のために献身的に尽くしてくれたことへの、ささやかな感謝の言葉を。けれども彼女は目を見開き、頬をピンク色に染め、とんでもないことを言うのを恐れているかのように手のひらを口にあてた。そして背を向け、逃げていった。

ガスは居間で腰をおろしてウィリアムが持ってきた手紙を読んだ。ウィリアムは質問があれば答えられるよう目の前に控えている。ガスは内容を正しく理解するため二度読んだあと、自分が誤解したのではという無意味な希望をこめてさらに一度読んだ。

父の手紙の常で、この手紙もだらだら書かれていた。けれども、それが伝える内容に誤解の余地はなかった。

〝ロンドン、ポートマン・スクエアにて

我が愛する娘ガスへ

言うまでもないが、わしとジュリアはアビーに戻っていない。ジュリアと悪党のトムに追いついたあと、我々は〈ロイヤル・ジョージ〉亭に宿を取り、亀のスープと上等なガチョウ肉の夕食を取った。そのときは家に帰るつもりだった。ところが翌朝目覚めたとき、ジュリアはヒステリーを起こしてわしに抱きつき、怪我をして痛みに苦しむロード・ハーグリーヴにもう一度会ったら気が変になる、このまま旅をつづけてポートマン・スクエアのおばの家に行き着くことだけが心の慰めだ、と泣きついてきた。

その瞬間まで、わしはジュリアがどれほどの苦悩にさいなまれているかわかっていなかった。ジュリアがあまりにひどく嘆き悲しむので、大事な娘の命や正気が心配になった。娘にとって最善を望む忠実な親として、わしはジュリアを望みどおりおばの家に連れていくしかなかった。いまはジュリアとともにここにとどまり、雛を守るタカのごとくジュリアを守っている。ロンドンで楽しみにふけっていれば、絶望に沈んだ心も明るくなって改善するだろう。

閣下の容態について、すぐに知らせてほしい。閣下の苦しみをやわらげるために必要なことを、おまえはしてくれていると信じている。おそらく、閣下に対するジュリアの愛情は彼の回復ぶりにかかっている。だからお願いだ、哀れなジュリアの心のため、このきわめて有利な縁組を成功させるために、できることはなんでもして閣下の回復に努めてほしい。おまえなら理解してくれるはずだ。

体に気をつけてくれ。おまえがなにをしようと、神の助けがありますように。

おおいなる愛をこめて

愛する父より〟

ガスは苛立ちのため息をついた。もちろん理解している。またしてもジュリアが甘え、泣きごとを言い、涙に暮れて、自分の願いを通したことを理解している。父が——またしても——姉を罰するという堂々とした宣言や約束を忘れて、波を受けて崩れる砂の城のごとく、哀れっぽい涙という波を受けてジュリアの頼みに屈したことを理解している。

なによりも、ロード・ハーグリーヴが——ほとんどありえないとは思うが——奇跡的に回復して事故の前と同じ五体満足の完全な健康体に戻らないかぎり、彼とジュリアの縁組は破談になることを理解している。移り気な姉は、爵位を持つ別のハンサムで裕福な紳士の腕の中に飛びこむだろう。スキャンダルによって小さな汚点はできるとしても、結局はジュリアの美貌が勝利をおさめるのだ。

今回も。

驚くにはあたらない。これまでもずっとそうだったではないか？　ガスは慎重に手紙を折りたたんでウィリアムのほうに顔をあげた。ウィリアムはまだブーツに道の泥をつけたままの格好で、ガスの前に立っている。

「お父様は、いつ戻るか少しでもほのめかした？」

「いいえ。旦那様は、アビーに戻ってお嬢様に手紙をお渡しし、旦那様やミス・ウェザビーのことは心配しないようにとおっしゃいました。いずれ、ミス・ウェザビーの心の準備ができたらお戻りになるとのことです」

「それだけ？」ガスはそう尋ねたものの、ほかになにがあるか具体的に考えていたわけではない。

「はい」それからウィリアムはおどおどした表情になり、ポケットからもっと薄い手紙を取り出した。「あとはこれです。ミス・ウェザビーからお嬢様に」

彼女はやきもきして封を切った。ジュリアが少しは後悔の念を示すか、せめてロード・ハーグリーヴの容態を尋ねて彼への手紙を同封したのであればいいのだが。ところがざっと紙に目を走らせたところ、それは手紙ですらなかった。ジュリアが集めてロンドンに送るよう求めているドレスや小物のリストを走り書きしたメモだった。

ガスは呆然とリストを眺めた。この五日間、こんな事態にはならないと思いこもうとしていた。今回だけは――娘を公爵夫人にするために――父は心を強く持って約束どおりジュリアを連れ帰る、と自分に言い聞かせてきた。ジュリアが罪の意識を覚えていようがいまいが、伯爵との結婚について気を変えようが変えまいが、そんなことはどうでもいい。姉は彼に対してひどく不誠実にふるまっている。その態度は臆病というだけでなく……恥ずべきものだ。

五日間、ガスは姉と父が屋敷の別の場所にいるのだとロード・ハーグリーヴに思わせるよう、難しい芝居をしてきた。でも、こうなったら正直に打ち明けるしかない。それもできるだけ早く。すでに、屋敷には彼宛の手紙が届きはじめている。告白をこれ以上先延ばしにしたら、ジュリアがロンドンでほかの男性と踊っていることを、彼が別の人から知らされる危険がある。

しかし、どのように言えばいいのだろう？　伯爵は心身ともに急速な改善を見せている。さっき彼が真顔で――そしてやさしく――礼を言ってくれたことを思い出し、ガスは我知らず笑みを浮かべた。悪い知らせで彼の機嫌を損ねたくないし、ショックが彼の回復をさまたげる恐れもある。たまに傲慢になるとはいえ、伯爵は本質的には善良な男性だ。あのような不幸な目に遭うような悪いことはしていない。彼が結婚するつもりだった女性が、自ら招いた可能性のある事故ゆえに心変わりしたなどということを、どう告げればいい？

なくさないよう手紙をポケットに入れ、前に立っているウィリアムのほうに向き直った。

「ありがとう。お父様に付き添ってくれたことも、急いで戻ってきてくれたことも。では厨房へ行って、あなたは夕食になんでも好きなものを食べていいとわたしが言ったとミセス・

ブキャナンに伝えてきて」

ウィリアムはにっと笑ってお辞儀をし、帽子のつばを引きおろし、部屋を出ようとあとずさっていった。だが開いた扉まで彼が行き着く前に、執事のロイスが彼の後ろに現れた。

「ミス・オーガスタ」ロイスは当惑顔だった。「緊急の用件で、少しお話しさせていただけますか？」

ガスの頭に最初に浮かんだのは、今日はもう緊急の用件に対処したくないということだった。けれども姉の愚行は執事のせいではない。だからにっこり笑って執事を手招きした。

「どうしたの？」お辞儀をするロイスに尋ねる。

「新たなお客様です。ロード・ハーグリーヴお抱えの楽士です。どこにご案内いたしましょう？」

ガスは即座に最悪のことを想像し、眉をひそめた。「ロード・ハーグリーヴお抱えの楽士？どんな人？」

「三人います」ロイスは軽蔑の色を隠そうともしない。「浅黒い顔の外国人です。おそらくイタリア人だと思われます」

そういえば玄関から耳ざわりな大声が聞こえてくる。当家の使用人たちが、外国語訛りの人々と言い争っているようだ。

「自分たちの楽器と旅行鞄と、そのほか得体の知れない荷物を持っています」一語ごとにロイスの憤りが募っていく。「お嬢様の客だと言い張っています」

それ以上聞く必要はない。ガスはすぐさま玄関に向かった。この誤解を解くのだ。もちろん誤解に違いない。

しかし、誤解を解くことには慣れているガスも、さすがにこのような光景に心の準備はできていなかった。屋敷の玄関は、高いアーチ形の天井があり、黒っぽい羽目板張りの壁に色あせた大きなタペストリーとウェザビー家の先祖の等身大の肖像画が交互に並んでいる、壮麗な空間だ。

床は白黒模様になっている。その中央にでんと座っているのは、大荷物を持った三人の男性だった。楽器ケースや身の回りのものを詰めた旅行鞄を見ると、長期間逗留するつもりらしい。体にぴったりした縦縞のジャケットを着、凝ったかつらの上にレース飾りのついた帽子をかぶった、派手ないでたち。三人は同時に猛烈な勢いでしゃべっている。獰猛な野獣を見るみたいに不安げな顔でまわりでたたずむ三人の従僕とふたりの女中を、圧倒しようとしているようだ。声だけでは充分うるさくないとでも言いたいのか、ひとりは強調のためステッキの先でドラムのように旅行鞄の横を叩いている。扉のところには御者が立っていた。片方の手に鞭を持ち、もう片方の手は手のひらを上にして前に突き出し、彼らに負けないくらいの大声でロンドンからの運賃を払えと要求している。

ガスはこんな光景に出くわしたことがなかった。厳粛な表情の肖像画が玄関の壁にかけられている先祖にも、おそらくこんな経験はないだろう。ガスは深呼吸をして騒ぎに向かっていった。せめて、わめきちらしている男たちから姿が見えるよう、階段の下から二段目に立つ。そうして元気よく手を叩いて注目を集めた。

彼らが黙りこんだので、ガスはほっとした。すべての顔が期待をこめてガスのほうを向いている。

「よくいらっしゃいました」声がこだましているのを意識しながら、ガスは言った。「わたしは当家の娘、ミス・オーガスタ・ウェザビーです。どちら様でしょうか？」

三人がいっせいにしゃべりだしたので、ガスはしかたなく再度手を叩いた。

「ひとりずつお願いします」手に負えない子どもの集団を世話している子守女になった気分だ。

三人はさっと相談し、やがていちばん長身の男性が進み出た。彼は片方の膝を曲げて大げさなお辞儀をし、仰々しく帽子を取った。

「ミスター・ジョヴァンニ・ヴィロッティと申します」彼は巻き舌で発音した。「こちらはミスター・アーノルド・ベルナディーノ、そしてミスター・サルヴァトーレ・リッチオです。どうぞよろしくお願い申しあげます、ミス・オーガスタ・ウェザビー」

彼はふたたびお辞儀をし、ガスは軽く会釈した。適切な反応ではあるが、彼の最敬礼に比べると嘆かわしいほど不適切にも感じられる。

ミスター・ヴィロッティは大きな仕草で帽子を胸にあてた。「わたくしたちがこの美しいお屋敷にまいりましたのは、大切な後援者であらせられるハーグリーヴ伯爵にお呼びいただいたからです。閣下はなんという悲惨な事故にお遭いになったのでしょう！　そして、なんという奇跡をお受け取りになったのでしょう！　わたくしたちは閣下のお手紙を受け取るなりまいりました。音楽でお心を癒やしてさしあげるために」

彼の後ろで、あとのふたりも真剣な顔でうなずいている。完璧に筋が通った話であると言いたげに。彼らにはそうらしいが、ガスにとってはそうではなかった。

「では、伯爵様があなたたちをここに呼んだのですね？」

ヴィロッティは力強くうなずいた。「閣下がお呼びになり、わたくしたちはまいりました。閣下の要求は決して拒まないのです」

ガスは大きく息をついた。次の質問への答えはすでに見当がついている。「伯爵様は、あなたたちがどこに寝泊まりするかについて説明されました？」

ヴィロッティは帽子で大きな円を描いた。玄関ホール全体、そしてウェザビーの先祖全員を含めるように。「閣下は、お嬢様が喜んでわたくしたちを泊めてくださるとおっしゃっていました。閣下が回復するまで必要なだけ」

これはやりすぎだ。いくらロード・ハーグリーヴであっても。ガスに相談もせず、父の屋敷にこんな客を招くとは、あまりに厚かましいではないか？

「申し訳ありません、ミスター・ヴィロッティ。まず伯爵様と話をしてからでないと――」

「シニョール・ヴィロッティ！」テュークスが大声で呼びかけながら、ガスの後ろから階段をおりてきた。「ようこそ、我が友よ！」《ボンジョルノ・ミエイ・カーリ・アミーチ》

「ミスター・テュークス！」ヴィロッティは叫び、うれしそうに笑った。「お会いできて光栄です！」

「閣下がお待ちかねですぞ。さ、こちらへ。すぐ閣下にお会いになってください」

三人の楽士が楽器ケースを手に持つ。ガスはテュークスに顔を向けた。「テュークス、ちょっと待って。この人たちが部屋に押し入る前に、伯爵様と話をさせて」

「押し入るのではございません」テュークスは相好を崩している。三人の楽士は急ぎ足でガスの横をすり抜け、テュークスのほうへと階段をあがっていった。「閣下はこの方たちがお招きに応じていらっしゃるのを待っておられます。こちらへ、友よ、どうぞこちらへ」

「違うの、テュークス、そういう意味じゃないのよ」ガスは言ったが、三人はすでに階段をぞろぞろのぼって伯爵の寝室に向かっていた。ガスは下を振り返り、山と積まれた残りの旅行鞄を見やった。使用人たちはガスを見つめ、御者はまだ立ったまま手を出している。

「払ってくださいよ」御者はいまさらのように革の帽子を脱いだ。「ロンドンから三人分の運賃です」

ガスが男性だったら悪態をついているところだ。でも彼女にできるのは指示を出すことだけ。だから迅速に指示を出した。

「ロイス、この方に運賃を払ってさしあげて。お勘定書はもらってね。伯爵様に回すから。それ以外の人は、この――この荷物を玄関からどけて裏の回廊に置いてちょうだい。伯爵様のご意向が確かめられるまで」

彼女はスカートを片方の手でつまみ、男たちを追って階段を駆けのぼった。早くも、角部屋の寝室でバイオリンの音合わせをしているのが聞こえる。ロード・ハーグリーヴは、この屋敷を所有していて自分がそこの主人であるかのように、接待役《ホスト》を務めて大声で笑っている。ほんの一時間前、ガスは彼に同情していた。でもいま——いま感じているのは、同情よりも殺意に近いものだ。

彼が誰であろうと、どんな苦しみを味わっていようと、彼の曾々祖父がイングランド国王であろうと、そんなことは関係ない。ガスにとって大事なのは、このような浮かれ騒ぎに終止符を打つことだ。

いますぐに。

5

「来たね、ミス・オーガスタ」ハリーは大声を出した。「きみを呼びに行かせようとしていたところだ」

彼はしきりに手招きし、自分の横の、いまや彼女のものと決めこんでいる肘かけ椅子に座るよう合図した。三人の楽士は部屋の隅の窓際に陣取って、テュークスが注いだワインを飲みながら楽器——バイオリン、ビオラ、チェロ——の音合わせをしている。

ヴィロッティ、ベルナディーノ、リッチオが招きに応じてすぐさま来てくれてよかった。退屈しのぎに音楽を聴けるのは、ありがたい贅沢だ。ハリーはガスと一緒に聴きたかったのだ。いずれはジュリアや子爵とも。ノーフォークの片隅にあるウェザビー・アビーでは、こんな良質の音楽を聴く機会はなかっただろう。これは彼らの心遣いに対するささやかな返礼なのだ。

ところが、ガスは彼のように喜んではいないらしい。スカートをはためかせ、体の脇でこぶしを握って部屋に駆けこんできた。そしてベッドの横に立つなり、両手をきつく握り合わせた。

「伯爵様」早口で言う。「お話があります」

「もう話しかけているじゃないか、ミス・オーガスタ」ハリーは温かな笑みを浮かべた。彼女がこんなにぷりぷりしている理由はよくわからないが、怒りをやわらげたい。「それは、わたしの知らないノーフォーク特有の微妙な言いまわしなのかもしれないが」

「やめてください」ガスは不機嫌に言った。「あなたの冗談に付き合う気分ではありません。どうしてこんなことをなさるのですか？」

「こんなこと？」ハリーは心から驚いて眉をあげた。「なんの話かさっぱりわからないよ、我がいとしの人《マイ・ディア》」

ガスは怒りにまみれて大きく息を吸った。「わたしはあなたの〝いとしの人《ディア》〟ではありません。あなたの尊大さ、厚かましさ、ずうずうしさには驚くばかりです。こんな人たちを招待して――父の屋敷に泊めるなんて。ここは安宿場ではありません。しかも、事前になんの断りもありませんでした」

「彼らはもう来てしまった」ハリーは周囲に聞こえる程度の声でささやいた。「たしかに、わたしが招待した」

そんなふうに親しげにささやくのが礼を失しているのはわかっている。しかし、そうせずにはいられなかったのだ――とりわけ、激怒らしきもので彼女の目が大きく見開かれているときには。

「伯爵様」ガスは低く愛想のない声でささやいた。「わたしの好きにしていいのなら、あの人たちはいまごろ門の外に放り出されていますわ。あなたとともに」

ハリーの笑みはますます大きくなった。たいていの場合、その笑顔が女性に絶大な影響を与えることがわかっているからだ。「おいおい。まさか本気じゃないだろうな」

「本気です」ガスは握り合わせていた両手を離して腕組みをした。怒りはあまりに激しく、いくら笑顔を向けられても無駄だという、明確な意思表示だ。「あなたを楽しませるためだけに、この屋敷を下手なバイオリン弾きのコンサート会場にするつもりはありません」

「下手なバイオリン弾きではない」ハリーは少々弁解口調になった。「名演奏家《マエストロ》だ。宮廷で演奏しているし、フランス王宮でも演奏したことがある。わたしは光栄にも数年前から彼らの支援者に名を連ねており、彼らがわざわざ来てくれたことにはおおいに感謝している」

ハリーの話を聞いているあいだ、ガスは唇をきつく結んでいた。それでも、とりあえず耳を傾けてはいる。たとえ、ハリーの誘った椅子に座ることをいまだに拒んでいるとしても。

「でも、どうして招待したことを言ってくださらなかったのですか？」やがて彼女は尋ねた。

「どうしてこんなふうに驚かせるのです？」

彼女が不服を感じているほんとうの理由はそれだったのか。ハリーは屋敷の女主人たるガスの頭越しにことを進めてしまったわけだ。そういう無力感なら理解できる。こうして療養しなくてはならないことで、ハリー自身もかなりの無力感を覚えているのだから。

「許してくれ」ハリーはできるかぎりの後悔をこめて言った。「きみにひとこと断っておくべきだった。だが、この屋敷は非常に広いし、目下の客はわたしひとりのようだ。これほど有能に屋敷を切り盛りしているきみなら、善良なる彼らのためにひと部屋見つけることくらい可能だろう？」

ガスは考えこむようにうつむいた。彼女が考えているという事実は、彼女の管理能力を褒めたのが正しい戦略だったことを意味している。別に、空疎なお世辞を言ったわけではない。彼女がこれほど広い屋敷をうまく動かしている手腕に、ハリーはほんとうに感心している。既婚女性の中には、どんなふうに節約し家計をやり繰りして、使用人、家族、客を食べさせればいいかまったくわからず、悲惨な結果をもたらしてしまう者もいる。ところがガスはこれだけ若くして、すばらしい腕前を発揮しているようだ。

なんとなく、ジュリアにそのような能力や性質は備わっていないという気がする。だとしたら厄介だ。公爵夫人になれば、ジュリアは複数の領地や屋敷を管理し、数十人の使用人を使いこなさねばならなくなる。そのときになったら、屋敷の切り盛りのこつを姉に教えるようガスに頼めばいいかもしれない——けれど思うそばから、ハリーはその考えを、失敗確実な不毛で無意味な試みだとして切り捨てた。

思いは現在に戻った。ガスは眉間にしわを寄せて目の前に立っている。組んだ腕をゆっくりほどいて体の脇におろし、肘を曲げて手を腰にあてた。

「外国人の楽士をどう扱ったらいいのですか?」彼女はようやく口を開いた。「我が家で舞踏会やパーティのために雇った楽士は、ノリッチから幌なしの馬車で来て、その夜のうちに帰っていきました。ここに泊まったことはないのです」

彼女が楽士、それもイタリア人楽士をもてなした経験がない可能性を、ハリーは考えもしていなかった。だが、このような僻地でうずもれているガスは、イタリア料理やイタリアの絵画など、大陸を旅してきたハリーにとって身近であるイタリアのすばらしい数々のものには出合ったことがないのだろう。

「行商人のようなものかしら」ガスはまだウェザビー・アビーにおける楽士の位置づけを考えあぐねている。「といっても、行商人も泊めたことはありません。それとも通いの使用人みたいなものでしょうか？　お客様ですか？」

「彼らは客として扱ってほしい」ハリーは彼女が質問してきたという事実に安堵と喜びを覚えた。「ここほど立派な部屋でなくとも充分だ」

「どのくらいのあいだ、その、お客様として滞在なさるのでしょう？」

「ほんの二カ月かそこらだと思う。秋になれば、彼らには別の仕事の予定がある」

「二カ月！」ガスはうろたえて繰り返した。

「そのくらいだろう。しかし彼らは、家族とともに食事を取るといった手厚いもてなしは期待していない。ほかの客とは別に、自分たちだけで食事ができれば満足だと思う」

ガスはため息をついた。「わかりました。助言くださいましてありがとうございました。不注意によって失礼なことをしたくはありませんから」

ハリーは三人にちらりと目をやった。彼らは準備に余念がない。すでに椅子を三脚窓際に引っ張ってきて半円形に並べ、縁の反ったレースつきの帽子をめいめいの前の床に置いていた。

「若い女中には、警戒するよう注意しておいたほうがいい。ベルナディーノは女たらしだ。

こちらが油断していたら、雌鶏たちの中に放たれたキツネさながらに好き放題をする」

ハリーの軽い口調とは裏腹に、ガスの表情は非常に険しくなった。

「そうですね、この屋敷でも以前そういう問題が発生しました」彼女は真顔で言った。「出会ったあらゆる女性使用人の心を奪うことのできる、きわめて、その、好色な馬丁がいたのです。ミスター・ベルナディーノには目を離さないようにして、使用人には彼のそばにいるとき用心を怠らないよう警告しておきますわ」

白いエプロンとフリルつきの縁なし帽という姿で、好色な馬丁から下働き女中の貞操を守ろうとしているガスがあまりにも真剣かつ純真に思えたので、ハリーは笑いを必死でこらえねばならなかった。とても楽しい。自分をその好色なキツネ、ガスをおいしそうなかわいい雌鶏だと想像すると、いっそう楽しくなった。

彼は不意に狼狽を覚えた。いったいなにを考えている？　ガスはいずれ義理の妹になる女性だ。いかに悪辣なキツネでも、妻の妹と戯れるなどという過ちは犯さない。ところが心の狡猾な部分は、ジュリアはまだ妻でなくガスは義妹でないと反論した。ガスはノリッチ近郊に住む若い女性にすぎない。彼にとって、日に日にびっくりするほど魅力的になっていく女性。

それがなんの言い訳になるわけでもない。まったくならない。だが……説明ではある。一種の。

ばかばかしい。

ヴィロッティがベッドまで進み出て、顎の下にバイオリンを挟んだままハリーの前で深く頭をさげた。

「閣下のお好きなときに始められるよう、準備は整っております。とくにお聴きになりたい曲はございますか？」

ハリーは期待の笑みを浮かべた。「きみはわたしの好みを、わたし自身よりよく知っているだろう、ヴィロッティ。驚かせてくれ」

ガスは体を前に傾けた。「わたしは失礼します。この方たちのお部屋を用意して、ミセス・ブキャナンに夕食の支度をするよう伝えないといけませんので」

「ここにいてくれ」ハリーはふたたび肘かけ椅子を手で示した。彼女とともに音楽を鑑賞したかった。「頼む。きみも楽しんでくれるはずだ」

ガスはかぶりを振った。「ほんとうに行かなくては」

「どうしてそんなに出ていきたがるんだ？」落胆のあまり、彼はぶっきらぼうに言った。「きみの目には、わたしはそんなに不快に見えるのか？　わたしがあとを追えないとわかっているからか？」

そのとき彼はガスの目にかすかな同情を見た。非常に哀れみに近い同情。そんなものは欲しくない。ところがそれは、彼の魅力では不可能だったことを成し遂げた。ガスは楽士たちのほうに椅子を向けて、スカートを優雅に広げて腰をおろしたのだ。

「一曲だけです」短く、いたずらっぽく微笑む。いけないことをしているところをつかまったときのように。「それを聴いたら、おいとましなくてはなりません」

「どこへ行かねばならないとか、なにをしなくてはならないとかは考えるな。一度でいいから、考えず、ただ音楽に耳を傾けてくれ」

ガスはふたたび微笑み、より深く椅子に座りこんだ。ヴィロッティがイタリア語で小さくカウントダウンし、軽く弾むような序奏から音楽が始まった。

最初の数音を聞いた瞬間、ハリーにはなんの曲かわかった。彼のお気に入りである、ヴィヴァルディ作曲の陽気な三重奏曲。笑みをたたえて、部屋を満たすおなじみの音楽に聴き入る。一音ごとに気分は高揚していった。考えてみれば、ベッドに横になって音楽を聴くのは初めてのことだ。この目新しさも、脚の骨折の埋め合わせとしてはあまりにささやかではある。しかし混雑した音楽室や劇場の狭苦しいボックス席で座っているよりは、はるかに快適だった。

ガスに目をやったとき、笑みはさらに大きくなった。彼女は完全に音楽に没入している。無意識に微笑み、いま感じている喜びやうれしさを顔全体で表現している――まさにハリーが期待していた反応だ。ノリッチから幌なし馬車で来る楽士によるものよりもまともなコンサートに出たことはあるのだろうか、とハリーはいぶかしんだ。ロンドンでガスがジュリアや父親と一緒にいるところを見た記憶はない。ガスの話から推測するに、ロンドンには一度も行ったことがないのかもしれない。

彼女にロンドンを案内し、芝居やコンサートやラネラ・ガーデンやコヴェント・ガーデンに連れていく最初の男性となれたら、どんなに楽しいだろう！　もちろん、何人かの帽子屋や仕立屋の年季奉公女中――短期間愛人として彼を楽しませてくれた若い娘たち――を初めてそういうところに連れていったことはある。だが、ちゃんとしたレディ相手に、そうしたことはない。ジュリアに対しても、それは不可能だ。彼女はすでに劇場などを充分楽しんでいるのだから。彼女はそういった場所を、自分自身と同じくきらびやかで最高に美しい場所として満喫している。もちろんハリーに異議はない――どんな男性でもジュリアのようなすてきな女性と腕を組めたらうれしいだろう――が、ガスを連れていくのには、また別の喜びがありそうだ。

ガスが音楽に合わせて頭を動かしているのを見て、ハリーは微笑んだ。頭の動きは小さくても、顔に落ちたほつれ毛が軽く頬にあたって跳ねている。彼女は椅子を楽士のほうに向けているので、いまはハリーと正面から向かい合っておらず、片方の手を椅子の肘かけに置いて体を片側に傾けている。

肘のひだ飾りの下からのぞく腕は大理石のように白く、手首の青白い血管が透けて見える。ゆったりと肘かけに置き、手のひらを上にして指を軽く曲げた手は、まるで希少種の花のようだ。指輪もブレスレットもつけていない清らかさが、ハリーの心をかき乱した。彼が苦しんでいたときにあの小さな手が与えてくれた励ましと慰めを思い出すからかもしれない。あるいはもっと単純に、その手がガスの一部だからかもしれない。

次にあんなことをしてしまったのは、それらもろもろの理由によるのだろう。

楽士のほうを向くとき、ガスは椅子を、ベッドで体を起こして枕にもたれているハリーに近づけていた。それでハリーは、音楽に聴き入って我を忘れているガスにゆっくり手を伸ばし、指の腹で彼女の手首の内側をなぞったのだ。

触れられて驚いたガスは、ぱっと首をめぐらせた。いぶかしげな表情で、まず自分の腕に置かれたハリーの指を、次に顔を見る。それでも彼女は手を引かず、ハリーは彼女と目を合わせたまま撫でつづけた。

指先が触れるガスの肌はありえないほど柔らかい。手首に浮いた血管をなぞったとき、かすかな脈動が感じられた。そこを親指で撫でると、脈動は速まった。目や、小さく息をのんで開いた唇を見れば、彼女がそれに気づいたことがわかる。

そこから指を動かして、彼女の指と絡め合わせるのは簡単だった。最初のうちガスは反応を示さず、指をこわばらせていた。だがハリーが握る力を徐々に強めていくと、彼女は屈服して指を曲げた。そして頬を染め、あわてて楽団のほうに顔の向きを戻した。

それでも手は握り合ったままだった。ガスも、そしてハリーも、手を引き抜こうとはしなかった。今回ハリーが感じているのは慰めだけではなかった。

楽団は余韻を残して演奏を終えた。ヴィロッティが指示を求めてハリーを見る。いまほど、ヴィヴァルディを聴いて楽しんだことはない。

「つづけて」ハリーは言った。「どうかやめないでくれ」

三人のイタリア人は別の曲、もっと甘い音楽の演奏を始めた。ロマンティックな情熱に満ちた調べが、震える弦に乗って響き渡る。ハリーは楽しくなって微笑んだ。ではヴィロッティは、ハリーがガスの手を握っていること、彼女がそれに応えていることに気づいたらしい。部屋の奥からでも顔を紅潮させた女性の様子に気づくとは、さすがナポリ人だ。

けれど、さっき音楽が止まったときに呪文は――完全に破れてはいないとしても――ひび割れていた。

「わたしたち、話し合わなくてはなりません、伯爵様」ガスはそっと言った。つないだ手を見おろす。明らかに困惑しているようだ。「とても大事なお話があるのです」

「もう、もったいぶった堅苦しい態度はやめよう。今後いっさい〝伯爵様〟とは呼ばないでくれ。わたしからの話はそれだけだ。ハリーと呼んでほしい。友人同士のように」

彼女の顔に浮かんだ困惑はますます深まった。「まあ、伯爵様、そんな呼び方をしていいほど、わたしたちが親しい友人だとは思えません」

「友人だ」ハリーがきっぱりと言う。「きみはわたしの寝室を訪れた。ナイトシャツ姿のわたしを見た。そしてわたしの手を握った。数えきれないくらい何度も」

ふたりのつないだ手にハリーが言及したとたん、ガスはびくりとして手を抜いた。ハリーは残念だった。非常に残念だ。だが、ふたたび彼女を追おうとするほど愚かではない。それに、いまの真の望みは彼女にハリーと呼んでもらうことなのだ。

「そんなことをおっしゃってはいけません。それはいけないことです。それに、わたしが言わねばならないことを言ったら、わたしたちの――親密さについて、あなたのお考えが変わるかもしれません」

「わたしの考えが変わるようなこととは、いったいなんなのだ？」今回彼女が〝伯爵様〟と呼ばなかったことに、ハリーは気づいていた。「この二週間でわたしたちが肩書きをつけずに話せるほど親しくなっていなかったとしたら、いったいなにをしたら親しくなれるかわからないな」

ガスは首を振り振りため息をついた。

「ハリーだ。単純な名前だろう。フルネームを並べ立てるのに比べたら、よっぽど簡単だ。ハリー。さ、言ってみて」

ガスは口を開かない。しかしハリーには別の戦略があった。

「そう呼ぶしかないぞ。わたしをハリーと呼ぶのだ。わたしはきみをガスと呼ぶつもりだからな」

彼女がぱっと顔をあげる。ハリーは彼女の気を引くことに成功したようだ。

「〝ミス・オーガスタ〟と呼ばれるのは気が重いだろう」ハリーはやさしく言葉を継いだ。

「それは、うるさい子犬を連れ、大麦糖のねじり菓子をポケットに入れた、行かず後家の中年女性の名前だ。だがガスは――ガスは活発で、チャーミングで、一緒にいて楽しい。ガスはヴィヴァルディが好きだ。十五分前まで自分でもそれを知らなかったが。ガスは鼻にナツメグを振りかけたようなそばかすがあり、髪は希少なことで知られるウェールズの金よりも彩り豊かで、手はきわめて柔らかく無垢で――」

「ドクター・レスリーがいらっしゃいました」従僕が扉まで来て、音楽に負けまいと声を張りあげて来客を告げる。

ガスは椅子から跳びあがらんばかりにしてハリーから離れ、早足で入ってきた医師に挨拶をした。

「ドクター・レスリー、こんにちは」息を切らして言う。ハリーの目から見る彼女は取り乱し、うろたえ、魅力的だった。ハリー自身は非常に苛立って見えているだろうから、医師はまた瀉血をしたがるかもしれない。

「こんにちは、閣下、ミス・オーガスタ」ドクター・レスリーは楽団を見て仰天していたので、ガスのうろたえようにも、ハリーの苛立ちにも気づかなかった。「なんと！　寝室で音楽会を開催していらっしゃるとは思いもしませんでした」

「もう終わる」ハリーはそっけなく言った。苛立ちはますます募る。レスリーめ！　彼が邪魔しなかったら、ハリーはガスに甘い声で名前を呼ばれていただろうに。もしかしたら、その上に――いや、彼女がどこまで親密な態度をとってくれたかはわからない。そもそも、こういうことをしてはいけなかった。それでも、もっといいことが起きていたはずなのだ。

彼がヴィロッティにうなずきかけると、三人は唐突に演奏を打ち切った。「申し訳ない、友よ。ここにいるレスリーは、わたしの脚をつついたり針で刺したりするつもりらしい」

「皆様、どうぞこちらへ」ガスは急いで言った。すでに落ち着きを取り戻し、いつもの有能な女性に戻っている。「お部屋の用意が整いますまで、軽食をお出しいたしますわ」

ハリーはガスの後ろ姿を見送った。楽士たちはぺこぺこ頭をさげ、食べ物や飲み物を出してもらえることにしきりに礼を言いながら、彼女について出ていった。一度たりとも、彼女は振り返らなかった。

こんなふうに一カ所に固定され、ベッドを出るのも、ガスのあとを追って自分の気持ちを説明するのもできないのはつらい。わずかな貴重な時間、彼は自分が囚人であること、不完全な怪我人であること、魅力的な女性と戯れていた昔の自分とはまったく違ってしまったことを忘れていた。

その自分は永遠に去っていった。決して彼のものにならない女性とともに。

ちくしょう、ちくしょう、ちくしょう。

ガスは臆病者だ。そうとしか言いようがない。まぬけで、まともにしゃべることもできない、無能な臆病者。

プリーツの入ったベッドのシルクの天蓋を見あげる。罪悪感や良心の呵責で頭がいっぱいで、とても眠れない。どうせ間もなく、眠っても眠らなくても関係なくなる。最後に確かめたとき、大広間の背の高い掛け時計は四度打っていたのだ。すぐに窓の外の木々では鳥たちがさえずりはじめ、菜園の向こうでは雄鶏が鳴き、太陽は東の草原の向こうからゆっくり顔を出すだろう。屋敷も目覚める。皿洗い女中がミセス・ブキャナンの指示に従って厨房に火を熾《おこ》し、部屋づき女中はブラインドを開けて暖炉を掃除する。そのころにはガスも起きて一日を始めることになる。

しかしなにをやっても、ガスが見さげ果てた救いがたい臆病者であるという事実に変わりはない。

彼女はうめき声をあげ、枕に顔をうずめた。なぜ機会があるうちに、ジュリアのことを話さなかったのだろう? なぜ彼があんな――あんなふうに言い寄ってくるのを許したのだろう? 彼が苦しんでいるとき手を握ってあげるのと、ゆうべのように手を握り合うのは、まったく別の話だ。それに、彼がガスの手をもてあそびながら言ったこと――聞こえのいい無意味な言葉、いまだかつてどんな男性もガスに向かって言わなかった言葉、ガスが耳を傾けるべきではない言葉。

彼はハーグリーヴ伯爵。姉と結婚する男性。ガスの義兄になるはずの人なのだ。

いや、さらに悪いことに、そうならないかもしれない。

ジュリアが逃げたことを告げたら、悲惨な結果になるだろう。ならないはずがない。伯爵は、ガスが知っていながら話さなかったことを知る。そしてガスが手を引き抜くべきときに引き抜かなかったという事実から、ジュリアの不在をいいことにガスが彼の関心を引こうとした、と彼は推測するだろう。ガスにそんなつもりはなかった。でも彼はわかってくれないはずだ。もしもジュリアがここにいたら、いったいどう思われるのか。考えれば考えるほど頭が混乱し、自分のふるまいが後悔された。

あんなふうに部屋を出てくるべきではなかった。ガスは逃げた。だから臆病者なのだ。彼は自力でベッドを離れられないから、彼に話しかけるのは簡単だった。部屋を出ることで、ガスは自分の好きなときに会話を終わらせられる。それは臆病者にとって好都合だ。とりわけ、彼が回復しはじめていて、患者というより男性として意識されるようになっていることを思うと。

たとえ彼が平凡な男性だとしても、それだけでも充分悪い。だがハリーに平凡なところはない。彼はガスが会った中で最も罪深いほどのハンサムだ。ガスは彼の姿を思い浮かべた。ベッドの中央で上体を起こし、黒髪は乱れ、ナイトシャツの首元は開いていて、袖は上腕までめくりあげられている。えくぼの出るゆったりとした笑顔で――たくましく引きしまった男性にえくぼがあるなんて――非凡な青い目を輝かせ、部屋を動きまわるガスを見つめ、そして――。

だめだ、そんなふうに彼のことを考えてはいけない。彼のことはまったく考えてはいけない。ガスはいまの人生のみじめさを考え、こぶしを枕に叩きつけた。

犬の声が聞こえたのは、こうして早朝に絶望にふけっていたときだった。

犬。激しく吠えている。屋敷の中で。犬を入れるのは禁じられている屋敷で。幼いころ、犬がいると兄はくしゃみをして涙を流したので、母は犬を家から追い出した。アンドリューが大きくなってそんな反応を示さなくなったあとも、習慣に従って父は犬を禁制にしつづけている。

だから犬が屋敷の中にいるはずはない。しかもこんな朝早くに。夜明けの光が差しこんできたので、少なくともロウソクは必要ない。ガスはベッドから滑りおり、急いで寝間着の上からガウンを着て帯を締め、犬の吠える声がするほうへと早足で廊下を歩いて階段をおりた。

遠くまで探しに行く必要はなかった。二日つづけて、玄関の夜用ランタンの揺れる炎のそばで予期せぬ他人が騒ぎを起こしていたのだ。非常に眠たげなミスター・ロイスと、靴下を穿かずシャツの裾をズボンにたくしこんでいない従僕が、ふたりの旅人の前に立っている。ひとりめは明らかに紳士で、地味な服を着て、大きな革の書類鞄を脇に抱えている。彼に付き従っている背の低い男性は紳士でなくて馬丁かなにか厩舎で働く使用人らしく、分厚いウールのジャケットを着て飾り気のない帽子をかぶり、ブーツを履いている。

しかしこの男性の服装よりも注目すべきなのは、彼が革紐につないで引っ張っている、ぶちのある大型犬二匹だった——いやむしろ、犬のほうが彼を引っ張っているようだ。犬は首輪のはまった首を力一杯執事と従僕のほうに伸ばしている。二匹揃って毛むくじゃらの尾を激しく振っているので、怖くはない。しかしうるさくはあり、陽気に吠えて屋敷の住人全員を起こすつもりのようだ。ミスター・ロイスとひとりめの男性は咆哮に負けないよう怒鳴り合っているが、話の内容はまったく聞き取れない。

ガスは編みこんだ長い髪を肩の後ろに払い、騒ぎの中に足を踏み入れた。ふたりの男性は彼女を見るなり口を閉ざしたが、犬はそう簡単に恐縮しなかった。

「静かに」ガスは鋭く言って犬をにらみつけた。「黙りなさい」

四人の男性が驚いたことに、犬はたちまち吠えるのをやめ、しおらしく座って、ばつが悪そうにうなだれた。

「はあ、お嬢さん、こんなのは初めて見ました」犬の世話係は感心している。「たいていは閣下の言うことしか聞かないんですが」

「〝閣下〟?」ガスは訊き返した。そういうことだったのか。気づくべきだった。「ねえ、これはロード・ハーグリーヴの犬なの?」

もうひとりの男性が進み出て帽子を持ちあげた。

「はじめまして、お嬢様、このような時間にお邪魔して申し訳ございません。説明させていただきます。わたくしはハーグリーヴ伯爵の代理人でアーノルドと申します。閣下のお求めに応じてこちらへまいりました」

それ以上、執事はこの無礼なふるまいに耐えられなかった。たとえガスが裸足で寝間着姿で立っていても、正式な紹介をする必要がある。

「ミス・オーガスタ、ミスター・アーノルド」アーノルドが自己紹介などしなかったかのように、彼は抑揚なく言った。「ミスター・アーノルド、こちらは当家のお嬢様、ミス・オーガスタ・ウェザビーです。ミスター・アーノルドは閣下の代理人を務めておられます」

「おはようございます、ミスター・アーノルド」ガスは言った。「まだ時間が早すぎるようですけれど。伯爵様は真夜中に部下を呼び出される癖がおありなのですか?」

アーノルドは見るからに恐縮して頭をさげた。「お許しください、ミス・オーガスタ。馬車の車軸が折れなければ、昨夜、もっと常識的な時間に到着するはずでした。しかし、閣下は緊急だとおっしゃっていました。事故以来お仕事に手がつけられておらず、至急閣下に目を通していただきたい書類が多数あるのです」

「そうでしょうね」ガスは無感情に言った。ハリーが対応すべき仕事があることは間違いない。彼ほどの財産と領地を有する紳士なら当然だ。けれども、屋敷にさらに多くの客を招いたことを教えておいてくれてもよかったではないか。ここに寝泊まりして食事をすることになるであろう客を。

しかも犬がいる。ガスはふたたび犬をにらみつけた。あまりに怖い顔だったのか、二匹はクーンと鳴いて寝そべった。ガスは犬が嫌いではない。むしろ好きだ。気に入らないのは、夜明け前に犬が予告なく、しかも父の意向に反して玄関ホールに現れることなのだ。

ため息が出る。「伯爵様は犬を連れてくることもお命じになったのですか?」

「そうなのです」アーノルドはあわてて言った。「気持ちを明るくするため、お気に入りの二匹の犬をここに連れてくることを、閣下が発案されたのです。この男は、閣下のロンドンでのお住まいで働くホリックと申します。犬の世話をいたします。犬はパッチとポッチです」

ホリックは革紐を持った姿勢で、できるかぎり上体を屈めてお辞儀をした。

ガスはまたしても吐息をついた。今回はあきらめによるため息だ。食事をさせる人間があとふたり増えたことを、ミセス・ブキャナンにどう説明したらいいだろう。

「旅のあとで朝食をお食べになりたいでしょう。伯爵様が起床されてお客様とお会いになるまでには、まだしばらく時間があります。ロイス、ミスター・アーノルドを〈緑の間〉にご案内して。ジョン、ホリックと犬はとりあえず使用人の広間に連れていってあげて。もちろん寝泊まりは厩舎でしてもらうことになるわ」

ホリックは悲しげな顔になった。「厩舎ですか？　閣下はお気を悪くなさいます。家にいるときと同じく、犬はご自分のお部屋にお置きになることを望まれます」

「ごめんなさいね、ホリック。でもうちでは、犬は厩舎で暮らすことになって――」

「ミスター・アーノルド、ようこそ！」昨日同様、テュークスが階段の上に現れて、芝居の登場人物よろしく大げさな仕草でやってきた。

けれども今日階段を駆けあがったのは、新たな客人ではなかった。犬だ。パッチとポッチは即座にテュークスに気がつき――あるいは、彼を見て主人が近くにいることに気がつき――ホリックの手から革紐を振りほどいて突進した。興奮してワンワン吠えながら、革紐を引きずったまま階段を走ってのぼる。いったん止まったあと、テュークスを後ろに従えて廊下に消えていった。

「だめ！」ガスはスカートをつまんで階段を急いだ。父の命令を破って犬が屋敷に入ったことも気に食わないけれど、それより心配なのは、犬が再会を喜ぶあまり興奮して主人のベッドに飛び乗ることだ。ドクター・レスリーはハリーの折れた脚に副木をあててきつく縛り、革包帯を巻いていったが、急に動かしたら癒えつつある骨が外れてまた折れてしまう危険があると警告している。パッチとポッチは急な動きの原因となりうるし、しかもかなり体重がありそうだ。

要するに、悲惨な結果が待っているわけだ。

テュークスも同じことを心配したらしく、思いも寄らなかったほど速く走って、廊下の奥にあるハリーの寝室に向かっている。

けれどもガスが部屋まで行ったとき、恐れていたような騒ぎにはなっていなかった。二匹は前足をベッドの端にかけておとなしく座り、ハリーに頭を撫でられすべすべした耳をさすられて、気持ちよさげに目を閉じている。ハリーはうれしそうな犬よりさらにうれしそうな顔で、意味のわからない言葉を犬にやさしくささやきかけていた。

ガスが現れると、彼は目をあげた。「うちの子たちには会ったかな？」

「犬がベッドに飛び乗るのではと心配しました。あなたの脚を傷つけるのでは、と」

「なんだって、うちのいい子たちが？　こいつらは誰も傷つけたことがない。とくに、わたしを傷つけるわけがない。世界一行儀のいい子犬なんだ。そうだろう、おまえたち？　な？」

二匹の犬とともにいるハリーの姿に、ガスは感銘を受けていた。彼がこんなやさしい愛情を示すことがあるなど、予想もしていなかった。思わず楽しげな笑みが出る。これで犬を禁ずる父の方針に終止符が打たれるとしても。

「父は、犬は屋敷でなく厩舎で暮らすものだと申しております」良心の呵責をやわらげるため、ガスは説得は無理だと思いつつ言ってみた。「ここに置くわけにはいきません」

「お父上が反対なさるなら、ここに呼んでくれ。この子たちがどれほど完璧な紳士かを見せてやるぞ」

ガスは遅まきながら、父がジュリアとともにロンドンにいる事実をハリーはまだ知らないということを思い出した。

「いえ、父は例外を認めると思います。伯爵様が犬に会いに厩舎まで行けないことを考えると、犬を部屋から追い出すべきではないでしょうね」

だがハリーは聞いていなかった。「ガス」彼の笑みが好色なものに変わる。「寝間着のまま会いに来てくれるとは、うれしいね」

全身をじろじろ眺められたガスは、裸でその場に立っているように感じた。さらに悪いのは、彼に見つめられるのを自分がいやがっていないということだ。実のところ、鼓動が速くなり、そのため呼吸も少し速くなっている。ガスは狼狽した。ゆうべ指で手首を撫でられたときと同じだ。照れくさくなり、ガウンの帯をさらにきつく締めた。

「しかたなかったのです。犬の吠える声に起こされてしまいました」

ハリーは茶目っ気たっぷりににやりと笑った。「おやおや、この子たちは完璧な紳士のはずなんだが」

「そんな目で見ないでください」ガスの顔がほてった。「わたしは全身を覆っていますし、みっともない格好ではありません」

「それはベッドにふさわしい服装だ。わたしの服装とまったく同じく」

そんなことは、わざわざ指摘されなくてもわかっている。犬を撫でるために身を乗り出したとき彼のナイトシャツの前が開き、思いがけなく素肌の胸と黒く縮れた胸毛がちらりと見えていた。

「この服装におかしなところはありません。時刻と状況を考えれば、完全に適切で慎み深い格好です」

「素足だ」ハリーはかすれたささやき声を出した。「しかもコルセットをつけていない。そんなものがなくても、きみの腰は充分細いのがわかる。それにきみの――」

「ハリー、やめて」ガスは狼狽しながらもきびしい表情になった。「もう充分です」

「おい、聞こえたぞ、ガス」ハリーは彼女に向かって指を振った。「否定しても無駄だ。きみはわたしをハリーと呼んだ」

ガスは挑むように、より正確には身を守るように顎をあげた。「あなたが先に、わたしをガスと呼んだんです」

「わたしは否定しない」ハリーは楽しそうに言った。「ああ、また客だ。おはよう、アーノルド！　会えてうれしいよ。読むべき手紙や署名すべき書類と一緒に、ロンドンの新聞も持ってきてくれただろうね。わたしはニュースに飢えているのだ。仕事にかかる前に朝食を一緒にどうだ？　ガス、そのように手配してくれるか？」

「わかりました」見つめられる以外のことができて、ガスはほっとした。「いますぐミセス・ブキャナンに話をします。でも言っておきますが、逃げるわけではありません。あなたに頼まれたから出ていくだけです」

「了解した」ハリーはにっこり笑った。「次の頼みは、すぐに戻ってくることだ」

ガスはわざと返事をしなかった。「犬にも食事が必要ですか?」

「もちろんだ」ハリーはそんな質問をされたことに驚いているようだ。「難しいものではない。挽いた牛の心臓と肝臓、卵の黄身、少々のふすまをまぜたものだ。ホリックが料理人に、必要な材料を説明してくれる」

ガスはなにも約束することなく黙ってうなずき、男たちと犬を置いて部屋を出た。伯爵の犬の食事の世話をする、しかもホリックの指示を受けて用意をすることになると告げられたときミセス・ブキャナンがどう言うかは、充分想像がつく。ガスは肉屋をはじめとした出入りの商人からの請求書に目を通しているので、いまだかつて食料庫に牛の心臓が置いてあったことがないのは事実として知っている。

自分の部屋に寄って、素足に履くサンダルとガウンの上にはおるショールを取った――体が見えるとハリーが主張するなら、せめて使用人にはそれを見せないようにしたい。少なくとも、今日まだ会っていない使用人には。それから裏の螺旋階段を駆けおりて厨房に向かった。

そのときガスの頭にあったのは、パッチとポッチのために牛の心臓を挽いたものをどう調達するかということだけではなかった。それよりも、彼らの主人のこと、そして彼が〝飢えて〟いるロンドンからのニュースが気がかりだった。代理人であるミスター・アーノルドの知らせるニュースのどれくらいが、厳密に仕事にかかわるものなのだろう。彼のさまざまな領地や投資の現状についての話がどのくらいで、ロンドンの最新のゴシップはどのくらい含まれているのだろう。

ガスは、ミスター・アーノルドの話が地代や土地活用のことだけだというむなしい望みを抱いていた。もしもパーティや舞踏会、宮廷でのさまざまな出来事に関するニュースが含まれているとしたら、ミス・ウェザビーがなぜかここでなくロンドンにいるという興味深い話に彼が言及するのは確実だ。

ハリーはジュリアの不誠実さを知るだけではない。悪意のない曖昧な真実とごまかしとでガスが築いたトランプの家を崩壊させるだろう。二度とガスを信頼できなくなり、軽いからかいも、ガスがほかの誰からも聞いたことのないすてきなお世辞も、彼女の胸の鼓動をちょっと速めるいたずらっぽい笑みも、ガスとハリーと呼び合う楽しさも、すべてがなくなってしまう。ふたりはミス・オーガスタとロード・ハーグリーヴに戻り、四週間ほどして彼の脚が旅行に耐えうるまでに回復したら、彼は永久にいなくなってしまう。この屋敷からも、ガスの人生からも。

ああ、どうして機会があるうちに打ち明けなかったのだろう？

ハリーは可能なかぎり気持ちよくベッドに横たわっていた。認めたくはないが、疲れている。まさに外科医たちがしつこく言っていたとおりだ。夕食までにはしばらく時間がある。窓から見える太陽は下降しつつあるものの、まだ昼間は終わっておらず、夜というよりは早い夕方だ。アーノルドは必要な裁定を聞き、大きな革鞄に署名ずみの書類をおさめて、ロンドンへと帰っていった。寝室からまた客がひとりもいなくなり、ハリーは安らぎを楽しんだ。ベッドの横ではパッチとポッチが丸まって絨毯に横たわり、遠慮なく高いびきをかいて眠っている。自分も間もなく彼らとともにいびきをかくことになるだろう、とハリーは思った。

眠りにつく助けにするため、アーノルドがロンドンから持ってきた雑誌の一冊を手に取る。この『ロンドン・オブザーバー《The London Observer》』という雑誌を読んだことはないが、スキャンダルにあふれた興味本位の内容であることは予想できる。ガスがなんとか読もうとしてくれた味気なく古くさい『紳士の雑誌』とは対照的な読み物だ。

口絵を見ただけでガスが顔を赤らめるだろうことを思って、ハリーはにんまりした。兜をかぶった上半身裸の女神、隅で待ち伏せする色情狂、服というよりはシーツに見える古代の衣装に身を包んだ人間たちなどを描いた下手な絵。絵の意味を理解するには、説明を読まねばならなかった。『美しい口絵：ローマ神話のミネルヴァ――本誌の精神を鼓吹《こすい》する、知恵の守護者。背後には禁断の愛を象徴する好色の神サテュロス』

彼はそれを読んで鼻で笑い、美しい乙女を凌辱することを主な活動とする色情狂《サテュロス》などについての世俗的な知識がガスにあるだろうかといぶかしんだ。それを彼女にどうやって説明すればいいだろうと眠い頭で考えながら、ぱらぱらとページをめくっていく。雑誌の中身はほぼ予想どおりで、下手な詩、くだらない意見、『快楽の人』や『精力的な若者の肖像画』といった刺激的な題名の記事などばかりだった。あくびをしながら、最後に『街の噂』に目をやる。スキャンダルにあふれた噂話の中で、何人の友人や知人の名を見つけられるだろう。

この雑誌の精神を誹謗中傷から守るため下品にならないようイニシャルで表された名前の数々を。

言葉が目の前でちらつき、まぶたを閉じかけたとき、不意に短い一節が目に飛びこんできた。

〝誰もが、昨今の娯楽の場にロード・H―g―eがおられないのを残念がっている。伯爵は猟場での負傷により療養中とのこと。我々は伯爵のお早い帰還を切に願っている。伯爵のお心をつかんでいると広く信じられていたミス・W―yはこの二週間ロード・S―l―dとふたりきりで過ごしているところを頻繁に目撃され、ロード・H―g―eとの噂は誇張であって結婚寸前ではなかったことが明らかになった。嗚呼《ああ》、キューピッド！　情熱的な美女の胸に刺さる矢の、なんと甘美なことよ！〟

いったいどういうことだ？　自分の名前が出され、怪我が狩猟中の事故によるものとされているのを見たときは、少しむっとしただけだった。しかしそのあと、ジュリアがハリーとの結びつきを断ち切ったのみならず、いまはロンドンにいて、愚か者のロード・サウスランドと付き合っているると書かれているのを見て驚いた。嘘だ。嘘に決まっている。すべては、このつまらない雑誌のでっちあげにすぎない。

だが、落馬事故以来ジュリアには一度も会った覚えがなく、屋敷の中で声を聞いたこともない。姉を遠ざけてくれていることでガスを称賛していたが、もしも彼がだまされているのだとしたら？

ハリーは、あえて無視してきた小さなヒントの数々を思い起こした。いまようやく、それらが示唆していたことが腑に落ちた。ジュリアや子爵の姿が見えないこと、使用人は誰ひとりジュリアの名前を口にしないとテュークスが言ったこと、ジュリアから励ましや愛情の言葉を走り書きしたメモ一枚届かないこと。今日アーノルドは、ハリーがジュリアとの結婚の意志を口にしたとたんに話題を変えようとした。彼は真実を知っていたに違いない。世間は皆知っているのだ。ハリー以外の全員が。

そして、すべてを知る人物がひとりだけいる。誰よりも信頼できるとハリーが思いこんでいた人物が。

「テュークス、来い！」ハリーが怒鳴ると、従者は隣室から駆けこんできた。「ミス・オーガスタを呼べ。すぐに話をしたいと伝えろ。いま、ここで。言い訳は聞かない。ただちに話をしなくてはならない」

ハリーは枕にもたれこんだ。胸の中で心臓は痛いほど激しく打っている。腹が立ってたまらない。裏切られ、侮辱され、拒まれ、辱められ、哀れまれているように感じる。しかしなにより、彼は傷ついていた。予想もしなかったほどひどく傷ついていた。

いまはとにかく真実を知りたい。

6

ガスが母の遺したバラ園でしおれた花を摘み取っていたとき、メアリーが捜しに来た。砕いた貝殻を敷き詰めた小道をザクザクと踏んでくる。

「ああ、ミス・オーガスタ、ここにいらっしゃったのですね！」駆け足で来たので息が切れている。「あちこちお捜ししました。すぐ屋敷にお戻りください」

ガスはすぐさま剪定バサミを籠にしまい、せかせかと歩きはじめた。「どうしたの？」

「伯爵様です」メアリーはガスの横で足を急がせている。「ミスター・テュークスは、伯爵様が大変だとおっしゃっています」

ガスはただちに最悪の事態を想像した。「犬が脚に飛び乗ったの？　もし、もう一度脚を整復しないといけないのなら――」

「いえいえ、違うんです。ミスター・テュークスがおっしゃるには、伯爵様はなにかでひどくお怒りで、いますぐお嬢様とお話しなさりたいそうです」

そのときガスは確信した。ミスター・アーノルドが帰っていったときは、助かった、姉の話は出なかったのだと思った。でもそれは誤りだったらしい。いまやガスは、ハリーの怒りを一身に受けねばならないのだ。

しかも猛烈な怒りのようだ。部屋に入ったとたん、彼の険悪な表情を見てそれがわかった。

「ミス・オーガスタ」ハリーはそっけなく言った。「まだこれを見ていないだろう」

彼女に手渡す手間も惜しんで、開いた雑誌をベッドからガスに向かってポンと放る。

「『街の噂』という見出しの下の、最初の記事だ」ガスが雑誌を拾いあげると、彼は言った。

「読んでみろ。ぜひとも、きみの意見を拝聴したい」


読んでいくうちにガスの心は沈んでいった。ほんの数行の記事だったが、ひとつひとつの言葉から姉の軽薄さが浮かびあがってきた。ジュリアにとって最大の挑戦とは、キューピッドが放つ矢を一本でも多く集め、自分を移り気で常に次の獲物を狙っているように思わせることなのだ。あれだけの美貌と魅力がありながら二十二歳にしてまだ結婚していないのには、もっともな理由がある。けれども、姉の行動がもたらす不快な結果にガスが向き合わねばならないのは、これが初めてだった。楽しくもなければ簡単でもなさそうだ。


弁明するには真実を話すしかない。それで彼の気がすむことを祈るばかりだ。

「スキャンダル記事が珍しく真実を述べていると考えて間違いないか？」ハリーは尋ねた。

「ミス・ウェザビーがこの屋敷でなくロンドンにいるということは？」


ガスは不承不承にうなずいた。「ロンドンです。ここにはおりません」

ハリーの表情は変わらない。「いつ出ていった？」

「事故のあと間もなくです。正確な日付は覚えていません」

「なのにそのあとずっと、きみは姉上をかばっていた。一度くらいは、彼女は見舞いに来たのか？　ほんとうのことを言ってくれ、ミス・オーガスタ」

彼にまた堅苦しく呼びかけられるのはつらい。こんなふうに問い詰められるのと同じくらい。

「来ました。でもそのとき伯爵様は——意識がありませんでした。ですから覚えていらっしゃらないと思います」

「だがジュリアにとっては、それで充分だったわけだ」ハリーは辛辣に言った。「わたしから逃げていく理由をきみに話していったか？」

「いいえ。でも姉は、あなたから逃げたというより、この状況から逃げたのだと思います。お医者様たちはあなたが亡くなるかもしれないとおっしゃっていて、姉はそれを聞いて怯えたのです」

「わたしは死ななかった。ジュリアはさぞやがっかりだろう」

「そんなことはありません」ガスはすばやく言った。「姉は難題に面と向かうのが苦手なのです。だから父もあとを追っていきました。姉の無事を確かめるために」

ハリーはますます怖い顔になった。「お父上。彼もこの芝居にかかわっているわけか？」

「姉は夜中に使用人ひとりだけを連れて家を出ていきました」ジュリアの愚かな行動が、それほど突拍子もないものに聞こえなければいいのだが。「父は心配して追いかけました。名誉を重んじる親なら誰でもそうするでしょう」

「甘やかされた身勝手な子を持つ親なら誰でもな」ハリーはうんざりしている。「ジュリアはすぐに立ち直ったようだな、わたしの友人のひとりと仲よくなって。噂が真実ならば」

彼の荒々しい口調に、ガスはたじろいだ。「もし姉がいまのあなたを見たら」少しでもジュリアをよく思わせようとして言ってみる。「あなたがどれだけ回復したかを自分の目で見たら――」

「しかし彼女が見ることはない。なぜなら、わたしは二度とジュリアに会うつもりがないからだ」怒りゆえに、彼の口調はとげとげしい。だが、彼がその言葉を守るだろうとガスに思わせたのは、言葉の底に流れる苦痛と拒絶だった。「明日彼女に手紙を書く。それでこの件は終わりだ。求婚していなくてよかった！　彼女との結婚を免れるために脚が片方犠牲になったのだとしたら、代償としては安いものだ。ジュリアのような不誠実なふしだら女に一生縛りつけられずにすんだのだから」

ベッドの横で寝ていた二匹の犬が目覚め、ハリーの張り詰めた声に不安を感じて、一匹が低く悲しげにクーンと鳴いた。

といっても、ガスは犬に注意を払っていたわけではない。「姉はふしだらではありません」声には意図していた以上の怒りがこもっていた。「まったく違います」

「彼女の行動は、まさにそうだと語っている。友人から警告は受けていた。彼女は男から男へと飛びまわる女だと。友の言葉を信じて、彼女の正体を見抜くべきだった」

ガスはベッドに近づいた。無意識のうちに、体の脇でこぶしを握っていた。

「ジュリアはわたしの姉です」つっけんどんに言う。「できれば、姉のことをそんなふうに言わないでいただきたいですわ。そんなに――」

「率直に？」青い目は怒りに燃えている。「真実が常に快いものとはかぎらないのだよ、ミス・オーガスタ。わたしに嘘をつくことを、そんなふうに考えて正当化していたのか？　姉上を守っているだけだと？」

「あなたをも守っていたのです！」ガスは声を張りあげた。「あなたは痛みに苦しみ、死の危険に面しておられました。アヘンチンキと苦痛で判断力は鈍っておられました。そんなとき、あなたに真実が言えたでしょうか？　言っていたらどうなっていたと思いますか？」

ハリーは腕組みをした。「言おうと思えば言えたはずだ」

「そうかもしれません。でも真実を聞かされて、あなたは絶望のあまりお亡くなりになったかもしれません。ご自分の症状がどんなに深刻だったか、わかっておられないのです」

「そのあとでも、言う機会は何十回とあっただろう。なのにきみは言わないことにした」

「言おうとしました。少なくとも何十回。でも言わせてくださいませんでしたし、わたしの話に耳を傾けようとなさいませんでした。わたしは――わたしは――」

ガスは突然黙りこんだ。言うつもりのない真実を危うく口にするところだったと気づいたのだ。

その中途半端な発言に、ハリーは噛みついた。「きみは、なんだ、ミス・オーガスタ？　さらなる嘘を思いつく時間はなかったか？」

「わたしはあなたに嫌われたくなかったのです、いま嫌われたみたいに！」ガスは口走った。

「あなたはしゃくにさわることもありますけれど、わたしは――友人同士のようにあなたと一緒に過ごすのを楽しみました。それを終わらせたくなかったのです。でも終わってしまいました。まさに恐れていたとおりに」ハリーは意外な言葉に驚いて眉間にしわを寄せた。「わたしと過ごすのを楽しんだ？」

「そうです」ガスは早口になっていた。「それを後悔すべきかどうかはわかりません。でも、家族に忠誠を尽くすことの価値を理解できない人とは、親しくなりたくありません」

ハリーは首を横に振り、片方の手で髪をかきあげた。「わたしに忠誠を説くとは恐れ入った。この家族の一員のくせに」

「姉は忠実でも誠実でもないかもしれません。でもわたしは誠実です。でなければ、ここにこうやって立ってはいません、あなたが――わたしがしたのではないことについて、わたしを非難しているあいだ」

いまやガスの声は震えている。感情で、そして真実の持つ力によって。最後まで言うのだ、それがどんなにつらくとも。

「あなたがどう思っておられようと、わたしは決して嘘をついていません。ただの一度も」

彼女は熱をこめて言った。「姉をかばうため、すべてを話しはしませんでした。でも嘘はつきませんでした」

最後に一度大きく首を横に振ったあと、ガスは不愉快な雑誌をベッドのハリーの横に置き、二歩あとずさった。背筋をぴんと伸ばし、両手をエプロンの前できつく握り合わせて、彼の言葉を待った。

ハリーは喉の奥から言葉にならないうなり声を出した。それから雑誌をつかんで部屋の向こうまで勢いよく投げる。雑誌は開いて床に落ちた。

ガスは身じろぎもしなかった。

「なぜ出ていかない？　わたしがきみにとってそんなに不愉快なら、なぜいつものように逃げていかない？　行け、逃げるがいい、姉上のように」

「わたしは姉ではないからです。だから逃げません」

ハリーは返事をしなかった。ガスもそれ以上なにも言わなかった。言うべきことは残っていなかった。たぶんハリーも同じように感じているのだろう。彼はただ、永遠にも思えるあいだガスをにらみつづけた。だがやがて、両手に顔をうずめてうめき声をあげた。

それでもガスは出ていかなかった。

ようやく手をおろして顔をあげたハリーはけげんな表情になった。ガスがまだそこにいるのを見て驚いている。彼は深く息を吸い、ふたたび指で髪をかきあげた。

「ミス・オーガスタ」彼はなんとか事態を――混乱をおさめようとして言った。「ガス。たしかに、きみは姉上ではない。わたしはそれを忘れないようにしよう」

「そうですね、伯爵様」ガスは慎重に言った。「そうしてください」

ハリーはうなずき、咳払いをした。「今夜わたしと夕食をともにしてくれないか、それを覚えておくためにも？」

「ここでですか？」ガスは彼の要求に驚き、小さく首を横に振った。

「残念ながら、ここしかないのだ」ハリーは悲しげに言った。「きみはわたしと同じくひとりで食事をしているようだ。ふたり一緒に給仕できたら、使用人にとっても都合がいいだろう?」

「そうですね。それに……楽しいでしょうね。もちろん友人同士として」

「ああ、もちろんだ」ハリーは笑顔になった。「別の場所で用があるのなら、いまはここにいてくれなくてもいい。わたしのためにとどまる必要はない。きみの言うとおりだ」

「お望みなら、なにか読んでさしあげてもいいと思ったのですが」ガスは部屋を横切って彼が投げた雑誌を拾い、折れたページを伸ばしながら戻ってきた。口絵を見て目を丸くする。

「まあ、ハリー。これはいったいどういう雑誌なのですか?」

「ああ、ガス」彼はいたずらっぽく微笑み、ベッド脇の椅子に座るようガスを手招きした。

「きみが説明を求めてくれるのを待っていたよ」

後ろに伸ばした髪がきれいにカールするよう気をつけながらテュークスが黒いシルクの紐で結ぶあいだ、ハリーは頭を動かさずにじっとしていた。わざわざこんなふうに髪を結ばせたのは、事故のあと今日が初めてだ。ガスとともに夕食を取るとき、少しでも見苦しくない格好をしたかったのだ。テュークスに命じてまたひげを剃らせた。スーツを着るのは無理だとしても、最低限の身だしなみとして、洗ってアイロンをあてたばかりのナイトシャツを着た。

夕食の準備にも特別気を使った。料理人をはじめとした使用人がガスの下で働いていることを考えると、なにごとも秘密にしておくのは容易ではない。だがテュークスはお得意の魔法のような手腕を用いて、どうにかして子爵の狭いワイン貯蔵庫に入りこみ、数本のまともな――ここが海に面したノーフォークであることを考えると密輸したのかもしれないが――フランス産とスペイン産のワインを手に入れてきた。小さなテーブルをベッドの横まで引っ張ってきて、屋敷のどこかからダマスク織のテーブルクロスと銀の燭台を持ってきて置いた。またハリーは庭園の赤いバラと白いフロックスで立派な花束をつくらせ、テーブルに飾らせた。ヴィロッティと相談して、食事のあと楽団が演奏する手配を整えた。つい最近ガスのお気に入りとなった作曲家ヴィヴァルディの曲目を演奏するよう依頼した。

ミセス・ブキャナンという恐ろしげな料理人を枕元に呼び、話し合って、ガスの好む料理を含むささやかな夕食を計画した。少なくともミセス・ブキャナンがガスの好物だと言い張る料理を。ハリーとしては、彼女が正しいことを望むばかりだ。

実のところ、ハリーは今夜に関して多くの望みを抱いていた。ガスも彼と同じく、今夜のために特別の気配りをしてくれるだろうか？　いつものエプロンと縁なし帽という装いをやめて、着飾ってくれるだろうか？　彼の招待客という立場を受け入れてくれるだろうか、それとも屋敷の女主人という立場に固執するだろうか？　なによりも、彼女はハリーと同じくらい今夜の夕食を楽しみにしているだろうか？

ハリーはおおいに楽しみにしている。この部屋で隠者のように暮らしていて人付き合いに飢えているから、ガスとのささやかな夕食に過大な期待をしているにすぎないのだ、と自分に言い聞かせようとした。ロンドンでは、いつも若い女性とふたりきりで夕食を取っているではないか？ だったらなぜ、ガスが来るまであと一時間以上あるというのに、二分ごとに懐中時計を見ているのだ？

テュークスは、ハリーが見られるよう銀の手鏡を彼の前に掲げた。ようやく、徐々にもとの自分に戻りつつある。きれいにひげを剃った頬は、もうそれほどこけていない。しかも目には見慣れた輝きが戻っている。彼は思わず微笑んだ。

ところが鏡に映ったテュークスは小さく舌打ちしている。長年仕える使用人にのみ特権的に許される、非難を表す仕草だ。めったに出ないものではあるが、出たときにはハリーにもわかる。

「なんだ、テュークス」ハリーはため息をついた。「わたしはなにをした？」

「なにもしておられません」テュークスは鼻をつんと上に向けているので、ハリーからは、あまり魅力的でない鼻の穴が見えた。

「なにも、か。はっきり言え。それは、口やかましい婆さんみたいにわたしを叱るときの言い方だ。わたしがまだベッドにいるのに髪を黒い紐で結ぶのは見苦しいと言いたいのか？ ナイトシャツの襟が紳士にふさわしいと思える角度に折れていないのか？」

「違います」テュークスは手鏡を片づけた。「ミス・オーガスタのことです」

「ガス？」ハリーは驚いていた。女性の名前を口にするなど、テュークスにしては差し出がましすぎる。「彼女がなんだ?」

「わたくしはただ、ミス・オーガスタはきちんとしたレディであって、平民の女優や帽子屋の助手でないことをお忘れになってほしくなかったのです。それだけです、閣下」

「それだけじゃないだろう。おまえはこの晩餐に賛成していないんだな?」

テュークスは鼻息を吐いた。「わたくしは、賛成や反対を言える立場にはございません」

「だからといって、言うのを思いとどまったことはないくせに。わたしが脚の骨を折ってからガスは毎日この部屋でわたしと一緒にいたし、わたしが熱を出していたときは彼女の姉も見たことのないようなわたしの体の部分を見た。しかしそうであっても、彼女をわたしから守る必要がある。おまえはそう考えているんだろう?」

「ミス・オーガスタは、都会における男女の手練手管についてなにもご存じありません」テュークスの口調はきびしい。「田舎のレディでいらっしゃいますし、閣下に注意を向けられたことを誤解なさるかもしれません」

ハリーは吐息をついた。ガスについてのテュークスの考えは正しい。ガスは異性と交際した経験をまったく持たない純真無垢な娘だ。他の分野ではなんでもてきぱきと手際よく進められても、心は非常に繊細だ。手に触れられただけで彼女がどんな反応を示したかを考えればよくわかる。

しかしテュークスが考慮していないのは、ハリーの悪名高い〝手練手管〟が鳴りをひそめているということだ。ジュリアがかつて思っていたようなすぐれた女性ではないことをいまは理解しているとはいえ、彼女に拒絶されたことでプライドは傷つき、自信は揺らいでいる。いままで女性に心を打ち砕かれたことはなかった。とりわけ、あれほど派手に、人目につくやり方で。屈辱的だった。それでも、ハリーは冷酷な放蕩者ではなく、自分が万能であるとの感覚を取り戻すためだけにガスを誘惑するような心ないことはしない。ガスにはそんな仕打ちを受けるいわれはないし、率直に言って、ハリーもそんなふうには思われたくない。彼は友人としてガスを招いたのであり、友人として付き合っていこうと思っている。

そういったことをテュークスに長々と説明するつもりはないが。

「おまえが言うわたしの〝注意〟は、単なる友人としてのものだ。彼女の手厚い看病へのお礼の気持ちからだ。しかも、脚に副木をあてられて柱のように硬直している状態では、相手が誰であっても誘惑などできるものではない」

「閣下は昔から、女性相手では非常に発明の才に富んでおられるといわれておりますが」テュークスは冷笑するように鼻を鳴らした。

「わたしの好色な発明を具体的には知らないくせに」ハリーは笑った。「少なくとも、知らないことを望んでいる。さ、ホリックが犬の体を洗い終わったかどうか見てきてくれ。食事中、厩肥の中で転げまわってきた二匹の犬をガスと同席させたくない」

相手がどんな女性でも、きついにおいをさせたパッチとポッチを近づけるつもりはない。友人にでもだ。ガスのことを考えたとき、ハリーの大きな笑いは微笑みに変わった。そう、友人だ。たまたま女性である友人。彼女はそういう存在であるべきだし、そういう状態にしておくつもりでいる。友人。それ以上ではない。

「噂話をお伝えするのは好きじゃありません」メアリーはガスの髪をねじり、言うことを聞かない毛をピンで留めてカールをつくった。「でも、使用人の部屋で話されていることで、お嬢様がお知りになっておくべき事柄があるんです」

ガスはため息をついた。これは、使用人を管理する上できわめて難しい部分だ。仲間うちでのおしゃべりは禁止できない。けれども、ちょっとした噂や誤った考えが屋敷の者皆を不安に陥れる大きな問題に発展するのを防ぐのは、ガスの役目だ。また、筋の通った心配事を告げる使用人と、根拠のない噂を広げる厄介な使用人とは区別せねばならない。ガスのように若いと、それを見分けるのは必ずしも簡単ではない。でもメアリーは常に信頼していい使用人のひとりだ。

「なんなの？　従僕がまた無礼を働いているの？　それともイタリア人の殿方が女中を困らせているのかしら？」

「いえ、違います、使用人でも、イタリア人の殿方でもありません」メアリーは急いで言った。「あのお三人は魅力的な方々です。問題は、ミス・ウェザビーについての噂です」

「お姉様の……」ガスは長椅子に座ったまま、メアリーの手やヘアピンから逃れて頭を後ろにめぐらせ、メアリーと向き合った。「みんなはなにを話しているの？」

雇い主の長女に関する噂の重要性を思って、メアリーは手にブラシを持ったまま気をつけの姿勢になった。

「ホリック――伯爵様の犬の世話係です。あの人が食事の席であたしたちに言ったんです。ミス・ウェザビーは伯爵様と別れられて、おふたりの縁組は破談になったと。ロンドンの人も皆それを知っていて、伯爵様をひどく気の毒がっておられるそうです。お怪我をなさった上にこんなことになって」

「まあ、そんな」ガスは弱々しく言った。これはハリーが話題にしていた嘆かわしい噂と同じだけれど、犬の調教師のほうがこの話を早く聞きつけていたようだ。夕方のうちに父とジュリアに宛てて噂の真偽を確かめる手紙を書いたが、もちろん返事はまだ来ていない。ふたりとも返事をくれない可能性もある。家族は筆不精で知られており、とくにこれほど厄介な事態となると、なにを書けばいいのかもわからないだろう。「噂の内容はそれで全部?」

「ほとんどです」メアリーは、いったん話しはじめたからには最後まで言おうと心を決めたらしい。「人はミス・ウェザビーを――浮気女と呼んでいるそうです。哀れにも障害を負われたロード・ハーグリーヴを捨てたと言って。そして今度は、ロード・サウスランドという別の紳士に目をおつけになったとか」

事態は懸念していたよりも悪かった。どうしていつも、悪い知らせ――とくに自分以外の人間に関する悪い知らせ――はいい知らせよりもずっと速く広まるのだろう? ガスは深呼吸して、どういった反応を示せばいいかと考えた。やはり真実を話すのがいちばん安全だろう。たとえ醜い真実であっても。

「屋敷の使用人はどうすればいいでしょう？」ガスの長い沈黙で不安になったらしく、メアリーは尋ねた。「あたしたちはなんとかして、ミス・ウェザビーがいらっしゃらないことを伯爵様に知られないようにしてきました。だけど――」

「もうそれは必要ないの」さっき恐ろしい記事が載った雑誌をガスに見せたときのハリーの顔は、どうにも忘れられない。「伯爵様はご存じよ」

「まあ、おかわいそうな伯爵様！」メアリーは心から同情をこめて声をあげた。「だったら、このでたらめな中傷みたいな話はほんとうなんですか？　ミス・ウェザビーをお守りするために、あたしたちはどうすればいいんでしょう？」

「これから言うことは、使用人みんなにも言うつもりよ」ガスは平静な口調を保った。「つまり、お姉様と伯爵様は、もうお似合いでないことがわかったの。ふたりは別れることで合意して、縁談はなくなったわ」

メアリーは息をのんだ。「だけど、伯爵様があんなに苦しんでおられるときに、お嬢様は伯爵様を放っていかれたなんて――失礼をお許しください、でもそれは恥ずかしいことです。恥ずかしいとしか言いようがありません」

「この件については、もうなにも言わないで」ガスは長椅子の上で体をねじり、再度鏡のほうを向いた。「ミス・ウェザビーはわたしの姉で、この屋敷の年長のレディであることを忘れないでね。さ、髪のセットをつづけてちょうだい」

「はい、わかりました」メアリーは決意も新たにガスの髪にブラシを通した。「お嬢様をできるかぎり美しくしてさしあげなければ。お気の毒な伯爵様を力づけられますように」

「わたしが伯爵様と食事をするのは、お父様のお客様だからよ」不要な憶測が芽生える前に釘を刺しておくため、ガスはきっぱりと言った。「特別な病人食の必要がなくなった以上、わたしが夕食をご一緒するのは当然のおもてなしだわ。脚のお怪我がなかったら、わたしたちは晩餐室でテーブルを囲んでいるはずだもの」

「そうですね。お嬢様がいつもそんなふうにふるまっていらっしゃるので、旦那様も誇らしくお思いですわ。さて、最近ロンドンの上流階級のご婦人がなさっているみたいに、おぐしを前のほうで高く結いあげました。後ろの巻き毛はピンで留めて、長い髪を愛敬毛として肩に垂らしました」

「愛敬毛？」ガスはうさんくさげに繰り返し、ひと束の巻き毛が肩にかかっている様子を確かめた。ふだんは髪をまっすぐおろすか、ゆるく編みこんで垂らしている。こんなふうにくるんと巻いたところは見たことがない。ガスの目には、自分の髪というよりピンで留めたつけ毛に見えた。

「そうです」メアリーは自信たっぷりだ。「ミス・ウェザビーが出ていかれる前、侍女のサラが上流階級のご婦人の髪形について話してくれて、昼と夜で髪をどんなふうにされているかを教えてくれました。形崩れしないよう、ちょっと砂糖水をつけてからカールごてを使って愛敬毛をつくったんです」

ガスはおずおずと巻き毛に触れて、砂糖水をつけてカールごてで熱くした髪がしっかり形を保っているのを確かめた。メアリーの言うとおりだ。これなら巻き毛が伸びることはない。

「これがいいのかどうかわからないわ」ガスは鏡に向かって言った。「でもどんな髪形でも関係ないわね、どうせ縁なし帽をかぶるんだもの」

「だめです、お嬢様、いけません！」メアリーはあきれて叫んだ。「若いレディが夜に縁なし帽なんて！　その代わりにこれをつけさせてください。お姉様が置いていかれたアクセサリーです」

メアリーの手のひらに載っているのは、いくつかの小さな五芒星形の飾りだった。ブリリアンカットの宝石できらきら輝き、裏には曲線の留め金がついている。

「髪留めです」メアリーは誇らしげに言った。「レディはみんなこれをつけているんだとサラが言っていました。ほら、こういうふうになるんですよ」

メアリーは器用にガスの右こめかみの上方に星を並べて留めた。しっかり髪にくっつくまで、ひとつひとつの留め金を回していく。髪にきらめく小さな星座ができたようで、美しく効果的であることはガスも認めざるをえなかった。

「派手すぎると思わない？」星がまたたいて見えるよう頭を前後に動かしながら、ガスは不安げに尋ねた。「ただの夕食なのに」

「貴族との晩餐です」メアリーは言いきった。「伯爵様は必ずお気づきになります」

ガスはハリーが気づかないことを心配しているのではない。ハリーのことだから間違いなく気づくだろう。恐れているのは、あまりにもジュリアに似た格好をすることで、ガスが自分は美人だと勘違いしていると思われることだ。

自分の容貌について幻想は抱いていない。田舎で開かれた舞踏会や夜会で、光り輝くジュリアの陰に隠れて目立たないところへ追いやられたことは何度もある。ガスは輝かない。とりわけ大勢の人々の中では。男性は常に、ガスのような地味な者より明るく輝く美女のほうを好む。そんなことは知っている。

ハリーに関しても幻想は抱いていない。彼がガスをからかうのは退屈だから、そしてからかうのが楽しいから。彼がお世辞を言うのは、女性に対して親切だから。ガスがしたことについて称賛し感謝するのは、彼の育ちがいいから。彼は友人、知人、妹としてガスに好意を持っているかもしれない。でもそれ以上の存在ではありえない。ガスがジュリアに代わって彼の愛情を得られるというむなしい希望を抱いているなどと、ハリーに思われたくはない。髪につけた小さな星は、まさにそんな希望を伝えるのではないだろうか。

だが、ガスが彼に招待されたことを軽んじているとも思ってほしくない。ノリッチでは過剰と思われるファッションでも、ロンドンへ行けばまるきり目立たないものであることは、ガスも知っている。だから星を髪につけたままにしたのみならず、メアリーに説き伏せられてシルクのドレスを着ることにした。かすかに光る、濃い赤色のタフタ。首には同系のサンゴ色をしたビーズのネックレス。いつも首に巻いているネッカチーフはやめて、ドレスの襟ぐりの上を覆うものはなにも身につけなかった。鯨骨のコルセットで押しあげた乳房の上半分が見えるようにするのは、夜の装いとして適切であり、社交界の水準に照らせば充分慎み深いことはわかっている。

でもガスには、大胆で、はしたないようにも感じられる。ハリーの部屋の前に立ったとき、自分の部屋に逃げ帰って着替えたい衝動と闘わねばならなかった。そのとき従僕が扉を開けたのでガスは入っていった。もう引き返せないのだ。

「こんばんは、ガス」ハリーの声は温かかった。「きみを迎えるのに、礼儀に従って立つことができないのは許してくれたまえ」

こんなふうになっているとは、ガスは予想もしていなかった。よく知っているはずの部屋は一変していた。ベッドの横にはふたり用の小さなテーブルがあって、美しくセッティングされている。晩餐室から持ってきた銀器、クリスタル、ナプキン。陶器の花瓶に飾られた花。テーブルとベッドの脇のロウソクはいま火がつけられたばかりで、夕方の薄暮の中で柔らかく誘うようにあたりを照らしている。

「すばらしいわ。どうやってこれほど見事に飾りつけたのですか、それもこんなに短時間で？」

「大部分はテュークスのおかげだ」ハリーは正直に言った。「わたしがいくつか案を出し、彼がいろいろと考えて工夫し、きみを驚かせるよう秘密にしていた。きみが管理する屋敷で物事をこっそり進めるのは簡単じゃなかったよ。気に入ってくれたかな？」

「とっても」ガスは急に、彼のそばにいるのが照れくさくなった。小さなテーブルで席につこうとすると、テュークスが進み出て椅子を引いてくれた。彼女が着席するやいなや、二匹の犬がやってきてガスのスカートのにおいをくんくん嗅ぎ、うれしそうに尾を振った。「こんなこと、誰からもしてもらったことはありません」

「では、そろそろ誰かがするべきだ。お座り、やんちゃ坊主ども。お嬢さんを困らせるなよ」

「かまいませんわ」ガスは即座に言った。身を屈めて、あらゆる犬が好きな耳の後ろのなめらかなところをさすってやる。「かわいい犬ですね」

「いたずらな悪ガキだ」ハリーは楽しげに言い、ふたりのグラスにワインを注ぐようテュークスに合図した。「しかし、こいつらはきみが好きらしい」

「当然ですわ。父の定めた重大な規則を破って、この子たちをあなたのところに泊めているのですから」

「なるほどね。いたずら小僧どもは、誰に慈悲を請うべきかが本能的にわかるらしい。しかし、とりあえずこいつらは清潔だ。きみに敬意を表してホリックに洗わせた」

「光栄です」ガスは犬からハリーのほうに顔をあげた。ハリーもふたりの夕食のために特別の労を惜しまなかったらしい。ナイトシャツは清潔でアイロンがあたっており、ぱりっとしてしわひとつなく、手首のところでカフスボタンが留められている。シャツの胸元はハート形の留め金で締められている。トパーズとダイヤモンドをあしらった金でできており、同じ金が縞瑪瑙の指輪にも使われている。

顎はつるつるに剃られていて、肌は輝いて見える。ガスの記憶にあるかぎりでは初めて髪は後ろに撫でつけられてまとめられ、黒いシルクの紐で結ばれている。折れた脚はすでに彼を悩ませなくなっており、常に感じていた痛みがないために全身から力が抜けて楽そうだ。もう片方の膝を曲げて座っている姿勢は、以前に比べてはるかにリラックスして粋に見える。海賊っぽさはすっかり消えて、ようやく伯爵らしくなった――ただし、にやりと笑いかけてくるときだけは海賊を連想させたが。

ハリーが自分のグラスを掲げると、ガスもそれに応じて自分のグラスを持ちあげた。

「友情に」その短く簡単な乾杯の辞には、ガスもためらいなく賛成した。

「友情に」と言って飲む。ガスは慎重に数口すすっただけだったが、男性であるハリーのほうはぐいっと飲んだ。ワインのラベルによると、ここの貯蔵室から持ってきたものらしいが、ガスは飲んだことがなかった。ふだんは女性用のもっと軽いワインを飲むか、食事が円滑に進むよう監督するためまったく飲まないこともある。このワインは非常に飲みやすい。責任から解放されていることを思い、ガスはあと数口飲むのを自分に許した。グラスをテーブルクロスの上に置いたとたん、テュークスが即座に歩み寄ってお代わりを注ぐ。その俊敏な動きにガスは感心した。

「食事は間もなく届く」ハリーは言った。「きみのところの料理人が迅速に動いてくれたら、ということだが」

「ミセス・ブキャナンは必ず時間どおりに料理をテーブルに届けますわ」ガスが肘かけ椅子に深く座ると、タフタのスカートがきぬずれの音を立てた。「あれをやれ、これをやれとわたしに命令されずに料理の支度ができて、彼女もきっと楽しいでしょうね」

「彼女が楽しんでいるのは、きみを驚かせる特別なものを用意することだよ」ハリーは自分のワイングラスにお代わりを注ぐよう従僕に合図した。「きみは使用人にとても人気があるね。たいていの女性は、自分の使用人にそこまで好かれているとは言えない。といっても、たいていの女性はきみほど魅力的ではないが」

ガスは顔を赤らめ、うつむいてグラスを見つめた。「そんなことを言ってはいけませんわ」

「どうしてだい？」ハリーは気安く言った。「わたしは真実を話すことを信条としている。これは真実だ。もっと言おうか。さっききみが入ってきたとき、わたしは息を奪われた。こんなきみは、まったく想像していなかった」

ガスはワインをすすりながら微笑もうとした。彼の言葉を冗談にしようとした。「エプロンや縁なし帽のないわたしの姿を想像できなかった、ということですよね」

「違う」顔に笑みをたたえたまま、ハリーは少しあきれたように首を横に振った。「きみの顔や見かけはよく知っているつもりだったのに、きみがレディの装いをしてきたとき、その美しさに驚いたということさ。きみは美しいんだよ、ガス」

ガスはまたうつむき、両手の親指でワイングラスの根元を挟んだ。そんなことを言われたら、彼と目を合わせられない。

「お願いですから、そういうことは言わないでください」小声で言う。「言う必要はありません。そんなお世辞は期待していませんから。わたしは姉とは違うんです」

「姉上と違っていてよかった。同じだったら、わたしたちはここでこうしていない」

「真面目に言っているんです。やめてくださらなかったら、わたしは出ていきます」

「出ていってほしくないのは知っているだろう」ハリーはあきらめのため息をつき、グラスの中身を飲み干した。「わかった。もうこれ以上、きみがきまり悪く思うような真実を口にしないと約束する」

「ありがとうございます」ガスは自分に強いてふたたびハリーのほうを見た。彼はにらみつけているわけではないけれど、青い目はガスに据えられている。細かなところまであらゆるものを記憶に刻みつけようと集中しているかのように——どんなものを？　ドレス、星形の髪飾り、鼻梁のそばかす？

居心地悪くなったガスはさっと目を背け、陶器の花瓶に飾った花に視線を向けた。

「母の庭園から摘んだ花ですね」話題をもっと無難なほうに向けようとした。「白い花は母のお気に入りでした」

「きみのお気に入りでもあると言われた。お母上の庭園だったとは知らなかった」

「母はものを育てるのが好きでした」ガスは手を伸ばし、いちばん近くにある花の茎を握った。ハリーがわざわざガスの好きな花を尋ねたことに胸を打たれていた。とくに、バラが母を懐かしく思い出させることを考えると。「バラ、香草、子ども。すべてが母の手によって育ちました」

「お母上は後妻だったんだろう？」

ガスはうなずき、母を思って悲しげに微笑んだ。「そうです。最初の奥様はお気の毒にも姉を産むとき亡くなりました。父はすぐあとで母と再婚しました。父は常々、それは自分にとって最高の決断だったと言っています。たしかにそうだったのでしょう。母は兄と姉をわたし同様にかわいがっていましたし、父のために屋敷をきちんと切り盛りしました。こういうことは、姉がとっくにお話ししたかもしれませんけれど」

「しなかった。姉がとっくに話してくれなかった。ここへ来た夜にアンドリューから聞くまで、わたしはきみの存在も知らなかったんだ」

「ほんとうですか？」ガスは驚き、少し傷ついて訊き返した。どれだけ面倒をかけられても、ジュリアのことはあらゆる意味で姉だと思っていた。とはいえ、ガスの愛情にジュリアが応えてくれないことは珍しくない。

ハリーは苦々しげに笑った。「ジュリアはああいう人間だからね。おそらく、わたしのこともとっくに忘れているよ」

「だとしたら、損をするのは姉ですわ」ガスは強く言い、いつまでたっても減らないワインをぐいっと飲んだ。

「その意見には賛成したい」ハリーはふっと息を吐いた。「きみはきっと母親似なんだろうね」

「母のようになろうと努めています。でも、そう言っていただけて光栄です」

「またしても真実を言ったまでだ」

「あなたが思っておられる以上にうれしいお褒めの言葉ですわ」ガスは切なげに言った。

「ご家族のことを教えてくださいごきょうだいはいらっしゃるのですか？」

「弟がふたり。姉妹はいない。しかし兄弟同然に親しいいとこもいて、実際よりも大家族のように感じられる。わたしも早くに母を亡くした。病気や怪我の絶えない息子を三人育てたが、夜に父とともに幌なしの馬車に乗っていて軽い扁桃腺炎にかかり、それがもとで亡くなった。扁桃腺炎をこじらせて、三日後に逝ってしまったんだ」

「お気の毒に」ガスは同情して彼の手をつかんだ。「最近のことですか？」

「いいや、もう十年以上前だよ」ハリーは手を上向きにしてガスの手を握った。「父は後妻を娶った。すてきな女性で、我々は皆おおいに敬愛している。再婚して、父も以前より幸せになった。それでも、わたしが実の母を思い出して寂しく感じない日はない」

「わたしも同じです」ガスはそっと言って、ふたりのつないだ手を見おろした。彼に比べて自分の指がいかに細く見えるかを思うと、いつも驚いてしまう。こんなふうに手を握られていたら、自分が彼を慰めているというより、むしろ彼に守られているように感じる。

もちろん、ガスにそんなふうに感じる権利はない。いや、彼の手を握る権利もない。手を抜かねばならないのはわかっている。なのにまたしても抜かなかった。こんなふるまいをしているのは、ワインのせいかもしれない。

あるいは、単に相手がハリーだからかもしれない。昨日ドクター・レスリーが診察に訪れたとき、ハリーの脚は骨折治療箱から解放され、積みあげた枕の上に置かれた。そのため彼はベッドの上でかなり自由に動けるようになっていた。いまはテーブルに手が届くようベッドの端に腰かけている。ガスは彼がすぐ近くにいることを強く意識していた。彼がひげ剃りに使った石鹸の刺激的な香りが嗅げるくらい近い。昨日ハリーに手首を撫でられたことを思い出したときは、彼がまたそうしてくれたらいいのにと思い、同時にそうしませんようにと祈った。

「父は、男はすべて結婚しているべきであり、結婚していない男はみじめだと言っている」幸い、ハリーはガスの思いに気づきもしていないようだ。「ゆえに当然、わたしがさっさと結婚して息子をもうけることを望んでいる。そうすれば公爵位の継承についての心配がなくなるからな。けっこうな年だから、そういうことを異常なほど気にしているのだ。ああ、食事が届いた。時間ぴったりだ」

扉が開くと同時にガスは手を引き抜いた。使用人に見られたくなかったからだ。ここへ来る前に厨房に寄り、メアリーに言ったのと同じように、これは単なる当然のもてなしだと皆に話してきた。自らの言葉を裏切るふるまいをするわけにはいかない。

ロイスを先頭に、従僕たちが何品かの料理を運んできた。ガスでなくハリーに見せて承認を求めてからテーブルに並べる。

「ガチョウのオレンジ添えでございます」ロイスは小声で言った。「マッシュルームのクリーム煮。メギの実のピクルスを添えた子牛のフリカッセ。パースニップのパイ。セイヨウネギの蒸し煮とフィレンツェ風ライスです」

「これはほんとうにメギの実なの、ロイス？」ガスは皿をのぞきこんで疑わしげに尋ねた。

「ミセス・ブキャナンが食料庫にメギの実を置いていたという覚えはないのよ。プライスを厨房に行かせて、ミセス・ブキャナンに確認――」

「ガス、今夜はきみが監督しているのではない」ハリーは穏やかに言った。「今夜はわたしがホストであり、使用人はきみでなくわたしの命令を聞く。きみはわたしの客として楽しんでくれればいい」

「でもどうして楽しめるでしょう、もしもミス・ブキャナンがにせものの材料を代用品として使って出したという疑いが――」

「黙って」ハリーは止めた。「きみは客なんだ。命令も心配もするな。にせものの材料は使っていない」

ガスは大きくため息をつき、優美に盛りつけられた食べ物の載った皿を見つめた。どれも非常においしそうだと思いながらフォークを持ちあげる。においもすばらしい。どこから調達したにせよ、メギの実のピクルスは、まさにメギの実らしい味がした。

自分の家で客という立場になるのは初めての体験だ。実のところ、今夜は初めてのことだらけだ。その最たるものは、ベッドに腰かけた途方もなくハンサムな伯爵と食事をしていること。それに犬。ハリーの犬のことを忘れてはならない。二匹はいまガスの足元で眠っている。ガスはワインをすすり、このすべてがなんと面白いのだろうと思って、くすくす笑いだした。

「なぜ笑っている?」ハリーもガスにつられて笑みを見せた。「なにがそんなにおかしい?」

ガスは指先で軽く自分の唇に触れた。そんなことで笑いを隠せるわけでもなかったが。

「すべてです。いえ、なにもありません。ああ、ハリー、わたしは幸せなんだと思いますわ」

「わたしもだ」ハリーは一緒になって笑った。「ふたりとも、とてつもなく幸せだ」

「ええ」ガスは簡潔に答えた。「そうですね。さて、客としてのわたしのためにつくらせてくださったすばらしい料理を食べているあいだに、もっと弟さんのお話をお聞きしたいですわ。ぜひ話してください」

ハリーはまた笑った。喜びと楽しみで目をきらめかせている。そしてガスの頼みに応じて話をした。子ども時代のこと、公爵の長男という特権的な立場のこと、いとこたちを含めた大きく親密な家族のこと。親戚にはほかにも公爵が何人もいるそうだ。だが話の大部分は、ふたりの弟との絆についてだった。ふたりとも現在国外にいるらしい。ひとりははるかかなたの東インド諸島に、もうひとりは父親とともにナポリに――だから家族が誰も見舞いに来なかったのだとわかって、ガスは安心した。ふたりの弟リヴァーズとジェフのこと、ロンドンからパリ、ヴェネツィア、ナポリに至るあらゆる場所で彼らが一緒に陥り一緒に脱出してきた窮地のことをハリーが詳しく話してくれたので、ガスもふたりをよく知っているような気になった。

お返しに、ガスも自分の過去や家族の話をした。幼いころ屋敷の中でキャッキャッと叫びながら遊んだかくれんぼ、母が脚本を書いて演出した騒々しいお芝居、兄のアンドリューとともに乗馬を覚えた喜び。長年のあいだ、誰ともこんなふうに話したことはなかった。ハリーと話をし、笑い合っているとき、陽気になっているのはワインのせいだけではないと気がついた。今夜はほんとうに楽しいのだ。母が亡くなって以来、ここまで楽しいと思ったことはなかった。

窓の外が徐々に暗くなって夜のとばりがおり、従僕は短くなったロウソクを新しいものに取り換える。それでもガスとハリーはまだまだ話しつづけ、飲みつづけた。食事の最後を飾るデザートのレモンシラバブが出され、使用人がさがったとき、ふたりは父のフランス産ワインの三本目を飲んでいるところだった。

「告白しなくてはいけないことがある」シラバブを入れた細いグラスを片方の手に持って、ハリーは言った。「高熱が出ていたとき、夢に見ていたのは自分の罪のことではなく、シラバブのことだった。レモン味のシラバブ。まさにこれのようなものだ」

ハリーは大仰に、朝顔形のグラスをワイングラスのように持ちあげた。「スイーツの中のスイーツ、シラバブに！」

ガスもにっこり笑って自分のグラスを掲げる。「甘くておいしい、ばかばかしい《シリーシリー》シラバブに！」

彼はわざと顔をしかめてグラスをおろした。「わたしはシリーとは言わなかったぞ」

「そうですね」ガスは銀のスプーンでグラスの上部の泡立てたクリームを上品にすくった。「でも、言うべきだと思ったんです」

「そのとおりだ、賢いガス。たしかに言うべきだった」ハリーはグラスの縁に沿って、泡立てたクリームからその下のバラ色の液体までスプーンを潜らせた。だがスプーンを持ちあげるとき勢いがよすぎて、グラスを手前に傾けてしまい、バラ色のクリームがナイトシャツの前に飛んで大きなしみをつくった。

「まあ、大変!」ガスは叫んだ。「どうしましょう!」

彼女はすぐさまナプキンを持って身を乗り出し、クリームを拭き取ろうとした。シャツをなんとかきれいにしようと、眉間にしわを寄せて集中する。彼のほうに体を近づけたとき、シャツの前から視線をあげた。ふたりの目が合った瞬間、ハリーの顔から笑みが消えた。彼は手を伸ばして、ガスの入念に結った髪に指を差し入れた。ゆっくりとガスを引き寄せて自分の顔を片側に傾ける。ふたりの唇が触れ合う。なにが起こっているのかガスが気づく前に、ハリーは彼女にキスをしていた。

ガスは体を引かなかった。キスされているという衝撃で硬直していた。いままで、こんなふうにキスされたことはない。しかもハリーのような熟練した男性にキスされたことは。彼が熟練しているのはわかっている。なぜなら、彼はあわてず急がず、じっくり時間をかけ、唇でやさしくガスを口説き、ガスがリラックスできるよう徐々に力をこめていったからだ。

ガスはおずおずと、自分からも唇を押しつけてみた。なめらかに互いの唇をこすり合わせるのは、経験したことがないほど非常に心地よく、また刺激的だ。体を支えるため、無意識に手をハリーの肩に置く。ハリーは口を斜めに傾けて、唇を開くようガスをうながした。ガスがほんの少し開く。すると驚いたことに、ハリーは舌を入れてきた。彼がキスを深めると、ガスのあえぎ声がふたりのあいだで共鳴する。彼はワインと、シラバブと、なにか特定できないけれど純粋に男らしいもの、純粋にハリーの味がした。ハリーは口を動かしながらさらに舌を奥深くまで入れた。ガスは彼に食べられるような気がした。

でも食べられはしなかった。キスが長引くにつれて、ガスの興奮が募っていく。これまで、キスとはクリスマスにヤドリギの下で行うような、すぼめた口同士を礼儀正しく触れ合わせるだけの味気ないものだと思っていた。でもハリーとのキスは、まるで炎とキスするようなものだった。熱と高揚感に満ちている。きっとこれが情熱なのだろう。ガスは全身でその情熱を感じた。足からは力が抜け、心臓は激しく打つ。下腹部が熱くなった。不思議な、気持ちのいい緊張が生じて、もっとキスをしたくなった。

ハリーの手がガスの後頭部を離れて背中を滑りおり、腰で止まる。ガスは異性から求められる喜びを実感してため息をついた。これはそういうことではないのか？　だからハリーはキスをしているのだろう？　ガスを求めているからでは？

その思いにガスは陶然とした。自分もハリーを求めていることを考えると、ますます気が高ぶった。〝求める〟――なんとすばらしい言葉。その言葉はもっとすばらしい感情を表現している。ガスの体が不安定に揺れてベッドのハリーのほうに傾く。ハリーはさらに彼女を引き寄せた。乳房が恥ずかしげもなく彼の胸板にぶつかり、シャツに飛んでいたシラバブのクリームがべっとりとくっつく。ガスは平気だった。まったくかまわなかった。指を彼のな

めらかな黒髪に差し入れ、つるつるに剃った顎までおろしていきながら、ハリーにキスされ
自分からもキスをしている一瞬一瞬を堪能した。

ようやくふたりが口を離したとき、ガスの頭は快感でくらくらしていた。彼の肩をつかんでいてよかった。それがなかったら足から崩れ落ちていただろう。ハリーも同じくらいキスに影響を受けているようなのを見ると、とてもうれしい。彼の息は荒く、胸は大きく上下している。

「どうしましょう」ガスはささやき、彼の青い目をうっとりと見あげて、目の前で彼の顔がぐるぐる回転するのを必死で止めようとした。「こんなことをしたのは初めて」

ハリーはにっこり笑い、ガスの頬を親指で軽く撫でた。

「かわいいガス。わたしもだ」

ガスは顔をしかめた。どんなにぼうっとしていても、ハリーがこれまで何十人もの女性とキスしてきたであろうことはよくわかっている。

「からかわないで」ガスは明確に話そうとして、極力はっきりと言った。「わたしは真面目に言っているのよ――できるかぎり真面目に」

「わたしもだ。これまできみにキスしたことはなかったのだから。しかし、またしたいと思っている」

「ええ、いいわ、ハリー」ガスはささやいた。「あなたさえよければ」

ところがもう一度唇を差し出そうと前のめりになったとき、上体が大きく傾いた。彼女は

ゆっくりと体をふたつ折りにしていき、ベッドの端からずるずると滑り落ちて、シルクのペチコートをくしゃくしゃにして絨毯に倒れこんだ。

7

ふつうの状況なら、ハリーは目の前の眺めを魅力的だと思っただろう。ベッドの横で若い娘が絨毯に横たわっている。スカートは膝上までめくれあがり、空色のストッキングとそれを膝で留めているバラ模様の赤いガーターをつけてかわいく曲げた脚があらわになり、ふっくらした色白の美しい太腿までちらりとのぞいている。ベッドの上から眺めているハリーには、赤いドレスからこれまで見た覚えがないほどたっぷりこぼれている乳房がよく見える。頬は紅潮し、唇はキスしたために赤く腫れ、ピンがゆるんで髪は肩まで落ちている。

ふつうの状況なら、ハリーは彼女を若くてその気たっぷりのあばずれ女だと考え、しばらく観賞したあと絨毯に並んで横たわって、彼女が露骨に差し出しているものを享受したことだろう。

しかし、これはふつうの状況ではない。この若い女性はあばずれでなくガスだ。露骨になにかを差し出しているわけではなく、酔っていまはぼんやり床に横になり、袖についたシラバブを犬の一匹に舐められている。そして、いくら彼女と並んで横たわりたくても、脚を怪我しているハリーには不可能だ。

ふたりで飲みすぎてキスをしてしまった。このあと――このあとどうなるのかはわからない。

「怪我はないか？」気遣いを見せて尋ねたものの、彼女が無傷であることをハリーは知っている。倒れたとき怪我をするのは、しらふの人間のほうが多い。

「ええ、大丈夫」ガスは脚が開いているのを見て顔をしかめ、あわててスカートを引きおろした。椅子をつかんで立ちあがろうとして失敗し、手と膝を床について、タフタの生地に覆われた尻をハリーのほうに突き出した。

ああ、これがふつうの状況であったなら……。

「閣下」テュークスが遠慮がちに部屋に入ってきた。「なにも問題はございませんか？　ぶつかったような物音が聞こえ――おお、ミス・オーガスタ！」

彼は駆け寄って、ガスが立つのに手を貸した。

「ミス・オーガスタはちょっとした災難に遭ったのだ」ハリーはガスを見ながら、問われもしないのに弁解した。彼女はスカートのしわを伸ばし、ゆるんだピンを髪に差し直して、身なりを整えようとしている。その試みはあまりうまくいっていなかったが、ハリーはそれでかまわなかった。いつもきちんとしているガスがこんなふうに少し乱れたところは好きだ。見れば見るほど好きになっていく。

ああ、ガスは愛らしい。なぜいままで気づかなかったのだろう？　もう一度キスしたい。彼女にしたいことは、ほかにもたくさんある。

それでも、紳士たるハリーはなにをすべきかわかっている。彼は男らしくきっぱりと言った。

「ミス・オーガスタはそろそろ戻りたいとお思いだろう。テュークス、部屋まで安全にお送りして、侍女の手にゆだねてくれるか？」

「まだよ、ハリー」ガスは言った。「まだ戻るつもりはないの。夕食後に音楽を聴かせてくださる約束だったでしょう。それを聴くまでここにいるわ」

音楽。ハリーは今夜の演奏のことをすっかり忘れていた。だが言われてみれば、ヴィロッティたち三人が楽器を持って廊下で控えているのが見える。ガスが音楽を聴きたいのであれば、ぜひ聴かせてやろう。

「いいだろう」彼はもったいぶって言った。「テュークス、楽士を呼び入れろ」

ガスが大きな笑顔になる。三人のイタリア人はぞろぞろ入ってきて、窓際の椅子に腰をおろした。

「ありがとう、ハリー」ガスの声は甘やかでかすれていた。「どうしたらわたしが喜ぶか、よくわかっているのね」

ハリーは微笑み返したが、思いはみだらな方向に走っていた。彼はいま、きわめて微妙な状態にある。肉体の快楽に無感覚になるほど泥酔してはいないが、良心を苦もなく払いのけて、彼女自身が言ったように彼女を喜ばせられる程度には酔っている。その過程で自らも悦楽を得られるのなら、なんの害がある？

「枕を整えてくれ、テュークス」ハリーは広いベッドの中央のほうに体を寄せた。テュークスはシーツを伸ばし、枕をふんわりさせてハリーの背中にあてがった。ガスは椅子に座ったままそれを見ている。

「ひとりで座っているのは寂しそうだな、ガス」テュークスが離れるやいなや、ハリーは言った。「ここにいるわたしと同じくらい寂しそうだ」

ガスはぽかんとしてハリーを見やった。「なにが言いたいの？」

ハリーはベッドの自分の横をポンと叩いた。「ここで並んで座ろう」できるだけ愛想よく言う。「そうして一緒に音楽を聴こう」

テュークスが喉の詰まったような声を出すのが聞こえる。非難を示しているのだ。

幸いガスには聞こえなかったようだ。彼女はにっこり笑い、ためらいなくベッドにのぼってハリーの隣に腰をおろした。彼女はシーツと上掛けの上に座り、ハリーの脚はそれらの下にあるので、最低限の慎みは守られている。そのほうがいい。さっきのキスによって、上掛けの下の股間は棒のように硬くなっている。ガスのような無垢な女性は、それを知ったら怯えて逃げていくだろう。

それでもハリーはすぐさま、積んだ枕にガスをもたれさせ、肩を抱いて引き寄せた。楽団が演奏を始めたとき、ガスはハリーにぴたりとくっつき、頭をハリーの肩に置いていた。体にはハリーの腕が回されている。ガスは誘惑そのものだ。だがどれだけ彼女にキスを――キス以外のこともいろいろと――したくても、テュークスや楽士の見ている前でするつもりはない。それでなくとも、彼とガスは階下で充分噂になるだけのことをしているのだ。ガスのためを思えば、噂の種をさらに増やすわけにはいかない。ガスはそんなハリーの思いをよそに、笑顔で彼を見あげてうっとりと満足のため息をついた。

彼女の満足感は理解できる。ハリーも非常に満足しているからだ。脚を骨折して孤独感や無力感を覚えていたのみならず、寂しさも感じていたことに、いま初めて気づいていた。きぬずれのするシルクのドレスを着た温かく柔らかなガスの隣にいることは、寂しさを癒やす、想像しうるかぎりの最高の薬だ。

ハリーもうっとりとした笑みをたたえて音楽に聴き入った。豪華な食事とワインのおかげで、目を開けているのがつらくなってきた。ガスの肩に置いた手を徐々におろしていき、偶然を装ってドレスからはみ出した胸のふくらみを指でかすめる。ガスは小さくため息をつき、横を向いてハリーにもたれこんだ。

なんということだ、ガスは眠っている。眠る彼女につけこんで愛撫するわけにはいかない。少なくとも初めてのときは。ハリーもしばらく仮眠を取れば、ふたりとも目覚めたときもっと情熱的になれるだろう。

そう思ったとたんにあくびが出て、まぶたが重くなった。そう、まさにいまのハリーにはそれが必要だ。少しの眠り、短い休息。ガスにはもっといいところを見せなければ。いとしく、かわいい、お人よしのガス……。

ガスは目覚めたというより、のろのろと意識を取り戻した。頭は痛み、口の中は粘つき、脇腹にはコルセットの鯨骨が食いこんでいる。コルセットをしたまま眠りに落ちたのは間違いだった。もっと楽な姿勢になろうと、枕に向かってもぞもぞ体を動かす。なぜメアリーは、ベッドに入る前にちゃんと服を脱がしてくれなかったのだろう？　服を着たままベッドに入ったのは妙だし、髪がまだ結いあげられていて頭皮を突くピンで留められているのはもっと妙だ。

わずかにまぶたを開け、まぶしさに目を細めて侍女を探した。太陽は昇ったばかりで、窓から差しこむ日光がまともに顔にあたっている。

いや、ガスの部屋の窓ではない。ここはガスの部屋ではない。あれは最高の寝室に置いたマホガニーの衣装ダンスだし、あそこに見えるのは中国の龍を描いた黄色いシルクのカーテンだ。

目を大きく見開き、ぱっと体を起こした。楽士たちが座っていた三脚の椅子、陶器の花瓶に入った母の庭園のバラ。ベッド脇の小さなテーブルには、晩餐で使ったダマスク織のテーブルクロスがかかったままになっている。

頭の痛みとは関係なく胸が気持ち悪くなるのを感じつつ、ガスは思いきって自分の隣を見おろした。そこにいるのは、危惧したとおりハリーだった。ぐっすり眠っている。髪を結んでいた紐はほどけ、白いシーツの上になめらかな黒髪が乱れて広がっている。曲げた片方の腕はガスが横たわっていたところに置かれ、しわだらけのシーツの上にはガスの体の跡がくっきりと残っている。

ぞっとしたガスは、あえぎ声を漏らさないよう手で口を押さえた。夕食のことは覚えている。飲みすぎて絨毯の上に倒れこみ、パッチ――それともポッチ？――がこぼれたシラバブのついた袖を舐めていた。けれど、最も鮮明に覚えているのはハリーとのキスだった。ここ、彼のベッドのそばで。それだけでも充分恥ずかしい。それ以上、記憶に残っていないことをしていないようにと祈るばかりだ。ああ、あのようなふるまいをするなんて、いったいどんな狂気に取りつかれてしまったのだろう？

ハリーを起こさないよう、極力静かにベッドから出た。金の蓋を開けたままサイドテーブルに置かれた懐中時計を一瞥する。五時十五分。急げば、メアリーがいつもの時間に起こしに来るまでに部屋に戻って服を脱げる。急げば、そして運がよければ。

最後にもう一度ハリーを見た。彼がこんなにハンサムなのは不公平だ。彼を見ていると、切なさで胸がきゅっと締めつけられた。ひと晩分のひげを顎にうっすら生やして小さくいびきをかいているハリーには、以前の海賊のような雰囲気が戻っていた。目を閉じているので長いまつげが頬骨に軽くかかっていて、起きているときより何歳も若く見える。青年海賊といった風貌のハリーがあまりに魅力的なので、ガスは行く前に彼の上に屈みこんで軽くキスしようかと考えた。でも思いとどまった。目覚めたとき彼がなにを覚えているかはわからない。できれば、そのときここにいたくはなかった。

そっと室内履きを脱いで手に持ち、爪先立ちで部屋を出る。父とジュリアはロンドンにいるので、使用人の目さえ避けられればいい。意外にも、常に扉の前に立っている従僕はおらず、忠実な部下テュークスの姿もない。もしかしたら人に見られずに逃げられるかもしれない。ガスはストッキングを穿いた足で長い廊下を小走りに進み、自分の部屋に向かった。誰にも見られずにすんだ。

ようやく部屋まで行き着くと、用心深く扉を開けて忍びこんだ。うまくいった。

「お帰りなさいませ、ミス・オーガスタ」メアリーがあくびを噛み殺しながらあわてて立ちあがり、お辞儀をした。ガスは大きく安堵の息をついた。

ゆうべと同じ服を着ている。ガスが戻るのを待っているうち、肘かけ椅子で眠ってしまったらしい。彼女は遅まきながら窓から差しこむ朝日に気づいて言い直した。「あの、おはようございます、お嬢様」

「ええ、おはよう、メアリー」ガスは室内履きを手に持ったまま真っ赤になった。言い訳は無駄だ。とりわけメアリー相手には。ガスが自分の寝室以外でひと晩を過ごしたこと、ゆうべ出ていったときと同じ服を着ていることは、どんなに愚かな人間でもわかる。しかも侍女は愚かではない。

メアリーは上から下までガスを眺め、明らかに同じ結論に達したようだ。

「寝間着に着替えられますか？」彼女は平静を装って言った。「それとも朝の装いでしょうか？」

「朝の装いにするわ」ガスは生涯で、これほど後ろめたく感じたことはなかった――というより、後ろめたく感じるべきふるまいに及んだことはなかった。「それから、厩舎に連絡して一時間後に馬車を用意させて」

「わかりました」メアリーは従僕を呼ぶため早足で扉に向かった。「どこへ向かわれるかおうかがいしてよろしいでしょうか？　それに応じたお召し物をお出しいたしますので」

「ノリッチよ」ガスは即断した。「買い物をしたいの」

ほんとうはベッド――自分のベッド――に戻って、ずきずきする頭を枕の下にうずめたい。けれども罪滅ぼしをしなくてはならない。それは、ノリッチへ行って屋敷に必要なものを購入することだ。階上用のロウソク、大きな銅の手洗い桶、洗濯物ローラーにかける新しいフランネルの布、従僕の新しいお仕着せに使う黒ラシャの見本。また、新鮮な空気を吸えば屋内にとどまっているより気分がよくなるだろう――なにより、ノリッチに向かえばハリーと顔を合わさずにすむ。

「厨房に言ってコーヒーを用意させますか？　ブラックコーヒーはいかがです？　朝の元気回復にすごく効くそうですよ、ええっと、こってりした夕食のあとに」

ガスは鋭くメアリーを見据えた。ブラックコーヒーのことを考えただけで胸がむかむかする。

「わたし、そんなにひどい様子なの？　元気回復の薬が必要なくらいに？」ガスはそう尋ねたあと、ため息をついて鏡台の前の長椅子に座りこんだ。「いいえ、答えなくていいわ。たしかに必要みたい。コーヒーを頼んでちょうだい、バターなしのトーストと」

「半熟卵も効きますよ」メアリーは少々同情の口調になった。「少なくともミスター・ウェザビーは、ご友人と過ごされた翌朝はコーヒーとともに半熟卵をご所望されます」

「ありがとう。それも試してみるわ」ガスはうめきたいのをこらえて、ふたたびため息をついた。兄の用いる方法に効果があればいいのだが。ほんとうに気分が悪い。ハリーが選んだワインは口あたりがよくておいしかった。でも、飲みすぎた結果がこれだとしたら、常習的に大酒を飲む人の気持ちは理解できない。「お兄様やお友達がそういう治療法を推薦しているのだとしたら、きっと効果はあるでしょうね」

「二日酔いは親しい人付き合いの代償だといわれています」メアリーはガスの後ろに立ち、手早くヘアピンを抜いて髪のもつれをほぐしはじめた。「男性のお友達同士のお付き合い、ということですけれど」

ガスは目を閉じて黙りこんだ。すべての使用人の中ではメアリーをいちばん信頼している。メアリーなら、ほかの使用人にどれだけ問い詰められても、自分の仕えるお嬢様が男性の寝室でひと晩過ごしたことは明かさないはずだ。けれど、メアリーが会話をどちらに持っていこうとしているかはわかっている。目下メアリーが知っている〝男性のお友達〟はひとりしかおらず、それはガスが昨夜一緒にいた人物だ。ガスは誰ともハリーの話をする気分ではなかったし、たとえそんな気分だったとしても、なにを言っていいのかわからない。ゆうべふたりのあいだになにが起こったのか自分でもはっきりわからないのに、どうして他人に話せるだろう?

メアリーが髪にブラシを通しだすと、ガスは肩の力を抜き、ハリーに対する自分の気持ちについて思いをめぐらせた。ハリーのことは好きだ。非常に好きだ。それが事態をどうしようもなく複雑にしている。彼はガスにキスをした。ガスもお返しにキスをしたけれど、始めたのはハリーだった。そんなことが実際に起こったなんて、いまだに信じられない。ハリーのような男性が、よりによってガスにキスをしたがるなんて。最初はワインのせいで偶発的にそうなったのかもしれない。けれどそのあと彼はもう一度キスしたいと明言した上で実行した。一度目よりもずっとすてきなキスだった。ガスは生きていることを実感し、求められていると感じて有頂天になった。いままでに味わったことのない感情だった。それがどんなに貴重なにょりも、あのキスでガスは自分が美しいと感じることができた。それがどんなに貴重な贈り物だったか、ハリーには決してわからないだろう。

それだけではなかった。キスをしたあと、ハリーは彼女を部屋にとどまらせた。ガスが隣に座れるようベッドの上に場所をつくった。そのような親密さを思い出すだけで顔が赤らむけれど、あのときはまったく自然なことに思えたのだ。頭を彼の肩に乗せ、体に腕を回されて音楽を聴くのは、魔法のような経験だった。ガスがふだん自分の人生について〝魔法〟などという言葉を使うことはない。でもハリーのおかげで魔法が実現したのだ。

しかし、魔法はゆうべだけ。今朝は違う。以前ガスとハリーは友人になることで合意していた。それ以上ではなかった。でもいま――いま、友人でいるのは不可能に思える。あのキスで、ふたりのあいだのすべてが変わった。変わって当然だ。今日ガスが部屋を訪ねたら、ハリーはふたたびキスをしたがるだろうか？　ガスが本を読んであげるとき、一緒にベッドに座ってほしがるだろうか？　キスをしたいま、ガスは友人のままでいるのか、それ以上の存在になるのか？

実を言うと、それこそがガスの最大の心配事だった。〝それ以上の存在〟ということが。ハリーは世慣れた人、富と権力を持つ男性。それに比べてガスはしがない田舎娘だ。ハリーにふさわしいのは、姉のように華やかで息をのむほどの美女、いずれ公爵夫人となって彼の母親の宝石を身につけ、部屋に足を踏み入れたらその場にいるあらゆる男性がハッとして見つめる女性だ。そんなことはガスにもわかっている。社会における自分の位置について幻想は抱いていないし、ハリーだって幻想を抱くことはないだろう。自分は彼にとって一時的な気晴らしにすぎず、彼がロンドンの友人や家族のもとに戻ったら急速に忘れ去られる運命にある。ハリーはすでにガスに飽きたかもしれない。

つまり、今後またキスすることも、ふたりのあいだになにかが芽生えることもありえないのだ。それはひどくつらいだろう。けれどもガスは、自分の将来のために心を強く持たねばならない。父が自らの不在時にもウェザビー・アビーを守るよう責任をゆだねてくれることは誇らしいけれど、いまのようなときは父がここにいてくれたらと願ってしまう。父を必要としている娘はジュリアひとりではない。父がいれば名誉や高潔さが保たれるだろうし、父はガスがハリーと長時間ふたりきりで過ごしていることに誰も疑問を持たないようにしてくれるはずだ。ガスもいずれは結婚して自分自身の家族や家を持つ夢を抱いている。ガスに惹かれるであろう田舎の紳士がどれほど鈍感でも、放埒な上流貴族ロード・ハーグリーヴがかかわる過去のスキャンダルにはいい顔をしないだろう。ガスにジュリアのような美貌はないものの、これまではずっと貞淑だった。いくら甘いキスであっても、数回のキスのために貞操を失う危険は冒したくない。

貞操を、あるいは心を。ハリーのキスを許すのは簡単だった。でも、どうしようもなく取り返しがつかないほど彼を愛してしまうのは、もっと簡単かもしれない。


「なにを言っているのだ、テュークス？」ハリーは問い詰めた。「レディ・オーガスタは屋敷にいないだと？ ではどこだ？」

「今日はノリッチに行かれたそうです」テュークスは腹立たしいほど落ち着いている。「夕方遅くまでお戻りにならないとか」

「どうしてノリッチへ行くのだ？」ハリーは怒りを募らせた。「ノリッチなどに、いったいなんの用がある？」

「ロウソクです。ロウソクを買いに行かれたとのことです」

「ロウソク」ハリーは信じられない思いで繰り返した。彼が話したい――話をする必要がある――ときに、なにを思ってガスはノリッチまで行ったのだろう？

彼女がここにいないことに腹を立てると同時に、ハリーは不安でもあった。ゆうべはキスをするつもりなどなかった。なのにしてしまった。ガスがキスを返してくれたこともよくわかっている。しかも彼に寄り添い、とても心地よく彼の横で眠りに落ちた。間違いなくハリーの人生において最高の夜だった。だったらガスはどんな理由で、今朝彼を避けているばかりか、屋敷から逃げていったりしたのだ？

いや、その質問は必要ない。答えはわかっている。〝真実はワインの中にあり《イン・ウィーノー・ウェーリタース》（酔えば本音が出る、という意味）〟というのは学校で習ったラテン語の諺《ことわざ》だが、彼は昔から、それを言うなら〝愛はワインの中《イン・ウィーノー・》にあり《アモール》〟だと思っていた。ワイン――ふたりともたっぷり飲んだ――はあらゆる人、あらゆるものを快く思わせてくれる。

しかし、明るい日の下で考えたとき、そして間違いなく痛む頭で真実を見据えたとき、ガスは物事を彼とは違う目でとらえたはずだ。ガスから見たハリーは傷病人、障害者、不完全な人間だ。当然ではないか？　彼女はハリーが熱と痛みで朦朧となっていた最悪の状態を見てきた。いくらハリーの知るどんな女性より親切で寛大な心を持つガスでも、自分が見たものは忘れられないだろうし、ハリーをまともな人間とは考えられないだろう。昨夜ハリーはキスをした。しかし彼女が倒れたとき、手を貸して起こしてやることもできなかった。テュークスが彼女を立たせたのだ。

それに、彼女が二の足を踏んだことは責められない。ハリーは自分が求めているのは友情だけだと言い、ガスはそれを信じたことを証明するためレディとして装ってくれた。ハリーは彼女を見て息を奪われたと言った。それは事実だ。彼女はきらきら輝いて魅惑的だったし、ハリーが衝撃を受けるくらい自然な魅力を発揮していた。

それに対してハリーはどんな反応を示した？　彼女の信頼を裏切って、飲んだくれの放蕩者よろしく襲いかかり、キスをして無垢な彼女を穢した。もちろん許しを請い、できるかぎりの弁解はするつもりだ。しかしあまり希望は持てない。姉と同じく、ガスもこんな体のハリーといっさいかかわりを持ちたくないだろうし、そうなってもしかたがない。

ハリーは負け犬となる。ガスとの交流、彼女の笑い、機知、同情を失う――鼻と頬にちらばる愛らしいそばかすも見られなくなる。それがハリーの受ける罰だ。

彼は脚を折り、熱を出し、ガスの姉に捨てられて、それでも生き抜いてきた。だが、ガスのいない日々を生き抜ける自信はない。

ガスは帽子を膝に置いて馬車の隅にもたれこんだ。馬車はようやくノリッチからの大通りを外れ、領地に向かう曲線道路に入ったところだ。日は落ちて、木々の下には黒い影が広がり、池のまわりはすでに霧に包まれはじめている。

予定より長くノリッチにとどまってしまった。織物店で古い友人と出くわしたのだ。友人は先ごろ結婚した夫と生まれたばかりの赤ん坊に夢中だったので、ジュリアと父、そして屋敷に滞在中の並外れて高貴な客については通り一遍の質問しかしてこなかった。

ガスはほっとして、友人が語るすばらしい子どもについての話に聞き入り、その赤ん坊をガスが自分の目で見られるようにとお茶に招かれた。気の毒にも赤ん坊はむずかって大泣きしたので、母親が自慢していたようなかわいい仕草は見せなかったものの、ガスはハリーから気をそらせるものがあってうれしかったため赤ん坊を褒めちぎった。赤ん坊がガスの服の胸によだれを垂らして、母親と子守をうろたえさせたときも。

いまは、自分の部屋で軽い夕食を取ってまっすぐベッドへ行こうとしている。ハリーに会うには時刻が遅すぎるし、話をするのは明日の朝でいい。ガスはゆっくりと正面の石段をのぼって、ロイスが開けて押さえている扉を抜けて屋敷に入った。たしかに非常に遅い。ちょうど従僕が大きな青ガラスの夜用ランタンの油に火をつけ、慎重にもとの場所に戻したところだった。

「お帰りなさいませ、ミス・オーガスタ」ロイスは小声で出迎えた。

「ただいま、ロイス」ガスはなんとかあくびをこらえて階段に向かった。「ミセス・ブキャナンに、軽食と紅茶をわたしの部屋まで運ばせてちょうだい」

「ですが」執事は珍しく強い調子で言った。「伯爵閣下はお嬢様と晩餐をご一緒になさるおつもりです」

ガスは階段の上で立ち止まり、手すり越しに振り返った。「伯爵様が？　あの方の寝室で？」

「そうでございます。お望みでしたら、わたくしが閣下にお断りを申してまいります。しかしながら、閣下はお嬢様でなくわたくしを見て、さぞや落胆なさることと存じます」

ガスはうなだれ、どうしたらいいだろうと必死に考えた。今日一日かかって、ゆうべあんなことがあった以上ハリーはもうガスとかかわりを持ちたがらないだろう、と自分に言い聞かせてきた。彼のさらなる口説きを拒むのはたやすい、なぜなら拒むべきものなど存在しないからだ。昨日の今日で、彼がふたたびガスと晩餐を取りたがるとは夢にも思っていなかった。どうしてハリーは後悔していないのだろう？

ガスは大きくため息をついた。今夜であろうが明日の朝であろうが、彼との話はつらいものになるだろう。どうせなら、いま、地味なウールの乗馬服を着ている姿で現れるほうがいい。わざわざまた着飾るつもりはないし、彼の部屋にとどまって一緒に食事をするつもりもない。そう、心を強く持たなくては。

振り返ると、ロイスはガスの返事を待っていた。「わたしが伯爵様のところへ行くわ。でも紅茶はわたしの部屋に持ってきてちょうだい。そうね、十分後に」

「承知しました」ロイスは不届きなほど満足げな笑みを浮かべた。

再度ため息をついたあと、ガスは階段をのぼりきってハリーの部屋まで廊下を進んだ。足を止めて手袋を取り、帽子を脱ぐ。それらをとりあえず廊下のテーブルに置いたあと、姿見の前でまた足を止めて髪を撫でつけた。

時間稼ぎをしているのはわかっている。自分が臆病者なのもわかっている。彼に会いたくない。いや、正直にならなければ。この会話はしたくない。彼にとても会いたいから、そして、心を鬼にして言うべきことを言える自信がないから。

貞淑でいなさい、と自分に言いながら重い足を引きずってぐずぐずと歩いていく。品格を守りなさい、高潔でいなさい、レディらしくなりなさい。品行方正にふるまいなさい。

けれど、従僕の前を通りすぎてハリーの部屋に入ったとたん、どんな貞淑で善良なる意図もハリーが相手だと無意味になることがわかった。

彼はこの二週間寝ていたベッドに、ゆうべと同じように座っていた。黒髪は今日も後ろに撫でつけられ、顎ひげはきれいに剃られ、広い肩と胸を覆う白いリンネルのナイトシャツにはしみひとつない。今夜も部屋はロウソクで煌々と照らされ、ちらちら揺れる炎の投げかける影がくっきりした顔の上で踊っている。彼がありえないほどのハンサムであることをガスはすぐに忘れてしまい、彼を見るたびに驚嘆してしまう。その衝撃にはとても耐えられない。でも今回、ハリーは微笑んでいない。表情は真剣で、青い目は色が濃くなり陰がある。これからどうなるのかと思ってガスは怖くなった。

「こんばんは、ガス」彼の声は温かく友好的だったが、控えめでもある。パッチとポッチはゆっくり目を覚まして立ちあがり、ふんわりした尾を眠たげに振りながらガスに挨拶しようとのっそり近づいてきた。「また来てくれて光栄だ」

「長くはいられません」ガスは早口で言った。身を屈めて犬を撫でたあと、ぴしっと背筋を伸ばす。体の前で両手を組んだ。というより、ぎゅっときつく握り合わせた。「ゆうべのことでいくつか言いたいことがあります。そのあと――自分の部屋に戻らなければなりません」

「わたしにも言うべきことがある。それを聞くまでここにいてくれるだろうね。聞いたあとで、わたしとまた夕食を一緒に取るかどうか決めればいい」

ハリーはテーブルを手で示した。またしてもミセス・ブキャナンたちの助けを借りて食事を計画したようだ。テーブルは昨日よりさらに美しくセッティングされ、ガスの祖父が特別に中国でつくらせたウェザビー家自慢の磁器や、アンドリューが大陸巡遊旅行で買ってきたベネチアンの吹きガラスのゴブレットが置かれている。テーブルの中央に立つ華奢な小さな木のようなものは、母の銀製スタンド。カーブした枝一本一本の先に、マジパンでつくったそれぞれ異なるミニチュアのフルーツが飾られている。

突然こみあげてきた涙を、ガスはまばたきしてこらえた。彼女が留守のあいだに家族の個人的な宝物を漁っていったのがほかの人間だったら、ガスは激怒していたはずだ。

でもハリーは別。彼は使用人に無理強いしたわけではなく——むしろ使用人のほうが積極的に協力したのだと思われる——単に彼女を感銘させるためにこうしたものを持ってこさせたのではない。彼がこんなことをしたのは、それらがガスにとってどんな意味があるか——高価なものというより家族の一部であるということ——を理解しているからだ。ハリーは家族の大切さを知っている。彼が父親や弟の話をしているとき、ガスはそれに気づいていた。彼はガスのために、これらを個人的な特別の贈り物としてこの小さなテーブルに置いたのだ。ハリー自身はベッドを離れられず、他人を通じて集めざるをえなかったことを考えると、その心遣いがよけいに意義深く感じられる。

ハリーは生来我慢強い人間ではないはずだ。なのに、ガスがわざと彼から遠ざかっていたあいだも待っていてくれた。小さなテーブルがこんなふうに飾りつけられたのを見て、ガスは当然ながら感激した。後ろめたくなり、自分は身勝手でこのような気遣いを受ける価値はないとも感じてしまったけれど。

「きれいですわ、ハリー」ガスは小声で言った。それ以上言葉が出てこない。さっき馬車の中で復唱してきた演説や入念な論議は頭から消え去っていた。「きれい」

ハリーは同意を示してうなずいたものの、やはりまだ笑顔は見せなかった。

「見ればわかるだろうが、今夜はワインを出していない。言うべきことを、すべて一点の曇りもなく明瞭に言いたいからだ」

「それは賢明なお考えです」ガスはほっとして即座に同意した。「わたしも明瞭にするのがいいと思います」

ハリーは心臓の鼓動の速さを彼女に知られないことを祈りつつうなずいた。もう何時間も、あらゆる準備を整えてガスを待っていた。窓の外の砂利を踏む馬車の車輪の音がしないかと耳を澄ませていた——それも彼女に知られたくない。こんなふうにベッドの脇に立つガスとふたりきりで会えるのは、これが最後かもしれない。今後、自分に持てるものが記憶しかないという事態に備えて、ガスのあらゆることをしっかり覚えておきたい。

彼女は実用的なグレーの乗馬服をまとっている。体にぴったりした男物のようなジャケットによって、ほっそりした腰の線があらわになり、逆にいっそう女らしく見える。紫がかったグレーのウールは肌の白さを引き立たせており、きつく結っていた髪は昼間のうちにゆるんで、魅力的なおくれ毛が頬にかかっている。

最初部屋に入ってきたときの表情は暗く、灰色の目は雷雲のごとく険しかったが、テーブルを見たときやわらいでいた。ハリーはほっとした。よく知らない使用人を通じてすべてを手配するのは簡単ではなかったし、晩餐室から階上へいろいろなものを持ってこさせたことにガスが怒るのではと不安だったのだ。しかしどうやら彼女は、この光景をハリーが意図したとおりに見てくれたらしい。彼女が許してくれるかもしれない、というささやかな希望が生じた。

「気に入ってくれてうれしいよ、ガス」彼女がハリーのことも称賛してくれるのを願って言う。「礼儀正しいホストとしては、きみに先に話してもらおう」

「わたし？」ガスの目が大きく開き、声が甲高くなった。「ええっと、わたしはあとでかまいません。あなたからどうぞ」

そう言われるとハリーは思っていなかった。「せめて座ってくれないか？」

ガスは束の間ためらったあと、椅子の端にちょこんと腰かけた。それは、いつでも飛び立てるよう身構えてびくびくしている小鳥を連想させた。ハリーがおかしなことを言ったら、ほんとうに彼女は飛んで逃げるかもしれない。

ハリーはもったいぶって咳払いをした。学校で大事なスピーチをするときのような気分だ。それもちゃんと暗記していないスピーチを。

「ガス。ミス・オーガスタ。わたしはゆうべ友情を装って、ここで一緒に食事をするようきみを招待した。残念ながら、わたしがするつもりではなかったこと、きみにはふさわしくないことが起こってしまった。飲みすぎたからと弁解することもできる。しかし真に責めるべきは、わたしの身勝手で衝動的なふるまいだ。心から申し訳なく思っている」

「まあ、ハリー。そんなふうに謝る必要は――」

「ある」ハリーはそっけなく言った。「謝らねばならない。いまのわたしは不安でいっぱいだ。きみがわたしをどう見ているかは知っている。一人前の男性ではなく、障害者、傷病人、厄介者だ。きみの姉上が投げ捨てたゴミ」

ガスは顔をしかめた。いい兆候だとは思えない。ハリーはほんとうに、彼女から見てそれほど不快な人間なのか？　そんなに嫌悪を抱かせるのか？　ハリーとしては、とにかく話を先に進めて、言おうと思っていたことをすべて言うしかない。

「きみは、このみじめな人生に現れた、唯一にして最高のものだった。野蛮なふるまいによってわたしが醜態をさらし、きみがもはやわたしとかかわりたくないのなら、それはしかたがない。姉上のようにわたしを捨てることにしたのなら、それもしかたがない。きみを遠ざけてしまったことで、わたしは決して自分を許さないだろう。だがしかたがない。わたしは――」

「やめて、ハリー、もう言わないで！」ハリーがさっき思ったとおり、ガスは椅子から飛び出した。ところが逃げ去っていくのではなく、まっすぐベッドまでやってきた。「あなたは善良でやさしくて勇敢で寛大だわ。姉があなたを捨てたのだとしたら、姉はばかよ。そして――そして――ああ、もうやめて！」

彼女はさっと屈みこみ、温かな手のひらで彼の顔を挟んでキスをした。ゆうべが彼との初めてのキスだったはずだが、彼女は経験から学んだようだ。顔を斜めに傾けて唇を気持ちよく押しつけてくる。ハリーは自分からもキスを返す以外に選択の余地はなかった。

なにが選択だ。キスするかどうかを選択する必要などない。この瞬間彼女にキスしたいと思ったことほど、生涯でなにかを望んだことはない。ガスを失った、彼女を逃がしたと思いこんでいたけれど、実際は違っていた。だからこのキスには、情熱とともに喜びも満ちあふれていた。悔恨の情と謝罪を表明する用意周到なスピーチも、不安も、心配も、枕に乗せた折れた脚のことも、ハリーは忘れた。ガスにキスすることしか考えられない。

片方の腕を彼女の腰に回して体を持ちあげ、ベッドの上まで引っ張りあげて抱き寄せた。ガスはやすやすと引き寄せられ、ハリーの肩にしがみつきながらキスをした。ハリーはシルクのごとくなめらかな髪に指を差し入れ、後頭部でまとめた髪をほどいて、ヘアピンを上掛けの上にまきちらした。飢えもあらわに深くキスしていたので、唇が束の間離れたとき、ふたりとも空気を求めてあえいだ。

「ぜったいにそんなことを言わないで」ガスは強い調子でささやき、彼と額を合わせた。ほどけた髪がふたりのまわりを流れ落ちる。「二度と言わないで」

「言わない」ハリーの手はせわしなく彼女の背中を上下に撫でている。

ガスは彼の唇を軽く噛んで彼をからかい、苦しめたあと、体を引いて離れた。

「あなたの脚」息を切らして言う。「脚を傷つけてしまいそう」

「大丈夫だ」ハリーはまたガスを抱き寄せた。彼の脚のことも、キスをしないためのどんな口実も、彼女に忘れさせるために。

「でもどうしたらいいの、もしもわたしが――」

ハリーはその返事として、そしてガスを黙らせるために、ふたたび唇を重ねた。今後は決してガスの気持ちを疑うまい。いや、〝決して〟は強すぎるかもしれない。いまハリーの頭脳は将来のことなど考えられない。考えられるのは、現在彼女にキスしていること、乗馬服のジャケットの前身ごろに並んだボタンを外すのにどのくらい時間がかかるかということだけ。立ちあがることさえできれば、彼女が身につけているものをすべて——ジャケット、ペチコート、シャツ、コルセット、スカートの張り骨、シュミーズ——脱がして、ほんの数分で裸にできるのだが。

裸。だめだ。いくら彼女を求めていても、そんなことを考えてはいけない。少なくとも、いまはまだ。この女性は愛人ではない。彼女はガス、立派な淑女だ。だったらなぜ自分たちは、盛りのついたイタチのように激しく抱き合っているのだ？

そして、自分はどうしてそんなことを考えて時間を無駄にしている？　キスのあいだ、ガスが彼の口に向かってとてもみだらな小さなうめき声を漏らしているというのに——。

「ロード・ハーグリーヴ」寝室の扉の向こうから声が聞こえた。「ミス・オーガスタ、失礼いたします」

ガスはハリーから口を引きはがし、ぱっと扉のほうを振り向いた。

「ロイスだわ」息も絶え絶えにささやく。「大事な用件でなかったら声をかけなかったはずよ」

「帰れ、ロイス」ハリーはガスを放さず、閉じた扉に向かって彼女の肩越しに叫んだ。「わたしとミス・オーガスタは上院におけるホイッグ党の将来を論じているのだ。邪魔をするな」

ガスは目を丸くした。常に現実的で真面目な彼女がくすくす笑い、声を抑えるため手を口にあてる。

「お邪魔して申し訳ございません」ロイスは悲しげに言った。「しかし重要な用件なのです。閣下にお客様がいらっしゃっています。シェフィールド公爵であらせられます」

「あなたのいとこのシェフィールド公爵様？」ガスはうろたえて息をのんだ。「ここに？　いま？」

説明を待つことなく、ガスはハリーの抱擁から逃れ出てベッドから這いおりた。すべきでないことをしているところを目撃された――あるいは目撃されそうになった――女性なら誰もがするように、あたふたとスカートのしわを伸ばし、ハリーが外したジャケットのボタンふたつを留める。

「なぜシェフィールドのやつが来るのだ？」ハリーはきまり悪がるというより、むしろ苛立って言った。

そうしているうち、早くもいとこの声が廊下から響いてきた。なぜ扉を開けないのかとロイスに詰め寄っている。ガスが髪を後ろで手早くまとめたとき、シェフィールドが自ら扉を開けて大股で入ってきた。

「ハリー、この悪党が！」彼は大きな笑顔でベッドまでやってきた。「なんだ、元気そうじゃないか！」

ガスとのキスを邪魔されたことは腹立たしかったものの、ハリーはシェフィールドに笑いかけずにはいられなかった。実際にはいとこよりも遠い親戚なのだが、年が近いために、ハリーは昔から彼を兄のように慕っていた。外見もよく似ている。ふたりとも長身で目は青く、肩幅は広く、その笑みは人を魅了する。

そしてもちろん、犬をかわいがるという共通点もある。ハリーがシェフィールドに会えて喜んだのと同じく、パッチとポッチはシェフィールドの飼う大型の白いブルドッグ、ファントムを見て喜んでいる。ファントムはにやりと開いた口からピンクの舌を垂らし、主人に忠実に付き従ってのし歩いている。

だが、犬たちが再会を喜んでせわしなく互いのにおいを嗅いだり舐め合ったりしている一方、自分たちは再会をそう単純に喜べそうにないことをハリーはすぐに察した。シェフィールドが陽気を装いながらも、ハリーの様子に衝撃を受けているのは目を見ればわかる。ハリー自身は、完全にもとに戻ってはいないとしてもかなりよくなったと思っていたのだが。自分はほんとうにそれほど変わってしまったのか？

しかしいま、それより大事なのは——そして難しくないのは——シェフィールドをガスに紹介することだ。彼女は不安げに立ち、まだ髪をまとめようとごそごそやっている。

「シェフィールド、こちらはウェザビー・アビーでわたしの看病をしてくれているミス・オーガスタ・ウェザビーだ。ミス・オーガスタ、いとこのシェフィールド公爵だ」

「ようこそいらっしゃいました、公爵様」ガスはかわいく頰を染めて、公爵相手にふさわしく深いお辞儀をした。「父の屋敷においでいただきまして光栄です」

「どうぞよろしく、ミス・オーガスタ」シェフィールドは仰々しくガスの手に向かって頭をさげた。「我が一族は、ハリーが大変なときにきみが示してくれた寛大なおもてなしに、おおいに感謝している。彼はちゃんと世話をしてもらっているようだ」

さすがシェフィールド、女性をいい気分にさせることならお手のものだ、とハリーは思った。「〝世話をする〟などと言われたら、わたしは四つ辻で拾われた雑種犬で、暖炉の前で箱に入れられて骨と古い毛布を与えられているみたいに聞こえるな。実際には、ミス・オーガスタは命の恩人なんだ」

ガスの顔がますます赤くなる。「まあ、ハリー——伯爵様」このうわべだけ慇懃な言葉の応酬に男性陣ほど長けていない彼女は口ごもった。「わたしの役割を誇張しておられますわ」

ハリーは、いまは手の届かないところに立っている彼女を元気づけようとして微笑んだ。

「まったく誇張ではないよ」

「伯爵様は熱に浮かされておられました。きっと記憶違いをしていらっしゃるのですわ。公爵様、よろしければわたしとハ——伯爵様と一緒に晩餐をお取りになって、我が家にお泊まりいただけますでしょうか」

シェフィールドは会釈した。「どちらの招待も受けさせてもらおう」

「家族一同光栄に存じます。では失礼して料理人と話をして、公爵様のお部屋を整えてまいります」

ガスはお辞儀をし、あとずさりで部屋を出た。逃げていく口実ができて、彼女はさぞほっとしているだろう。けれどもハリーは、扉が閉まった瞬間ガスが恋しくてたまらなくなった。

「脚のことを話してくれ、ハリー」シェフィールドは、ハリーがガスのものと考えているベッド脇の肘かけ椅子に座りこんだ。「きみの話を聞くために、パリからまっすぐここまで来たんだぞ」

「馬から投げ出されて脚を折った。いまパリはいい季節だろうな。ダイアナと子どもたちはどうしている？」

「ダイアナはいつものように美しいし、子どもたちは元気で、パリは非常に快適だ」ファントムが足元でくんくん鳴いたので、シェフィールドはうーんと言って犬を抱きあげ、膝に置いた。「少なくとも快適だったと思う。ところが帰国したとたん、ロンドンじゅうがきみの哀れな体験について噂しているのを知った。サー・ランドルフは明日ここに来ることになっているらしい。だから適当にごまかしても、どうせすぐにわかるぞ」

ハリーはため息をついて枕にもたれこんだ。いとこでなく、頭上のひだつき天蓋を眺められるように。シェフィールドに真実を、少なくとも真実の大部分を話すしかないだろう。どうせおよその話は知っているだろうから。

「わかった。嘘偽りない真実を話すよ。わたしは先月、ミス・ジュリア・ウェザビーに求婚するためこの屋敷にやってきた」

「どんな男をも魅了するレディだな」シェフィールドがファントムのとがった耳を撫でると、犬はうれしそうによだれを垂らした。「そして残念ながら彼女自身もそのことを知っている」

「わたしもあとで知った。不幸にも、求婚する前に彼女の父親のいまわしい馬の背から投げ出された。彼女は脚を折ったわたしを愛せないことに気がつき、そして……ロンドンのもっと青々とした芝生を求めてわたしを捨てていった」

シェフィールドはしかめ面でファントムの頭頂を見つめた。「彼女がサウスランドと結婚するらしいことは知っているのか？」

ハリーは肩をすくめて無頓着を装った。「あんな女はサウスランドにくれてやる。彼女から逃げられて、わたしは幸運だったと思っている」

「逃げられていないぞ、ハリー。きみはまだ彼女の実家に滞在している。さぞ居心地が悪いだろう」

「まったく悪くない。ガスがしっかり看病してくれるからな」

シェフィールドは顔をあげ、ファントムのしわくちゃの額越しにハリーを見つめた。「その〝ガス〟とはレディ・オーガスタの愛称だと思っていいか？」

「そうだ」ハリーの顔がほてった。いきなり核心に触れてしまったようだ。「しかしそれは、わたしだけが使う愛称ではない。家族や親しい友人もそう呼んでいる」

「なるほど」シェフィールドはあえて感情を交えずに言った。上体を乗り出して、ガスのヘアピンを一本上掛けからつまみあげる。「脚の骨折とは関係なく、彼女は上手にきみの世話をしているようだな」

「やめてくれ」ハリーは鋭く言った。「そういうことじゃない」

シェフィールドはにやりと笑ってふたたび椅子にもたれ、犬の脇腹を手のひらでやさしく撫でた。「では彼女と結婚するつもりか？」

「ばかを言え、そういうことでもない」いとこに会えた喜びは急速にハリーの心から消えていった。「ガスをよく知るようになれば、きみにもわかるはずだ」

「わたしにわかっているのは、もしも彼女の父親がレディ・ジュリアを溺愛するおつむが空っぽの愚か者でなかったら、ミス・オーガスタがきみの寝室でなれなれしくするのを許さなかったはずだ、ということだよ。彼女は皿洗い女中でなく子爵の娘だ。慎重にふるまわないと、ウェザビーが来て、きみの背中にマスケット銃を突きつけて結婚予告を読ませることになるぞ」

シェフィールドはガスが落としたヘアピンをもう一本見つけてハリーの前に掲げた。「せっかくウェザビーの娘のひとりから逃れたのに、もうひとりとくっつくことで、きみが満足ならかまわないがね」

ハリーはそのヘアピンをつかんで近くのテーブルに放り投げた。ガスと結婚したくないわけではない。いまの状態では、誰とも結婚したくないのだ。みっともない姿でベッドから動けないでいる花婿を求める女性はいない。牧師の前に立つこともできないのに、どうして結婚を考えられるだろう？

「わたしが満足を感じられるのは」ハリーは険しい顔になった。「きみがかまわないでいてくれることだ」

シェフィールドはハリーの怒りをあおろうとはせず、にっこり笑った。

「きみに、わたしの言うことを聞く必要はない」落ち着いて言う。「しかし、お父上は船の手配ができしだい帰国なさるおつもりのようだし、きみの状況についてはお父上にもなんらかのお考えがあるだろうな」

「ナポリから帰ってくるのか？」ハリーは仰天して訊き返した。父に帰国するよう頼んではいないし、自分がそれを求めているのかどうかよくわからない。父に会いたくないわけではない——たいていの父子よりはいい関係を結んでいる——が、ハリーが馬から落ちたためにのんびりしたイタリア旅行を中断して帰国せざるをえなくなった父がどんなに不機嫌かは、想像にかたくない。いやというほど文句を言われるだろう。

「ナポリからだ」シェフィールドが言う。

「しかし、それには何週間もかかる」今回だけは父の船が遅れることをハリーは願った。

「風や海の状況によっては、何カ月もだ」

「それはどうでもいい。きみをここから連れ出してロンドンに戻すのは、早ければ早いほどいい。明日、サー・ランドルフの診察のあと戻れたら理想的だ。よければうちに泊まってくれ。ダイアナは喜んできみの世話を焼いてくれるし、子どもたちは想像を絶する最高の楽しみだと思うだろう」

ハリーはなにも言わなかった。シェフィールド・ハウスでの療養は悪夢のようなものになるかもしれない。いとこの陽気な妻はぜったいにハリーを放っておいてくれず、幼い息子ふたりはおもちゃの兵隊や動物を持ってベッドによじのぼってくるだろう。

「妻はきっと、なんとしてもきみを楽しませようとしてくれるぞ」シェフィールドは楽しげに話をつづけた。「サー・ランドルフは毎日脚の診察に来るし、きみの友人たちは励ましに来てくれる。そしてきみは、この取るに足りないミス・オーガスタのことを永久に頭から追放できる」

ハリーはすぐさまガスをかばって言った。「ミス・オーガスタのことをそのように言わないでくれるとありがたいね」

シェフィールドはため息をついた。「すまない、少しきつい言い方だった。しかし理性的に考えてくれ。きみが大きな胸の金髪美人を好んでいることは秘密でもなんでもない。過去に征服した女たちとともにミス・オーガスタがいたとしたら、きみは彼女の存在に気づきもしなかっただろう」

過去に肉感的なブロンドと付き合っていたことはハリーも否定できない。女性に関心を持つようになり、女性が彼の存在に気づいたときからずっと、彼はそういう美人に弱かった。でもガスは違う――それをシェフィールドにどう説明していいかわからない。

「きみと彼女が引き合うようになったのは、おそらくこの状況のせいだ」シェフィールドはもう少し穏やかに言った。「きみの滞在中、彼女はとても親切にしてくれたんだろう。お返しに感謝の念を覚えるのは当然だ。しかし、彼女と離れたら愛着の情も変わるよ。これはきみのためでもあり、彼女のためでもある。きみを無事ロンドンに連れ帰ったら――」

「もういい、シェフィールド」ハリーはつっけんどんに言った。「もう充分だ。ガスはすぐに戻ってくる。きみとこんな話をするつもりはない」

だがシェフィールドは微笑み、眠ってしまった犬の広い背中に手を置いた。

「話はまたする。それと、きみを置いてこの屋敷を出るつもりはないよ」

8

翌朝ガスは、母のバラ園のそばにある小さなあずまやにいた。あずまやはローマ寺院を模した小さな建物で、中にはクッションを敷いたベンチが円状に並んでいる。父はこれを母への結婚の贈り物としてつくらせた。ガスは昔から、これはすばらしくロマンティックな贈り物だと思っていた。母はよく縫い物や本を持ってここに引っこみ、ガスも人形や自分の手芸道具を持って母についてきた。風に乗ってバラの香りが漂ってくるあずまやは、敷地の中でいまでも母の存在が感じられる場所だ。ガスは編み物を手にベンチに座りながら、いつも以上に母の良識や助言があればいいのにと思っていた。

父もここにいてほしかった。ひとりで公爵や伯爵の相手をするのは楽ではない。ふだんはいばりちらしていても、父なら公爵との気まずい雰囲気も少しはやわらげてくれただろうに。

それに、父のロンドン滞在が長引けば長引くほど、ガスが父の信頼を裏切っていることは否定しにくくなる。父の手紙はどれも謝罪の言葉を並べたもので、父親としての愛情の言葉で締めくくられているけれど、いつ帰宅するかといった大事なことにはまったく言及していない。たしかにジュリアを見張っておく必要はあるだろう。けれど父自身もジュリアと同じくらいロンドン滞在を楽しんでいて、友人との飲酒や食事、闘鶏や競馬などにふけっているのではないだろうか。いくらハリーの脚の骨が折れていても、父はジュリアを彼とふたりきりにはしなかっただろう。付き添いもつけずにジュリアを異性に近づけるなど、とんでもなく破廉恥なことだ。しかし、ハリーがガスに対して不適切な関心を抱くことは、実の父にも想像できないらしい。

でもハリーは関心を抱いたのだ。実際に。

ガスは編み針から顔をあげて振り返った。視線はあずまやの石柱を越えて屋敷へと向かう。西の端に見える窓はハリーの部屋だ。開いた窓枠をカーテンがパタパタ叩いているのが見える。ハリーがベッドで起きあがって客に応対しているところが想像できる。いまはサー・ランドルフとドクター・レスリーが訪ねてきている。彼らはハリーの脚の状態について話し合い、立ち会っているハリーのいとこに自分たちの意見を述べているはずだ。

ガスは同席を求められなかった。もちろん同席すべき理由はない。ガスはハリーの家族でなく、外科医でもなく、なにより男性でもない。ハリーが怪我をしたときから彼女が付き添って手を握っていたという事実にはなんの意味もないのだ。とりわけシェフィールド公爵にとっては。

公爵はガスを気に入っていない。昨夜、三人で晩餐を取っているとき、彼はできるかぎり愛想よくふるまっていた。ミセス・ブキャナンの料理を称賛し、自分も落馬するとしたらミス・オーガスタに見つけてもらえる場所に落ちたいものだと繰り返し言っていた。

そういう歯の浮くようなお世辞を並べてはいても、彼が心の底でガスを見くだしているのを、ガスは感じ取っていた。彼が純粋な好意と不安の目でハリーを見たあと、このふたりが一緒になることなど想像もできないとでも言いたげに冷たい視線をガスに向ける様子から、それは明らかだった。その冷たさにガスは傷ついていた。なぜそうなるのか、よくわかっているからだ。公爵はほかの誰もが考えるのと同じことを考えているにすぎない。この取り柄のない女からハリーを救う必要があると思っているのだ。食事が進むにつれてガスの口数は減っていった。居心地悪くなって片隅に縮こまり、食べも飲みも笑いもせず、楽士たちによる食後のすばらしい演奏も楽しめなかった。自分がまさに公爵の低い評価どおりの人間であることを証明しようとしているかのように。

ハリーはきわめて誠実で親切だった。なんとかガスを会話に引き入れ、意見を尋ねようとしてくれた。でも、彼や公爵の住む世界が自分の世界とまったく違っていることを、ガスは痛感していた。彼らのロンドンがはるかかなたの星だとしたら、ここノーフォークのガスの狭い世界はそこから最も離れた場所だ。ガスは自分が消えそうになっているのを感じ、ハリーが遠ざかっていくのを感じていた。ハリーは、彼を愛する家族や友人のところ、本来いるべき場所に戻っていこうとしている。

ガスは編み物の上に屈みこみ、きれいな輪になった編み目を規則正しく針から針へと移しながら編み進めることで心を落ち着かせようとした。二週間前、落ち葉の上に真っ青な顔で横たわっていたハリーを見た瞬間から、必死で彼の魅力に抵抗し、彼は決して自分のものにならないのだと何度も強く自らに言い聞かせてきた。

昨夜、ガスは人生に現れた最高のものだったとハリーが言ったとき、ガスの希望は目がくらむほどの高さまで舞いあがった。自分の夢のまわりに慎重に築いてきた警戒心という壁を取り払って、夢を解き放った。ハリーはすばらしいことを言ってくれた。彼にしか言えないこと、ガスにしか聞こえないことを。ガスは彼にキスをし、彼もキスをしてくれた。永遠に彼の腕の中にいる場面を想像した。完璧な瞬間だった。

だが、それは間違いだった。公爵が現れ……夢はそこでついえた。

ガスは手仕事に集中しようとした。毛糸を指に巻きつけ、針に移し、針で毛糸を引っかけて抜き、新たな編み目をつくる。それを何度も繰り返した。単純な針の動きを繰り返していれば心が安らぐ、手を動かすことで気持ちが落ち着く、と母から教えられていた。

「ミス・オーガスタ？」

思いを漂わせているときに声をかけられて、ガスはびくりとした。「あら、プライス、どうしたの？」

「失礼します。伯爵閣下はじめ皆様方が、お嬢様においでいただくようにとおっしゃっています」

ガスは即座に立ちあがり、編みかけの靴下を編み物道具入れの袋に押しこんで、庭の小道を急いで屋敷に戻った。走るまいとしても、自然と足が速くなる。ハリーの部屋に着いたときには息が切れ、胸がどきどきしていた。

目の前の光景は予想どおりのものだった。ハリーはベッドの中央で身を起こしている。ふたりの外科医とその助手は、ベッド脇の、副木で固定したハリーの脚のそばに立ち、シェフィールドはベッドの反対側、テュークスがそのそばで控えている。唯一予想外だったのは、ハリーがナイトシャツの上からダークブルーのシルクのブロケードのガウンをはおっていることだ。おそらく部屋にいる客に敬意を払って着るようにとテュークスが言い張ったのだろう。

「よく来てくれた、ミス・オーガスタ」公爵はおごそかな口調で言った。「もっといい話が聞けることを期待していたのだが、医者たちの意見は違うらしい」

すぐさまガスは最悪のことを考えた。どんな話が出てくるのかについての手がかりを求めて男性たちの顔にさっと視線を走らせたが、表情からはなにもうかがえない。

「なにか不都合なことがあるのでしょうか？」ガスは心配して公爵に質問したが、目は公爵でなくハリーに向けていた。ハリーも他の人々同様、なんの表情も浮かべていない。「合併症が出たのですか？　それとも、怪我の具合がまた悪くなったのでしょうか？」

「我々は閣下にとって最善であることをしなければなりません」サー・ランドルフは抑揚なく話した。「それが最も重要なことであり、我々は――」

「万事支障ないよ、ガス」ハリーがようやく大きな笑顔を見せた。興奮と青いシルクのおかげで、目がさらに明るく輝いて見える。「怪我をした脚は、博識な医者ふたりの予想以上の回復を見せている。脚をあげて動かす許可が出た。一週間後には立てる――立てるんだよ、ガス！――という望みがある」

「まあ、それはすばらしい知らせですわ」ガスは公爵の前であまり大げさに喜びを表すまいとした。「皆さんの浮かない顔を拝見して、悪いことかと心配しました」

「いい知らせばかりではないのだ、ミス・オーガスタ」公爵が失望しているのは明らかだった。「わたしは、きみをいとこの世話から解放して、彼をロンドンに連れ帰るつもりでいた。しかし医者によれば、旅はまだ無理らしい」

「馬車の揺れによって、せっかく治りかけた怪我がふたたび悪化するかもしれません」サー・ランドルフが言う。「慎重な対処が必要です。まだ細心の注意が求められるのです。閣下はお喜びのあまり警戒を忘れられてはなりません」

「警戒などくそ食らえだ」ハリーは手品師が最新のトリックを披露するときのように、自慢げに上掛けをはがした。「見てくれ、ガス。あのいまいましい柱のような副木が、もっと楽なものに変わったぞ」

たしかに、いま脚に縛りつけられているのは新しくてより小さい副木だった。膝までの革製の副木が両側から脚を挟みこんでいる。しかし、露出部分の増えた脚を見たとき、その痩せ衰えぶりにガスは唖然とした。ベッドで寝たきりになっていた二週間あまりで、ハリーの脚からは筋肉がすっかり落ちている。同じような怪我をした人々を過去に見てきた経験から、彼の回復が容易でないことはガスにもわかった。

「膝を曲げてベッドの端に座る許可を得た」ハリーは興奮もあらわに話した。「きみにここへ来てこの重大な出来事を見てほしかった。これは最初の試みにすぎないが、よく見ていてくれ、ガス。わたしがまたヴォクソール庭園の星空の下でダンスをするとき、きみにこの瞬間を思い出してほしい」

ガスは不安を心の内にとどめて微笑んだ。彼がシルクのガウンを着ているわけがわかった。この立つという試みのために、テュークスにガウンを用意させたのだろう。たとえこれが長い回復における最初の一歩にすぎないとしても。そのようなささやかな目標に到達したいというハリーの熱意に、ガスは耐えられないほど胸が痛んだ。ヴォクソールでダンスするのは——仮にそれが可能になるとしても——遠い将来のことだ。それでもハリーのためにガスはにっこり笑い、医者たちの考えが間違っていることを彼が証明できますようにと祈った。

不安を抱いたのはガスひとりではなかった。シェフィールドはやさしくいとこの肩に手を置いた。

「わたしたちになにを証明する必要もないんだぞ、ハリー。ダンスについて話す時間は、これからたっぷりある」

だがハリーは微笑んだだけだった。目は決意できらめいている。「長らく寝たきりだったんだ。練習はいますぐ始めたい」

彼はその言葉どおり、ベッドの端まで体をずらしていった。外科医と助手たちは手を貸すために駆け寄り、ガスはあとずさって彼らを通した。

しかしハリーは誰の手も借りようとせず、手を振って彼らをさがらせた。いいほうの足をベッドの脇におろし、いったん静止して、真の難題に立ち向かうため体に力をためる。

「手助けは無用だ」ここまでの動きで、ハリーはすでに息を荒くしている。「ひとりでできる」

「無理です、閣下」サー・ランドルフは静かに言って、ハリーのすぐ前に立った。「初めてのときは。長く使っていなかったために、膝の筋肉がひどくこわばっています。お願いですから手助けさせてください」

ハリーは悪態らしき言葉をつぶやいたあと、小さくうなずいた。腕をベッドについて体を支え、折れた脚をゆっくりベッドからおろしていく。サー・ランドルフはハリーの膝の下に手を滑らせて指を組み、助手はこの数週間と同じように脚を伸ばした状態で支えた。

「そうです、閣下」サー・ランドルフはそっと言った。「いいとおっしゃったら、わたしは閣下のおみ足を膝から曲げてみます。あらかじめお断りしておきますが、膝は痛みます。ゆっくり徐々に力をかけていってください。息を殺さずゆったり呼吸されたほうが、痛みは耐えやすいでしょう」

ハリーが息を殺していないとしても、ガスは自分の息を殺し、指で唇を軽く押さえていた。ふたりの外科医が事故の直後に言ったことはよく覚えている。ハリーの脚は骨が折れたのみならず、内部も損傷している懸念がある――筋肉が傷ついたり、腱が切れたりしていて、決して治らないかもしれないのだ。

当時彼らは、ハリーがふたたび脚を使えるようになるかどうかは時間がたたないとわからないと言っていた。そのときが訪れた。ハリーもそれを知っているのだろうか？　この単純な試みがどれほど重要なのか、彼も自覚しているのか？

「できるだけ楽にしてください」サー・ランドルフは言った。「閣下のお望みになったときに始めます。いい結果を得るには、急がず着実に進めることです」

ハリーは決意の表情でうなずいた。三回深呼吸して覚悟を決める。「おまえの言うとおりにするぞ、ピーターソン」

「ありがとうございます」サー・ランドルフはごくわずかずつ力をこめ、骨折部分に圧力をかけないようにして、ハリーの膝を曲げはじめた。

ハリーは顔をゆがめてののしりの言葉を吐いた。簡単にはいかないこと、これほど痛みがあることは予想外だったらしい。サー・ランドルフはただちに手を止めた。

「もし耐えがたいのであれば――」

「大丈夫だ」ハリーはきっぱりと言って、もう一度深呼吸した。「頼む、つづけてくれ」

今回サー・ランドルフは適切な角度になるまでゆっくり膝を曲げつづけ、その後同じようにゆっくりとまた伸ばしていった。そのあいだハリーは目を閉じ、痛みに耐えて顔をこわばらせ、指をマットレスに食いこませていた。

「お見事です、閣下」三度膝を曲げ伸ばししたあと、サー・ランドルフは言った。「初日としては充分でしょう」

「いや、まだだ」ハリーはうなるように言った。髪の生え際には玉の汗が浮いている。彼は袖で額をぬぐった。「全然足りない」

「やめろ、ハリー」シェフィールドが心配そうに声をかけた。「ピーターソンの言うことを聞け。あわてなくていい。この部屋にいる誰に対しても、なにも証明しなくていいんだ」

「いや、自分に証明しなくちゃならない」ハリーは顔をあげ、シェフィールドを通り越してガスを見つめた。「ガス、こっちに来て手を貸してくれ」

ガスが進み出るとハリーは彼女の手をつかみ、すぐに指を絡め合わせた。彼女の手を借りることに、まったくためらいは見せなかった。自分のものとして要求し、溺れる人間のようにきつく手をつかんだ。ある意味では、それだけ必死だということだろう。視線をさげたとき、ガスには彼の目の奥にひそむ感情が見えた。決意、苦しみ、将来への不安がないまぜになっている。

ガスは周囲の人々の存在も忘れ、すぐに彼の手を強く握って応えた。ハリーはガスだけに向けて感謝と理解の笑みをさっと浮かべたあと、サー・ランドルフに向き直った。

「もういいぞ、ピーターソン。手をどけてくれ。自分で膝を曲げてみる」

サー・ランドルフは顔をしかめた。「閣下、それは賢明とは言いかねます」

「おまえがやってくれたことをわたしが自分でやってみて、傷がひどくなる可能性があるのか？」

「きわめて体力を要することです。可能性としては――」

「いまわたしが膝を曲げられなかったとしたら、今後も決して自力では曲げられないかもしれない。おまえが言いたくなかったのは、そういうことだな？」

サー・ランドルフのため息は、うめきのようにも聞こえた。「はい、閣下」彼はしぶしぶ認めた。「そのような不幸な可能性があります」

「それなら、いっそいま知りたい」ハリーは言いきった。「むなしい希望にすがりついているよりは。膝から手を離してくれ、公正な判断ができるように」

「助手が脚の下半分を支えておく必要があります。急な動きによって治癒が妨害されるかもしれません」

「この脚で急な動きができるとは思えないがね、たとえ急に動かさないと命が危ないとしても。しかし注意はしておこう」

サー・ランドルフは首を横に振った。「閣下はわたしの助言に反して、このようなことをしようとなさっておられます。結果がお望みどおりでなかったとしても、わたしは責任を持ちません」

ハリーは笑みを浮かべたが、ちっとも面白そうではなかった。

「おまえを責める気はないぞ、ピーターソン。わたしはこれまでも他人の賢明な助言にさからって生きてきた。いまさらその生き方を変える理由はない。頼む、膝から手をどけてくれ」

外科医は不承不承に手を離し、助手に代わってハリーの脚の下部を支えた。

ハリーはうなずいて、いとこを見あげた。「ちょっと賭けをしないか、シェフィールド？わたしが膝を曲げられるほうに百ギニー」

「ばかめ」シェフィールドが言う。「きみができないほうに賭けたりするものか」

ハリーは微笑んだものの、ほかには誰も表情を変えなかった。ガスはふと思った。これらの男性に囲まれた中でこうした試みを一種の挑戦、あるいは試験とみなすのは、いかにも男性らしい考え方だ。いかにも男性らしく、そしていかにもハリーらしい。虚勢を張ってはいても、彼の手のひらがじっとり汗ばみ心臓が激しく打っているのを知っているのは、ガスひとり。彼は自らの不安を克服するため、この瞬間を計画した。それを演じきるのか、それともやめるのか、決めるのはハリー自身だ。

彼がどちらを選ぶのかについて、ガスは一点の疑いも持っていない。

「勇気を出して」他の人に聞こえないよう、ガスは身を寄せてささやいた。「やってみるのよ。やらなくては、いい結果は得られないわ」

彼はふたたびガスに笑いかけた。それから自分の膝を見おろして神経を集中させる。またしてもガスの手を強く握りしめた。ぶるぶると太腿を震わせながらも、彼はゆっくりと膝を曲げることができた。さっきサー・ランドルフが曲げたときほど深くはなかったけれど、それで充分だった。脚を動かす能力を失っていないことを証明し、自らの力を誇示し、部屋にいる全員が思わず拍手喝采するほどに。

けれどもハリーが顔を向けた相手はガスだった。

「ほら」競走してきたかのように激しく息をつきながら言う。「やったぞ、ガス。見ただろう？　やったんだ」

声が出せるかどうかわからず、ガスは黙ってうなずいた。なぜ涙がこみあげてくるのだろう。彼のために喜び、彼が能力を証明したことに狂喜していなければならないのに。それに、公爵や医師たちの前ではぜったいに泣きたくないのに。

「ちょっと失礼します、ミス・オーガスタ」サー・ランドルフが強い調子で言った。「閣下はもう休息なさらなくてはいけません」

彼はガスの返事を待つことなく、すぐさまハリーをベッドの中央まで動かしはじめた。ガスの手がハリーから離れる。彼女はサー・ランドルフと助手が動きやすいよう一歩さがった。

ハリーも外科医にさからわず、ほっとした様子で枕に頭を置いた。あの単純な動きのためにかぎられた体力を使い果たしたらしく、いま顔は真っ青で、疲れのため表情はこわばっている。シェフィールドが部屋を出る前にハリーの進歩を祝福する言葉をかけたのは聞こえていたはずだが、ろくな返事はしなかった。サー・ランドルフとドクター・レスリーも声をかけて出ていった。彼らが皆部屋を出てハリーとふたりきりになれるまで、ガスは後ろで控えていた。

最後にテュークスだけが残ったが、長居はしなかった。「カーテンを閉めますか？」

「そのままにしておけ」ハリーはものうげに言った。「おまえも出ていってくれ。ガスとふたりで話をしたい」

ガスはいつもの肘かけ椅子をベッドのそばまで引っ張ってきて座り、彼と顔の高さが同じになるよう屈みこんだ。

「わたしもあまり長くはいられないわ。あなたは体を休めないと。休息が必要ないなんて言わないでね」

ハリーはため息をつき、にっこり笑った。「言わないさ。たしかに必要だからな。ああ、ガス、さっきは計画どおりにいかなかった。全然だめだった」

彼が疲れているのはわかっていたけれど、もっと勝ち誇った表情になるとガスは思っていた。これほど絶望的な顔になるとは予想していなかった。

「そんなにがっかりするなんて、いったいなにをするつもりだったのかしら」ガスはやさしく言った。「あなたがしたのは奇跡に近いことよ。あなたは決然としていたし、ものすごく勇敢だったわ」

「あれが奇跡なものか」ハリーは鼻でせせら笑った。「奇跡が起こっていたら、わたしはベッドから飛びおりて部屋をのし歩いていたさ」

「いいえ、奇跡だわ。ねえハリー、サー・ランドルフはわたしにおっしゃったことをあなたにも告げられたはずよ。つまり、あなたの脚は骨だけでなく内部がもっと損傷している可能性もあって、二度と自力で歩けないかもしれない、ということを。あなたは、それが間違いだと証明したのよ」

「あの男はいつも誇張する。そうしてべらぼうな治療代を取っている」

「誇張じゃないわ」ガスはきっぱりと言った。「乗馬ブーツが切り開かれたとき、あなたの脚を見たの。それからドクター・レスリーが骨を接ぐところを。もしもあのときサー・ランドルフがいらっしゃっていたら、きっと脚を切り落として終わりだったでしょうね。そうしたらわたしたちはいま、こんな口論をしていないわ」

ハリーは顔をしかめた。あまりに暗い表情だったので、彼は話を聞いていなかったのだろうかとガスは思った。「これは口論ではない」

ガスは息を吐いた。彼を怒らせたくない。「そうね。口論はしていません」

「まったくしていない」ガスが驚くほど、ハリーの言葉には悲しみがこもっていた。「今日のことは、もっと簡単に運ぶと思っていた。副木が小さくなったら、脚の感覚はもっと以前のように戻ると思っていたんだ。だが違った。まったく違う」

「でも、今日はまだ初日よ」ガスはやさしく言って、また彼の手を取った。「あなたは重傷を負った。治癒には時間がかかるの。簡単ではないでしょう。だけど今日みたいに強い決意を持ってつづけていけば、きっとうまくいくわ」

ハリーはガスの手を自分の唇まで持ちあげ、感謝を示すように甲に軽くキスをした。「いとこはわたしをロンドンに連れて帰りたがっている」

「でもサー・ランドルフはだめだとおっしゃっているわ」すぐさまガスは言った。「さっき、そう言ってらしたでしょう」

「うん、シェフィールドはサー・ランドルフの指示にいやいや同意した。しかし、彼がわたしをここから連れ出したい理由は、わたしの脚のお粗末な状態よりも、きみに関係があるんだ」

ガスの心は沈んだ。「あの方のご様子から、そういうことじゃないかと思っていたわ。わたしをお嫌いなのでしょう？　わたしを見くだしておられるのね」

「その逆だ。彼はきみを大変気に入っている。彼はわたしに、きみの立場を思い出させてくれた。きみが穢れのない評判を持つ未婚の淑女だということをね。わたしがウェザビー・アビーに寝泊まりするのはきみのためによくない、と彼は言ったんだ」

「そのとおりね」ガスは残念がりながらも同意した。「とくに、使用人しかいないところで、わたしたちがふたりきりになるのは。もし旅に耐えうる状態だったら、あなたはとっくの昔にここを出ていたでしょう」

ハリーは苛立ちのため息をついた。「わざと鈍感なふりをするのはやめてくれ」ぶっきらぼうに言う。「わたしがここにとどまっているのは、きみがいるからだ」

ガスは手を引き抜こうとしたものの、ハリーは放さなかった。

「よく聞いてくれ」ハリーにじっと見つめられたので、ガスは目を背けられなかった。「いままでの人生では、なにもかもがわたしの望んだとおりになっていた。よくも悪くも、それがわたしだ。そのように育てられてきた。どうしても欲しいものを、拒まれたり断られたりしたことはない。いままでは。こんな情けない脚になるまでは。いまは、なにも思いどおりにならないし、それは……屈辱的だった。なにも自分の望んだようにはならない。きみ以外は。ガス、きみ以外は」

「お願い、ハリー」ガスはささやいた。心臓は早鐘を打っている。「そんなことを言ってはいけないわ。お願いだからやめてちょうだい」

「言うべきでないのはわかっている」ハリーの声は低く、切迫感に駆られていて口調は乱暴だ。「きみの名誉を傷つけるつもりはない。きみの面目をつぶしはしない。シェフィールドにもそう誓ったし、なによりきみに誓う。しかも、こんな状態のわたしは、きみの関心には値しない」

「違うわ」ハリーに近づきたくて、ガスは椅子を離れてベッドの端に腰をおろした。「一度たりともそんなふうに思ったことはないし、もちろんあなたにそう言ったこともないでしょう」

「言うまでもない。さっきあのような弱さを見せたことで、わたしの見当違いの楽観にもさすがに終止符が打たれたよ」

「それは思い違いよ」ガスはきっぱりと言った。「あなたが弱さだと思っているものを、わたしは強さであり勇気だと思ったわ」

ハリーは横たわったまま落ち着きなく体を動かした。「今度はきみが誇張しているな」

「いいえ。わたしは物事を誇張するような人間じゃないもの。わたしが救いがたいほど現実的だということは、あなたもとっくに気づいているはずよ。来週になれば、あなたは自分でも言ったように、このベッドから起きあがって文明人の格好をするようになる。それで気分はずっとはよくなるでしょう。動かせば動かすほど脚の力がつくし、体力も戻ってくる。わたしは、あなたの回復が簡単だというごまかしは言わない。簡単ではないでしょう。でも、そばにいて励ましてあげるわ、もしもあなたが望むなら」

「もちろん望んでいる」そうでない可能性をガスが示唆したことに、ハリーは憤慨しているようだった。「きみは最初からわたしのそばにいてくれた。最後まで見届けることを要求する」

ガスは体を引いた。「まあ、ハリー。あなたったらいかにも貴族らしく、なんでも自分の望みどおりになるよう要求するのね」

ハリーは残念そうに吐息をついた。「そうらしい。しかし、回復期にきみがそばにいないことなど想像もできない。ミス・オーガスタ、わたしが悪態をつきながらもたもたと過ごすこれからの数週間、きみがそばにいてくれるという栄誉に浴させていただけるだろうか？」

「わかりました」ガスは簡潔に答えた。「わたしは務めを途中で放棄しない人間だし、あなたもそうだと思っているわ」

「楽観的だな」ハリーは疲れたような笑みを見せた。「だからこそ、きみはわたしにとって、こんなに大切な存在になったんだ。いとしのガス！　わたしたちはこれからどうなるのだ？　どこへ向かっている？」

ガスは彼に握られた自分の手を見おろした。青い目に見つめられて気をちらされることなく、慎重に言葉を選びたかった。これまで男性を相手に〝わたしたち〟の片割れになった経験はない。とりわけ、こんな複雑な状況では。また、このように避けられない選択を迫られたこともなかった。

自らの評判と貞節を考えて、世間の噂になる前に先の見えない〝わたしたち〟という状況を終わりにすることもできる。ハリーがいとこととともに帰るのは無理だとしても、ガスが公爵の馬車に乗せてもらってロンドンに行くことは可能だ。ハリーが充分回復してウェザビー・アビーを去るまで、ロンドンのおばの家に身を寄せて父に守ってもらえばいい。やがてハリーは以前の彼に戻り、ガスも以前の自分に戻って、ふたりは別々の道を歩んでいく。

あるいは、ハリーとともにここにとどまることもできる。

ここにとどまって、生まれて初めて、そしておそらくは生涯でただ一度、無謀で無責任な人間になることができる。ハリーと楽しく過ごすことができる。たぶんガスが知り合う中でただひとりの、圧倒的な魅力を持ち、ハンサムで、純粋に雄々しく男らしい男性と。あまり洗練された表現でないのはわかっているけれど、ハリーの魅力を頭の中でそういうふうに考えているのだ——雄々しい男らしさ。彼が前にいると、ガスは喜びのあまりまともにしゃべることもできない愚か者になってしまう。彼に感じている友情がすでに半ば愛に変わっているということだ。いま顔をあげさえすれば、すぐにそのことを——そして彼のキスと、そこから生じるなんらかのすばらしくみだらな感じの威力を——思い出せる。

ここでハリーと過ごすのは二重の意味での賭けだ。第一に自分について。子爵の地味な次女であるガスが、ロンドンで人の噂になることはないだろう、という賭け。第二にハリーについて。ガスが自分にとって意味のある存在だというハリーの言葉は実際ふたりの将来を約束しているのかもしれず、半ば愛し合っている気持ちは全面的な愛に開花するかもしれない、という賭け。

さっきハリーが自力で膝を曲げたとき、目が潤んだ理由がいまわかった。それは彼が治癒に向かっており、やがてはガスを必要としなくなって永遠に去っていくことを意味すると考えたからだ。

だからすべては賭けなのだ。賭け。ガスは、その賭けを受けようと思った。

「わたしは巫女じゃないから未来は見通せないわ」ゆっくりと言う。「わたしたちがどうなるかは予測もつかない。でももしかしたら、なにが適切でなにが適切でないか、なにが友情で――なにがそれ以外の性質のものかについて、心配しすぎているのかもしれない」

「〝それ以外の性質のもの〟」ハリーは悲しげに繰り返した。「それは、わたしがきみを引き寄せて横たえ、正気を失うまでキスしたいということを、上品に言い表しただけのようだな」

彼がその言葉どおりのことをしているところを想像して、ガスは顔を赤らめた。「それよりもわたしたちは、あなたの脚――〝いまわしい〟脚――をよくすることに集中して、その日その日を過ごしていくべきではないかしら」

ハリーは黒い眉を寄せた。「つまりどういうことだ?」

「つまり、わたしはあなたのそばに、あなたはわたしのそばにとどまるということ。わたしたちのあいだでなにが起ころうとも、それは……起こるべくして起こる、ということよ」

ハリーは見るからに安心して微笑み、ガスの手を持ちあげてふたたびキスをした。

「こんなノーフォークの片田舎にいて、どうしてそんなに賢くなったんだ?」ハリーはからかった。「わたしがきみを大好きになったのも当然だな」

ガスは微笑み、からかい返そうとした。「ずっとノーフォークに住んでいたのに、ではなく住んでいたからよ。ロンドンで育っていたら、ロンドンのほかの人たちと同じくらい大ばか者になっていたでしょうね」

「もちろん、それはわたしのことだな」ハリーは含み笑いをし、手を伸ばしてガスの髪に指を差し入れた。「では、きみが賢くてわたしが賢くないとしたら、説明してくれないかな。きみに対して高潔でいようと決意しているわたしが、なぜいまだにきみにキスすることしか考えられないのか」

「どんなにばかな人間でも答えられるわ」ガスは彼に引き寄せられるまま顔をおろしていった。「キスは高潔なものになりうるし、それに——それに、わたしもあなたにキスしたいからよ」

「すばらしい知恵だ」ハリーはそっと言って、ガスの顎に沿ってキスを浴びせた。「わたしが思うに、キスは脚の回復にもいいはずだ」

ガスは喜びと期待で小さく笑った。

「では、あなたは好きなだけわたしにキスすべきね」ささやき声で言う。「だって、約束してくださったとおり、あなたが星空の下でダンスするのを見るつもりだから」

翌朝、シェフィールドはひとりで帰っていった。ハリーは彼が去るのを見て残念に思いつつも、またガスをひとり占めできるようになってうれしかった。けれど、回復しはじめたからには脚がどんどんよくなることを期待していたのに、すぐにそれは誤りだったとわかった。たとえガスが横にいてくれても。

それからの数週間は、皆が予言していたように、いやそれ以上につらい試練だった。予言したのは苦しんでいる当事者ではないのだから。毎日小さな進歩はあったけれど、それゆえに、目的地までの道のりがまだまだ遠いことをあらためて痛感するのだった。

彼はついにベッドとナイトシャツから解放されてふつうの紳士らしい服装をし、椅子に座れるようになることを期待していた。ところがテュークスと頑丈な従僕の手を借りても、服を着るというかつて簡単だった動作は、痛々しいほど難しくなっていた。

テュークスはあらかじめ気を利かせて、副木が通るよう膝丈ズボン《ブリーチズ》の裾を広げていたが、それでもまだ充分広くはなかった。縫い目を完全にほどかねばならず、その結果ブリーチズの前後がみっともなく開くことになってしまった。そこまでしていても、厄介な副木をブリーチズに通すのは非常に時間がかかり、終わったときハリーはくたくたになっていた。

ブリーチズ以外の衣服も期待どおりではなかった。ハリーはいつも完璧に体に合わせた仕立ての服が自慢だった。コートやジャケットは広い肩幅や胸を強調するようなデザインで、筋肉質の腕にぴったり合っていた。ブリーチズは恥ずかしげもなく下半身の線をくっきりとあらわにしているため、しばしば気取った女性たちも彼を盗み見ていて、彼はそれをおおいに面白がっていた。

なのに、いま服は彼を裏切ることにしたらしい。寝こんでいたあいだにどれだけ筋肉が落ちていたかをハリーが思い知ったのは、テュークスがお気に入りの刺繍入りベストのボタンを留めたときだった。シルクの生地は、昔のように体に張りついてくれなかった。ぶかぶかで、絹糸の刺繍の重みで痩せた体からだらりと垂れさがった。コートはもっとひどかった。肩がずり落ちているばかりか、腕を動かさないせいで筋肉が減っているため袖は長すぎて手を覆う。まるで借りた服を着ているよぼよぼの老人だ。

「お気になさることはありません、閣下」テュークスは大きすぎる服をなんとかしようと引っ張ったりしわを伸ばしたりしながら、心をこめて言った。「ミスター・ヴェナブルを呼びましょう。ちょっと生地をつまんで縫えば、もとどおりの颯爽とした閣下になられます」

その週のうちに仕立屋がロンドンから来て、体に合わせて服を調整した。その調整が永続的なものではないことをミスター・ヴェナブルが強調したのは、予測された言葉だったとはいえ、ありがたかった。「閣下が昔の体になられしだい」服はもとに戻すことができるのだ。

〝昔の自分〟――そんな生き物が実在したのだろうかとハリーがいぶからないときはなかった。少なくとも仕立屋が服をピンで留めたり縫ったりする感覚にはなじみがある。昔の自分の断片だ。しかし、新たに注文した松葉杖を届けてきた男に会ったときには、そうは感じられなかった。サー・ランドルフがハリーの寸法を伝え、松葉杖業者が自ら完成品をウェザビー・アビーまで持ってきた。必要なら長さを調整するため、そしてハリーに使い方を教えるために。

ハリーはそのような指導など不要だと思っていた。二本の木の棒を使いこなすのが、どんなに難しいのだ？　ところが、その答えが〝非常に難しい〟であることを彼はほどなく知った。松葉杖を使っていると、歩き方を覚えようとしている赤ん坊になったみたいに感じられる。松葉杖と片方の脚という姿でよたよたと屋敷の回廊や廊下を歩くときのコツン、コツンという音を、彼は忌み嫌うようになった。恥ずかしいことに最初のうちはバランスが取れず、下手な積み方をしたトランプの家のように崩れ落ちたときに体を支えてもらうため、従僕ふたりに付き添いを頼まねばならなかった。それでも練習を積むことで、優雅とは言えないままでも、器用に動けるようになっていった。

まだ固定したままの脚を伸ばして、耐えられるだけの体重をかけるようにと言われていた。悔しいことに、哀れなほど少ししかかけられなかったが。成し遂げることがごくわずかであっても、どんな運動も治癒の助けになるとサー・ランドルフは請け合っていた。それに従うしかないので、ハリーは毎日できるだけ長時間辛抱して松葉杖をつき、いいほうの足が震えて肩が痛くなるまで、怪我をした脚を苦しみながら伸ばして歩いた。歩ける時間と距離は毎日少しずつ延びていき、同時に体力も徐々に戻ってきた。

プライドをのみこんで、人の手を借りて階段をおろしてもらい、庭を散歩してまた長い道のりを戻った。どんなに使いにくくても、松葉杖によって彼は自立心を覚えられた。いまだに障害者であることに変わりはないものの、少なくとも扱いにくい不愉快な患者ではなくなった。

患者として一階級昇進だ、と彼は皮肉っぽく思った。

これまで、松葉杖の使い方を覚えたときほど必死でなにかに取り組んだことはなかった。考えてみれば、それほど大きな目標というものを持っていなかったのだ。いまは問われたら誰にでも、自分の望みはふたたびヴォクソール庭園の星空の下でダンスをすることだと答えている。これは最初に定めた目標だし、それを聞くと人は微笑むので、いつもそう答えることにしている。いまではそれが、難しい質問に対する面白くて都合のいい無難な返答になっている。

けれども真の目標は自分ひとりの心の奥にとどめていて、誰にも言っていない――その目標の対象である人物にすら。

彼はガスにふさわしい人間になりたいのだ。

ガスのために、欠点のない完全な人間になりたい。彼女にはそんな男性がふさわしいからだ。彼女がハリーをいまのままの欠陥品として受け入れているのは、ハリーにとって耐えがたいことだ。彼女の手を取って、誇らしく部屋に導いていきたい。彼女が馬車に乗りこむのに手を貸し、そのとき気づかれないように愛らしい尻をそっとさわりたい。庭を走る彼女を笑いながら追いかけ、バラの向こうにある小さな寺院への石段をのぼり、昼食や夕食に遅れるまで彼女とともにそこで隠れていたい。彼女を抱きあげて自分のベッドまで運び、情熱的ですばらしい愛の営みをしたい。ガスが喜びで彼の名を叫び、ハリーを永遠に愛すると約束するまで。

それこそが彼の望みだ。

ガスの重荷、迷惑の種、もたもたよろよろして常に手助けが必要な男にはなりたくない。ふたりでオペラや芝居に行くとき、人々には彼女にふさわしい注目を浴びせてほしいし、首を伸ばして不幸な障害者ロード・ハーグリーヴを見ようとしてほしくない。ガスを愛しているのは彼女がすばらしい人間だからであって、ハリーを相手にしてくれるのが彼女しかいないからではないことを、世間に知らせたい。

そう、ガスを愛している。いつそうなったかはよくわからない。でも愛してしまったのだ。愛はすべてを変えると父が昔から言っていたことが、いまようやく理解できた。ほんとうに愛はすべてを変えた。ガスを見るたびに胸が締めつけられる。彼女と一緒にいると時間は飛ぶように過ぎ、離れていると砂に埋めた碇《いかり》のごとく時間はずるずるとしか進まない。最も不思議なのは、彼女が、失われていることに気づいてもいなかったハリー自身の一部分のように感じられることだ。それは、皮肉なユーモアがあり現実的で親切な彼女の新たな魅力だ。詩人が言うように、彼女はハリーを完全な人間だと感じさせてくれる。

言うまでもないが、いま彼を大ばか者に感じさせているのは、多大な時間をかけて完璧な花嫁を探したあげくに見つけたのはジュリアだったという事実だ。彼女はとんでもない悪妻になっていただろう。ハリーはガスのことなど結婚相手にはまったく考えていなかった――それどころか、存在すら知らなかった。なのに、いまは途方もなく彼女を愛していて、妻に娶ろうと心に決めている。

そんな目標を自分の心の中だけにとどめておくのは難しい。ふたりは毎日夜遅くまで一緒に過ごしている。ガスは彼とともに食事をし、本を読んでくれ、松葉杖でよちよち歩く彼と並んで歩いてくれる。毎朝、脚を曲げ伸ばしして筋肉を柔軟にするための運動に協力してくれる。この運動については、ハリーに痛い思いをさせることを怖がったテュークスに、彼女が代わってくれた。ガスは怖がっていない。ハリーの悪態を無視して、どこまできつくするのが彼のためになるかを正確に感知できるようだ。

ガスはハリーとともに笑うが、決して彼を嘲うことはない。パッチが彼のいいほうの足にじゃれついて、彼を鯉の泳ぐ池に落としそうになったときも。ガスは松葉杖の先端を羊毛でくるんでクッションにし、真っ赤な毛糸で足と副木を包む巨大な靴下を編んでくれた。人から手づくりの贈り物をもらったのは初めてだ。風変わりな贈り物ではあったが、ハリーはそれを大切にしている。ガスからもらったものだから。

しかし、一日のうちで最も困難な部分はその日の終わりにやってくる。一緒に夕食を取ったあと、ベッドに並んで座ってふたりのために演奏される音楽を聴いているときに。まさにいまのように。

脚を折ってから九週間が経過していた。ウェザビー・アビーに滞在して九週間。怪我がよくなっているのは否定できないし、仕立屋のヴェナブルは予言どおり服の調整のためにあのあと二度呼び寄せられた。ピーターソンはまだ警戒して脚に副木をつけたままにしているけれど、いまは折れた骨をくっつけるというより、軽く脚を支えるのが目的だ。足を引きずって歩きながらも、毎日少しずつ多くの体重をかけられるようになっているし、紳士らしく靴下と靴が履けるようになった。また、かなり体力が戻ったので松葉杖は片方だけでよくなった。これはかなりの進歩に感じられる。

いまは夏の盛りで、日没後でもしばらく暑さがつづく。寝室の隅の窓を開け放っているため、ロンドンの夜には決して存在しないものが夜の空気とともに入ってくる。コオロギやナイチンゲールの鳴き声、満月の明るい銀色の光、スイカズラの甘い蜂蜜のような香り。それらに合わせてシニョール・ヴィロッティはスカルラッティやヴィヴァルディ、コレッリの音楽を選んだ。夏の甘美さ、官能的なけだるさと調和した音楽は、魅惑的な調べを夏の夜に響かせている。

ハリーはクッションを敷いた長椅子に、ガスに寄り添われて座っている。夜でも暖かいので上着とクラヴァットは外し、袖をぞんざいに肘までめくりあげていた。ガスも気温に合わせて薄着になっていて、張り骨の入っていない軽いリンネルのドレスを着、首のネッカチーフも髪を隠す縁なし帽もつけていない。頭をハリーの胸にもたせかけ、ハリーは彼女の腰に腕を回している。

ハリーにとって、これは究極の拷問だ。

ぴったり寄り添っているガスの体は柔らかくて温かい。ほんの少し視線をさげさえすれば、コルセットによって魅力的に盛りあげられたすばらしい乳房が見えるだろう。美しい乳房が、とハリーは絶望を感じつつ考えた。高くふっくら盛りあがり、肌は輝いて軽くそばかすがちらばり、彼の愛撫を請うているかのような乳房。乳房のあいだ、シュミーズの端のところに汗が浮いている。じっと見ていると、汗は曲線を描く片方の乳房から下に向かって流れていき、影の中に消えていった。

ハリーはうめき声をこらえて視線を引きはがしたが、目は彼女のスカートに向かうだけだった。張り骨のないスカートはしわが入ってくたっとなり、腰やその下の脚にかかって体の線をくっきりと見せている。彼女は靴を脱いで足を長椅子にあげており、わざわざスカートで覆おうともしていない。ピンクのレースのストッキングに包まれた足は華奢で、足首は細く、ハリーはその上の様子を想像せずにはいられなかった。ガーター、色白の太腿、そして太腿のあいだにある天国を。

みだらな思いを封じて、ガスでなく音楽に集中しようとした。ハリーは奔放な放蕩者ではないが聖人でもない。学校を卒業してロンドンに出てからは、たいていの紳士がしているように次々と愛人を囲ってきた。ジュリアに求婚しようと考えたとき、最後の愛人にたっぷりの手切れ金といくつかの宝石を渡して契約を打ち切った。

だがそれは三カ月以上前のこと。脚を折っていようがいまいが、三カ月というのは女性なしで過ごすにはあまりに長い月日だった。いまいちばん近くにいるのがほかの誰よりも求めている女性であるという事実によって、苦しみはいっそう増すばかりだ。ブリーチズの前を見ればガスにもわかるだろう。

醜態をさらさないようこらえているため、体じゅう汗びっしょりだ。これではいけない。ガス以外のことを考えねばならない。ぼんやりした頭の隅で、彼は学校で暗記したラテン語の語形変化に飛びついた。

第一変化単数――アクア、アクアエ、アクアエ、アクアム、アクアー。

非常に無味乾燥で単調だったので、実際効果が出てきた。ハリーは深く息を吸い、迅速に思考を複数形に向けた。

第一変化複数――アクアエ、アクアールム、アクイース、アクアース、アクイース。

第二変化単数――セルウス、セルウィー、セルウォー――。

ラテン語によってハリーが心に防壁を築いていることなどつゆ知らず、ガスは小さく満足のため息をついて、彼により深くもたれかかった。乳房がハリーの脇腹にあたる。彼女の体の女らしいにおいとスイカズラの芳香がまざり合い、ハリーは泣きたくなってしまった。ガスの手が無意識にハリーの太腿をかすめる。指は股間から数センチのところを動いた。

ハリーはびくりとして、悪罵の言葉とともに長椅子から飛び出しそうになった。ガスは驚いて背筋を伸ばし、楽団も唐突に演奏を止めた。

「まあ、ハリー、痛かったの？」ガスの顔じゅうに苦悩があふれた。「長椅子で、こんなふうにあなたにもたれてはいけなかったのに。あなたの脚にぶつかってしまったのね、そして――」

「いや、大丈夫だ」ハリーは気を取り直してあわてて言った。「きみはなにも悪くない。わたしは、あの、疲れたんだ。それだけだよ。シニョール・ヴィロッティ、ありがとう、今夜はもういい」

楽士たちは楽器をしまった。ハリーが立ちあがったとき、ガスが長椅子の下から靴を取ろうと屈みこんで尻を突き出し、ハリーにいま一度、どうしようもなくそそる光景を見せた。

「よく眠ってね、ハリー」ガスは心配そうに言った。楽士たちが出ていくと、手を軽くハリーの腕に置いた。「今日はあまりに長い距離を歩かせてしまったかしら。そんなに――」

「心配いらない」ハリーはそっと言って彼女にキスをした。安心させるためではあったが、それよりもキスをしたかったからだ。松葉杖でバランスを取りながら、とても巧みにキスできるようになっている。彼は貪るようにキスをした。どれだけガスを求めているか、どんなに愛しているかを知ってほしい。まだ愛の告白はしていない――それは求婚できるようになるまでお預けだ――が、このようなキスをしたあとでは、告白されても彼女はそんなに驚かないだろう。ハリーは彼女のなめらかで温かな口の反応を味わいながら、じっくり時間をかけてキスをした。

「まあ、ハリー」ようやく口が離れると、ガスはつぶやくように言った。まぶたは伏せられ、唇は濡れて腫れている。にっこり笑った彼女は、快感でぼうっとしているように見えた。

「いまのはとても――とてもすてきだったわ」

「きみに刺激されたんだよ」ハリーは単純な事実を述べた。

親指で彼女の下唇をなぞる。ガスがその指を吸ってふざけて軽く噛んだので、ハリーはその場で昇天しかけた。

「わたしもあなたに刺激されるわ」ガスの声は欲望でかすれている。彼女が自覚していないとしても、ハリーにはその欲望が感じられた。いますぐ彼女を追い払わないと、取り返しのつかない事態が起きてしまう。

彼は疲れたという話に合わせて、わざと大きなあくびをした。「おやすみ、ガス」

ガスは見るからに残念そうな笑みを浮かべ、もう一度さっと彼にキスをした。「おやすみなさい、ハリー」

靴を手に持ち、最後に扉のところから投げキスをして出ていくガスを見送るのはつらい。彼女と別れるのは、毎晩どんどん難しくなっていく。彼女の貞操を尊重するという崇高で厄介な約束を、自分が――そしてガスが――あとどれくらい守りつづけられるかわからない。

テュークスに手を借りて寝間着に着替えながら、ハリーは苛立って小さく悪態をついた。就寝するためにロウソクの火を吹き消す前、サイドテーブルの引き出しを開けて、母の指輪が入った彫刻入りのケースを取り出した。指輪を掲げてあちこち向きを変え、ロウソクの明かりを反射させてダイヤモンドを輝かせながら、ガスとのキスを思い出し、彼女の指にこの指輪がはまっているところを想像する。

もうすぐだ。もうすぐ。ガスが信じてくれているから、自分は約束どおりヴォクソール庭園の星空の下でダンスをするのだ。もちろんダンスの相手はガスにしてもらう。彼の妻として、伯爵夫人として、愛する人として。

9

間違いなく今年の夏は、ガスの人生において最も完璧で最も非の打ちどころなくすばらしい季節だった。唯一残念なのは、これが長つづきしないであろうことだ。のちに、屋敷でハリーと過ごした魔法のような日々を振り返ったとき、すべてが変わって終わりが始まったときを彼女は明瞭に思い出すことができた。

それは、室内乗馬器《チャンバーホース》が届いた日だった。

二週間ぶりの雨のため、ガスとハリーは外に出られなかった。夜明けの激しい雷雨のあと空気はどんよりと重苦しく、黒雲は低く垂れこめ、雷は気味悪いほど近くでゴロゴロ鳴りつづけた。毎朝の習慣となっている庭園の散歩もできず、ふたりは客間にこもっていた。ガスは机について帳簿を改め、ハリーは窓辺の肘かけ椅子で本を読み、二匹の犬は彼の足元で昼寝をしている。犬たちは私道を入ってきた荷馬車の音を真っ先に聞きつけ、ものうげに立ちあがって、誰が来たのか見ようと窓に向かった。ガスも気になって彼らにつづいた。

「今日はなにが届くの、ハリー?」いまではガスも、本、ワイン、珍味、服、楽士などがハリーの求めに応じてロンドンから届くことにすっかり慣れていた。裏庭に止まった荷馬車はいつもノリッチから来る商人のものではないので、またロンドンから荷物を届けに来たのだと彼女は思った。「なにかわからないけど、大きくて謎めいたものね」

「謎めいた？」ハリーは本を脇に置いた。「謎めいたとはどういうものだ？　魔法使いの道具や空飛ぶサルか？」

「そういう意味じゃないわ。だけど、いつもの本やオレンジが入った箱よりずっと大きいものよ。あら、ロイスが調べに出てきたみたい。いぶかって顔をしかめているわね。どんな荷物にせよ、おろさせまいとしているわ。やっぱり空飛ぶサルかしら」

客間にやってきたロイスの説明も不可解だった。

「あの者たちはチャンバーホースだと申しております」ロイスは不審顔だった。「屋敷に運び入れたいそうです」

「チャンバーホース？」ガスも不審そうに訊き返し、あらためて窓から箱を見おろした。

「お父様が注文なさったのかしら。厩舎用の新しい道具みたいね。たぶん屋敷じゃなくて厩舎に置くものよ」

「いや、屋敷で使うものだ」ハリーはガスと並んで窓辺に立った。「わたしが使う。この前ピーターソンが来たとき、わたしのためにチャンバーホースを送ると言っていたんだが、すっかり忘れていた。きっとあれがそうだ」

「それはなんなの？」ガスは戸惑って尋ねた。ハリーがまたがるための大型の木馬だろうか。

「子ども部屋に置くおもちゃみたいなもの？」

「まったく違う。運動用の椅子のようなものだ。乗馬の動きを模しているらしい。わたしも話に聞いたことはあるが、実物を見たことはない」

「そうなの？」ガスは目を丸くした。「中に運ばせてちょうだい、ロイス。お使いになりやすいように、伯爵様のお部屋に入れさせて」

配達夫たちは箱をかついで苦労して階段をのぼり、どんどん手狭になりつつあるハリーの寝室の隅にチャンバーホースを設置した。ガスの予想に反して、実物の馬にはまったく似ていない。家具職人の手による、マホガニーと革でできた珍妙な道具だった。

優雅な彫刻を施した背もたれや肘かけは、どこの晩餐室にでもある大型の椅子に似ている。しかし座席部分は背もたれと肘かけにつながっているのではなく、背の高い蛇腹状の革箱の上に置かれてある。革箱は頑丈な台に据えつけられていて、一メートル足らずの高さがある。台には手前に引き出せる踏み段が取りつけられている。

ガスはうさんくさいものを見るようにチャンバーホースを眺めた。「なんだか変わったものね」ようやく口を開く。「こんなものがなんの役に立つの？」

「ピーターソンが言うには、乗馬の代わりというわけではないそうだ」ハリーもうさんくさそうな口ぶりだった。「実際の馬に乗ったときの緊張を感じることなく、わたしの脚を鍛えるための道具らしい」

手のひらを革の座席に置いて下に押す。「ほら、中に金属のばねが入っているんだ。わたしはここに座って体を上下させる。十五分間、足に体重をかけてこれをつづけられたら、立てるようになるそうだ」

「あなたの役に立つとサー・ランドルフがおっしゃるのなら、きっとそうなんでしょうね」

ガスはハリーがこれを使って運動しているところを思い描こうとした。

ハリーはうなずいたあと、うんざりとため息をついた。「わたしには、でっぷりした偏屈じいさんが運動になると信じて体を上下にゆさゆさ揺らしているところしか想像できないが」

「あなたはおじいさんじゃないし、でっぷりしてもいない」ガスは明言した。「もちろん偏屈なところもない。チャンバーホースを使えば脚が丈夫になるのなら、試してみる価値はあるわ」

「いつもながら、きみは正しくて賢いな」ハリーは再度ため息をついたあと、意を決して上着を脱いだ。ガスに松葉杖を渡し、チャンバーホースの踏み段に足をかける。「いざ競馬場へ」

革の座席にこわごわ腰をおろすと、ヒューッという大きな音がしてばねが縮み、ハリーの体が沈みこんだ。彼が足で踏み段を、手で肘かけを下に押すと、すぐにヒューッという音とともにばねが伸びて座席があがる。もう一度、今度はもっと速くやってみた。表情は、驚いているようでもあり、喜んでいるようでもある。まるで新しいいたずらを思いついた少年だ。

ガスが思わず声をあげて笑うと、ハリーも一緒になって笑った。

「そんなに楽しいの？」

「ああ。きみもやってみるといい」

ガスは顔をしかめてかぶりを振った。ハリーがチャンバーホースに乗るのを見ているのはいいけれど、自分がスカートをはためかせて体を上下させているところは想像もできない。

「ほら、来てみろ。ふたりが座れるだけの広さはあるぞ」

「だめよ、ハリー」ガスは躊躇した。「サー・ランドルフは、わたしが使うようにとはおっしゃらなかったわ」

「いまやつはここで見ているわけじゃない。誰にも見られていない。さあ、おいで。きみは勇敢な女性だ。興ざめなことはしないでくれ」

ガスは目を細くした。ハリーはどうすればガスを挑発できるかよく知っており、それには効果があった。

「わかったわ」ガスはスカートを片方に寄せてつまんだ。「二度とわたしを興ざめだなんて言わないでね」

小さな踏み段に足を乗せ、広い革の座席で彼の隣に体を押しこむ。ところがハリーには別の考えがあった。ガスの腰をつかんで横向きにし、両脚を肘かけの一方に置かせて自分の膝に座らせたのだ。彼女はバランスを崩して息をのみ、彼の肩にしがみついた。

「ほらね」ハリーは満足そうににやりとした。「このほうがずっといい。覚悟はいいか?」

ガスの返事を待つことなく座席を沈ませたあと、足を突っ張る。勢いのついたばねがふたりを押しあげた。ガスは驚いて金切り声をあげたが、そのあと笑い、体が飛び出さないようハリーにつかまった。ハリーが何度も座席を上下させる。ふたりはばかみたいに楽しんで大声で笑った。座席は訓練の行き届いていない馬に乗ったときのようにぐらぐら動く。鞍はハリーの膝だった。

いや、乗馬とは違う。まったく違う。ガスはすぐそのことに気づいた。ばねが上下に動くたびに、ガスの尻が彼の太腿の硬い筋肉の上を前後に滑り、彼女は興奮を覚えていた。彼にキスされたときと同じだ。下腹部や脚のあいだで熱が渦巻き、とても気持ちがいい。やめてほしくない。ハリーがこんなふうに感じさせてくれているのだから。

ひとことで言えば、ガスは……好色な気分だったのだ。胸の鼓動は激しくなり、髪はほどけて落ち、息は荒くなる。笑いながら上下に動いてハリーの膝の上で身をくねらせているうち、興奮はますます募った。ハリーも同じように感じているらしい。彼の顔は紅潮し、ガスが〝あの表情〟と考えるようになった表情が浮かんでいる。彼が唐突にチャンバーホースの動きを止めて顔を伏せたのと当時に、ガスは伸びあがってキスをした。

こういうキスは大好きだ。舌を口にこじ入れてくる、激しく貪るようなキス。ガスは彼の肩に指を食いこませてきつく抱きつき、彼のむき出しの精力を吸い取ろうとした。目を閉じて、彼とキスするたびにかき立てられる快感に身をゆだねる。彼の脚の上で体を滑らせていると、快感がさらに増してきた。

ハリーは彼女をあおむけにして曲げた腕で受け止め、ガスは喜んで従った。ふたりの下でばねが軽く震えるのが感じられる。彼とのキスに夢中になっていたので、ドレスのボディスを留めているピンをハリーが外して前を開けたことに気づいてもいなかった。彼は器用に乳房をコルセットからすくいあげ、シュミーズの襟ぐりを押しさげて、完全に胸をあらわにした。

　顔をおろして乳首を吸う。片方ずつ舐め、噛み、いたぶって、バラ色に硬くとがらせた。ガスは落ち着きなく吐息を漏らしながら背を弓なりに反らして、ハリーのつややかな黒髪に指を差し入れた。とてもいい。なにか自分でもわからないものが欲しくなって、頭がくらくらする。ハリーがスカートをめくりあげて手を彼女の脚に滑らせたとき、ガスは爪先をぴんと伸ばしてもっと多くを求めることしかできなかった。

　ハリーの手がどんどん上に向かう。ストッキングを越え、ガーターを越え、太腿の熱い肌からさらに上を目指していく。ガスが彼を求めている場所へと。ついに彼がそこに触れ、軽く撫でて開くよううながすと、ガスは恥ずかしがることなくやすやすと脚を広げ、彼の口に向かってうめいた。彼が小さな円を描きながら愛撫する。ガスは目もくらむ快感に溺れた。自分が成熟し、濡れ、まさに生きているように感じられる。彼のからかうような指が中に滑りこんだとき、ガスは悲鳴をあげ、悦びに打ち震え、さらなる愛撫を求めて腰を突き出した。

「すごく熱いよ、ガス」ハリーはかすれた声でささやいた。ぜいぜいと息をついている。「すごく熱くて濡れていて、すっかり準備ができている。ああ、もっときみが欲しい」

　ハリーが指を抜いたとたん、ガスは寂しくなって抗議の声を漏らした。ハリーは彼女の手をつかんでブリーチズの前まで引きおろし、太く長いものに触れさせた。ガスは男性が壁や木に向かって用を足すため股間のものを引き出すところを垣間見たことはあったし、それがなによりも女性を悦ばせたがっていることはジュリアから聞いて知っていた。

でも、いま触れているのはハリーのものだ。ガスはその大きさや硬さに驚きながらも魅了されて、ズボンの生地の上から握りしめた。ハリーはうめき声をあげ、さっきガスがしたのと同じように、ガスの手に向かって腰を突き出した。

「きみのせいでこうなるんだ」彼がうなるように言う。顔は苦しげにゆがみ、目の色は濃くなっている。「きみがこうするんだ」

ぼんやりした頭の片隅で、ガスは彼がなにを求めているのか理解していた。もしも同意したら、自分は傷ものになる。純潔は破られ、貞淑な評判はずたずたになる。ハリーは私生児を彼女の腹に残して去っていくかもしれない。世間はガスの不名誉な行い、彼女の弱さを知り、どんな男性も彼女を求めてくれないだろう。

でも、ハリーのような男性はほかにいないし、これからもいるはずがない。彼がガスを求めているのであれば、自分も彼を求めている。脚のあいだを疼かせる欲求は、彼女にそれ以外のあらゆることを忘れさせた。

「わたしもあなたが欲しいわ、ハリー」ガスが熱っぽくささやくと、ハリーの股間は喜んでいるかのように硬さを増した。「あなたに会った瞬間から、わたしたちはずっとここに向かっていたのよ。これ以上待ちたくない」

「ベッドだ」切迫感に駆られるあまり、ハリーは言葉少なになっていた。「くそっ、松葉杖はどこだ？」

「わたしに寄りかかって」ガスは彼の膝から滑りおりた。「ベッドはすぐそこよ」

ハリーは手を伸ばしてガスを引き戻した。あまりに生々しく欲求に満ちたキスをしたので、ガスは欲望で目まいがしそうになった。ハリーが彼女の肩に腕を回して、片方の足で跳んで前進する。ガスに寄りかかるように、あるいは彼女を引っ張るようにして、部屋の奥へと向かった。どちらかが相手をベッドに引きあげたのか、それともふたり一緒に倒れこんだのか、ガスにはわからなかった。そんなことはどうでもいい。

いま大事なのは、ガスが龍の模様の入った黄色いシルクの上にあおむけになり、ハリーがまた激しくキスをしながらスカートを腰までたくしあげていることだ。

「とてもきれいだよ、ガス」ハリーは息も絶え絶えに言った。「ほんとうにきれいだ。いままで、こんなに強く女性を求めたことはない」

「まあ、ハリー」ガスはささやいて彼の青い瞳を見あげた。男性にきれいだと言われたことはない。ハリーのように美しい男性の口からそんな言葉を聞いて、感激のあまり、笑みを浮かべた唇がわなわな震えた。「ずっとあなたが欲しかったわ」

「わたしはきみのものだ」ハリーはふたたびキスをした。舌を彼女の口に突き入れる。海賊のように、みだらで、いかにもハリーらしく。自分がどう見えているだろうとガスは束の間不安になったけれど、ハリーがすぐに脚を開かせてまた愛撫してきたとたん、どんなに彼を求めているかということしか考えられなくなった。

ハリーが意味不明の言葉をののしるようにつぶやく。それが場違いに感じられたので、ガスは目を開けた。

「いまいましい脚だ」苛立ちで彼の顔は険しくなっている。「それにいまいましい副木。きみのペチコートに引っかかってしまった」

「だったら破いて」ガスはさっさと問題を解決したかった。「いいの。わたしが欲しいのは、ハリー、あなたよ。いまいましいペチコートじゃないわ」

布がベリッと裂ける音が聞こえる。ガスはにっこり笑って彼を引き戻した。とても無謀で奔放な気分だ。その気分に任せて、ブリーチズの前立てのボタンに手を伸ばした。

ガスが手探りでボタンを外し、なめらかで熱いものに指を巻きつけたので、ハリーはうなった。彼のものが飛び出したとき、なんて大きいのだろうとガスは思った。

「お願いだ、ガス、やめてくれ」ハリーはハッと息を吸った。「もう爆発寸前だ」

ガスにはどういう意味かわからなかった。いや、わからなくてもいい。彼がまたキスをしてきたのだから。彼は二本の指を潜りこませて彼女の中を広げ、なめらかに動かした。ガスはもっと欲しくなり、我慢できずに腰をあげて彼の指を奥深くまで受け入れた。ふと気づくと、彼女の入り口にあてがわれているのはハリーの指でなく欲望の証しだった。彼が押し入ってきたとき、ガスは驚いて身をくねらせた。やがてハリーは彼女の中をすっかり満たした。刺すような痛みは、純潔が破られたからに違いない。

ハリーは動きを止めた。息を荒くしてガスを見おろす。「すまない、スイートハート」ぶっきらぼうに言う。「だが、このあとはもっとよくなる」

ガスはうなずいた。彼女の息も荒い。手をあげて彼の美しい顔を包みこんだ。ここまで彼に従ってきたのだ。これからも彼を信じてついていけばいい。

ハリーがゆっくり動きはじめると、彼女は目を見張った。彼のものが自分の奥深くを愛撫し、リンネルのシャツがむき出しの乳首をかすめる感覚に驚いたのだ。彼の肩に手を置いて、彼のリズムに応えるべくおずおずと一緒に動きだした。脚をあげて腰を突き出すと、ハリーはうめいた。それがいい兆候なのはすでに気づいている。さらに脚を高くあげて彼の腰に巻きつけると彼のものがより深く入ってきたので、ガスも思わずうめいた。

「そうだ、ガス」ハリーは腰を回した。「わたしのすべてを受け入れてくれ」

ふつうなら、そんなことを言われたらガスはうれしくて微笑んだだろう。でもいまは微笑むどころではなかった。彼がガスの中にかき立てている熱はいまや野火のごとく炎をあげていて、彼が腰を引いてまた突き入れるたびにさらに熱くなっていく。ガスは彼のシャツに手を差し入れて背中の素肌に触れ、爪を筋肉に食いこませて、彼に合わせて体を揺らした。

いまや、あらゆるものがどんどん高みへとのぼっていた。やがて、ガスは唐突に頂上に達した。彼を包む部分が痙攣する。ハリーも長いうめき声とともにのぼり詰め、何度も彼女を貫いたあとぐったりして体を落とし、ガスの横に寝転がった。

ガスは彼のものがするりと抜けるのを感じた。ふたりの情熱の名残が流れ出る。ハリーに抱き寄せられたとき、ガスはにっこり笑って体を丸めた。焦っていたのでふたりとも靴を脱ぎもしていなかったことに、いまさらながら気がついた。最高の寝室のベッドカバーに靴が転がっているのを見たら父はどれほど激怒するだろう、とガスは見当違いの罪悪感を覚えた。

ばかみたい、と考える。いまはだるく、疲れ果て、そして安全だ。そう、いま彼に抱きしめられているときほど安全だと感じたことはない。いや、単に安全なのではない。慈しまれていると感じていた。もっとよくなると彼は断言していたけれど、それがこういうことだとは夢にも思わなかった。

体を交えたことで、ふたりの魂も結びついた気がする。この夏ふたりを引き寄せてきたキスやからかいや笑いは、すべてこの親密な瞬間の序曲にすぎなかったかのようだ。いまガスはハリーのもの、そしてハリーはガスのもの。それは単純であり、またこの上なく複雑でもある事実だった。

ハリーはガスの髪を払いのけて首筋に口づけた。「わたしのガス」とささやきかける。「大丈夫かい?」

「もちろんよ」彼が気遣いを示してくれたことがうれしくて、ガスは笑顔になった。「あなたと一緒にいるんですもの」

彼はうなってガスをさらにきつく抱きしめた。ガスは彼の脚の具合を尋ねようかと考えたが、やめておくことにした。脚が痛むようなことをしたのなら、とっくにガスにもわかっただろう。それに、ガスは脚のことをすっかり忘れていると彼に思わせておくほうがいい。実際、いままで忘れていたのだから。

ガスは微笑み、少しうとうとした。

「すまない、スイートハート」ハリーの声があまりに小さかったので、最初は空耳かと思った。でも彼がもう一度言ったので、聞こえなかったと思いこむことはできなかった。「ほんとうにすまない、なにもかも」

返事をしなければならない。ガスは首をめぐらせて彼と顔を合わせた。「なにを謝ることがあるの？」

彼はほんとうに後悔しているらしく、青い目は陰鬱だった。「こんなふうにするつもりはなかったんだ。ペチコートをむちゃくちゃにして、きみを平民の酒場女中みたいに押し倒した。わたしは決して――」

「やめて」ガスは穏やかに言い、彼の唇に指を押しあてて黙らせた。「そんなことを言うのはばかげているわ。さっきのは完璧だった、だって相手があなただったから。どうして、あんなふうにしなかったらよかったと思うの？」

「きみを愛しているからだ」ハリーはぶっきらぼうに言った。「ああ、言ってしまった。それを言うつもりもなかったのに。でも愛している」

ガスは息をするのも忘れてぽかんとハリーを見つめた。自分が彼を愛する気持ちを疑ったことはない。でもいまここで、あんなことをしたあとで、彼の口から自分の思いと同じ言葉が出てくるのを聞くなんて、とうてい信じられない。

「愛している」彼はいま一度、さっきより強く言った。「わたしにもうひとつ頭が生えてきたみたいにまじまじ見ないでくれ。愛している。もしかしたらきみも――なんだ？」

「ミス・オーガスタ？」寝室の扉をノックして声をかけているのはロイスだった。「ミス・

オーガスタはこちらにおいででしょうか？」

「彼女はいま忙しいのだ、ロイス」ハリーは大声で答えた。「失せろ」

「そんなこと言っちゃだめよ」ガスは起きあがった。「きっと大事な用よ。どうしたの、ロイス？」

「お邪魔して申し訳ございません」執事が扉の向こうから言う。「玄関ホールに従僕が来ております。ブレコンリッジ公爵閣下のご訪問の先触れにまいったそうです。公爵閣下は間もなくご到着とのことですので、お嬢様にあらかじめお知らせさせていただきます」

「父だ」ハリーは仰天して身を起こした。生涯で最も大事な女性と、生涯で最も大事な会話をしている最中に、父に妨害されるとは。彼の家族はいつもこうなのだ——どんなに遠く離れたところにいようと、彼らは常に考えうる最悪のタイミングで現れる。

「あなたのお父様！」ガスは叫んだ。「あなたのお父様が、いまここに！」

ハリーが引き留める間もなく彼女はベッドから飛び出した。半狂乱になってスカートを振って伸ばし、シュミーズとコルセットを引きあげてむき出しの乳房を覆う。

「まだ来ていないぞ」ハリーは彼女が早々と体を隠したのが残念だった。何週間も前から、彼女の乳房はどんなだろうと思いをめぐらせていた。現実は想像をはるかに上まわっていたので、一日じゅう見て楽しんでいられたはずなのだ。「先触れに遣わされた従僕が来ただけだ。まだ少し時間はある」

「でも公爵様はすぐにいらっしゃるわ。わたしは下でお出迎えしなくては」ガスの不安が目に見えてふくらんでいく。「あなたのいとこの公爵様にお会いしたときよりも、うまくやりたいの」

「きみはいとこの相手もちゃんとしたじゃないか」ハリーは残念そうにため息をつき、ブリーチズの前立てのボタンを留めて自分の服を直しはじめた。彼女に言いたいことはまだたくさんある。しかし彼女がこんなにあわてているとき、なにを言っても無駄だ。父の絶妙なタイミングを思って、彼はまたもやうめいた。「シェフィールドはきみをとても魅力的だと思っていたよ」

「わたしのことをどう思われたはずもないわ。だってあの方がいらっしゃるとき、わたしはほとんどなにも言えなかったもの」ガスは開いたボディスの前を残った数個のピンで留めようとした。「わたしはあの方に気おくれしたわ。ああ、ひどい格好！　ピンを引き抜いたとき、どこにやったか覚えている？」

「どこかに落とした」ハリーは正直に答えた。「あのときはそれどころじゃなかった」

ガスは妙に照れくさそうな表情でハリーに向き合った。「ごめんなさい、ハリー、あなたの洗面台を使わせていただけるかしら。お願いだから後ろを向いて、こっちを見ないでね」

彼は素直に背を向けた。ふたりであれだけのことを分かち合った——ガスがあれほど好きなだけ体を見せた——あと、清める段になってガスが急に慎み深くなったのは奇妙に感じられる。だが、これは彼女にとって初体験なのだ。自分が彼女にとって最初の——そして願わくは唯一の——恋人であると思うと、笑みがこぼれた。

「父には気おくれしないでほしい」ハリーはベッドに座って彼女に背を向けたまま声をあげた。「父もそんなことは望んでいない。公爵ではあるが、ふつうの公爵ですらないわ。「ふつうの人間だ」

「ふつうなもんですか」ガスの声には絶望がこもっていた。「ふつうの公爵ですらないわ。ブレコンリッジ公爵様よ。王族の血を引いておられるし、とんでもなく裕福で強力だし、国王陛下のお友達なんでしょう」

「わたしもだいたい同じだよ。だが、きみはわたしには気おくれしていない」

「あなたは違うわ。だってあなただから」彼女は当然のように言った。その論理に筋が通っていないとしても。「これで人前に出られるかしら?」

振り返ったハリーは、いつもガスを見たときと同じく胸がどきりとした。彼女はどこにでもいる退屈で意外性のない古典的な意味での美人ではないけれど、彼にとっては世界でいちばん美しい女性だ。彼女を見ると息が奪われる。そうとしか言えない。彼女の丸い顔、そばかすだらけの鼻、淡い灰色の大きな目、バラのつぼみのようなピンクの口が大好きだ。彼女を愛しているから。

とりわけ、いまこの瞬間のガスが好きだ。髪はくしゃくしゃ、スカートはしわだらけの、ちょっと乱れた格好。そうさせたのはハリー自身なのだ。唇がまだキスで腫れ、快楽で満足してまぶたが重そうな顔を見れば、彼女がなにをしていたかは一目瞭然だ。しかもハリーがめくりあげて押しつぶしていたスカートの前はしわだらけで、これではとても言い逃れできない。

父も即座に事情を察するだろう。

「きれいだよ」それは真実だった。「ものすごくきれいだ。父は魅了されるぞ」

「ほんとうに？」ガスは恥ずかしそうに髪を撫でつけた。

「ほんとうだ」彼女が父に会うことに不安を覚えているという事実にハリーは驚いていた。きびきびと使用人を監督しているガスが、ハリーの家族に会うことを思ってこんなに緊張しているというのは信じがたい。「あらかじめ言っておくが、父がわざわざナポリから急いで帰国したのだとしたら、きみのことより、わたしの脚のほうをはるかに気にかけるだろうな。少なくとも最初のうちは」

「だったら、あなたこそきちんとした格好をしなくては」ガスは床からハリーの上着を拾いあげ、見えない埃を黒いウールから神経質に払い、広げて腕を袖に通させた。「お父様には、わたしがちゃんとお世話をしていると思っていただきたいの。あなたはお世継ぎでしょう。お父様にとって大切な人よ。あなたが怪我をしたことについて、たぶんうちの家族を非難なさるわ。だから知っていただきたいの、わたしが最善を尽くしたことを——その——ああ、ハリー、わたしったらどうしてこんなにおばかさんなの？」

ガスは顔をくしゃくしゃにし、うつむいて両手で覆った。すぐさまハリーは、ごく自然に彼女を抱きしめた。こんなふうに彼女を抱いて慰めるのは好きだ。ガスは彼のためにいろいろと尽くしてくれたから、彼女に同じように尽くしてやれるのは気分がいい。自分は彼女に対して責任がある。男なら当然のことだ。

「きみはおばかさんじゃないよ、ガス。まったく違う」

彼女はハリーの肩に向かってぐすんとはなをすすりあげた。観察眼の鋭い父なら、間違いなく数滴の涙の跡に気づくだろう。ハリーはポケットを探り、ハンカチを見つけて手渡した。

「こういう状況だから、きみが少々、ええっと、不安になるのはしかたがない」男らしく慰めているように聞こえることを願って言葉をつづける。これはハリーにとっても新しい領域だ。いままでなら、泣きわめく女性への対処は極力早く別れることだった。でもこの女性はガスだ。この状況はいつもとは異なる。「しかし、きみはぜったいにおばかさんじゃない」

ガスは顔をあげ、音を立てて彼のハンカチにはなをかんだ。「興ざめでもない」

「うん」ハリーは同意したものの、その話はすっかり忘れていた。チャンバーホースに乗ったのも大昔のように感じられる。「きみが興ざめするような人間だったら、愛したかどうかわからないよ」

ようやくガスは涙ながらに微笑んだ。まるで雲間から顔を出した太陽だ。太陽が赤い鼻をつけているとしたら、ということだが。彼は思わず微笑み返した。

「だけど実際愛している」ガスの顎に指をかけて顔をあげさせ、軽く甘いキスをする。そうすべきだと思ったから。

そのときロイスがふたたび扉の外にやってきて、公爵の馬車がこの先の道路に現れたことを知らせた。父が間もなくやってくるのは否定できない。ハリーとガスはできるかぎり足を急がせて階下の玄関ホールに向かった。ガスは地下まで走り、新たな客を出迎えるために使用人を呼び集めた。

ハリーはすぐそこの客間で椅子に座って待っていればいいとガスは言ったが、彼は玄関ホールにいると言い張った。父には一年近く会っていないし、いくら不都合なときにやってきたとはいえ、再会を楽しみにしている。父が着きしだい会いたい。また、プライドの問題もある。傷病人としてではなく、松葉杖の助けを借りてはいても快方に向かっている人間として、直立して出迎えたかった。

だが、いまここにいる最大の理由はガスの横にいたいからだ。ハリーのいるべき場所、ガスが彼を必要としている場所はここなのだ。

ガスが使用人用のホールから駆けこんできたのと同時に、父の馬車が玄関前で止まった。彼女はハリーのすぐ横、スカートが彼の太腿に触れるくらい近くに立っている。使用人と話をしているうちに緊張はやわらいだらしく、落ち着いた女主人に戻っていた。銀の帯飾り鎖を腰につけ直す時間もあったようだ。ジャラジャラとぶらさがる鍵は、屋敷における彼女の役割を象徴している。ハリーは愛するガスが誇らしくてたまらず、父にも彼女に対して自分と同じように感じてもらえるよう、彼女の魅力を存分に知らせようと心に決めた。

ガスが決意も新たに顔をあげ、心配そうに喉を震わせてごくりと唾をのむのが見える。手を握って元気づけてやりたい。だが彼女はすでに体の前で両手を組んでいた。彼女なりの現実的な方法で自信をつけようとしているのだ。ハリーは顔を寄せて、ほかの人に聞こえないよう耳打ちした。

「わたしがきみを愛していることを忘れないで。なにがあろうと、それだけは覚えていてくれ」

ガスはさっと彼に顔を向け、明るく愛らしい笑みを見せた。「わたしも愛しているわ、ハリー」

彼女が愛してくれている。ガスがそう言ったのは、いまが初めてだった。ハリーはにやにや笑わずにはいられなかった。彼女に愛されている！　それを疑ったことはなかったが、実際口に出して言われた言葉は、魔法のおまじない、彼の幸福を決定づける呪文に聞こえた。

そのとき突然、彼が愛に溺れて恥ずかしげもなくぼうっとなっている真っ最中に、父が現れた。

「ハリー、顔を見せてくれ！」扉をくぐりもしないうちに、父は叫んだ。彼は長身で背筋がまっすぐ伸び、そろそろ五十歳だというのに堂々とした風采の紳士だ。まさに公爵はこうあるべしという見本のような男性。髪粉を振ったかつらをかぶった顔はイタリアからの船旅のおかげで日に焼けており、服装はいつものようにフランス風で優雅だ。ワインレッドの上着、高価なレースのカフスがついたシャツ、銀のレースをつけた黒い山高帽。

だがハリーから見れば、父は単に父だ。松葉杖で立ったままできるかぎり頭をさげてお辞儀をしたハリーを、父は温かく、ハリーが少年のとき以来示したことのなかったほどのあけっぴろげの愛情をこめて抱きしめた。それだけでも、父がどれほど息子のことを心配していたかがわかろうというものだ。口元に大きな笑みをたたえながらも目に衝撃と安堵を浮かべていることからも、それは明らかだった。

「なんだ、まだピーターソンは副木を外してくれんのか？」父は一歩さがってハリーの脚を見おろした。「まだ足にあまり体重をかけられないようだな。体を支えるのにそんな杖がいるのか。びっくりしたぞ」

「すぐに杖は必要なくなりますよ、父上」ハリーは自信たっぷりに言った。「でも腓骨と脛骨の両方が折れたので、ピーターソンは慎重になっているんです」

父はうなずいたあと、離れているのは耐えられないと言わんばかりにハリーの肩に手を置いた。

「ここに来る前、ロンドンでピーターソンに会ってきた。彼が言ったことについては、あとで話し合おう。痛みや不快感は残っているのか？」

「いいえ、かなり回復したんです」ピーターソンが父になにを言ったのかを思うと不安だったが、それでもハリーは怪我についてできるかぎり平然とした態度を保とうとした。「事故の直後は悲惨な状態でした」

「それを見ずにすんでよかったわ」義母のシーリアがそっと進み出てハリーの頬に口づけた。なぜ彼女に気づかなかったのか、とハリーは我ながら驚いた。父と同様、義母も存在感のある女性だ。シルクや毛皮や宝石をまとい、大きな羽根つきの帽子をかぶっている。四十歳は過ぎているはずだがいまだに美しく、四年前に結婚して以来父に喜びだけをもたらしている。彼女も、微笑みながらも心配を隠せない様子だった。「そんな不幸な状態のあなたを見ていたら、わたしの心は張り裂けたでしょうね。あなたのお父様はお気の毒に——一刻も早くあなたに会いたいと苛々していて、航海ではみんなを困らせたのよ」

ハリーにはそれが充分想像できた。父は風や海にも邪魔されるのを好まないのだ。

「でもずっとよくなりましたよ、シーリア。ものすごくよくなりました。なにもかも、この女性の多大なご親切と見事な看病のおかげです」

ハリーはガスの腕をつかんだ。シェフィールドに会ったときと同じく、ガスはいつの間にか後ろに引っこんでしまっている。彼はガスを前に引っ張った。

「父上、シーリア。レディ・オーガスタ・ウェザビーを紹介させていただきます。レディ・オーガスタ、父のブレコンリッジ公爵と、義母のブレコンリッジ公爵夫人だ。彼女が手当してくれなかったらわたしの命はなかったというのは、誇張でもなんでもありません」

ガスは深く身を屈め、彼女が怯えているのを知るハリーが予想もしなかったほど優雅にお辞儀をした。彼女が顔を伏せたとき、ピンから外れて落ちた長い毛がうなじをかすめるのが見え、ハリーはまた愛情をこめて微笑んだ。

「ミス・オーガスタ」父はガスの手を取って体を起こさせた。「きみのこと、きみが息子をかいがいしく介抱してくれたことは聞いておる。感謝してもしきれんくらいだ。息子を助けてくれた恩は一生忘れないぞ」

ガスはようやく笑顔を見せた。「恐れ入ります、公爵様」小声で言う。「伯爵様は父のお客様でしたので、わたしは光栄にもお世話させていただきました」

「光栄だったのはハリーのほうだ。きみに世話してもらうという幸運に恵まれたのだから」父も笑顔で見返した。「落ち葉や泥から息子を引っ張り出してくれたのもきみらしいな」

「わたしではございません」緊張のあまり、ガスは彼の言葉を文字どおりに受け取って答えた。「伯爵様は大柄ですから、わたしには無理ですわ」

父が笑うと、ガスは勇気づけられて微笑み、それを見てハリーも元気づけられた。

「けれど、落馬なさった伯爵様を見つけたのはたしかです」彼女はさっきより落ち着いたようだ。「サー・ランドルフがどうおっしゃったかは存じませんけれど、ご子息は重傷を負い、ひどい痛みに苦しんでおられました。でも事故の直後からいままでずっと、おおいなる勇気と不屈の精神で苦痛に耐えてこられました」

「まあ、ハリー」シーリアは面白がって声を張りあげた。「ミス・オーガスタはあなたの命の恩人である上に擁護者でもあるのね」

ガスは顔を赤らめた。「出すぎたことを言ったのをお許しください。伯爵様の気丈さを褒め称えたかっただけなのです」

「よくぞ言ってくれた」父の笑みは甘やかで温かいものだった。「さて、はるばる来たのだから、息子とふたりきりで話をさせてもらえるかな」

「承知しました」ガスはうろたえて言った。「気が利かなくて申し訳ございません。玄関ホールのすぐ横にある正面の客間にお越しください。ほかになにかございますか？　紅茶、ワイン、ホットチョコレート、あるいは大麦湯がよろしいでしょうか？」

「ミス・オーガスタ、庭園を案内してくださらない？」シーリアが声をかけた。「窮屈な馬車に長時間閉じこめられていたから、お花の中を歩いたらきっと気持ちがいいと思うの」

「シーリアにお母上のバラを見せてあげるといい」ハリーが言う。「喜んでもらえるだろう」

「ええ、そうね」シーリアは帽子のシルクのリボンを結び直した。「花の中ではバラがいちばん好きなの」

「では、喜んでご案内させていただきます」ガスはすぐさま答え、公爵にもう一度お辞儀をしたあと、庭園に案内するためシーリアのほうを向いた。「父のお客様として、どうぞお好きなだけ滞在なさってくださいませ。お部屋の用意はさせております」

「どうもご親切に」シーリアはガスにつづいて歩きだした。「わたしも公爵も、しばらく滞在させていただくわ」

「さて、ハリー、わたしたちふたりが残ったな」女性ふたりが玄関を出ていくと、父は言った。「ウェザビー家の酒はどうだ？　飲むに値するブランデーはあるか？」

ハリーはにやりとした。「ウェザビーに頼る必要はありません。ここにいるあいだ、ベリー・ブラザーズ商会から定期的に酒を届けさせているんです。上等のマデイラワインをごちそうしますよ」

「おまえは死に瀕していると思っていたのだ」父は茶化すように言った。「なのにロンドンからワインを届けさせるとは、なかなかやるな」

「父上の息子ですからね」ハリーは従僕のひとりにワインを取りに行かせ、父を案内して、ふたりの従僕が両開きの扉を開けて押さえている客間に入っていった。松葉杖のこと、動きを父に注視されていることは、意識すまいとした。自分自身が緊張しているのに、どうして緊張するなとガスに言えるだろう？　彼女が使ったのはどんな言葉だった？　気おくれ？

ふたりは開いた窓のそばに置かれた椅子に座った。ハリーはいいほうの足を前に投げ出し、松葉杖は椅子の後ろに置いていた。父からは、弟やいとこたちの近況、イタリアからの航海についての話、そもそもウェザビー家の馬から落ちたことへの冷やかしなどを聞かされるのだと思っていた。

ところがそうではなかった。

「シェフィールドから聞いたのだが、おまえはもう少しで死ぬところだったそうだな」父は単刀直入に言った。「そうなのか？」

ハリーがためらったのはほんの一瞬だった。「そうです。でも死にませんでした」

「うれしいぞ」父の口調はやわらいだ。「弟があとを継いだら、情けない公爵になっていただろうからな」

ハリーの怪我した脚に視線を落とす。「脚を失わずにすんでよかった。男なら二本の脚を持っていなければならん、神が意図されたとおりに」

「ミス・オーガスタのおかげです。事故の前後の記憶はあまりないんですが、テュークスによると、彼女はわたしを守るためピーターソンに必死に抵抗してくれたそうです。というか、わたしの脚を守るために」

「それもシェフィールドから聞いた」父は従僕が銀の皿に載せて差し出したグラスを受け取った。「彼はミス・オーガスタを褒めちぎっておった」

「そうなんですか？」ハリーはにやりと笑いたい気持ちにあらがえなかった。「彼女はシェフィールドに嫌われたと思っていたようですが」

「いやいや、とても気に入っておった。わたしも同感だ。ほんの少し会っただけでも、愚かな姉よりずっとすぐれた人間であることはわかった。もしもおまえがミス・ウェザビーと結婚したとしても、我々はおまえが選んだ相手として家族に受け入れただろう。しかしわたしが思うに、彼女は美しいだけで中身のない人間のようだ」

「そのとおりです」ハリーは熱っぽく言った――あとから思うと、少々熱っぽすぎたかもしれない。「そのような縁組を結ばずにすんで幸運だと思っています。あの姉妹は天と地ほども違います」

「たしかにそうだな」父はいったん言葉を切り、ふたたび息子をじっと見つめた。「ミス・オーガスタはベッドでも満足させてくれるのか？」

ハリーは唖然とした。「父上、彼女についてそんなことを――」

「やめろ、ハリー、やめてくれ」父は見るからにうんざりして言った。「わたしに嘘をついて、これ以上見苦しいふるまいをするな。屋敷に入った瞬間にわかったぞ。おまえたちふたりが互いを見る様子はあからさますぎて、わたしは恥ずかしかった。わたしはいままで、おまえの取るに足りない情事には口を出さなかった。しかし保護者の監督下にない無垢なレディにつけこむのは――」

「違います、父上、そういうことではありません」ハリーは弁解口調になった。

父はワイングラス越しに疑わしげなまなざしを向けた。「ではどういうことだ？　おまえはあのレディに襲いかかったのか？　壁に押しつけるか長椅子に押し倒すかして凌辱したか？」

「いいえ」父がガスに関してそのような示唆をしたことには、あきれるばかりだ。再婚する前の父の評判はハリーも知っている。ロンドンでも最高級の娼館の常連客であり、常に愛人を囲っていたのだ。ハリーはそういうことについて具体的に知っている。なぜなら彼は父の息子であり、彼自身の過去も似たようなものだったからだ。だが、父がガスについて、歓楽街コヴェント・ガーデンの娼婦のことを話すときと同じように話すのは許しがたい。

「ガスのことを父上が囲った娼婦みたいに言わないでください」ハリーは体の脇でこぶしを握り、険しい口調で言った。「愛しているんです。脚が治ったら結婚を申しこむつもりです」

「それをまず自分の下半身に言うべきだったな」父は苛立っている。「そこが、目下おまえの体でいちばんよく機能している部分のようだ」

「やめてください」ハリーはぶっきらぼうに言った。「父上がガスのことをそんなふうに言うのは、もう聞いて――」

「なにを偉そうに。まあ、少なくとも彼女を守ろうとするくらいの愛情はあるらしいな。関係を結んでどれくらいだ？　一週間？　一カ月？」

「それほど長くはありません」実際にはほんの一、二時間であることを、父にどう説明すればいいだろう？「どうせ父上には関係ない話ですが」

「まあ充分長いわけだ」父はぞんざいに言った。「わたしにも関係ある話だぞ。できるだけ早くレディ・オーガスタと結婚しなさい。今日は火曜日だ。土曜日なら、特別結婚許可証を取って式の手配をし、花嫁に付き添わせるためまぬけな父親を呼び寄せる時間はある」

「土曜日？　今週の土曜ですか？」

「もちろん」父は苛々と椅子の肘かけを指で叩いた。「わたしが心配しているのはミス・オーガスタとその評判だけではない。ほかの人間のことも考えねばならん。おまえはわたしの世継ぎであり、次期ブレコンリッジ公爵だ。もしもミス・オーガスタの腹におまえの種がすでに根づいているのであれば、その子どもも将来公爵になる可能性がある。子どもの出生に関しては、どんなスキャンダルも疑いも生じさせたくない。その子や我が一族の体面を穢すようなものはな。わかるか？」

ハリーはうなずいた。突然の話で頭が混乱している。ガスと愛の営みをしたことは後悔していない——まったくしていない——が、彼女のためを思うと、こういう状況は悔やまれる。自分は彼女にふさわしい誘惑をしなかっただけでなく、ふさわしい結婚式の機会を奪ってしまったようだ。

子ども。赤ん坊。ふたりが結ばれたことを示す明確な証拠。ハリーの世継ぎ。ガスを愛するあまり、そんな明らかな可能性を忘れてしまっていた。

「もちろんわかります」ゆっくりと言う。頭を忙しくめぐらせて、自分に妻どころか赤ん坊までいるところを想像する。それを考えると、驚くほどの喜びが感じられた。「ガス――いや、レディ・オーガスタと結婚できるのは誇らしく、また光栄です」

父はハリーを見おろしてにらみつけた。「〝ガス〟だと？」戸惑って訊き返す。「次期ブレコンリッジ公爵夫人となる女性を、おまえは〝ガス〟と呼ぶのか？」

「呼びます」ハリーはいたずらっぽく微笑んだ。この深刻な会話の中で、彼女の愛称はばかばかしいほど非現実的に感じられ、彼はほっとひと息ついた。「しかし、国王陛下にはその呼び名で紹介しないと約束します」

「ガス」父はもう一度言い、あきらめて息を吐いた。「あのような魅力的なレディをなぜそんなおぞましい名前で呼ぶのか、まったく理解できん」

「彼女は昔からそう呼ばれてきたからです」ハリーにとっては、それで充分な説明になっていた。「ほかの名前で呼ぶことなど想像もできません。彼女はわたしの愛するガスです」

「ガス」父はまた言った。今回はもう少し感慨深げに。「レディ・ガス。まさか、わたしにもそんなふうに呼べとは言わないだろうな？」

「父上は好きな呼び方をしてくだされればけっこうです」ハリーは挑むように言った。「彼女が同意する呼び方であれば」

父はゆったりと微笑んで椅子にもたれた。「本気で愛しているのだな」

「愛しています」いまや、その言葉の重みがひしひしと感じられる。「何週間も彼女と過ごしてみて、彼女のいない人生なども考えられません」

父はうなずいた。「父親がうるさく口を出すのを許してくれ。しかし前にも言っただろう、妻に対してどのような態度をとるべきかは。妻は尊び、守り、敬い、甘やかすべきだ。それが義務だからではなく、妻を愛しているからだ。それが永遠の幸せにつながる」

「父上がそうおっしゃったことは覚えています」ハリーは仲直りのため少し下手《したて》に出ることにした。「でもわたしはわがままな愚か者で、父上の言うことを信じていませんでした。いまはよくわかります。だから好きなだけうるさくおっしゃってください」

父は含み笑いをし、使用人に合図してグラスにお代わりを注がせた。「ようやく少しは分別を示してくれたな。うれしいぞ。わかってくれればいい。では女性たちを呼んで結婚式の計画を立てはじめるか？」

ハリーは身を乗り出した。顔から笑みは消えている。「お願いです、やめてください。まずは、わたしから彼女に求婚させてください。彼女に、わたしが父親から結婚を強制されたように感じてほしくないんです」

父は眉根を寄せた。「彼女の返事に自信がないのか？　彼女が断ってくるとでも？」

「そんなはずはありません」父の言いたいことはハリーにもわかっている。豊かな富と爵位があっていずれは公爵にもなる男性を拒む女性などいない、と父は思っているのだ。多くの女性が、ハリーより劣る富や爵位を求めてよぼよぼの老人や救いがたい愚か者と結婚する。だがガスはそういう女性ではない。彼女が結婚するとしたら——いや、結婚するとき——それはハリー自身を求めているからだ。もたもたとしか歩けない不完全なハリーを。彼の名声に伴う富や権力や豪華な屋敷を求めているからではない。

「だったら、わたしたちでさっさと決めればいいではないか？　もしウェザビーのばか者がこの場にいてちゃんと娘を見張っておったなら、我々はおまえたちふたりの前で結婚の取り決めをしているところだ」

「父上、お願いです。まず彼女とふたりきりで話をさせてください。母上の指輪を渡したいんです」

父は悲しげにも見える笑みを浮かべた。「母さんの指輪を持ってきているのか？」

ハリーはうなずいた。脳裏ではすでに、ガスの指が華やかなダイヤモンドに飾られたところを思い浮かべている。「ガスの手に指輪がはまっているのを見れば、彼女が求婚を受けてくれたことが父上にもわかるでしょう」

父はワインを飲み干して立ちあがり、ハリーが立てるよう手を差し出した。

「わかった。おまえのやり方で進めろ。しかしぐずぐずするなよ。結婚式は土曜日だ。おまえが求婚してもしなくてもな」

10

ガスは使用人の広間から裏階段を駆けあがった。これまでにしたことを確認し、あとなにをすべきかを考える。ハリーの両親が予期せず現れたため、ガスと使用人には多大な仕事が生じた。男性であるハリーには、その大変さの半分もわかっていないだろう。

まずはミセス・ブキャナンと、公爵夫妻にふさわしい晩餐になにが用意できるかを相談した。ノリッチから新たに食料を買い入れる時間はない。食料庫にあるものでなんとかせねばならず、ミセス・ブキャナンはおかんむりだった。それからガスはミスター・ロイスと、どの使用人に給仕をさせ、どのようにテーブルをセッティングし、どのワインを貯蔵庫から持ってくればいいかを話し合った。

また、誰がどこで眠るかを決めねばならなかった。本来なら、公爵夫妻には黄色いシルクのカーテンがかかった最高の寝室に入ってもらうべきだ。しかしそこはハリーが自分の部屋と決めこんでいて、たとえ父親のためであっても彼を動かすことはできそうにない。幸運にも公爵夫人はガスに、自分たちはたいていの地位の高い夫婦と違ってひとつの寝室をふたりで一緒に使うほうがいいと言ったので、ガスは二番目にいい寝室を用意させることにした。

しかし夫妻は自分たち専用の使用人を連れてきているし、御者や馬車係の従僕もいるので、彼らの食事や寝室も用意する必要がある。これだけ多くのピースを組み合わせるのは大変なパズルだったけれど、ガスはそれを歓迎した――そうした難題に挑むのはやりがいがあったし、忙しくしていればハリーのことを考えずにすむからだ。

ハリー。頭はすぐに彼のことでいっぱいになってしまう。どうしようもない。彼のハンサムな顔、笑い声。彼がキスをし、愛撫し、夢にも思わなかったような快感をもたらしてくれたこと。ふたりの営みを思い出しただけでも陶然となって顔が赤らむ。彼女はもう千回も、そんな思いを頭からきっぱりと払いのけてきた。晩餐のために着飾る時間はほんの少ししかなく、髪を結って着替えを手伝ってくれるメアリーに頭の中を読まれたくない。

幸いメアリーは階下でほかの仕事に追われているらしく、寝室で待ってはいなかった。ガスはひとりきりであることにほっとして、急いで服を脱いだ。恐れていたとおり、ペチコートにはハリーとの愛の営みの証拠である血のしみがついているし、横にはハリーが命令に応じて破った長い裂け目が入っている。ガスはペチコートを丸めてマットレスの下に押しこみ、とりあえずメアリーの目から隠した。それからようやくベルを鳴らして侍女を呼んだ。

珍しくメアリーはガスを質問攻めにはせず、公爵夫妻について自分が見たことや他の使用人から聞いたことを興奮してしゃべっている。ふだんならガスは使用人に客の噂をさせたくないのでメアリーを止めるのだが、今夜は単に聞き流していた。鏡台の前の長椅子に座っているあいだ、考えられるのはハリーのことだけだった。

彼は愛していると言ってくれた。それは生涯で最もすてきな言葉だった。でも彼はほかのことも言った。あまりすてきではない言葉だ。

〝こんなふうにするつもりはなかった……〟

その言葉が繰り返し頭の中で響き、いままで存在していなかった疑いを起こさせている。彼はふたりがしたことを後悔しているのか？　あの情熱は簡単に追い払えるような一時的なものだったのか？　ガスは自ら進んで彼に処女を与えたけれど、愛に溺れるあまり、その結果を考えられないほど盲目になっているわけではない。

いまやガスは〝傷もの〟になった。それは恐ろしい言葉、ガスのような未婚女性は怯えてささやくしかない言葉だ。ロマンティックな小説では、男性は自分が傷ものにした女性を心から愛しているなら高潔にふるまって結婚することになっている。でも、それは物語の中だけの話であって現実は違うのだとしたら？　ハリーは高潔にふるまうどころか罠にはめられたように感じていて、ガスはただの不都合な存在、邪魔者になってしまったのだとしたら？

ハリーを信じたい。あらゆることについて彼を信頼したい。なのにあの言葉は何度も頭に戻ってきて、疑念というこぶしで彼女の信頼を叩きつぶそうとする。

〝こんなふうにするつもりはなかった……〟

公爵夫人は庭園を散歩していたとき、自分と公爵はウェザビー・アビーに長居するつもりはなく、せいぜい数日だと言った。自分たちの訪問がガスや屋敷にとって迷惑であるとわかっていて、負担をかけまいと気遣ってくれたのだ。だが彼女は、ハリーをロンドンに連れて帰りたいとも言っていた。

そうしたらハリーはいなくなってしまう。

〝こんなふうにするつもりはなかった……〟

ああ、こういうことについて経験はないし、誰にも相談できない！　愛しているとハリーが初めて言ったとき、ガスは自分の心を守るため返事をしなかった。でもさっき玄関ホールで、彼が横に立って太陽を浴びながら再度愛していると言ったとき、ガスは彼を信じたから自分も愛していると本心を明らかにした。ほんとうに愛しているから。ありえないくらい強く愛しているから。

そしてガスにとっては、〝こんなふうに〟なってよかったから。

「大丈夫ですか、お嬢様？」メアリーが心配そうに尋ねた。「顔色がお悪いですね」

ガスはなんとか思いを現在に戻した。メアリーの言うとおりだ。鏡に映った顔は青白く、頬や鼻梁にちらばるそばかすがいつも以上にくっきり見えている。でも自分の顔に違和感があるのは、顔色が悪いからだけでも、メアリーが扱いにくい髪をがんばってロンドン風の流行のスタイルに結ったからだけでもない。いまの自分は夏の初めのガスと同じ女性ではない。いや、今朝のガスとも違っている。ハリーへの愛がガスを永遠に変えてしまった。顔を見ればそれは明らかだった。

「なんともないわ」ガスはドロップ形の真珠のイヤリングを耳につけた。「ちょっと疲れているのね。それだけよ。公爵ご夫妻がいらっしゃってバタバタしていたから」

「そうですね」メアリーはガスの髪を最後に一度軽く撫でた。「お嬢様がすべてを段取りよく手配なさったのを、旦那様がここにいてごらんになれないのは残念です。公爵ご夫妻と晩餐を取られているお嬢様をごらんになったら、旦那様はさぞかし鼻がお高いでしょう」

ガスは小さくこわばった笑みを浮かべ、鏡から顔を背けた。

「うまくいったと言うのは、今夜の晩餐を無事乗りきれてからにしましょう」立ちあがって、張り骨の上からスカートを撫でつける。「従僕がスープのお鍋を落として公爵夫人のドレスをぐしょぐしょにしたり、ネズミが迷いこんできて公爵の椅子のそばを駆けまわったりしないかと心配だわ」

「あたしだったら全然心配しませんけど」メアリーは両手を強く握り合わせた。「お嬢様はすてきです。いますぐロンドンの社交界に出ても恥ずかしくないくらいです。公爵様と伯爵様はどちらがお嬢様を晩餐室までエスコートするかで喧嘩なさって、公爵夫人はお気の毒にもひとり残されてしまわれますわ」

ガスはそのお世辞にというよりメアリーの忠誠心に対して微笑んだ。いま着ているのは、ガスが持っている中で最高級のシルクのダマスク織のドレスだ。襟ぐりと袖口に銀の糸でザクロの模様を刺繍した藍色のドレス。それが似合うのは知っている。でもこれはフランス風の名を持つロンドンのおしゃれな仕立屋でなくノリッチの仕立屋が縫ったもので、金髪で優雅な装いの公爵夫人と比べて自分が見劣りするのも知っている。

「公爵夫人はわたしと張り合うことなんて心配なさっていないわ」ガスは辛辣に言った。「お姉様がここにいたらまた違うでしょうけど——あら、誰かが来たわ、メアリー。出てくれないかしら。もしもミセス・ブキャナンが遣わした女中だったら、わたしはすぐに行くと伝えてちょうだい」

急いで鏡台から扇を取り、あとで使うためポケットに押しこむ。これで身支度はできた。ガスは、ミセス・ブキャナンと最後にもう一度話して段取りを確認するため階下の厨房に向かおうと振り返った。

ところが、寝室の入り口に立っている使用人は厨房の皿洗い女中ではなかった。テュークスだ。

彼はお辞儀をし、手紙を載せた小さな銀の皿を差し出した。

「伯爵閣下からでございます」皿をガスのほうに押し出す。「すぐにお読みいただいてご返事をいただきたい、とのことです」

ガスは胸をどきどきさせて手紙を取った。表に書かれているのは彼女の名前だけだ――レディ・オーガスタ・ウェザビー。不思議なことに、これまで一度も彼の手書きの文字を見てはいなかった。それでも、どこにいても見分けられただろう。太く、勢いのいい、男らしい文字。ガスは手紙を裏返して封印の下に指を入れた。この印はよく知っている。蝋に押しつけられた沈み彫りの指輪の紋章を見たとき、彼が脚の痛みに耐えていたあいだ手を握っていたことが思い出された。

クリーム色の分厚い紙に書かれているのはほんの数行だった――あらゆることを意味しているとも、なにも意味していないとも言える数行。

〝親愛なるレディ
どうかいますぐバラ園で会ってほしい。

おおいなる愛と好意をこめて
貴女《あなた》の僕　ハーグリーヴ〟

「会いに行かなくては」ガスは無意識に声に出して言ってしまい、小さく首を横に振ると、使用人ふたりに顔を向けた。「メアリー、ミセス・ブキャナンに、わたしは十五分後には行くと伝えて。テュークス、わたしが行くことを伯爵様にお伝えしなくてもいいわ。すぐ会いに行くから」

ほんとうに十五分しか余裕はない。その十五分後には公爵夫妻が晩餐のため階下におりてくるからだ。ハリーがなにを言うつもりにせよ、十五分ですむ話であってほしい。話の内容については、あえて希望を持たないようにした。

バラ園のどこに彼がいるかはわかっている。あずまやの円状になった石のベンチ。彼の脚を休めるため、これまで何度もそこに立ち寄っていたのだ。夏の太陽が沈んで夕闇が広がりはじめたばかりで、一番星が頭上に現れ、銀色の三日月が木々の上から顔をのぞかせようとしている。鳥たちは今日最後の歌をさえずりながら巣に戻っていき、ホタルが庭園を囲む生け垣に現れだした。涼しい夜気を入れるため厨房の窓は開け放たれており、そこから鍋や陶磁器類の立てるカチャカチャという音がかすかに聞こえてくる。晩餐の準備は仕上げに差しかかっていて、ミセス・ブキャナンは部下に大声で命令を出している。あまり時間はない。ガスは早足で歩き慣れた道を進んだ。靴が砂利を踏み、シルクのスカートが足首にまとわりつく。胸を高鳴らせ息を荒くして、最後の高い生け垣の横を回りこんだ。すると、そこにハリーがいた。

彼はベンチに座っていた。太いロウソクを立てたランタンがあずまやの柱に引っかけられている。彼もふだんよりフォーマルな晩餐用の服装に着替えていた。スーツは夕空を切り取ったような淡い青灰色。シルクの糸で曲線の模様が刺繍されていて、そこにちりばめられた金のビーズが、ロウソクの明かりを映してきらきら光っている。上着とベストのボタンについた人造宝石、あるいはほんもののダイヤモンドかもしれないカットされた石が輝き、靴のバックルにも宝石がはめこまれている。ガスを見るなり、ハリーはにっこり笑って立ちあがろうとした。

「立たないでいいのよ」ガスは駆け寄って彼の手を取り、身を屈めて軽くキスをした。情熱的な恋人のキスというよりは、挨拶のためのキス。

「来てくれてありがとう」弱い明かりの中でハリーの目は黒っぽく見える。「来てくれないかと思っていた」

「来ないわけないでしょう」ガスの息は思った以上に切れていた。ベンチの彼の横に腰をおろし、広がったスカートを脇に押しやる。「でもあまり時間がないの。あなたもでしょう。あなたのお父様は――」

「時間がないのはわかっている」ハリーは強く言った。「父の話で貴重な時間を無駄にしたくない。今日のことは――」

「わかっているわ」ガスはハリーに言われる前にすばやく言った。「あれは――わたしとあんなことをするつもりではなかったんでしょう」

「そうだ」ハリーは即座に同意した。「あれは間違いだった」

ガスはふたりのつないだ手を見おろし、親指で彼の親指を軽くさすった。まばたきして涙をこらえようとする。やはり思ったとおりだった。では、ふたりの仲はこうやって終わるのか。なにもかも衝動に駆られた間違いだったということで合意して。

「そうね」ガスはみじめな気持ちでささやいた。「ああ、ハリー、ごめんなさい」

「きみは謝るようなことをなにもしていない。ひざまずいて許しを請うべきなのはわたしのほうだ。だができない。悔しいが、できないんだ。しかし、ひとつだけできることがある。ずっと前にすべきだったことだ」

ハリーは上着のポケットに手を入れて少しごそごそしたあと、フラシ天で覆われた小箱を取り出した。もちろんガスには見覚えがあった。もちろんなんの箱かはわかっている。それでも彼女は息をのまずにいられなかった。震える手で口を押さえる。

「最愛のガス」ハリーは蓋を開けて指輪を取り出した。「どうか、わたしの妻、わたしの愛、わたしの命になってくれないか？」

指輪はガスの記憶よりも立派なものだった。大きな丸い宝石が小さな宝石に囲まれている。

まるでダイヤモンドでできた満開の冷たく白い花。ガスはごくりと唾をのみこんだ。目の前がぐるぐる回る。気を失ってはいけない。愛する男性が結婚を申しこんでくれているときに気を失うなんて、あまりに愚かではないか。

「ああ、ハリー」頭に浮かんだ最初のことを口走る。「それは――それはお姉様に贈るために持ってきた指輪でしょう」

ハリーは彼女をじっと見つめた。「母の指輪だ。たしかにウェザビー・アビーに持ってきたが、きみの姉上の指にははまらなかった。ここが指輪のはまるべき場所だ」

ガスの手を取り、指輪をそっと、するりと指にはめた。

ガスは感動して指輪を見つめ、手が震えているのを彼に気づかれませんようにと祈った。

「ちょうど合うわ。お姉様には合わなかったでしょうね」

ハリーはうれしそうに笑った。「ジュリア自身も、わたしとは合わなかっただろう。最初はわたしもばかだったから、そのことがわからなかった。でもわたしが愛しているのはきみ、ガスなんだ。運命の女性。ただひとりの人」

「ハリー」ガスは感動に打ちのめされ、小声で言った。「さっき、こんなふうにするつもりはなかったとあなたが言ったとき、後悔しているのだと思ったの――わたしたちがしたことを。わたしから逃れたいのだと」

彼はあきれ顔でガスを見つめた。「なぜわたしがそんなことを考える？　なぜきみを愛したことを後悔する？」

ガスは答えることができず、黙って首を横に振った。さっきから変なことばかり言っている。ジュリアを話題にしたり、彼の本心を疑っているという意味のことを口にしたり。指輪から視線をあげてハリーの顔を見た彼女は、その目に浮かんだ無限の愛に溺れた。

「ああ、どうしたらいいの」彼女は口ごもった。「わからない――なんと言えばいいのか」

「はいと言えばいい。それで充分だ」

「はい」たったひとつの言葉にどれだけ魔法のような力があるのか、ちっともわかっていなかった。「はい、あなたと結婚します。それから――そう、あなたをすごく愛しているわ。そして――」

けれど、ほかになにを言おうとしたにせよ、それは言われないままに終わった。ハリーがガスをベンチから抱きあげてキスをしたからだ。まさにガスの好きなキスだった。性急で、激しく、とても巧みなキス。彼女の息を奪い、服と髪を乱し、彼とのみだらで好色な行為のことだけを考えさせるキス。彼以外の誰もこんなキスはできないだろう。ほかの男性とキスしたことはないけれど――他の男性には目もくれずにハリーの妻になるのだから、それでまったく問題はない。

ようやくふたりが口を離したとき、ハリーは息を荒くしていた。ランタンの弱い光の下でも、彼の顔が紅潮し、前髪の落ちた額が玉の汗で光っているのはガスにも見て取れた。たしかに今夜は暖かいけれど、彼がこんなふうになったのはガスとキスしたからに違いない。自分はハーグリーヴ伯爵を興奮させたのだと思うと、ガスはにやにや笑わずにはいられなかった。

「そんなふうに笑いかけてくるな。そうされたら、わたしは父とシーリアとともに晩餐を取る予定をすっかり忘れてしまって、きみとしたいことばかり考えてしまう。ここで。いま。このベンチの上で」

「あら」ガスは赤面しながらも興味を引かれていた。「わたしたちが同じことを考えているのだとしたら、あなたのせいでわたしも晩餐を忘れてしまうわ。だけど、石のベンチに横たわるのはあまり心地いいとは言えないんじゃないかしら」

「必ずしもどこかに横たわる必要はないんだよ、ガス。きみの無知にはあきれてしまう。きみの夫になる男は苦労するだろうな、きみが知るべきことを一から教えなくてはならないから」

「わたしの夫」ガスは信じられないという表情で彼の胸を軽く撫でおろした。笑みは揺らいでいる。指にはめた指輪は美しい。慣れない重みは、ふたりの輝かしい未来を約束している。

「わたしの夫、ハリー」

「我が妻、ガス」ハリーはガスの手を取って甲に口づけ、ひっくり返して手のひらにキスをし、誘惑するように軽く噛んだ。ガスの背筋がぞくりとする。「しかし、そろそろ屋敷に戻らなかったら父が捜しに来るぞ。そうなればあまり愉快な事態にならないことは、わたしが保証する」

ガスは小さく笑い、身を乗り出してふたたびキスをした。「ご両親に言っていいの？　結婚することを？」

指で乳房の上端をなぞっていたので、ハリーは彼女の言葉にあまり注意を払っていなかった。「言っていい。言う。長い婚約期間はいらない」

ガスはため息をついた。かすめるように撫でられるのは、予想外に気持ちがいい。「今夜あなたの部屋に行ってはいけないわよね？」

「なんだ、またチャンバーホースに乗りたいのか？」ハリーはガスに、というよりガスの乳房に話しかけた。「そうしたいのはやまやまだが、無理だな。実際、わたしたちがふたりきりでいられるのはこれが最後だろう。父は、きみのお父上は娘の貞操を守る義務を怠っていると考えている」

「父はわたしを信頼しているの」ガスは父をかばった。

「たしかにな」ハリーがそっけなく言う。「お父上はわたしのことも信頼して、きみをわたしのもとに残していかれた。だが結局我々は信頼を裏切った。それを後悔しているわけではない。しかし父はここにいて、屋敷に礼節を取り戻そうとしている。何時であろうと――昼でも夜でも」

ガスは残念がってため息をついた。彼女の父はジュリアに男性と不届きなふるまいをさせないためロンドンまで追いかけていったというのに、考えなしにハリーとみだらな行為にふけったのはガスのほうだった。そう考えると気持ちが沈む。公爵が礼節を求める理由は理解できるけれど、ガスのみだらな部分――自分にあると知らなかった部分、いまもハリーの指がドレスの前からコルセットとシュミーズの下に指を入れて乳房がつかめるよう背を弓なりに反らすことをうながしている部分――は反論していた。どうせふたりは結婚するのだし、すでに一度愛を交わしたのだから、もう一度してなにが悪い？

けれども彼が時間に言及したおかげで、ガスはミセス・ブキャナンとの約束を思い出した。ハリーのために割くことにした十五分は、そろそろ終わるはずだ。

「いま何時？」

彼は金時計を取り出して親指で蓋を開けた。「もうすぐ八時半だ。思ったより遅い。そういえばかなり暗いな」

「八時半！」ガスは仰天して叫んだ。「ハリー、晩餐は八時の予定だったのよ！」

あきれたことに、ハリーはなんともないと言わんばかりにシルクで覆われた肩をすくめた。

「父は気にしないさ、ちゃんと事情を説明すれば」

「でもミセス・ブキャナンを待たせてしまったわ」ガスはベンチから離れ、ボディスを引っ張りあげて直した。「ミセス・ブキャナンは今日ずっと、あなたのお父様にふさわしい料理を用意するのに大騒ぎしていたのよ。なのに、わたしのせいで台なしだわ」

「わたしたちのせいだ」ハリーは穏やかに言って松葉杖に手を伸ばした。「だが、機会があれば、またそうするよ」

「ええ、そしてノーフォーク一の料理人を失うのよ。あなたはお父様と公爵夫人に説明してきて。わたしはなんとかしてミセス・ブキャナンをなだめてから行くわね」

「待ってくれ」立ちあがったハリーは、いま初めてガスと同じくらい心配そうな顔になった。「結婚のことは父に言うまで、使用人には言わないでくれ。それは困る」

「わたしが言ったとしたら、それはあなたが引き留めて食事を遅らせたせいよ」ガスは軽くからかった。「あとから、客間にいらっしゃるあなたのお父様とお義母《かあ》様のところへ行くわ」

「ガス、お願いだ」ハリーはやさしく言った。「頼む」

彼はガスの手を取ろうとした。それは彼女が好きだからであると同時に、彼女を引き留めるためでもあるのはガスにもわかっている。でもガスはわかっていないふりをした。自分も彼が大好きだから。

「頼む、よく聞いてくれ」ハリーの口調は男性が論理で説得しようとしているものであり、また謙虚に懇願しているものでもあった。「料理人がきみの主張どおりの腕前なら、きみがいなくてもあらゆるものを温かく保つ方法はわかっているはずだ。前にもしただろうし、これからも喜んでそうするだろう。なんとかなる。だが、きみが婚約の報告をしにわたしと並んで客間に入っていく機会はたった一度だ。一度しかないんだ、ガス。我がいとしの愛するガス」

そんなふうに呼ばれたらとても抵抗できず、ガスはあきらめてため息をついた。もう一度キスをする。その誘惑にも抵抗できなかったのだ。

「わかったわ。厨房へは行かず、あなたと一緒に行きます。でも、もしもプディングが乾燥していたり骨つき肉が煮えすぎていたりしても文句は言わないでね。ひとこともよ。焦げたパンくずひとつについても」

ハリーはうなずいたあと、いたずらっぽく微笑んで、黙って従うつもりはないことを示した。

「愛しているよ。さ、行こう。焦げたパンくずのすばらしい晩餐が待っている」

ハリーは晩餐を楽しみにしていた。ガスに求婚を承知してもらったことで、非常に幸せだったし、誇らしくもあった。幸福と誇りを父と分かち合うのが待ちきれない。この晩餐は、愛する者たちとともに喜び合って楽しく過ごすものになるはずだった。

だが実際には、とんでもなくひどいものになってしまった。それは乾燥したプディングや焦げた肉のせいではなかった。

始まりは良好だった。客間で父とシーリアに会うなり婚約を報告した。祝福の言葉がかけられ、父はガスを家族に受け入れるとうれしそうに言った。彼女の頬にキスをして、昔からガスのような娘が欲しかったと言った。それを聞いてガスは微笑み、かわいく顔を赤らめた。これで彼女も二度と、父に気おくれするとは言わないだろう。

晩餐が始まったときも、まだ事態は良好だった。四人だけだったので、晩餐室の細長い大型のテーブルだと気詰まりだろうとガスは考え、庭園に面した居間に小さな正方形のテーブルを用意させていた。晩餐室よりも親密な雰囲気があり、おしゃれなフランス風にも感じられるよう、テーブルクロス、銀器、陶磁器がきれいにセットされた。ガスは使用人に指示を出し、場にふさわしい世間話をして、ホステスの役まわりを無難に果たした。ガスの懸念とは裏腹に料理も非常にすばらしく、遅れによる支障はまったくなかった。

父とシーリアが感銘を受けているのはハリーにもわかった。ふたりはガスの若さを考慮して、あまり高い期待を持っていなかったはずだ。ハリーは彼女のことが誇らしかった。ガスは魅惑的だ。体の線をきれいに出しているドレスにはほれぼれしてしまう。少なくともハリーだけは、彼女のドレス姿をじっくりと観賞していた。

ところが、父のおかげですべてがおかしな方向に動きだした。

「きみはすばらしいホステスだね、オーガスタ」テーブルの上が片づけられると、父は言った。「このような立派な娘さんに留守を預けられて、きみのお父上も鼻が高いだろう」

ガスはうれしそうに微笑んだ。ハリーもうれしかった。彼女は自分の容姿を褒められても、それがほんとうだとは思えなくて不安になる。けれど屋敷の切り盛りについて褒められたときは素直に喜ぶ。父はうまくやってくれた。

「ありがとうございます。父にわたしたちの婚約を知らせる手紙を書くとき、公爵様のご親切な言葉も必ず伝えますわ」

「手紙を書く必要はない」父はそばに置かれたキャラウェイシードの砂糖漬けを自ら皿によそいながら言った。「今週末にお父上が帰宅されたら、きみが直接話せばいい」

「今週ですか？」ガスは小さく顔をしかめた。「父に会いたい気持ちはありますけれど、夏の終わりまで帰らないと思っていました」

「帰ってくる」父は自信たっぷりに言った。「さっき彼に手紙をしたためたとき、土曜日の結婚式に来てくれるよう書いたのだ。きっと帰ってくるぞ。実の娘の結婚式に欠席する父親がどこにいる?」

困惑でガスの表情が曇った。「どういうことでしょう。わたしたちの結婚式のことをおっしゃっているのではないと思うのですけれど」

「それしかないだろう」父はこの発表に自己満足している様子だ。「それから、結婚予告を出さなくてすむよう、大主教に連絡して特別許可証を頼んでおいた。地元の教区牧師に一時間の結婚式を執り行うよう頼んだことへの返事はまだもらっていないが、きっと都合をつけてくれるだろう。きみたちは間違いなく土曜日に結婚できる」

「でも、わたしが求婚を受けたのはつい三時間ほど前ですし、公爵様にお知らせしてからまだ二時間もたっていません」ガスは当惑している。「こんな言い方をして申し訳ないのですが、公爵様がそのような準備をなさるのは不可能だと思うのです」

ハリーは心の中で父の軽率さを呪いつつ、すぐさまガスに手を重ねた。まさに危惧していた事態が起こってしまった。

「長い婚約期間がいらないということには、きみも賛成してくれたよね」ガスが自分たちの将来に思いを向け、いま父が言ったことをあまりじっくり考えないよう願って、彼は言った。「きみを愛しているから、一日もよけいに待ちたくないんだ」

「でも四日しかないのよ」ガスがあまりに悲しそうだったので、ハリーの胸はつぶれた。

「準備なんてほとんどできないわ」

「必要な準備をする時間はたっぷりあるぞ」父が元気よく言ったので、ハリーは父の首を絞めたくなった。「たかが結婚式だ。戴冠式ではない」

ガスはハリーをちらりと見て、彼女にとって結婚式は戴冠式と同じくらい重大な出来事なのだと無言で伝えた。

「恐れながら」ガスは勇気を出して言った。「結婚式には新しいドレスを着たいのですけれど、四日間では――」

「それだけあれば充分だ」父は手を振って彼女の抗議をしりぞけた。宝石をちりばめた指輪がロウソクの光を反射してきらめく。「シーリア、おまえが使っている仕立屋の名前はなんだった？　わたしが大金を支払っている、あの美人だ。明日、彼女にお針子を連れてここまで来てもらって、オーガスタの好みに合ったどんなおしゃれなドレスでもつくらせればいい」

「ボンド・ストリートのミセス・ウィルカーソンよ」シーリアが言う。「ブレコン、彼女がびっくりするほどの額を請求してくることは覚悟しておいてね。仕立屋はふつうの商人とは違うのよ。殿方の気まぐれに付き合わされるのは嫌いだし、それに応じた報酬を求めるわ」

「失礼ですけれど」ガスは遠慮がちに言った。「できればわたしがいつも使っているノリッチの仕立屋に頼みたいのです。わたしと姉のすべてのドレスをつくってくれた、とても感じのいい女性ですし、彼女に頼めば――」

「しかし、ミセス・ウィルカーソンはシーリアだけでなくロンドンの上流婦人すべてのドレスをつくっておるのだ」父は自分の気前のよさを思って得意になっている。「きみは伯爵夫人に、やがては公爵夫人になる。ハリーもきみが地位に応じた服を着ることを期待しておるぞ。ノリッチの仕立屋などで間に合わせるのではなく」

「ブレコン、もうやめましょう」シーリアはやんわりと注意した。「花嫁さんの言うことはいつでも正しいの。オーガスタの望みどおりにしてあげて。ブレコンの無知を許してね、オーガスタ。彼は物事を仕切りたがるの。そういう人なのよ」

〝物事を仕切る〟ではあまりに控えめな言い方だ、とハリーは辛辣に考えた。〝うるさく干渉してお節介を焼く〟のほうが的を射ている。だが晩餐を少しでも気持ちよく進めるため、なにも言わないことにした——いまのところは。

「でも、ひとつだけブレコンは正しいことを言ったわ」シーリアは言葉を継いだ。「あなたは結婚式に最高にすてきなドレスを着るべきよ。あなたの仕立屋がつくれる最高級の、真珠やダイヤモンドやレースで飾ったドレス。結婚式だけでなく、王宮で国王に拝謁するときにも着るのだから」

ハリーはますます不安になってガスを見やった。父とシーリアが結婚式やドレスについて話を進めているあいだ、彼女は目に見えておとなしくなり、自分の殻に閉じこもってしまった。両親は善意で言っているだけだが、ガスはそれを知らない。さっきまで示していた自信は、シェフィールドが来ていたときと同じく、すっかり消えていた。

「きみには喜んでほしい」ハリーはテーブルに置かれたガスの手を裏返して自分の指と絡め

た。「わたしとしては、きみはノリッチの仕立屋に好きなドレスをつくらせればいいと思っている」

「道理をわきまえろ、ハリー」父は苛立った様子で言った。「わたしたちはガスのためを思って、彼女が国王に拝謁するときふさわしい服装ができるようにと考えているのであって――」

「父上、彼女はまだ家族の一員ではないんです。結婚するまでは」ハリーは言いきった。「ガスが結婚式に着るものを自分の好みに合わせてノリッチの仕立屋につくらせたいなら、そうすればいい。彼女は今後いくらでも、服でもなんでもつくらせることになるんですから」

ガスはハリーに笑いかけて手をぎゅっと握った。彼が父に歯向かったのはこれが初めてではない――ふたりの性格はそっくりなので常に角突き合わせている――が、ガスをかばうために歯向かったのは初めてで、彼女の笑顔を見たらドラゴンを退治したような気になった。そう、十四以上のドラゴンを。

「ハリーの言うとおりだわ、ブレコン」シーリアは理解を示してささやいた。「主役は花嫁さんよ、わたしたちではなく」

父は渋い顔で首を横に振った。「わかった、わかった。しかし来週、皆でロンドンに戻ったら、おまえたち女性陣でオーガスタをひいきの店に連れていって紹介するのだぞ」

「ロンドンですか？」ふたたびガスの笑みが消えた。「ロンドン？」

「わたしの屋敷だ」ハリーは以前彼女に屋敷の話をしたことがあった。実の母亡きあと彼に譲られた、グローヴナー・スクエアの瀟洒《しょうしゃ》な屋敷。「結婚式のあと、まっすぐそこへ行く。わたしの馬車で」

「でも脚は大丈夫なの？」ガスは心配そうに尋ねた。「サー・ランドルフは、まだ旅をしていいとおっしゃっていないわ」

「ピーターソンは二週間前、ハリーに帰宅する許可を与えておる」父が言った。「昨日ロンドンで、ピーターソンからそう聞いた」

ガスは戸惑って顔をしかめた。「そうなの、ハリー？」

「まあね」ハリーはまたしても、父が黙っていてくれたらよかったのにと思った。「帰宅してもよかった。だけどしなかった」

「きみがいたから、息子はここでぐずぐずしておったのだよ、オーガスタ」父は言うまでもないことを口にした。「きみの存在が、ここノーフォークにとどまる理由として充分だったのは認める。しかしハリーはロンドンに戻らねばならん。務めを果たし、人に姿を見せるのだ。もちろん、新しく伯爵夫人となったきみも」

「でも、どうしてそんなに急ぐのですか？」ガスは尋ねた。「なぜ、こんなふうにあわててことを進める必要があるのでしょう？」

父の表情がいかめしくなった。

「息子がきみと戯れたからだ。スキャンダルを防ぐには、ただちに結婚するのがいちばんいい」

ガスは顔を赤くしてぱっとハリーのほうを向いた。目にはショックと苦悩が浮かんでいる。もはや退治すべきドラゴンなどいない。むしろハリー自身が不幸なドラゴンになった気分だ。さっきまで自分が誇らしかったのに、いまは最低の人間のように感じられる。ガスは無言でハリーの手から自分の手を引き抜き、椅子を後ろに押して立ちあがった。

「失礼します、公爵様、公爵夫人。少し——少し気分がすぐれませんので」

「ガス、ここにいてくれ」ハリーはガスを止めようと手を差し出した。「お願いだ」

だがガスは彼の手から逃れ、振り返ることなく部屋から駆け出した。

「あとを追え」父が言う。「こんなふうに、彼女が泣きながら逃げるのを許してはならん」

「父上が侮辱しなかったら、彼女は逃げなかったはずです」ハリーは怒り心頭に発していた。椅子を後ろに押しやったとき松葉杖が床に落ち、情けないことに従僕のひとりに拾ってもらった。それからようやくガスのあとを追って、覚束ない足取りで廊下へと出ていった。

遠くへ捜しに行く必要はなかった。彼女は正面階段の下から二段目に座りこんで、手に顔をうずめて泣き崩れていたのだ。ハリーも隣に腰をおろした。だが肩を抱こうと腕をあげると、ガスは階段の端まで体をずらして逃れた。ハリーは吐息をついた。父が考えたほど簡単にはいきそうにない。

「さあ、ガス、もう泣かないで。父には、あんなことを言う権利はなかった。だが——」

「あなたがお父様に言わなければよかったのよ」ガスは涙に濡れた顔をあげた。「あのことを――わたしたちのことを！」

「言う必要もなかったんだよ、スイートハート」ガスをそう呼べることはうれしかった。なぜなら彼女はほんとうに愛する人《スイートハート》だから。「父は推測したんだ。そんなに難しいことでもなかった。あのときのわたしたちの格好を見れば」

「そう――そうじゃないの」ガスの目に涙があふれた。「それも充分恥ずかしかったけれど。あなたは――わたしに求婚もしないうちから、結婚のことをお父様に話したでしょう。それは――間違っているわ」

「ああ、ガス」それが、この状況で言えるいちばん無難な言葉だった。ガスが気づかないことを願っていたのに、父がよけいなことを言ったおかげで秘密にしておけなくなってしまった。ガスには、ハリーが彼女との結婚を強制されたと思ってほしくなかった。ところがいま、彼女はまさにそう信じているようだ。

「それしか言えないの？」悲嘆のあまりガスの顔は赤くなっている。「〝ああ、ガス〟？　わたしは子どもなの？　それで――それでなんらかの説明になるとでも？」

彼女は指にはまったダイヤモンドの婚約指輪を見おろし、ぐいっと引っ張りはじめた。

「あなたにとってわたしがそれだけの存在なら」なんとか指輪を抜こうとする。「わたしたちは一緒になるべきじゃないわ。あなたにとって、わたしが〝ああ、ガス〟程度の意味しかないのなら、たぶん結婚してはいけないのよ」

「やめてくれ」ハリーはガスの手の上に自分の手を置き、できるだけ穏やかに言った。「お願いだ」

ガスは涙ながらに挑むようなまなざしをハリーに向け、手ではまだ必死に指輪を外そうと格闘していた。「どうしてあなたの話を聞かなくちゃいけないの？」

もっともな質問だ、とハリーは思った。間違った答えを言ったら、ガスは離れていってしまうという気がする。だが、なにが正しい答えだろう？　ガスをここにとどまらせるには、どう言い訳をすればいい？

〝真実だ〟頭の中で小さな声がした。〝彼女を信じて真実を話せ〟

小さな声が自信に満ちていて幸いだった。その声以外のハリーの部分は、まったく自信を持てずにいたからだ。ふだん女性を口説くとき、ありのままの真実を話すという作戦は取らない。でもこの女性はガスであり、彼女に最もふさわしいものは真実だ。

「きみを愛しているから」ハリーは真心をこめてゆっくりと言った。「これからもずっと愛するから。ある意味では、目を開けて、深刻で心配そうな顔で哀れな怪我人をのぞきこんでいたきみを見た瞬間から、きみを愛していたのだと思う」

彼の手の下でガスの手の動きが止まった。「たしかに、あなたは哀れだったわね」

「そうだ。でもきみが助けてくれた。きみがいなかったら、いまわたしはここにいない」

ガスは大きく震える息を吐いた。「だったらどうして、わたしに求婚する前に、お父様に結婚のことを話したの？」

「先に父のほうからその話を持ち出した」ハリーは正直に言った。「父はわたしの脚の具合を尋ねもしないうちから、結婚してきみの名誉を守るべきだと言った」

ガスの顔がふたたび悲しみでくしゃくしゃになりかける。ハリーは急いで先をつづけた。

「でも、それが求婚した理由ではないんだ、ガス。わたしを愛しているなら、きみにもわかるはずだ。わたしに少しでも知恵があったなら、何週間も前に求婚していただろう。二カ月前に。ずっと前から結婚を望んでいた」

彼はたまらず、ガスの肩に腕を回して引っ張った。ガスは引き寄せられたものの、体をこわばらせ、彼を信じられずに抵抗している。ハリーはどれだけ恥ずかしくても、さらなる真実を打ち明けるしかないようだ。

「ガス、きみは世界の誰より、わたしのことをよく知っている。だったら、わたしが結婚のような重大事を、気が進まないのに人に強制されて承知するわけがないのも知っているだろう。たとえ父に命じられても」

ガスは小さくしゃくりあげている。ハリーはそれをいい兆候だと受け止めた。

「そうね。あなたはどうしようもなく強情だもの」

「そのとおり。父も同じだ。わたしの強情さは父譲りなんだ。ふたりとも自分のやり方を通したがる。いや、通って当然だと思っている。父は、この結婚は自分の発案だと思いたがっている。でもそれが違うのをわたしは知っているし、きみも知っているはずだ」

ガスは彼の腕の中で体をねじってハリーを見あげた。正直に話してよかった。彼が泣かせたせいで真っ赤に充血した大きな灰色の目で見つめられているとき、どうせ嘘などつけないのだ。油断していたら、ハリーはこの瞳に溺れてしまうだろう。

「そんなに前からわたしと結婚したいと思っていたのなら」ガスはゆっくりと言った。「なぜ今日まで求婚しなかったの？」

「なぜ」ハリーは繰り返した。これは最も打ち明けにくい真実だが、それでも打ち明けねばならない。彼は視線を落とした。ガスの室内履きは淡いブルーのシルクで、爪先には濃い青のいかにも女らしいばかげた飾りがついており、かかとはきれいな曲線を描いている。その室内履きに包まれた足は、隣にあるハリーの男らしいごつごつした足に比べたら、ありえないくらい小さくてかわいらしい。彼女の足は大好きだ。いや、彼女のすべてが大好きだ。そう思ったとき、真実を言うために必要な勇気がわいてきた。

「なぜ」これを最後にしたいと思いながら、もう一度言う。「なぜなら、脚がもとの状態に戻って、杖の支えに頼らずまっすぐ立てるようになるまで待ちたかったからだ。一人前の男としてきみの前に立てるようになりたかった。きみに同情される哀れな障害者としてではなく。だから待っていた」

大きく息を吸う。「この脚のせいできみに求婚を断られるのが怖かったんだ。さあ、言ったぞ。これが理由だ」

ガスは愕然としてハリーを見つめた。「わたしをそんなふうに思っていたの？　そんなに底の浅い人間だと？」

「浅いんじゃない」ハリーにすれば明らかな論理だった。「現実的ということだ。障害者との生活に縛られたい女性などいるわけはない。きみの姉上を見てみろ」

「脚はあなたのすべてじゃないわ」ガスは確信をこめて言った。「それに、わたしは姉とは違う。どうするつもりだったの、もしも脚が回復しなかったとしたら？　これ以上よくならないとしたら？　サー・ランドルフは、根拠のない約束はなにもなさっていないでしょう」

「わたしの脚はもっと丈夫になる」ハリーも同じくらい確信をこめて言った。そうだと信じねばならない。それ以外の可能性は考えたくない。「いままでもかなり丈夫になった。もっと時間が必要だ。それだけのことだ」

ガスは彼にすり寄った。柔らかな体がハリーの体のくぼみを埋める。「たとえ脚がよくなっていなくても関係なかったわ」彼女はそっと言った。「それでもわたしは求婚を承知したはずよ」

ハリーはそれを聞いて彼女にキスをした。せずにはいられなかった。彼女の唇は温かく、従順だった。キスをしていれば不快な真実をこれ以上述べずにすむ――どうせこれ以上言うべきことはなかったのだが。

「強引に話を進めるのはやめてくれと父に言うよ」ハリーの言葉はガスの左耳の上あたりで髪に吸いこまれていった。「わたしたちふたりとも、こんなに急いで結婚するのを望んではいなかった。それでも、きみにはできるだけ楽しんでほしい」

ガスは悲しげに微笑んだ。「ふたりだけでずっとここにいられることになるのなら、いますぐ結婚したいくらいよ」

「できればわたしもそうしたい」ふたりがすでに結婚しているのなら、彼女は今夜ハリーのベッドにいるはずなのに、とハリーは思った。「しかし残念ながら、ここでふたりきりで過ごす日々は終わったようだ」

ガスが父とシーリアと一緒にいるところを見たとき、ハリーはいささか衝撃を受けていた。ガスは、彼との結婚によって自分がどんなものに足を踏み入れようとしているのかわかっていない。ロンドンでのハリーの生活には——そしていまや彼と一緒になるガスの生活にも——人があふれている。どこへ行っても、ふたりは注目され、話題にされ、噂されるだろう。家族と過ごす生活はいつもそういうものだったから、ハリーはあまり深く考えていなかった。しかしガスのような田舎育ちのおとなしい女性にとって、ハーグリーヴ伯爵夫人になるのは容易ではないだろう。自分たちふたりにとって。

「なにが起ころうと、わたしはきみを守ってみせる」ハリーは真剣に言った。「きみがわたしを必要とするとき、わたしはいつもきみの横にいる。きみはわたしの愛する人、わたしの妻、わたしの伯爵夫人だ」

ガスはかすれた声でうれしそうにくすりと笑った。それがきわめてかわいく、また魅惑的であることを、彼女はまったく自覚していない。「わたしもあなたを守るわ。それが夫婦というものでしょう」

「そうだ」新たな責任が重くのしかかるのをハリーは感じていた。「たしかにそうだ」

彼はよりしっかりと、守るように彼女を抱きしめた。ガスが愛するとともに信頼してくれているのがうれしい。非常にうれしい。妻はそうあるべきだ。ありえないほど深く彼女を愛しているし、なにも後悔していない。でもいまこの瞬間、ハリーは自分がとても若くなったようにも、とても年老いたようにも感じていた。

11

それからの三日間は、なにがなんだかわからないうちに過ぎていった。ガスは騒ぎの中心という慣れない立場にいた。ウエディングドレスやロンドンへの旅にふさわしい優雅なメリノの旅行着をつくらせて試着するため仕立屋へ行く以外にも、ノリッチじゅうの婦人用の商店を次々と訪れた。指揮を執ったのは公爵夫人だ――彼女はガスに、自分をファーストネームで呼ぶ許可を与えていた。そして靴、帽子、手袋、ハンカチ、その他ガスの階級の花嫁に必要なシルクやレースの服や小物を買い漁った。

ガスは結婚式を執り行う牧師と何度か面会し、屋敷の管理の仕事を手放して去っていく前に帳簿や家事の引き継ぎをするためミスター・ロイスやミセス・ブキャナンとはさらに何度も会った。結婚式につづいて開く祝宴と豪華なウエディングケーキの用意も必要だった。公爵夫人とは時間をかけて庭園を散歩しながら、ハーグリーヴ伯爵夫人として課せられる責務を丁寧に説明してもらい、ロンドン社交界においてどうふるまうべきかに関して少々恐ろしくはあるが賢明な助言を与えてもらった。州内のあちこちから訪れてガスを祝福するとともに花婿に興味津々の目を向ける多くの客を迎えねばならなかった。そしてもちろん、公爵夫妻のような高位の客を泊めて食事を供するという大変な仕事もあった。

でも悲しいことに、ハリーと過ごす時間はほとんどなかった。ふたりが離れていなければならないのは礼節を守るために最善のことだとわかってはいても、ふたりきりで好きなだけ屋敷や庭園を動きまわって享受していた自由が恋しくてならなかった。求婚を受けた夜以来、ガスがハリーに会えるのはダマスク織の白いテーブルクロスがかかった正式な晩餐テーブルを挟んだ場だけだったし、そのときも決してふたりきりにはなれなかった。公爵がそのように取り計らっていた。階段に座りこんでキスしたのが、最後のキスだった。

それはまったく正しくないように感じられる。ハリーもガスと同じくらい欲求不満を募らせているようだ。でも、土曜日以降はずっと一緒にいられるのだと自分に言い聞かせることで、数日間の強制的な別離もガスにとって耐えやすくなった。簡単ではなかったが、少しはましだった。

そして結婚式の前日、金曜日の午後、ふたたびすべてが変わった。

ガスはメアリーとともに自分の寝室にいた。蓋を開いた旅行鞄や箱に囲まれて床に座りこみ、持ち物のうちどれを新生活に持っていき、どれを残すかを検討していたけれど、なかなか決まらなかった。そのときの彼女は、髪を地味な縁なし帽の中におさめ、ギンガム地の古いエプロンをもっと古いペチコートの上に着た格好だった。

「この室内履きはどうしましょう？」メアリーは刺繍入りのシルクの靴を手渡した。「ロンドンでも使えそうですし、履き古した感じは全然ありません」

「履き古した感じがないのは、一度しか履いていないからよ。ロクスビー家のクリスマスの舞踏会で」ガスは刺繍に指を滑らせた。いくらすてきな室内履きでも、これを見るたびに、誰からも誘われず気づかれもしないまま壁際の座り心地の悪い椅子に腰かけてジュリアやほかの女性がダンスするのを見ていた陰鬱な記憶がよみがえる。履き古していないのは、あの夜ただの一度も踊らなかったからだ。もちろんそれはハリーと出会うずっと前のことだけれど、やはり振り返りたくない過去だし、たとえ一足の靴でも当時を思い出させるものは欲しくない。彼との未来はこれまでと違うものにしようと心に決めている。だからガスはためらいなく室内履きを脇にどけた。

「これは置いていくわ」と言って不要物の箱に入れる。そのとき、ふと顔をあげて耳を澄ませた。「私道に馬車が入ってきたみたい。もう、今度は誰かしら、こんなにちらかしているのに」

「お嬢様がお出迎えなさらなくてもいいでしょう」メアリーは言った。「ミスター・ロイスが、お嬢様はお留守だと言ってくれますわ」

「お客様がどなたか見てからね」ガスはエプロンで手を拭き、窓のほうへ行った。「お友達なら、もちろんわたしが――まあ、メアリー、お父様よ。やっとお戻りになったのね。公爵様と伯爵様にお知らせしてきて！」

スカートをはためかせて正面階段を駆けおり、扉を出て玄関ステップをおりる。私道に出たとき、ちょうど従僕が馬車の扉を開けるところだった。父が馬車の昇降段をおりてくるなりガスは飛びついた。相変わらず父の腹まわりは大きくて、背中まで手は届かなかった。

「やあ、ガス」父はうれしそうに笑っている。「さあ、顔を見せておくれ。おまえに会うのは数週間ぶりだな」

「数カ月よ、お父様」ガスは父から顔が見えるよう一歩さがった。帽子をまっすぐ直すあいだも、笑みをこらえられなかった。「四月の末から行ったきりだったじゃない」

父は笑いながらハンカチで額の汗を拭いた。咎めるような娘の言葉にも平然としている。

「といっても、おまえは寂しくなかったのだろう？　このおてんば娘め！　家にいるあいだに夫を見つけてくれたから、わしはおまえを口車に乗せて社交シーズンのロンドンへ連れていく手間が省けたぞ。おまえは昔から利口な娘だった。たいした獲物を釣りあげたじゃないか！」

ガスは鼻にしわを寄せた。「やめてよ、お父様」顔が真っ赤になる。「そんなつもりではなかったの。わたしとハリーは自然に愛し合うようになったのよ」

父の大きな顔の表情がゆるんだ。「それを聞きたかったのだ。あの悪たれがおまえを心から愛しているということをな」

「そのとおりよ」大きな笑みを浮かべたら泣きそうになってしまった。あまりの幸せゆえかもしれない。「だけど、彼を悪たれなんて呼んではいけないわ。少なくとも公爵様に聞こえるところでは。公爵様は礼儀にとてもうるさい方なのよ」

父は愉快そうに頬をぷっとふくらませ、公爵の気難しさなど意に介していないことを示した。「かわいい我が子ガスにふさわしい男だと証明されるまでは、わしから見れば伯爵閣下は悪たれだ」

彼女が幼いころからしていたように、父は黒い三角帽を脱いでガスの頭の上に置き、ガスがもとからかぶっていた縁なし帽を押しつぶした。いまはもう、そんな格好は似合わない。それでもガスはうれしくて笑い、前がよく見えるよう大きすぎる帽子を頭の後ろに押しやった。

そこで目に入ったのはジュリアの姿だった。従僕に両方の手を取られて、優雅に馬車からおりてくる。ダチョウの羽根を何本かつけた縞模様のシルクのつば広の帽子をかぶり、体にぴったりした赤いジャケット――ジュリアの服はどれも体にぴったりしている――と揃いのペチコートを身につけ、白鳥の羽毛でつくった大きなマフを持っている。

「ガス！」ジュリアは大声で言って早足でやってきた。「いとしいガス！」

彼女はガスを抱きしめなかったし、ガスもそんなことは望んでいなかった。ジュリアはその代わりにキスできるよう頬を差し出した。意外ではなかった――ジュリアは服が乱れるのがいやで、いつもそうするのだ。ガスは素直にキスをした。嗅ぎ慣れたベルガモットの香水、おしろい、髪油のにおいが漂ってくる。

「ガス、ガス、かわいいガス。最後に会ってから、ずいぶんいろんなことが変わったわね！」

「そうよ」ガスは父の帽子の縁の下から前が見えるよう顎をあげ、誇らしげに言った。「わたしとロード・ハーグリーヴの結婚式に出るために帰ってくるのは勇気がいったでしょう」

「まあね。でもね、ほら、わたしも婚約したのよ」

ジュリアはマフから左手を出して指をくねらせた。ダイヤモンドに囲まれた大きな黄色いトパーズの指輪は美しい。といっても、ハリーがガスに贈った指輪とは比べものにならなかった。

　自慢すべきでない、なににおいてもジュリアと張り合おうとするのが賢明でないことは、ガスにもわかっていた。それでも、長らく姉の陰で目立たず生きてきて、一度だけ自慢せずにはいられなかった。

　ゆっくりと自分の手を差し出す。ぎっしり並んだダイヤモンドが日光を反射してきらきら輝いた。

「ハリーからもらったの」ガスは恥ずかしそうに言った。「お母様の指輪なんですって」

「すてきね」ジュリアは少しむすっとして言ったあと、すぐに馬車のほうを振り返った。「わたしの愛する人よ！　ロード・サウスランド、妹のオーガスタを紹介するわね。ガス、ロンドンでいちばんすばらしい完璧な紳士、ロード・サウスランドよ」

　ジュリアは自分のものだと主張するように彼の腕をつかんで引っ張った。ガスはお辞儀をしながら興味を持って彼を見つめた。彼がジュリアの心を射止め、いずれ家族の一員になるからだけでなく、彼はロンドンでの知人だとハリーが言うのを聞いたことがあるからだ。長身で金髪、屋外で長く過ごしているため日に焼けた顔、重たげなまぶたの下の水色の目、ふっくらした唇。暑さのため馬車の中で居眠りしていたらしく、いまも非常に眠そうだ。ジュリアを腕にぶらさげたまま、歯を見せて大きくあくびをし、首をかしげた。

「じゃあ、ジュリアの妹ってきみなの？」ガスを上から下まで見て、着古したエプロンと父の帽子に目を留める。ものうげにまばたきをし、二本の指を帽子の下に入れて頭をポリポリとかいた。「まさか、ハーグリーヴと結婚するのはきみじゃないよね」

「どちらもわたしです」いくら彼の愛想が悪くても自分は愛想よくしよう、とガスは心に決めていた。ハリーが彼のことを、感じはいいが頭の中は空っぽだと言っていたのが思い出される。思考をめぐらせようという志も持たない貴族の次男坊。ガスも同意せざるをえなかった。道理でジュリアが彼を完璧だと思っているわけだ。

「きみたちが姉妹だなんて、言われなかったらぜったいわからなかっただろうね」サウスランドはまたあくびをした。「そうだろう、ジュリア?」

「もちろんよ、愛するサウスランド」ジュリアは憧れの目で彼を見つめた。「わたしたちが姉妹だと信じられないのは、あなたひとりじゃないわ」

「ところでハーグリーヴのやつはどこだ?」サウスランドは玄関ステップの下からハリーが飛び出してくるのを期待しているかのように目を走らせた。「あいつの健康と幸福とその他もろもろを祈って乾杯してやらなくちゃ」

「そうだな」父はガスにウインクして頭から帽子を取り返した。「そろそろ伯爵閣下と話して、おまえをどうするつもりか問い詰めなくてはな、ガス」

「お父様、お願いだからやめてちょうだい」ハリーは父のユーモアを解してくれるだろう。けれども公爵が——それでなくとも父を低く評価しているのだ——どんな反応を示すかは気がかりだ。「中に入って休んでちょうだい。そのあとお茶の時間にみんなで集まりましょう」

「お茶か」父は玄関ステップをのぼった。「紳士はお茶よりも強い飲み物を欲しがるものだぞ」

「同感！」サウスランドは元気よく父につづいた。「土埃の舞う道を旅してきて、もう喉がカラカラだ」

「サウスランドはまるでギリシャ神話の美青年アドニスでしょ？」ジュリアはガスにささやきかけた。「すごく強くて、すごく男らしいの。オトリー侯爵の子息でなかったら、きっと鍛冶屋になっていたわね。それくらい力が強いのよ。あなたもそう思うでしょ？」

「そうね」アドニスにどの寝室をあてがおうかと考えていたガスは、上の空で言った。「だけどわたしなら、夫に蹄鉄をつくる能力以上のものを求めるわ」

ジュリアはなんとか真面目な顔をつくった。「まあ、まさにあなたの言いそうなことね、ガス」ふたりは玄関扉をくぐった。「自分勝手なことばかり言ってごめんなさいね。でもほかになにが言えるの、この状況で？」

姉がなにを言いたいのかはよくわからない。でも、ジュリアはいつもこういう調子だからしかたがない。それに、いまガスにとって大事な〝状況〟とは、ここ玄関ホールにおける状況だけだった。ハリーは公爵夫妻と並んで立って待っている。三人が父との挨拶を期待している様子なのを見て、ガスは感謝と安堵を感じた。ハリーはいつものようにハンサムで、いいほうの足に体重をかけてできるかぎりまっすぐ背を伸ばして立ち、バランスを保つため松葉杖に頼ることはほとんどしていない。彼は訓練してこの能力を身につけたのだ。彼がそこまで努力したことにガスは感激し、また誇らしかった。ジュリアにはおつむが空っぽのアドニスがお似合いだ。ハリーはガスのものだ。彼の真の強さを、ジュリアは決して理解できないだろう。

ところが、ジュリアがハリーから目を離せなかった一方で、父はまったく別のものから目を離せずにいた。父には、いつものごとくハリーの足元で寝そべっているパッチとポッチしか見えていなかったのだ。

「ガス、なぜ犬がわしの屋敷にいる?」父はあっけにとられ、また憤然とした。「犬。犬。わしの屋敷に」

「お父様、落ち着いてちょうだい」ガスはすぐさま父の腕をつかんで言った。「公爵様、公爵夫人、伯爵様、父のウェザビー子爵はご存じでいらっしゃいますわね。こちらはロード・サウスランドと、姉のミス・ジュリア・ウェザビーです」

公爵はそっけなくうなずいた。非常に礼儀正しいとは言いにくい態度だった。「ごきげんよう、ウェザビー。ご息女と我が息子の結婚式に間に合って帰ってこられてよかったな」

いやな雰囲気だ、とガスは暗い気持ちになった。父が礼儀正しく応じてくれればいいのだが。

すると奇跡が起こった。「公爵ご夫妻、伯爵閣下」父は帽子を持ちあげてお辞儀をした。「このようなめでたい理由で我が屋敷に滞在していただけて光栄です。たとえ中国のすべての紅茶と引き換えでも、娘と伯爵閣下との結婚式を逃すことはいたしません」

公爵は笑顔になった。「そうだろうな。明日子どもたちが結婚する前に、わたしと妻できみと相談しておきたいことがたくさんある。どこか三人で話せる場所はあるかね？」

「書斎がよろしいでしょう」父はもう一度お辞儀をして、ふたりについてくるよう合図した。

「ガス、ミセス・ブキャナンになにか持ってこさせてくれるか？」

「元気そうだね、ジュリア」両親が行ってしまうと、ハリーは言った。「ロンドンは田舎の空気よりきみに合っているようだ」

「ありがとう」ジュリアはサウスランドの腕につかまりながらも、暗い表情になった。「あなたも元気そうと言えればいいんだけど」

「お姉様！」ガスはあきれて叫んだ。「いくらお姉様でも、そんなことを言うなんて信じられない——そんな残酷なことを」

「お姉さんにも自分の意見を言う権利はあるんだよ、ガス、どれだけばかげた意見でもね」ハリーは表面的には穏やかに言ったものの、目に浮かんだ光はまったく別のことを語っていた。「生まれつきの性格は変わらないのさ」

ガスの記憶では、ハリーが苛立ちと怒りとでこれほど陰気で険悪な気分になったのは、脚を怪我した直後以来だった。青い目も黒っぽく険しくなっている。あのときと同じく、ガスはそういう兆候に警戒心を抱いた。

なのにジュリアは平然としている。「伯爵様はわたしのことを理解しておられるのよ、ガス、あなたがわかっていないとしてもね」彼女は能天気に言った。「わたしは真実を言っているだけ。彼が元気だとしたら、障害者じゃないことになっちゃうでしょ」

「脚の具合はどうなんだ、ハーグリーヴ？」サウスランドが訊いた。「大変だな、じいさんのカラスみたいに片方の足でぴょんぴょん跳ばないといけないのは」

「なんとかやっている」ハリーは仏頂面で辛辣に言葉を吐き出した。

だがサウスランドもそんな彼の様子に無頓着だった。「なあ、ぼくたちは兄弟になるんだよ」と言いながら親しげにジュリアの腰に腕を回した。「この美女が、ついに結婚を承知してくれたんだ」

「おめでとう」ハリーの視線はジュリアに据えられている。「サウスランド、ちょっとした助言をやるよ。役に立つ助言だ。決してこの女性と乗馬に行くな」

「意味がわからないな」サウスランドは戸惑っている。「彼女は、ぼくの知るどんな女性よりも乗馬がうまいよ」

「ええ、そうよ」ジュリアはいささか喧嘩腰で言った。「少なくとも、馬から落ちずに鞍に座っていられるわ」

ガスは姉の腕をつかんでハリーから、そして間違いなく大惨事になるであろう状況から引き離そうとした。

「ねえ、お姉様、ウエディングドレスを見てちょうだい」無理に快活さを装って言う。「今朝仕立屋が最終の寸法合わせをしてくれたの」

「やめて、ガス」ジュリアは腕を引き抜こうとした。「それよりわたしはサウスランドと一緒にいたいわ」

「殿方はしばらくわたしたち抜きでお過ごしになりたいはずよ」ガスは姉を引っ張って玄関ホールを出て階段をのぼった。「それに、ぜひドレスを見てほしいの。すごく豪華だから、お姉様も気に入るんじゃないかしら」

けれど、明日に備えてドレスがほかの小物とともに吊るされている更衣室に入るやいなや、ガスはさっと扉を閉めて姉と向き合った。

「お姉様がどういうつもりかは知らないわ」いつになくきつい口調で言う。「それに、お姉様とハリーのあいだでなにが起こったかも知らないし、正直言って知りたくもない。だけど、彼にいやな思いをさせたり、わたしたちの結婚の邪魔をしたりするのは許さない」

ジュリアは目をむき、怯えた様子を装ってあとずさった。

「まあ、ガス、こんなあなたは見たことがないわ。まるで小さな雌ライオンね」

「お姉様はやきもちを焼いているのね？」ガスが姉に対してそのようなことを言えたのは、これが生まれて初めてだった。「お姉様はハリーと結婚できたはずだったのに、彼を捨てていった。いまになって、彼と結婚するのは自分じゃなくてわたしだということが我慢できないのよ」

「半分だけ正解ね。たしかにハリーと結婚して伯爵夫人、やがては公爵夫人になりたかったわ。だけど他人に頼らなくちゃならない障害者とは結婚したくなかった。だから、松葉杖姿の彼は喜んであなたにあげるわ」

「残酷な人ね、彼のことをそんなふうに言うなんて！」

ジュリアは微笑んだ。「真実は残酷なものよ。わたし、真実じゃないことはひとつも言っていないわ」

「お姉様から見た、悪意に満ちた真実よ！」ガスは声を張りあげた。ジュリアがさっき言ったとおりだ。ガスがこんなふうに姉に口答えしたことはない。これまではハリーをかばう必要がなかったからだ。

「ハリーの具合が悪かったとき、お姉様はお見舞いもできなかった。なのにいまは彼の苦しみを嘲っている――ひどい言葉で！」

ジュリアはふんと鼻を鳴らしてそっぽを向いた。「あの日森でなにがあったか、彼は話した？」

「彼がヘラクレスから落ちたのでないことは知っているの」ガスははっきりと言った。「彼は投げ出された。お姉様がそれになんらかの形でかかわっているんじゃないかと思っているわ」

「だけど知らないのよね」ジュリアは図星を指した。決して頭はよくないが、そのわりに驚くほど口論に長けていて、ガスの弱みをずばりと突いてくる。「はっきりとは。ハリーもよくわかっていないんじゃないかしら、なんとかわたしを中傷しようとしていたけれど。彼は気をつけたほうがいいわよ。サウスランドはわたしがおとしめられるのをいやがるし、わたしを守ってくれるわ」

「無理にハリーの記憶を取り戻させるつもりはないわ。彼がお姉様の望む以上のことを思い出したら、お姉様もいやな思いをするんじゃないかしら」

ジュリアは腹立たしいほど楽しそうな笑顔になり、狭い部屋をゆっくり歩きまわりはじめた。粗末な商店の品物を眺めるかのように、ガスの新しい持ち物を冷たい目で見る。

「わたしは平気よ。ロンドンでは、ハリーが昔のような颯爽とした紳士じゃなくなったといわれているの。わたしもさっき会ってみて、噂がほんとうだとわかったわ。障害を負っただけでなく、彼は……変わった。公爵様がご自分の目で確かめるためイタリアから飛んで帰ってこられたのも当然ね」

ガスは体の脇でこぶしを握り、決然とした足取りでジュリアのあとについて部屋を歩いた。

「それが公爵様のいらっしゃった理由だとしたら、少なくともハリーの頭脳になにも悪いところがないことはおわかりになったはずよ」

ジュリアはどうでもよさそうに肩をすくめた。「まあね。とりあえず公爵様の最大の願いはかなえられたわ。ご長男に花嫁が見つかったのよ。あなたはもうハリーの欠陥を知っているし、それを特別気にしていない。ほかの有望な花嫁やその家族にハリーの健康状態について答えにくい質問をされて公爵様が恥ずかしい思いをなさることを考えたら、このほうがよっぽどいいわ」

ガスは息をのんだ。「ひどくばかげたことを言うのね、お姉様、最悪の憶測、興味本位のでたらめよ！　公爵様がさっさとハリーとわたしを結婚させたかったのは、わたしたちが

――」

そこでハッと言葉を切った。危うく真実を暴露しかかったことに気づいたのだ。くるりと窓のほうに身を翻す。顔に出ている罪悪感をジュリアから隠したい。しかし姉はすでに充分なものを見て取っていた。

「彼は――ハリーは――あなたを凌辱した」ジュリアは背後からささやきかけた。声には衝撃があふれている。「そういうことなのね？　彼はあなたの純潔を奪った。公爵様はそのことを知って、ハリーにあなたとの結婚を強制した。ああ、ガス、そういうことなんでしょう？」

「いいえ、違うわ」ガスは勇気を出して言い、振り返ってふたたび姉と向き合った。「彼は凌辱なんてしていない。わたしたちは恋人同士なのよ。愛し合っているし、残りの生涯を一緒に過ごせるように結婚を望んでいる。わたしが望んだの――彼がわたしを求めているのと同じくらい強く。わたしたちは恋人同士なのよ。それこそが真実よ。天に誓って言うわ」

これほどジュリアがあっけにとられているところは見たことがなかった。少なくとも、ガスの言葉を聞いてこんなに唖然としているところは。熟練して身につけた茶目っ気ある表情は消え、羽根をつけた凝ったデザインの帽子の下の顔には混乱、そして当惑が浮かんでいる。

「ハリーはそんなに愛しているの？　ガス、あなたを？」

ガスはうなずいた。「そうよ。わたしも同じくらい愛しているわ」

「そう言うときのあなたを見ているとお母様を思い出すわ」ジュリアはゆっくりと言った。

「お母様はいつも、真の愛は自ら道を探して姿を現すと言っていたのよ」

ガスも母のことを考えて切なげに微笑んだ。「わたしはハリーに真の愛を見いだしたの」

「そう」ジュリアは微笑もうとした。目が潤み、レースで縁取ったハンカチを取り出す。

「彼はそんなふうにわたしを愛してはいなかった」

「ああ、お姉様」ガスはそっと言った。「彼とお姉様はお互いにふさわしくなかった、それだけよ」

ジュリアは首を横に振って、ガスの慰めの言葉を否定した。「さっきハリーが変わったと言ったけど——それはほんとうよ。彼はわたしを、そのあたりの女性を見るような目で見たわ。だけどあなたを見るとき、彼の目は燃えていた。わたしはあんなふうに見られたことがなかったのに」

「でもお姉様もそんなふうに見られるようになるわ」ガスも涙がこみあげてきた。「お姉様にはサウスランドがいるじゃない」

「サウスランド」ガスは涙ながらに微笑んで指にはまった指輪を見おろした。「わたしには彼がいる、あのすてきでハンサムなおばかさん。そう、彼はハリーの千倍もわたしにお似合いね」

ジュリアは声をあげて笑い、ガスも笑った。ふたりは抱きしめ合い、泣き、また抱き合った。

「あなたとハリーが最高に幸せになるのを願っているわ」ようやくふたりが体を離したあと、

ジュリアは言った。「そんなに愛し合っているのなら、幸せにならないはずがない。そうよね？」

「サウスランドもお姉様をそんなふうに愛するようになるといいわね」ガスは心をこめて言った。「お姉様には愛される資格があるもの」

「きっとそうなるわ」ジュリアは笑みを浮かべた。「彼はまだそのことを知らないけど、きっとわたしが愛させてみせる」

「ブランデーのお代わりはどうだ、ハリー？」父はテーブルの向かい側から瓶を押しやった。

「まだ宵の口だし、明日おまえは既婚者になるのだぞ」

ハリーは目をあげて部屋の隅の置き時計をちらりと見た。宵の口ではない。すでに十一時半近い。父とガスの父親と大ばか者のサウスランドと一緒にもう何時間もここにいる。夕食後に女性陣が退席してからずっと。

ハリーを酔わせようという父親たちの企みに反して、彼はちっとも酔っていなかった。酔っていたら、今夜はもっと楽しめただろう。初夜の不幸な出来事、怯えたり盛りのついた三月ウサギのように好色だったりする花嫁、奔放なあるいは内気な花婿、壊れたベッド、といった話を次から次へと聞かされた。どの話もハリーにはちっとも面白くなかった。いや、今日はなにごとも面白いと思えずにいた。

今日の午後ジュリア・ウェザビーが玄関扉をくぐるのを見た瞬間からだった。いずれ彼女に再会することになるのはわかっていた。なにしろ将来の妻の姉なのだから。別れたことはちっとも後悔していないし、彼女に未練などない。ジュリアに関する最大の思いは、自分は逃れられて幸運だった、ということだ。

だが、ばかげた帽子につけた羽根を夏の太陽の下で揺らしながら屋敷に入ってきたジュリアを見た瞬間、あの朝の記憶がどっと戻ってきたのだ。幸いにも忘れていたいまわしい出来事を、詳細まで思い出した。

狂ったような声をあげて藪から飛び出してきた彼女の上向きの顔、乗馬用帽子の上で揺れていた羽根、霧の中で旗のようにパタパタ揺れていた乗馬服のスカート。彼の乗った馬が怯えてあばれたこと、必死で馬を制御してジュリアから離そうとぐいっと横を向かせたこと、馬から投げ出されたこと。空中を飛んで激しく地面にぶつかったこと、かびて腐ったにおいがした木の葉。ジュリアが彼を見捨てて消えていったこと、耐えられないほどの激痛。

そしてガス。天使のように現れたガス。救い主、最愛の人、明日妻になってくれる女性。ハリーは世界一幸せな理由のある世界一幸せな人間であるはずなのだ。なのにジュリアを見てすべてを思い出して以来、自分の身に起こったことへの怒りしか感じられずにいる。原因の大部分がジュリアにあるとはいえ、彼女を責めているわけではない。ハリーもジュリアに劣らず愚かだった。新しい乗り手に慣れていないのが明らかな馬を借り、無謀にもその馬を霧に包まれた森まで駆けさせたのだ。美しい女性にそそのかされたというだけの理由で。

そのような浅はかで無分別な決断ゆえに、彼は明日ガスとともに教会の通路を颯爽と歩くことも、結婚式の花で飾り立てた馬車に彼女が乗るのに手を貸すことも、ロンドンの自宅に着いたとき彼女を抱きあげて敷居をまたぐこともできない。外科医がどう言おうが、自分が二度ともとの姿に戻れないことはわかっている。決別したはずの自己不信や落胆が、倍加して戻ってきた。

ハリーは無分別で強情で不注意な愚か者だった。そのつけを一生かかって払わねばならない。最悪なのは、いまやガスも彼と一緒につけを払わねばならなくなったことだ。彼女は決して自分にふさわしい夫を持てない。すべてハリーの責任だ。

彼は死ぬまで自分を許せないだろう。

午後じゅうずっと、記憶と怒りを追い払って明日のことに思いを集中させようとしてきた。だができなかった。それどころか、なにも悪くない人々に対して無作法でぶっきらぼうに接し、喜んでいるべきときに不機嫌でむっつりしていた。思考は乱れ、はらわたは制御できない感情で煮えくり返った。

彼は椅子を後ろに押して立ちあがり、松葉杖をつかんだ。「わたしは失礼する」と言って頭をさげる。「先に寝させてもらうから、みんなでわたしのために乾杯していてくれ」

「ハリー、おいハリー、まだわしらを放っていくのは許さんぞ」ウェザビーは曲がったかつらと同じように唇を曲げて大きく笑った。「まだ歌を歌っておらん。花婿のための結婚の歌だ、ヒャッホー！」

「申し訳ありませんが、疲れているのです」もう少し愛想よくできればよかったのにと思いつつ、ハリーは言った。「明日は長い日になりますから」

「行っていいぞ、息子よ」父はにやにやした。「明日は長い日になるが、明日の夜はさらに長い。おまえには元気なところを見せてもらわんといかんしな」

ほかの者はどっと笑ったが、ハリーはうなずいただけで、できるかぎり早足で廊下へと出ていった。疲れていると言ったものの、眠れそうにはない。まっすぐ自分の寝室へは行かず、庭園に臨む屋敷の奥に向かった。少し夜の空気を浴びれば気分もよくなるだろう。窓から庭園が眺められる。生け垣や小道はくっきりと月光に照らされていて、遠くには求婚したあずまやの小割板を敷き詰めた屋根が見える。

この屋敷を離れたら寂しくなるだろう。立派な屋敷だからではなく、ここで過ごしてガスを愛するようになったからだ。他人から期待をかけられることも、詮索する目も、ふたりがどこでなにをしたかを報じるスキャンダル紙のゴシップ欄も、ここにはなかった。この屋敷ではふたりきりで過ごせたし、それは魔法のような日々だった。

ロンドンに戻ることを楽しみに思えないのは当然だ。ロンドンでは冷たい視線を浴びることになるだろう。人々の噂話については父から警告を受けるまでもなくわかっていた。この田舎で暮らしたことで、ロンドンがいかに冷酷な場所かが理解できた。若くて美しく、丈夫で裕福な人間にとって、ロンドンがすばらしいところなのは経験から知っている。しかしいまのハリーは弱者とみなされる。ひそひそ話をされ、笑い者にされる。これまで彼がかかわりを持ってきた若い娘やその母親たちが、哀れなガスを標的にするであろうこともわかっている。自分たちがそれに耐え抜くことに疑いは持っていない。しかしそれは楽なことではないだろう、ふたりのどちらにとっても。

屋敷はすでに寝静まっている。夜用のランタンが静かな廊下に弱い光を投げかけている。裏階段からは声が、厨房からは鍋の音がする。気の毒な皿洗い女中たちはまだ起きていて、上階の貴族連中がさっさとベッドへ行ってくれればいいのにと思っているだろう。疲れたような重い足音が階段をのぼってくる。ベッドに向かう不幸な使用人を怖がらせたくなくて、ハリーは物陰に隠れた。

娘は体の前に燭台を掲げていた。螺旋階段をのぼってくると、淡い光が不規則に動く。階段をのぼりきった彼女はさらに上階へ向かおうとはせず、廊下に足を踏み出した。小さく白い人影が浮かびあがる。素足に室内履きを履き、寝間着の上からショールをはおり、編みこんだ長い髪は両肩のあいだで振り子のように左右に揺れていた。

どこにいても、ハリーには彼女が見分けられただろう。

「ガス」彼はやさしく呼びかけた。「ここだ」

「ハリー？」ガスはそれがハリーだと信じられないのか、おずおずと近づいてきた。火明かりに照らされた彼女の顔は幽霊のようにぼんやりしていて、目だけがやけに大きく見えた。

「どうしてこんなところにいるの？　なぜほかの男の人たちと一緒じゃないの？」

「もう充分だったからさ。きみはどうして下にいたんだい？」

「ああ、たいしたことじゃないの。食器洗いのあと確認したら銀のスプーンとフォークがいくつかなくなっていたのよ。でもただの数え間違いで、大騒ぎして責任をなすりつけ合うような事態ではなかったと判明したわ」

ガスは燭台を近くのテーブルに置き、両手をあげて髪を真ん中からきちんと後ろに撫でつけた。ハリーは視線をさげて、彼女の手の動きに合わせて胸が盛りあがり、寝間着の白い生地にぺたりと張りつくのを見つめた。コルセットで締めつけられず、鯨骨や固めた布《バックラム》に押しつぶされていない彼女の乳房を、これほどはっきりと見たことはなかった。薄いリンネルの下で締まった丸い乳房が揺れる様子は魅惑的だ。自分たちがふたりきりになれたのは三日ぶりで、ガスとの距離の近さを感じて彼は強烈に高揚した。

「みんな明日の結婚式のことでピリピリしているの。わたしたちじゃなく自分が結婚するみたい」

ガスは不安そうに恥ずかしげな笑みを浮かべた。その不安の原因がハリーにあるのはわかっている。彼が夕食の席で非常に無礼な態度をとっていたからだ。彼女に疑いを抱かせてしまった自分が憎い。いまは彼自身も自分を信じられないでいる。あらゆることについて謝罪し、彼女に許しを請うこともできた。

だがそうはせず、壁に寄りかかってガスを抱き寄せた。飢えているかのように唇を貪る。激しく容赦なくキスをした。絶望に駆られていた。彼女に溺れて、ほかのことはなにもかも忘れたかった。

舌を口の奥まで突き入れた。どんな形でもいいから彼女の一部になりたい。するとガスは驚くほどの熱心さで応じてきた。ぴたりと体をくっつけ、彼の首の後ろに両腕を回して体を支える。ハリーはガスの肩からショールを取って床に落とした。いまやハリーの手と彼女の体を隔てるのは薄い布一枚だ。

ハリーの手。いまいましいことに、どうしてもガスから手を離すことができない。布越しに彼女の肌の熱さが感じられる。ガスが体を押しつけてくると、ハリーの手のひらを柔らかな肉が満たす。ハリーはブリーチズの前を彼女に押しつけ、股間の硬さ、どれだけ彼女を求めているかを知らせた。

「こんなにきみが欲しいんだ、ガス、きみを求めているんだ」彼は荒々しく言って腰を動かした。「きみがそばに来るたびに、こんなに硬くなる」

「そうね」ガスは彼の耳に向かって息を切らせた。「寂しかったわ、ハリー。あなたのすべてが恋しかった」

彼女がみだらに体を揺らす。ハリーはふたたび激しくキスをした。わずかに残っていた自制心も、一秒ごとに逃げていった。

「だったらわたしと一緒に上へ行こう」ハリーは焦ってささやいた。「いますぐ、わたしの寝室へ。誰にもばれないさ」

ガスはハリーを見やった。欲望でまぶたは半ば閉じている。それでも彼女はかぶりを振った。

「だめよ、ハリー」不承不承に言う。「明日は結婚式よ。それまではお行儀よくすると約束したもの」

「ばからしい、お行儀なんてくそ食らえだ」ハリーは乱暴に言ってまたキスをした。どうやったら彼女にわかってもらえるのだ？　いま、今夜、彼女を抱かねばならない。彼は手探りで寝間着の首元を留めている紐を引っ張って前を広げた。乳房を手で包んでやさしく乳首をつまむ。乳首は即座に硬くなった。さらに強くつまみながら、同時に乳房を愛撫した。ガスは彼の口に向かって小さな声を漏らして背を反らせ、恥ずかしげもなく乳房を彼の手に押しつけてさらなる愛撫を求めた。

そのとき突然、ハリーのいるところからそう遠くない床をロウソクの明かりが照らし出した。低俗で下品な歌を歌うウェザビーの声と、ハリーの父の笑い声とが、どんどん接近してくる。

ガスにも聞こえたらしい。彼女はびっくりして息をのみ、ハリーの手から逃れ、屈みこんでショールを拾った。ハリーは欲求不満に悪態をついた。結婚したら屋敷のすべての部屋に鍵をつけ、誰にも邪魔されることなく好きなときに好きなだけ妻の体を楽しめるようにしよう、と彼は心に決めた。

ガスは父親たちを足止めするため燭台をつかんで突進し、廊下の角を曲がった。

「おまえか、ガス？」ハリーの父とともに廊下にいたウェザビーが尋ねた。「こんな時間になにをしている？」

「厨房でちょっとした騒ぎがあって、見に行っていたの。でももう解決したわ」

ハリーは陰に隠れて激しく息をついていた。無力な臆病者のようにこんなところでこそこそしているのではなく、自分のほうが彼女を守るべきだった。しかしいまハリーが出ていったら、父親たちの前で恥をかくのはガスだ。だから彼はしかたなくその場にとどまっていた。ここからガスの後ろ姿が見える。まさに無垢な花嫁だ。軽く下を向き、ショールをきつく肩に巻きつけ、手には燭台を持っている。寝間着から魅力的な丸い尻の形が見え、ハリーはなんとか苛立ちのうめき声を抑えた。

「さすがガスだ、どんなことでも解決してくれる」ウェザビーは誇らしげに言った。「それも自分の結婚式の前の日に。ああ、ガス、おまえがいなくなったらわしはどうしたらいい？わしがどんなにすばらしい宝物を譲り渡そうとしているか、若きハリーがわかっていてくれればいいが」

「わかっていると思うわ、お父様」ガスは言った。「だけどわたしにとっては、ハリーこそが宝物よ」

ウェザビーは大きく吐息をついた。「やつはイングランド一の果報者だ。さあ、ガス、おまえの部屋まで送らせてくれ。これが最後だ。ああ、こんなことを言うのはつらいな！」

ガスは父親と歩きだした。ふたりが階段をのぼっていくと、やがて彼女のロウソクの明かりが消えた。

ハリーは彼らが行ったと確信できるまで闇の中で壁にもたれていた。それからようやく松葉杖をつかみ、のろのろと自分の部屋に向かった。自らの思いと絶望だけを伴って。

「どんな花嫁も結婚式の日には美しくなる、とよくいうけれど」最後に一度姿見の前に立ったガスを見ながら、ジュリアは言った。「今日のあなたはほんとうに美しいわよ、ガス。まさか自分がこんな言葉を言うなんて思いもしなかったわ」

ガスはにっこり笑った。まさか姉のそんな言葉を聞くなんて思いもしていなかったから。でもジュリアの言うとおりだ。今日のガスは美しい。自分でも欠点が見つからない。ドレスは白いシルク。息をのむようなすてきなもので、金銀の刺繍が朝の日光を反射してきらめいている。いままで身につけた中でいちばん大きく広がった張り骨の上のスカートは、銀色のシルクのリボンや金色の紗の玉で飾られ、中央にはシルクでつくった白い花がついている。肘の下には長いレースのひだ飾りが優雅に垂れている。公爵夫人すら、ノリッチの仕立屋は誰も期待していなかったほどの働きをしたと認めざるをえなかった。

　母の真珠のイヤリングは今朝父からもらったもので、ガスは思わず泣いてしまった。首と手首は今朝届けられたハリーからの贈り物であるダイヤモンドで飾られており、これをもらったときもガスは泣いた。ネックレスと両腕のブレスレットはまさしく貴族にふさわしい立派なアクセサリーだけれど、それよりもガスを感動させたのは彼が同封したカードだった。これらは彼の母親の形見で、息子の妻がつけているのを見たら亡き母親はさぞ名誉に思うだろう、と書かれていたのだ。ガスは、亡くなった母親ふたりに教会で付き添われているように感じた。これ以上の幸せがあるだろうか？

「お昼にはあなたを〝奥様〟と呼ばなくちゃいけないなんて、変な感じ」ジュリアは言った。「ハーグリーヴ伯爵夫人、レディ・オーガスタ・フィッツロイですって！」

「すごく仰々しく聞こえるわね」ガスは緊張を抑えようとしていた。花嫁たる自分が注目的になるであろうことは知っている。でもそれは居心地が悪い。さっさと式が終わってハリーとふたりきりになりたい。

「いつか――あまり近い将来でないことを祈っているけれど――あなたはブレコンリッジ公爵夫人にもなるのよ」現公爵夫人が言った。「そうしたら、英国じゅうであなたがお辞儀しなければならない女性は王妃陛下だけになるわ」

それは、目下のガスには恐れ多くて考えもできないことだった。「誰か今朝ハリーを見かけた？」そわそわして尋ねる。「彼も身支度はできているかしら？」

「見たわ」ジュリアが答えた。「もう教会に向けて出発したわよ。おごそかな表情で、罪深いほどハンサムな顔で。だけどちょっと顔色が悪かったわね。きっと不安なのよ」

「なにを不安に思うことがあるの？」公爵夫人が言った。「彼はオーガスタを愛しているし、オーガスタも彼を愛している。幸せな結婚を築くのに、これ以上の土台はないわ。顔色が悪いとしたら、ゆうべ殿方が彼に独身者のお楽しみと称してアルコールを飲ませすぎたからね」

ガスはうなずいた。でも昨夜廊下で会ったとき、彼はまったく酔っているようには見えなかった。昼から夜まで彼を悩ませていた不機嫌は、あのときもつづいていた。陰鬱で、所有欲にあふれ、なぜか怒っているようにも見えた。彼がもっと結婚式のことを喜んでくれたらいいのに。もしかしたら、やはり不安なのかもしれない——といってもハリーは常に自信満々なので、たとえ自分たちの結婚式であっても、彼が不安を感じていると想像するのは難しい。そしてゆうべのキスをもとに考えるなら、結婚初夜のことはまったく不安視していないようだった。

「馬車が来たわ」ジュリアは窓の外を見やった。「お父様も下にいて、御者にあれこれ指示を出して困らせているわね。まあ、従僕はなんてすてきな格好なの！　全員白い花をお仕着せの上着と帽子に留めていて、御者も鞭に白いリボンをつけているわ。あなたに敬意を表しているのね。あなたの準備がいいなら、下におりましょう」

「いいわ」ガスはできるかぎりきっぱりと言った。ほかの人にというより自分自身に言い聞かせるために。メアリーからブーケを受け取り、手の中の花——母の庭園から摘んだバラ——が震えているのを誰にも気づかれませんようにと祈った。

胸はどきどきしていて、目まいがしそうだ。階段をおりて、ミス・オーガスタ・ウェザビーとして最後に父の馬車に乗りこむときも、激しい鼓動はおさまらなかった。領地の端にある小さな教会に乗りつけ、父が支えてくれなかったら間違いなく転ぶだろうと思いながら通路を歩いていくときも。式に列席しているのは双方の家族だけだったけれど、よく知っている彼らの顔もぼんやりしていて、はっきりと見えなかった。

そのときハリーが手を握ってきた。ハリー、ガスのハリー、おごそかで、ありえないほどハンサムなハリー。青い瞳は愛と欲望で輝いている。

彼は屈みこんで顔を寄せ、ほかの誰にも聞かれないよう小声で言った。

「わたしの最愛のガス。いままで以上にきみを愛することは不可能だと思っていた。しかしいま、それくらい愛しているよ」

ガスは微笑んだ。喜びが胸にこみあげて、あらゆる疑念や不安を追い払う。彼の手はガスの命綱だ。かつて彼女の手がハリーにとって命綱だったのと同じように。ガスはその手にしがみついた。彼を、そして彼の支えを、ぜったいに失いたくない。

それからあとは驚くほどの早さで進んだ。儀式、指にはまった新しい金の指輪、乾杯、ウエディングケーキ、家族と別れるときの涙と抱擁、ガスとハリーが馬車で出かけるとき私道に並んで見送る使用人たち、ガスがこれまで家と考えていたただひとつの場所の最後の姿。

ガスは淡い色の革の座席にもたれて、いまもしっかり彼に握られている自分の手を見おろした。自分はいまやハリーの妻、そしてハリーは彼女の夫。いいときも悪いときも、富めるときも貧しきときも、病めるときもすこやかなるときも、ふたりの命があるかぎり。ふたりは結婚したのだ。もうあと戻りはできない。彼女はわななく口元に笑みを浮かべ、伸びあがって彼にキスをした。

12

「さあ、ここだ」馬車が宿屋の前で速度を落とすと、ハリーは言った。「やっと着いた」

ふだんなら、ハリーは途中馬を換え食事を取るためにしか止まらず、まっすぐロンドンへと向かっただろう。でも今日は結婚式だし、ガスのためを考えて、揺れる馬車で夜を過ごすのはやめておいた。教会から五十キロあまり先、六時間ほど走ったところにあるミルデンホールという町で泊まるよう手配させてあった。

市場十字架の前にある〈雄牛と鋤《すき》〉亭はまずまずの宿だ。きわめてロマンティックな場所とは言いがたいが、宿屋の主人は実直な人間だし——より重要なことに、その妻は非常に仕事にきびしいおかみだ。ベッドは清潔で食べ物は充分許せる味だろう。公道ではそれだけ望めれば最高なのだ。それに、自分とガスは互いのことに夢中なので部屋の設備のよしあしはあまり気にならないだろう。

けれどもハリーは、馬車——たとえ上等な内装の馬車であっても——での五十キロ、六時間の旅が脚にどれほどの負担を強いるかを考慮していなかった。時間の経過とともに、癒えたばかりの骨は悪路の揺れのため数週間前と同じくらい痛むようになっていった。馬車が上下左右に揺れるたびに、自分がどれほど情けない夫かをあらためて思い知らされる。ガスとともにふだんどおりに過ごそうと努めはしたが、彼女が肩に寄りかかって眠りに落ち、それ以上平気な顔を装わなくてよくなったときは、ほっと胸を撫でおろしたのだった。

「ここはどこ?」ガスはゆっくり体を起こし、ぼんやりと尋ねた。

「ミルデンホールだ。今夜はここで泊まる」

「よかった」ガスは座席の横に置いた帽子を手に取った。「午後じゅう馬車に座っているだけでこんなに疲れるなんて思っていなかったわ。脚はどう?」

「まったく問題ない」ハリーは嘘をついた。今日は彼女に同情されたくない。「夕食が楽しみだ。楽しみなことはほかにもあるが」

ガスは真っ赤な顔で微笑んだ。「知らない人たちの中で夫婦としてふるまうのは初めてね。わたしたちが結婚したばかりだというのは、ほかの人にもわかるかしら?」

「わかるよ」ハリーがそう言ったとき、馬車が宿屋の前で止まった。「わたしたちを待っているからね。きみはもうフィッツロイ家の人間だ。我々が物事を中途半端に行わないことは、すぐにきみにもわかる」

早くも宿屋の馬丁が馬車に向かって走ってきた。主人のグリーンが自らの職業と名前を示す緑色のエプロンを風にはためかせて大股で出迎えに来る。ほかの宿泊客たちが、到着したばかりの貴族を見ようと窓辺に姿を見せた。車輪に金箔を施し、扉に紋章を描いて厩舎の前庭に泊まった馬車は、いやでも目立つ。ハリーはガスに、新たな地位に伴う注目を楽しんでほしかった。

ところが、ガスはまったく楽しんでいないようだ。「どうしましょう」目を丸くして、深刻な表情でつぶやく。「あの人たち、わたしたちを見たがっているの?」

「きみを見たがっているのさ」ハリーは得意げに言った。「皆、きみが新しいハーグリーヴ伯爵夫人だと知っている。誰でも花嫁さんが好きなんだよ」

「わたしを見て、あの人たちががっかりしなければいいけれど」ガスは小声で言って窓から遠ざかり、クッションにもたれこんだ。

「がっかりするはずないさ」彼女がそんなことを言うのは意外だった。ハリーの目に映る今日のガスは、いままでにないほど美しく洗練されていた。金銀の刺繍をしたドレスを着て結婚式に臨んだときも、いま旅行着に身を包んでいるときも。旅行着は灰色の目を銀色に輝いて見せる明るく濃い紫色で、曲線美の体にぴったりと張りつき、腰を非常に細く、胸を魅惑的に大きく見せている。最高にすてきだ。

帽子はホイップクリームのような白いシルクの蝶形リボンで飾られていて、フランス風の菓子を連想させる。耳からは大きなアメジストとダイヤモンドのイヤリングがぶらさがっている――これも彼からの結婚記念の贈り物だ。髪は最初、侍女がきつくおしゃれな巻き毛にしていた。けれども旅のあいだに手のこんだ巻き毛はほどけてしまい、いまは下に落ちて少し乱れている。ハリーがいちばん好きな髪形だ。

とにかくハリーは、ガスを魅力的でどうしようもなくすてきだと思っている。彼女を見せびらかしたい気持ちはおおいにある。それでも、ふたりきりになってガスをひとり占めできるようになるのが待ち遠しい。

「わたしを信じてくれ」ハリーが強く言ったとき、従僕が馬車の扉の掛け金を外して昇降段をおろしはじめた。「わたしはここにいる男全員から嫉妬されるよ」

ガスは微笑んだ。おずおずとした笑みだったが、それでも笑みは笑みだ。彼女は身を乗り出し、さっとハリーにキスをした。「愛しているわ、ハリー」

ハリーはキスを返してウインクをした。「わたしも愛しているよ、スイートハート」

扉が開いた。馬車の両側にはお仕着せ姿の従僕が立ち、その向こうには期待に満ちた人々の顔が見える。ガスを元気づけるのに一生懸命だったので、ハリーは自分が直面する試練を忘れていた。ガスの先に立って馬車からおり、振り返り、手を出して彼女をおろさせねばならないのだ。それは礼儀作法の中でもきわめて簡単な部類の行動であり、長年家族の女性にしてきたことだったので、まったくなんとも思っていなかった。

でもそれが簡単だったのは、一本でなく二本の脚がともに丈夫で、松葉杖に頼っていなかったときのことだ。もちろん、彼が顔から前のめりに倒れたりしないよう、従僕は待機しているだろう。だが、よぼよぼの老人のように手を貸してもらわないとおりられないこと自体が屈辱的なのだ。

そして悔しいことに、ガスもそのことを誰よりもよく知っている。

「わたしが先におりましょうか？」彼女はやさしく尋ねた。「そうしたら、あなたはわたしに寄りかかってバランスを取れるわ」

「ありがとう、だがお断りする」ハリーはそっけなく言った。感謝よりもプライドがまさっていた。「ひとりでおりられる」

深く息を吸って立ちあがり、馬車の扉の枠をつかんで体を支える。折りたたみ式の昇降段は小さくて狭く、非常に安定しているとは言いがたい。座席に置いた松葉杖を取ろうと手を後ろにやると、ガスが杖を渡し、彼がしっかり握ったのを確かめてから手を離した。ハリーは、彼が足を踏み外して転落するのを庭にいる全員が息を詰めて待っているような気がした。

妻を除く全員が。

「がんばって、ハリー」ガスが後ろからそっと言った。「あなたはわたしの知る中でいちばん勇敢な人よ。大丈夫」

ハリーにはできる。そう、できるのだ。彼はいま一度深く息を吸い、片方の足で一段、二段と跳んで、無事地面におり立った。それから振り返り、できるかぎり堂々とガスに手を差し伸べた。

すると今度は彼女が段の上で固まった。派手な帽子の下の顔は恐怖でこわばり、引きつっている。ハリーはガスの手をつかんで、やさしく握りしめた。

「勇気を出すんだ、伯爵夫人」小声で言う。「わたしが愛したのは臆病者ではない」

ガスはぱっと彼を見おろした。ほんの一瞬、ハリーは辛辣にからかいすぎたかと心配になった。ところがガスは彼に笑いかけた。顔全体が日光のごとく明るくなる。彼女が微笑むと、群衆も微笑んだ。彼女は足取り軽く、こんなことには慣れっこだと言いたげに器用にスカートと張り骨を操って段をおりた。

純白の縁なし帽とエプロンをつけた幼い少女が人々の中から押し出されてきた。片方の手には白いリボンで結ばれた大きなブーケが握られている。彼女がガスの前ですばやくぎこちないお辞儀をすると、ブーケが揺れて地面につきそうになった。

「奥様」少女はブーケを上方に差し出した。「あたしたちから奥様への、ご結婚のお祝いです」

ガスに捧げ物がなされたのがうれしくて、ハリーはにっこり笑った。たいていのレディがするように、ガスもブーケを受け取ってそのまま進んでいくと思っていた。ところが彼女はシルクのペチコートに土がつくのもかまわずしゃがみこんで、少女と目の高さを合わせた。

「どうもありがとう」温かな笑顔でブーケを受け取る。「お名前は?」

少女は肩越しに後ろを見やった。見物人の中にいるおとなの誰かに、返事をする承認を求めたのだろう。

「アン・グリーンです、奥様」やがて少女は言った。

「よろしくね、ミス・アン・グリーン。お花をいただけてうれしいわ」ガスはブーケからいちばん大きな花を取り出してアンに渡した。「これを持っておいて、あなたの結婚式の日にわたしのことを思い出してくださる?」

アンはうなずき、花の茎をこわごわつかんだ。もう一度お辞儀をして、逃げるように人の輪の中に戻っていく。ガスが身を起こしたとき、近くにいた人々がうれしそうに笑いながら新たな伯爵夫人に拍手喝采を始め、やがて歓声が広がった。ガスは微笑んで赤面し、ふたたびハリーの腕をつかんだ。

「よくやった、スイートハート、お見事だ」ハリーは彼女が最高に誇らしかった。「これ以上ないくらいにうまくできたよ。たぶんあの子は宿屋の主人の娘だね」

「怖がらせたんじゃなければいいけれど」ガスは心配そうに言った。「もしもあの子の年齢のとき伯爵夫人に話しかけられたら、わたしは恐怖で死んでいたわ」

「だったら、幼いきみの人生に伯爵夫人が干渉しなくてよかった。していたら、きみはいまここにいないからね」ハリーは彼女とともに宿屋の入り口に向かった。四日間離れていたあとなので、彼女に触れられるのがうれしい。彼女の腰に手を回す、手のひらでそっと背中を押すといった、ほんのささいなことであっても。「ああ、もう腹ぺこだ。たしか、ここはかなりの料金を取るはずだ」

「こんにちは、伯爵閣下、ようこそいらっしゃいました」ふたりが中に入るやいなや、主人が急いでやってきて頭をさげた。「このよき日にお祝いを申しあげてよろしゅうございますか？」

「ありがとう」ガスは言った。「娘さんはかわいいわね」

「そう言っていただけて光栄です、奥様、ありがとうございます」グリーンはまた頭をさげた。「いい子なんです、ほんとうに。さて閣下、お部屋のことでございますが。すべて閣下のご希望どおりに整えております。西の角部屋、教会の境内が見渡せて静かに夜を過ごせる最高の寝室をご用意いたしました。お客様をお迎えするための小さな客間も付属しております」

「すばらしい」ハリーはさっさとおしゃべりを終えてガスとふたりきりになりたかった。「すぐその部屋に入ろう。使用人は間もなく荷物を持ってやってくるから、彼らも上階に案内してやってほしい」

「承知しました」グリーンは奥歯にものが挟まったような言い方をした。「失礼ながら、閣下と奥様には快適に過ごしていただきたく存じております。角の寝室をお望みとおうかがいしましたときは、閣下のご希望に沿うことしか考えておりませんでした。しかしながら、閣下の、あの、おみ足がご不自由なのを拝見いたしまして、ええ――」

「〝ご不自由〟だと？」ハリーはたちまち神経をとがらせた。

「はい、閣下」グリーンはハリーの脚を見つめた。「閣下に少しでも楽をしていただきたいと思っているだけでございます。閣下のご苦労を拝見しました以上、階段をのぼって奥まで歩かねばならない部屋をお使いいただくのは――」

「〝苦労〟などしていない」ハリーは顔がほてり、声が大きく怒りを含んだものになるのを自覚していた。本意ではないが、どうしても抑えられなかったのだ。荷物運びから給仕女中、宿泊客に至るまで宿屋にいる者全員が、さっき彼が外にいたときと同じく脚と松葉杖を見つめているのはわかっている。ハリーの心は乱れた。「わたしの怪我に関して勝手な憶測をめぐらさないでほしいね、ミスター・グリーン」

グリーンは顔を伏せ、なんとかハリーの機嫌を取ろうとした。「お許しください、侮辱するつもりはございませんでした。しかし、どうしても上の角部屋をお望みであれば、椅子に座っていただいて階段をかついでのぼるよう手配を——」

「椅子は不要だ」古い旅行鞄のようにかつぎあげられて階段をのぼる光景を想像して、ハリーはぞっとした。「やめてくれ、わたしは情けない障害者ではない！」

ガスは手袋をした小さな手を彼の腕に置いた。「ハリー、やめて。この方は侮辱しようとしているのではないわ。単に——」

「なにをしようとしているのかはわかっている。だが、そんなことは必要ない。さっさと我々の部屋に案内すればいいのだ。さもなくば別の宿屋に泊まる」

「お許しください、閣下、別の宿屋をお取りになるには及びません」グリーンは敗北を認めて頭を垂れた。「どうぞこちらへ、閣下、奥様」

彼はふたりを連れて短い廊下から階段へと向かった——長く険しい、ウェザビー・アビーよりもはるかに険しい階段だ。ハリーは階段を見あげ、自らに負わせた課題の困難さを思い知った。

「強情を張るからよ」隣でガスが穏やかに言った。「部屋を変更してもいいのよ。誰もあなたを責めないわ」

「自信ゆえだ、強情ゆえではない」もちろんハリーは強情を張っている。しかしそれを認めるつもりはない。いまはこの厄介な階段をのぼるしかない。

「わかったわ。わたしと一緒にのぼる？　それとも殉教者気取りでひとりでのぼることに固執する？」

「好きにしろ」ハリーは殉教者の部分を無視して言った。「止めるつもりはない」

グリーンは階段の途中で立ち止まり、ふたりがついてくるのを辛抱強く待っている。ハリーは人に待たれるのがいやだったので、意を決して階段をのぼりはじめた。それは予想をはるかに上まわる困難な作業であり、手すりにつかまってバランスの悪いカニのようによろよろと段をのぼらねばならないのは腹立たしかった。さらに悪いのは、上や下へ急いでいる人々が謝罪の言葉をもごもご言いながら彼の横をすり抜けていかねばならないことだった。ガスは後ろからついてきた。ハリーは振り返って確かめなかったが、彼女がそこにいるのはわかっていた。黙ったまま彼と歩調を合わせている。ハリーにはそれが不満だった。ガスがついてくることではなく、自分のせいで彼女が後ろからゆっくり歩かねばならないことだ。本来なら、ふたりは笑い合いながら一緒に寝室まで階段を駆けのぼっているべきなのに。一段のぼるごとにハリーの苛立ちと憤りが募っていく。ようやく上階まで行き着いたとき、ハリーは山をのぼってきたかのようにぜいぜいと息をついていた。上着の下のシャツは汗でぺたりと背中に張りついている。

「こちらへどうぞ」グリーンは階段をのぼりきったところで待っていた。彼があまりに同情に満ちた顔つきだったので、ハリーは松葉杖で殴りつけたくなった。「あと少しです」

ハリーは悪態を押し殺してグリーンに従った。もう階段はないので、少しは歩きやすい。グリーンが彼の機嫌を取るためいいかげんなことを言ったわけではないのが、せめてもの慰めだった。ふたりの部屋はほんの少し先だったのだ。主人は鍵を開け、大仰な仕草で扉を開けた。

「我が宿で最高の部屋でございます」彼は自慢げに言った。「お気に召しましたでしょうか？」

「ええ、気に入ったわ。ありがとう、ミスター・グリーン」ガスは大きな笑顔になった。「すてきなお部屋ね。それに、あのお花！　おかみさんが生けてくださったのね。ありがとうと伝えておいて」

部屋はまさしくハリーの望みどおりだった。風通しがよく、宿屋としては快適で、なにより整頓されていて清潔だ。木の床はきれいに掃かれている。大型のベッドが部屋の大部分を占めている。新婚夫婦に敬意を表して、テーブルの中央には花でいっぱいの大きな水差しが置かれている。不器用な生け方ではあったが、ガスが喜んでいるので、ハリーも不本意ながら満足を覚えた。少なくとも、花のおかげで部屋はかぐわしくなっている。

「ありがとうございます、奥様」グリーンは見るからにほっとしている。「ほかになにかご入り用のものはございませんか？」

「すぐに夕食を運んでちょうだい」手袋を脱ぎ、帽子を留めたピンを外しながら、ガスはてきぱきと言った。「夫には牛肉のチョップを二枚。焦げ目をつけて、でも焼きすぎないように。マスタードの瓶を添えてね。それ以外はお任せするから、今日の最高のお料理をお願い。最高のワインと。できるだけ早く持ってきてくださるかしら。旅のあとで、夫はとても空腹なの」

主人はお辞儀をして急いで歩き去った。扉が閉まると同時にガスはハリーに駆け寄り、上着の下に腕を滑りこませて腰に抱きついた。

「やっとふたりきりになれたわ」楽しそうに言う。「宿屋の最高の部屋に、わたしたちふたりだけ。すごくいたずらな気分よ」

「だろうね」ハリーはため息をついてガスから離れ、近くの肘かけ椅子にどさりと座りこんだ。

ガスは顔をしかめた。「夕食の注文をしたのは、出すぎたまねだったかしら？　チョップよりほかに欲しいものがあったの？」

「異議があるわけないだろう？　きみはわたしの好みを誰よりもよく知っているんだ」

ハリーは帽子を取ってポンとベッドに放り、袖で額の汗をぬぐった。階段をのぼるのに苦労したことで疲労とともに自己嫌悪に陥っていて、花婿にふさわしい態度をとる気分ではない。顔や手を洗って服を着替えるために従者を呼びたい。なのに、彼はここにいなかった。

「テュークスのやつ、なにをぐずぐずしているんだ？」ハリーは座ったまま上着の袖を引き抜こうとした。「わたしたちのすぐ後ろについているはずなのに」

「もしかしたらメアリーと駆け落ちしてカレーまで行ったのかも」ガスは彼の袖を引っ張って上着を脱がせ、テュークスに負けないくらい丁寧にたたんだ。「みんな、できるかぎり早く来るはずだわ。あなたの馬車は荷物がない分ずっと速く走れたのよ」

「わ、わ、わたしたちの馬車だ」ハリーは訂正した。ガスに感謝すべきなのはわかっていたが、あまりに気分が悪かったので礼を言うこともできず、そのためいっそう不機嫌になった。「きみの馬車でもある。なにしろわたしの妻になったのだから」

「忘れるはずがないでしょう？」ガスはキスをしようと顔を寄せ、唇を軽く触れ合わせた。

ハリーは自分がキスをする気分だと思っていなかった。けれどもガスは抵抗しがたいほど魅力的で、執拗でもあった。また、ガスのほうからキスされたことでハリーは予想以上に高ぶっていた。それで自然に任せて楽しむことにした。彼女が唇を開かせてキスを深めてくる。やがてハリーも耐えられなくなり、手を伸ばしてガスの腰をつかんだ。彼女は、誘いとしてはそれで充分だと思って椅子の肘かけに腰をおろし、そのまま体を滑らせ彼の膝に座りこんで、よりキスしやすい姿勢になった。

ところがノックの音がしたので、ガスはすばやく――あまりにもすばやく――跳びあがった。

「きっと夕食ね」明るく言う。「どうぞ」

三人の使用人がひとつの屋敷の住人全員に行き渡るほどたっぷりの食べ物と飲み物を載せたトレイを持って入ってきたので、ハリーはうんざりした。

「こいつらを入れなくてもよかったのに」使用人たちがテーブルに食事を並べているあいだ、ハリーは言った。「追い返すこともできたんだ」

「そうしてもよかったわ」ガスはテーブルの向かい側に座って静かに言った。「だけど、あなたのおなかがぺこぺこなのを思い出したの。あなたには、がっかりしたりいやな思いをしたりしてほしくなかったから」

「やめてくれ」ハリーは彼女にキスされたときの心地よさを思いながら言った。「そんなことはありえない」

とはいっても、実際空腹なのは認めねばならないと思った——結局は認めなかったが。食事は期待以上の味だった。とくにチョップは、添えられたマスタードに至るまで、まさに好みどおりの仕上がりだった。彼の気分をよくさせるためのガスの手腕に、ハリーは心ひそかに感心した。食事が終わって使用人がワイン以外のものを片づけたときには、ガスのおかげで彼は今日の午後起こったいやなことをすべて忘れ、いかに彼女を愛しているかということしか考えられなくなっていた。当然ながら、機嫌ははるかによくなっている。

ガスも上機嫌らしい。

「もう満腹ね」ガスはテーブルの向かい側に座り、半分空になったグラスを手に持っている。ロウソクの明かりのもとで見る彼女の頬は魅惑的にピンクに染まり、目は明るく銀色に輝いている。たぶんワインのせいだろう。だがハリーは、原因の一部が彼自身の存在であることを願った。

「すっかり満腹になった。しかし満足はしていない」

ガスは低く笑った。いままで聞いた覚えのないかすれた笑い声に、ハリーは魅了された。これがワインだけのせいであるはずはない。

「満足」ガスは楽しそうに発音した。「すごく不届きに聞こえるわ。悪い言葉ではないのに」

「きみには、今夜はあらゆるものが不届きに思えるんだろう」ハリーはからかった。「まずはこの部屋、今度は単なる言葉」

「だけど宿屋というのは不届きな場所よ。人は朝でも夜でも、偽名を使い、怪しげな仕事や密通のために出入りしているわ」

「きみのお父上はどんな宿屋を使っているんだ?」ハリーは笑いながら言った。「わたしがこれまでに泊まった宿屋はどれも、それに比べたらひどく退屈でまともだったよ」

ガスはうつむいてワインをすすった。アメジストのイヤリングが揺れて頬にあたる。

「ちょっと大げさだったかも。偽名や怪しげな仕事についてははっきり知らないの。だけど、一度父に連れられてロンドンに行ったとき、わたしたちが泊まった部屋のお隣はとても好色な男女だったのよ。ひと晩じゅうベッドを揺らしてドンドン壁にぶつけて、うめいたり叫んだり。父はすごく腹を立てて、その人たちを止めようと壁を叩いたの。でもお隣はやめなかったから、父はわたしとお姉様にスカーフをかぶらせて耳を覆わせたわ。無垢な耳に騒ぎが聞こえないように」

「だが、きみたちには聞こえていた」ハリーは興味を引かれていた。

「もちろん」ガスはテーブル越しに彼のほうに身を乗り出し、必要もないのに秘密めかして声をひそめた。「お姉様は眠ってしまったけれど、わたしはこっそり耳からスカーフを外して聞き入ったの。あの人たちがなにをしていたのか正確なところはわからなかったけど、楽しんでいたのはわかったわ。とっても刺激的だった」

「なるほど」彼女が見知らぬ男女の営みにひそかに聞き入っているところを想像して、ハリーは面白がるとともに気を高ぶらせた。「きみはそれを思い出して興奮しているみたいだね」

そう推測するのにたいした洞察力は必要なかった。彼女がにやりと笑って軽く手を口にあてた様子は、その推測が正しいことを示していた。

「では、すべきことはひとつだけだな」ハリーは椅子を後ろに押した。「我々もちょっと音を立てることを試みよう」

ガスも椅子を後ろに押した。立ちあがってハリーのほうに向かい、もう少しで手が届くところまで来て足を止める。

「メアリーはまだ来ていないから」彼女は旅行着の上着のボタンを外しはじめた。「自分で服を脱がないといけないみたい。かまわないかしら」

「今回は大目に見よう」ハリーの股間はすでに硬くなっている。彼女の上着の下から男物っぽい白いブラウスがちらりとのぞいているだけなのに。ガスは上着を脱ぎ、両袖を合わせて縫い目を揃え、きれいにたたみはじめた。

「床に落としておけ」ハリーは命じた。「ほんとうに不届きな好色女は、服をわざわざたたんだりしないものだ」

ガスは一瞬驚いた顔を見せたあと、言われたとおり上着を落とした。金属のボタンが床板にあたって軽く音を立てる。

「好色女と呼んだわね」ガスはブラウスの袖のボタンを外しながら言った。「わたしをそう思っているの？」

「たいていは、きみを我が妻だと思っている。しかし今夜のきみは好色女だ。非常にみだらで不届きな好色女」

ガスは笑いながらブラウスをウエストバンドから抜き、腕をひと振りして頭の上から床へと投げ捨てた。次に旅行着とセットになったペチコートとその下のペチコートの紐をほどいて落とし、足首のまわりにしわくちゃのシルクの輪をつくった。彼女は優美にその輪から足を踏み出した。いま身につけているのはシュミーズ、コルセット、張り骨だけだ。

ハリーはため息を漏らした。籐の芯に布を巻いて腰のまわりに円筒状に広がる醜い輪がなければ、彼女はこの上なく魅力的になるはずだ。

「張り骨。なぜ女性はそんなものをつけたがるんだ？」

「スカートを格好よく広げておくためよ」ガスは間髪を容れずに答えた。「お姉様は、ロンドンではいつも張り骨をつけていないと野暮ったく思われて見くだされると言うのよ」

ハリーはまたため息をついた。ロンドンはすぐそこだ。だがいまはまだ、そのことを考えたくない。

「きみが見くだされては困るから、人前では好きなだけ張り骨をつけておくといい。しかし家でわたしと一緒にいるときは、そんなものがきみの腰まわりについているのを二度と見ずにすめばありがたい」

「わかったわ」ガスは張り骨を外して、ほかの服の上に放った。「わたしもつけたくないの。不格好で見苦しく感じられるから」

「きみが見苦しいわけないだろう」ハリーは上の空でつぶやいた。張り骨は嫌いだが、コルセットは好きだ。とくにいま彼女が着ているようなものは。花模様のワインレッドのシルクで覆われたコルセットは、彼女の胸を魅力的に押しあげ、腰を細く締めている。コルセットの下に着ているのは膝丈のリンネルのシュミーズだけだ。シュミーズの生地は薄くて、太腿の合わせ目の濃い色の毛が透けて見える。それ以外に身につけているのは水色のストッキング、赤いガーター、かかとの丸い小さな靴だった。

ガスは彼のすぐ前までやってきた。くるりと回って背中、コルセットの交差した紐、そして美しく丸みを帯びた臀部を見せる。

「悪いけど、あなたに紐をほどいてくださるよう頼まなくてはならないわ。男性であるあなたが紐のほどき方を知っているかどうかわからないけれど」

「やってみるよ」ハリーは言った。コルセットの紐を手早くほどく経験が豊かであることを彼女に教える必要はない。「だけど、部屋の奥のほうが明るくて見やすいんじゃないかな」

ガスは上半身をひねって後ろを見た。「ベッドのほう?」

「そのとおり」ハリーは立ちあがった。「きみ、自分は好色女じゃないみたいなことを言っていたくせに」

彼がベッドに行き着くには少し時間がかかった。脚のせいでもたついたのではなく、道中ガスにネクタイを外され、ベストを脱がされ、シャツをブリーチズから引き抜かれていたからだ。ようやくベッドの端に腰をおろすと、彼女は靴と靴下を脱がせ、脚の副木も外した。

「これでいいわ」彼女は自分の靴を蹴るように脱いだ。「これでわたしたちはほぼ対等ね」

「まだだ」ハリーは彼女を引き寄せて自分の膝のあいだに座らせ、後ろを向かせた。「これを取らないと」

器用に結び目をほどいたあと、じっくり時間をかけて紐を鳩目から抜いて彼女をじらせる。やがて紐が外れて、コルセットが前に垂れた。ガスはコルセットを肩から外してどさっと床に落とし、ハリーはすぐさま両手を前に伸ばして乳房を包んだ。

ガスは息をのんだあと快感に吐息をつき、ハリーにもたれかかった。彼は乳首をもてあそび、つんと硬くとがらせた。うなじに唇をつけ、そこから首筋をたどって耳の下の敏感な場所までキスを浴びせていく。ガスは悦びに打ち震え、唇を開いて荒く息をした。

「そろそろみだらな気分になってきた？」ハリーは彼女の耳にささやきかけた。

「ええ、そうね」ガスの声はほとんど聞こえないほど小さい。

「よし」ハリーは乳首を少し強くつまんで乳房を愛撫した。「では髪をおろしてくれ」

ガスは苛立ったように小さく首を横に振った。「いま？」

「いまだ。でないとやめるぞ」

ガスは急いで手を頭まであげ、髪を留めているピンを外してバラバラと床に落とした。それから頭を振って髪を肩のまわりにおろす。つややかな髪からはラベンダーのにおいが漂った。最近では、ハリーはラベンダーのにおいを嗅ぐたびにガスのことを思い出す。

「これでいいでしょう」ガスは振り返ってハリーと向き合った。「さて、今度はわたしが命令する番よ。あなたはわたしの好みに反して服を着すぎているわ。まずはこのシャツ」

首元のボタン、その横のダイヤモンドのピン、両袖のボタンを順に外していく。ハリーはガスの表情を気に入っていた。髪をおろしてシュミーズを乳房の下まで引きおろされ、きわめて好色な女に見えるくせに、真剣で、決然とした顔をしている。彼女の乳房に飽きることは決してないだろうとハリーは思い、また手を伸ばした。

「まだだめ」ガスはくすくす笑いながら逃れた。「言ったでしょう、いまはわたしの番なの」彼のシャツの裾から手を入れ、手のひらを腹から胸まで滑らせていく。うれしそうに素肌を探索するガスの表情をハリーは好きだと思った。もっと好きなのは、熱っぽく好奇心たっぷりに触れてくる小さな手だ。彼女は笑いながらシャツをたくしあげて頭から脱がせた。そのときの欲望をむき出しにした表情もハリーは好きだった。それからガスはキスをした。

冗談めかして始まったキスは、すぐにもっと切迫した、抑制のないものに変わっていった。ハリーは彼女の柔らかな唇を求めて激しくキスをした。舌を口の奥まで差しこんで彼女が自分のものであることをはっきりと示す。ガスはそれに反応して彼にしがみつき、体を押しつけてきた。乳房と胸板、素肌と素肌がぶつかる。ハリーはもう我慢できなくなった。ふたりはあまりにも長く戯れていた。欲望はどうしようもなく強くて、これ以上待てない。

「わたしの番だ」渇望で声はかすれている。彼女に抗議する暇も与えずシュミーズを頭から脱がせて投げ捨てた。想像をはるかに超えたガスの美しさ、魅力に圧倒されて息をのむ。豊かに熟れた乳房は荒い呼吸とともに上下していた。ハリーとの強烈なキスで唇は赤く腫れている。白い肌はそばかすだらけで、頬と胸は興奮で紅潮していた。彼女は髪を振って肩の後ろにやり、落ち着きなく太腿をこすり合わせて、彼にかき立てられた欲望の解放を求めている。ハリーにもよく理解できた。ブリーチズの下で股間のものは鉄のように硬くなり、睾丸は張り詰めている。

ガスは突然はにかんで笑いを浮かべ、髪を耳の後ろにかけた。その無意識の誘うような仕草は、ハリーの興奮をますますあおった。

「わたしがあと身につけているのはストッキングとガーターだけよ」ガスの声は低くかすれている。「なのにあなたは、まだブリーチズをはいているわ」

「すぐに脱ぐ」ハリーはボタンを引きちぎって前を開け、ブリーチズを腰から引きおろした。欲望の証しが飛び出す。硬く、準備万端で、もう待ちきれない。ハリーは腕で彼女の腰をつかんでベッドに引っ張りあげた。ガスは驚きに息をのんで倒れこんだ。髪がシーツに広がり、乳房が上下に揺れる。肘をついて上体を起こし、ハリーを見つめた。

「わたしはまだストッキングをはいているわ」片方の脚をあげてガーターを外しはじめる。

「そのままにしておけ。はいたままの格好が好きだ」

ほんとうに好きだった。ガーターのあざやかな赤色のリボンが膝の下で結ばれている。白い肌に赤色がよく映えていた。まだ完全におろされていない彼女の脚をハリーはつかみ、脚のあいだにひざまずいて、ガーターの上の膝の内側にキスをした。

ガスは彼を見ながら身震いし、鼻にしわを寄せた。「くすぐったい」

「そうか？」ハリーはもう一度軽く噛まずにはいられなかった。「膝を曲げて開いてくれ。くすぐったくないことをしてやるから」

ガスはすぐに従った。期待でまぶたは半ば閉じられている。彼はふたたびキスをせずにはいられず、強く口を押しつけた。彼女の腰をつかんでぐいっと引っ張り、大きく開いた太腿のあいだに体を置く。彼女のそこは赤くなって濡れている。ふたりで行ってきた戯れに、ハリーと同じくらい興奮しているという証拠だ。彼が硬くなった自らの先端を入り口に押しつけると、ガスはため息を吐き、興奮に目を見開いた。そわそわと腰を突き出して彼のものに体をなすりつけ、欲望の声を漏らした。

「きみはすごく熱いよ、ガス」ハリーはうなるように言って彼女をさらに引き寄せ、ふたたび入り口に自分自身をあてがった。「ここで止まって楽しみたい。だが耐えられない、きみがこんなふうになっているときは」

彼女の太腿を強くつかんで大きく開かせ、勃起したものを押しあてた。彼女は熱く濡れて彼を求めている。今回ハリーが貫いたとき、ガスは悦びにあえいだ。彼は三度すばやく突いて彼女の奥深くまで自らをうずめた。世界じゅうで、ここ以外にハリーがいたい場所はない。

貪るようにキスをすると、ガスは手で彼の背中を上下にさすって応えた。

「ああ、お願い、ハリー、やめないで」小さな声で言って、熱に浮かされた表情で彼をうながした。「お願い、ぜったいにやめないで！」

ガスを抱いているとき、そんなふうに鼓舞される必要もなかった。ハリーが彼女の太腿を腕に引っかけると、ガスは脚を彼の背中に巻きつけ、ストッキングのシルクでなまめかしく彼の肌をこすった。彼は容赦なく突き入れ、抜けそうになるまで引いたあと、ふたたび深みへと戻っていく。ガスは身をくねらせ、乳房を揺らし、彼に合わせて腰をあげた。ひと突きされるごとに奔放な悦びでかすれた叫び声を漏らす。ハリーがいままで耳にした中で、最もうっとりするような声だった。

「ああ、ガス、きみはすばらしい」彼はうめきながら腰を突き出した。「最高にすてきだ」

「お願い――やめないで」ガスは息も絶え絶えに彼の肩にしがみついた。「ああ、ハリー、お願いよ」

クライマックスが近づき、睾丸がこわばるのをハリーは感じた。さらに激しく、さらに速く彼女を突くと、彼女の叫びがさらに大きくなっていった。ハリーの頭の中で血が轟音を立てて流れ、全身の筋肉が張り詰める。ガスのこと、ガスに溺れたいということしか考えられない。彼が狂ったように激しく動いたとき、彼を包む部分が痙攣するのが感じられた。

彼女は悲鳴をあげて頂上に達した。彼の背中に指を食いこませ、体を弓なりに反らして全身を小刻みに震わせている。それを合図にハリーも爆発し、うなり声とともに彼女の中に自らを注ぎ入れた。やがてぐったりとガスの横に倒れこんで、ラベンダーの香りのする髪に顔をうずめる。まるでノリッチから走ってきたかのように、疲れ果て、消耗しきっていた。かまわない。彼は天国を見つけたのだし、まだ去りたくなかった。

荒い息のまま体を起こしてガスの顔を見おろした。彼女は目を閉じていて、まつげが丸い頬の上で揺れ、呼吸はようやくおさまりはじめたところだった。ハリーは彼女の鼻梁にキスをして、自分がここにいることを思い出させた。ガスはまぶたを震わせ、目を開けて微笑んだ。悦楽に満ちた、少しにやりとした笑みだ。

「ああ、ハリー」楽しげな、かすれた声。「言葉もないわ」

「言葉はいらない」ハリーは彼女の額、頬、顎に口づけた。肌は塩辛い。彼はそれをおいしいと思った。「いまはなにも」

彼女を押しつぶさないため転がってあおむけになり、胸に引き寄せた。するとガスは笑い、恥ずかしげもなく彼に覆いかぶさって脚を絡めた。

「幸せかい？」

「うーん」ガスはすっかり満ち足りた様子で、ぼんやりと指先で彼の顎をなぞった。「満足よ」

ハリーはくすりと笑い、指を広げて彼女の尻を覆った。「きっと満足して消耗しているだろう。もしも隣室に人がいたとしたら、きみが昔聞いた恋人たちの立てる音と同じものを彼らも聞いたはずだよ」

「あら、きっとあなたの声も聞いたでしょうね。でも、どうでもいいわ。わたしたちは結婚しているんだもの」

「どうでもよくないよ、結婚しているからこそね」ハリーはあちこちをさまよう彼女の指をつかんでキスをした。「わたしほど幸運な夫は、この世に多くはいない」

ガスは笑顔で彼を見おろしたけれど、その笑みは揺らいでいる。ハリーは彼女の頬に流れ落ちた涙の最初の一滴をすくいあげた。「好色な女と結婚したから？」

「違うよ、ガス」ハリーはやさしく言い、彼女の顔を引きおろしてキスをした。「世界でいちばん愛する女性と結婚したからだ」

13

馬車がようやくグローヴナー・スクエアに入ったのは、真夜中をかなり過ぎてからだった。ガスは期待とわずかな恐怖を感じつつ、初めて見る新居を窓から眺めた。

ふたりは予定より二日長くミルデンホールの宿屋にとどまっていた。ベッドから離れられないという、単純かつすばらしい理由によって。三度の夜と二度の昼のあいだ、彼らはときどき食事や睡眠を挟むだけで、もっぱら愛を交わしていた。最高にすてきな結婚生活の始まりだったし、今朝早くついに宿を出たときはとても残念だった。今日一日旅をつづけるうちに、残念な思いはさらに増した。ロンドンに近づけば近づくほど、道は混雑し、馬車の動きは遅くなっていく。時間がたつごとにハリーの気分は暗く、口は重くなり、やっとロンドンに到着したときにはすっかり黙りこんでいた。それが脚のせい、馬車で長時間を過ごして脚に負担がかかったせいなのは、ガスにもわかっていた——ハリーはガスに対しても決して認めないだろうが。けれどガス自身も緊張でそわそわしていたので、彼が少しは元気づけてくれたらいいのにと思わずにはいられなかった。

これまでロンドンには三度しか行ったことがない。最後は四年前だった。そのときは、道という道に家や教会などの高級な建物が立ち並ぶ、うるさくて人だらけの巨大な都市との印象を受け、ノーフォークの静かな自宅に戻ったときはほっとしたものだ。

でも、これからはガスもロンドンの住人だ。ふたりは、彼の父親がハンプシャーに持つ屋敷ブレコンリッジ・ホールでも数カ月を過ごすことになっている。だがグローヴナー・スクエアにあるこの屋敷はハリーの持ち物だった。

そしていまやガスのものでもある。

「二軒目の家だよ、ほら、白い石づくりの玄関の」隣に座ったハリーが言った。「気に入った?」

「気に入らないはずないでしょう?」疲れた馬が玄関前で止まると、ガスは屋敷を見あげた。予想よりも大きい――ガスがロンドンで訪れたことのある唯一の屋敷、アビゲイルおばの家よりはるかに広大だ。出窓が三つある四階建てで、美しい玄関には巨大なアーチがついている。屋外のランタンに照らされた屋敷は優雅だけれどいかめしく、冷え冷えして見え、陽気で古くさいウェザビー・アビーとは正反対に感じられた。「あなたひとりで住むには広すぎるみたい」

「昔からひとり暮らし用として使われてきたんだ」ハリーは振り向いてガスを見た。「父は自分の死後に母が住むための寡婦住居としてこの家を建てた。しかし母のほうが先に亡くなったから、父はわたしが成人するまで人に貸していて、そのあとわたしに譲ってくれた。いま、この家はわたしたちふたりのものだ。さあ、中に入ろう。馬車にはもう飽き飽きだ」

屋敷の玄関ホールは天井が高く幅は狭く非常に立派で、床は白黒模様の大理石、奥には大きく湾曲する階段がある。階段をのぼりきったところにはアーチ形のアルコーブがあり、そこには白い大理石でできた古代の女神像が、気味悪い石の番人のように立っている。

使用人は一列に並んでふたりを出迎えた。執事、料理人、従僕三人、女中ふたり。ハリーは早口でぶっきらぼうに彼らを紹介したので、ガスには名前が聞き取れなかった。それでも彼らのお辞儀にはできるだけ温かな笑顔で応えた。明日になれば、皆の名前や仕事を覚えて帳簿を点検する時間がたっぷりあるだろう。

まさに自分にぴったりの仕事が見つかった。この規模の屋敷に使用人七人ではとても充分と言えないし、すでにいくつもの警戒信号に気づいていた。玄関ホールの椅子の下には埃がたまっており、木工の家具は磨かねばならない。独身だった主人が屋敷の管理を怠っていたのは明らかだ。ハリーに代わって屋敷を改良し、より住みよいものにするのが待ちきれない。これについては自信がある。

「居間はそこにひとつ」ハリーは背の高い両開きの扉を手で示した。「その奥にもうひとつ。あと、この階には晩餐室と書斎がある。上にあるのは絵画室、舞踏室、ふだん用の寝室だ。明日案内するよ。ふたりとも死ぬほど疲れていないときに。それに、昼間の光で見たほうが、ずっと感じがいい」

彼はすでに一段ずつゆっくり階段をのぼりはじめていた。愚痴をこぼしてはいないが――ぜったいにそんなことはしない――彼が一段のぼるごとに顔をゆがめている様子から、十五時間近い旅が脚にかなりの負担を強いたことをガスは察した。だが、それを口にするほど愚かではない。黙ったまま、彼と並んで歩調を合わせてのぼっていった。

のぼりきると、彼は大理石の女神の前で立ち止まった。ぜいぜいと息を切らせて左側を指さす。ガスが目の前に立っていたにもかかわらず、ハリーの視線は彼女を通り越していた。

「伯爵夫人用の寝室はあの廊下の突きあたりだ。侍女はもう荷物を整理してきみが寝られるようにしているはずだ」

いやな予感がして、ガスは眉をひそめた。「それで、伯爵用の寝室はどこなの？」

ハリーは反対側を向いた。「こっちだ」

「ひどく離れているのね」ガスは腰に手をあてた。「わたしの服や小物がちらばる更衣室であなたに寝てほしいわけではないけど、夫と妻が毎晩こんなに離れているのはおかしいわ」

「都会ではそれがふつうだよ」ハリーは帽子を目深に引きおろした。彼は頑迷とは言えないにしても、鈍感でものわかりが悪い。どうしてなのかガスにはわからなかった。「慣習なんだ。もちろん、いつでも好きなときに互いの寝室を訪ねられる」

「ハーグリーヴ伯爵様」ガスの声は心の痛みと怒りでこわばっている。「都会の慣習なんてどうでもいい。わたしたちの家、わたしたちの家庭にいるときは、一緒に晩餐テーブルの真ん中で寝たってかまわないのよ、都会の人々にどう思われようとね」

ハリーは顔をしかめた。まだガスと目を合わせるのを避けている。「ガス、頼むよ」

「〝ガス、頼むよ〟？」感情がこみあげ、ガスの声は割れた。「それしか言えないの？〝ガス、頼むよ〟？　この三晩はあなたにとってなんの意味もなかったの？　わたしたちがしたことは、まったく楽しくなかったの？」

「あれは宿屋だった。ここではなかった」

「それがなんなの？　わたしはあなたの妻なのよ！」

「ちくしょう、こんなふうになるはずじゃなかったのに！」よそよそしく冷淡だったハリーが、突然感情を爆発させた。「玄関扉をくぐった瞬間、ここを出ていったときのことを思い出したんだ。五体満足だったことを。なのに、いまのわたしは自宅の階段を満足にのぼることもできない！」

ガスの中でもなにかが爆発した。心の中に閉じこめていた、不安と緊張と彼についての危惧が。

「なにかがどうなるはずかなんて、誰にわかるの？　わたしは予言者カサンドラじゃないから未来は見通せない。あなたもでしょう。明日、来年、あるいは一分後、なにが起こるかはわからない。過去は終わったことだし変えられない。未来はなるようにしかならない。ほんとうの意味でわたしたちにあるのは、あの怖い彫像に見守られたいま、ここ、この瞬間だけなのよ。わたしは許さない――」

けれども、ガスがなにを許すか許さないかはどうでもよくなった。ハリーが片方の腕を腰に巻きつけて彼女を抱き寄せ、キスをしたからだ。ふたりのあいだで募っていたあらゆる感情や緊張は、このキスに集約した。彼は所有権を主張するように激しく唇をぶつけてきた。ガスはもっと近づきたくて彼の上着の下に手を入れて背中にしがみついた。ガスの帽子が床に落ちる。ハリーは髪に指を差し入れてくしゃくしゃに乱した。あまりに強烈で切迫したキスだったので、ガスは目がくらみそうになった。硬くて熱いものがぐりぐり押しつけられるのが感じられる。彼女自身の体も反応して硬くこわばった。

ハリーが彼女の口に向かってうなった。まさに男らしい声。ようやく口を離したときも、彼はガスの顔から視線をそらすことができず、彼女が世界のすべての秘密を握っているかのように目を見つめた。

「わたしにはこの瞬間以上のものがある」彼の声はかすれていた。「きみだ」

そのときガスは確信した。もう二度と、遠く離れた廊下の端の部屋で眠れと言われることはないだろう。

「火曜日に帰ってきたあと、あなたが馬車に乗るところは二度と見ないだろうと思っていたの」ガスは彼の横でクッションに腰をおろした。「なのにまた乗っているわ。ほんの三日後に。びっくりよ、ハリー、ほんとうにびっくり」

ハリーは笑った。この三日間笑いっぱなしだった。もちろん彼女とともにほかのこともしていた。すばらしく奔放で好色なことを。おかげでロンドンへの退屈な旅のことはすっかり忘れてしまった。ふたりは彼のベッドで過ごし、世間を無視し、祝福に訪れた客の名刺は玄関扉横の盆の上にうずたかく積みあげられた。ハリーは代理人のミスター・アーノルド、サー・ランドルフ、仕立屋のミスター・ヴェナブル、クラブでの数人の旧友との面会の約束を取り消し、ガスは家政を立て直す壮大な計画をあとまわしにした。ガスとともにベッド――

ハリーのベッド――にいることにはそれだけの値打ちがあったし、できるものなら永遠にこんな生活をつづけたかった。

でも、それではガスが気の毒だ。彼女もハリーとともにベッドにいることに反対はしないだろう。それどころか大賛成だったはずだ。しかしハリーの妻、伯爵夫人としてロンドンの社交界に受け入れてもらうためには、そろそろふたりで人前に出なければならない。今日馬車でハイドパークを通るのが初の外出となる。そのあと今夜は劇場のボックス席に彼女を連れていくつもりだ。どんどん高くなる玄関の名刺の山は、世間がぜひとも妻に会いたがっていることの証拠であり、ハリーは喜んでその要求に応じるのだ。

ところがガスはハリーと違って自信なさげだった。「わたし、まともな格好だと思う?」帽子をいじりながら不安そうに尋ねる。「お姉様は、ハイドパークは上流階級の人たちがお互いをじろじろ見るための場所だと言っていたわ。あなたに恥をかかせたくないの」

「わたしに恥をかかせるだって? きみはきれいだよ。ほんとうに美しい」

濃い紫色のメリノの服を着てリボンで飾った帽子をかぶったガスは美しかった。もうこちらへ来たのだから、ガスをロンドンの仕立屋に連れていくようシーリアに頼まなければ、とハリーは思った。ガスには好きなだけたくさん服を注文させよう。いくら彼女が魅力的でも、服を一着しか持っていないとは誰にも言われたくないし、彼は冷たい夫だと非難されたくもない。

ガスはまだ自信を持てず、ため息をついた。「ほんとうに大丈夫かしら?」

「もちろん」ハリーは手を握って力づけた。「今日きみがすべきなのは、わたしの隣に座って微笑んで会釈することだけだ。公園では誰も意味のある会話はしない。誰も立ち止まらないし、馬に乗りながら気の利いたことを考えられる人間はほとんどいないからね」

「よかった」それでもガスはまだそわそわしていた。「じっと座っていたって、気の利いたことは言えそうにないもの」

「自信を持って」ハリーが穏やかに言う。「きみはハーグリーヴ伯爵夫人だ。わたしの妻であり、わたしは途方もなくきみを愛している」

彼女はようやく微笑んだ。「わたしも愛しているわ、ハリー」

ハリーは彼女の帽子の広いつばの下まで頭をおろしてキスをした。

「今日は馬車で公園を通る。そして今夜は劇場へ行く。明日はピーターソンがいまわしい脚の点検に来る」

「点検じゃなくて診察でしょう。サー・ランドルフはきっと、あなたの進歩にお喜びになるわ」

「たいした進歩はない。最近はね」

「あなたこそ自信を持たなくちゃ。あなたは日に日にたくましくなっている。わたしにはわかるの、たとえあなたが否定してもね。ついに足に体重をかけるお許しが出ても、わたしは驚かないわよ」

「どうかな」ハリーは曖昧に答えた。過度な期待は持ちたくない。自分の脚のことは自分がいちばんよくわかっている。ガスは明るい面を見ようとしているが、彼女の楽観的な考え方に賛同はできない。

「いずれにせよ」ハリーは話題を新婚夫婦の責務に戻した。「ピーターソンの診察が終わったら、結婚の挨拶まわりを始めなくてはならない。シーリアは、わたしたちが訪ねるべき高位のレディのリストを置いていってくれた。みんなウエストエンドに住んでいるから、一度に四、五軒は回れるだろう。まずは公爵夫人たちからだ」

「公爵夫人たち」ガスは消え入りそうな声でささやいた。「どうしましょう。たくさんいらっしゃるの？」

「いまロンドンにいるのはせいぜい十人ちょっとだろう」たいていの新婚の夫は挨拶まわりで妻に同行しない。しかしハリーはガスをきちんと世の中に受け入れさせ、世間の無神経な残酷さからできるかぎり守ってやろうと心に決めていた。「忘れないで、きみもいずれは公爵夫人になるんだ。だから臆する必要はない。だいいち、四人は親戚だ。言うまでもなくひとりはシーリアだし、彼女の娘たち――ダイアナ、シャーロット、リジー――もそれぞれ父の親戚に嫁いでいる。きみたちは仲よくなれると思うよ」

「そうだといいけれど」ガスの声は蚊が鳴くように小さい。

「なれるさ」ロンドンの女性たちが社交界で戦いに興じていることはハリーも知っているし、そんな危険地帯に踏みこむことにガスが恐れをなしている理由は理解できる。「親戚の女性たちはあなどりがたい影響力を持っている。その一員として、きみにはこれ以上ないほど頼もしい仲間ができるんだ。それから、もちろん来週は王妃に拝謁する」

ガスは心配そうに大きく息を吐き、彼から手を引き抜いて膝の上で両手を握り合わせた。

「拝謁はもっとあとにできない？　王妃陛下の拝謁は毎月あると公爵夫人からお聞きしたの。もう少し待てないかしら、わたしがもう少し——社交界に慣れるまで？」

「王妃陛下のお招きを断ることはできないんだよ」ハリーは彼女がきつく組んだ指にそっと手を置いた。「陛下はわたしたちが結婚したことをご存じで、わたしがきみを連れてくることを期待しておられる」

「だけど、陛下がもっと会いたがっておられる女の人はほかにもいるでしょう」恐怖でガスの声は震えている。「わたしの姿がなくても、陛下はお気づきにならないわ」

「残念だけど気づかれるだろうね。ほかの人間もわたしたちの不在に気づく。王宮には行かなくてはならないんだよ、ガス。行くことになっている。わたしたちの肩書きに付随する責任であり義務なのさ。わたしだって、貴族院でだらだらした話を聞くのはうんざりだが、それでも出席している。義務だからだ」

ガスは大きなため息をついた。「そんなふうに説明されたら、当然行かなくてはいけなくなるわね。だけど、たくさんの人の前でお辞儀することを考えただけで怖くなるわ。よろめいたらどうしたらいいの？　王妃陛下の前で転んだら？」

「仮によろめいたとしても、きみが初めてというわけじゃない。それほど恐ろしい試練じゃないよ。きみはあの金銀の刺繍入りのウエディングドレスを着て、ほかのレディと同じように長くて白い羽根を髪に挿す。わたしたちは王妃が座っておられるところまで歩いていき、わたしはきみを王妃の前に差し出し、きみはお辞儀をする。それで終わりだ。王妃はきみが気の利いたことを言うのを期待しておられない。そもそもドイツ出身の王妃の英語はまだひどいから、たとえきみが考えうる最高に利口なことを言っても、どうせ気づいていただけない」

それでもガスはひどく不安そうだったので、ハリーは彼女に手を重ねて励ました。「きっとうまくいくよ、ガス。自分らしくしていればいい。きみに別人のようなふるまいを期待する女たちとは、知り合う値打ちもない。それだけ覚えていればいい。ウェザビー・アビーのような屋敷を切り盛りするよりは、ずっと簡単なことだ」

ガスがまたしてもため息をつく。「ほんとうに?」

「ほんとうだ」ハリーは身を乗り出して、彼女の帽子を傾けないよう注意しながら頬に軽く口づけた。「それに、わたしはいつでもそばにいる」

「誓う?」

「もちろん」ガスに頼まれたらなんでもする。「きみの望みはなんでも聞くと誓うよ」

彼女はようやく笑顔になった。「ひどいことを誓わせるつもりはないわ。だって、それは妻らしくないもの」

ハリーも笑顔になったが、口調は真剣なままだった。「わたしが最も必要としているとき、きみはそばにいてくれた。きみが面倒な挨拶まわりや拝謁をするときわたしが付き添うのは当然だ。さあ、ハイドパークだ」

「まあ、見て」ガスは窓のほうに顔を向けた。「こんなに大勢の人がうろうろしているところは見たことがないわ！」

その日は晴れていて、公園は混雑していた。幌なし、幌ありなどさまざまな種類の馬車が、派手な帽子をかぶった女性たちを乗せて、馬車道ロットン・ロウをゆっくり行き交っている。乗馬服姿で馬を走らせる男性や少数の女性、真っ赤な上着と元気な馬を見せびらかそうとしているらしい将校などもいる。

「まあ、みんなこちらに手を振っているわ！」ガスはうろたえた。「どうしたらいいの？どうやって応えるの？」

「にっこり笑って手を振り返す。それだけでいい。彼らは馬車がわたしのものだと気づいて、きみを見たがっているんだ」

「わたしを」ガスは目を丸くして呆然と言った。「わたしに興味を持つ人がいるなんて、まだ信じられないわ」

「残念だが、わたしの妻になった以上、そういう呪われた運命にあるんだ」ハリーはそう説明しながらも、ガスがふたりの結婚をそんなふうに考えないことを願っていた。「ああ、わたしの知人だ」

三人の紳士とひとりのレディが馬で馬車に近づいてきた。ガスを見て会釈している。

「こんにちは、奥様」通りすぎながらひとりの紳士が言った。「ロンドンにお帰りなさい、閣下！」

「いまのは簡単だったわ」ガスがあまりに驚いていたので、ハリーは笑った。

「日没までには、街じゅうがきみを褒めちぎっているぞ。きみの美しさ、上品さ、ドレスの高級さをね」

「まあ」ガスはまた声をあげたが、いまはにこにこ笑っている。ほかの馬車や馬に乗った人々とすれ違うたびに、彼女は熱心に手を振り挨拶を返した。

ロットン・ロウを三度往復するころには、こうやってガスと一緒に来たときほどハイドパークでの午後が楽しかったことはなかったとハリーは確信していた。

「最後にもう一往復。そのあと家に帰ろう。夜の外出のための着替えは五時からでいいから、それまでの合間に、ええっと、ちょっとした秘め事を楽しむ時間はある。きみが承知してくれれば、ということだが」

ガスは顔を赤くして忍び笑いを漏らした。「どうやって承知させるつもり？」手をそっとハリーの内腿に滑らせる「この前みたいに――」

「おい、ハーグリーヴじゃないか！」馬に乗った若い男性が叫んだかと思うと、にやにや笑った顔が窓に現れた。背後に友人を従えている。「ノーフォークの墓場からよみがえって生者の世界に戻ってきたのか？」

「コブハム！」ガスの手が脚からさっと引っこんだのは残念だったものの、学友であり、その後も多くの深夜の冒険をともにした懐かしい知人を見てハリーは喜んだ。「スイートハート、これは旧友のロード・コブハムだ。後ろにいるのはロード・ウォルフォード。妻のレディ・ハーグリーヴだ」
「どうぞよろしく、レディ・ハーグリーヴ」コブハムの視線は無遠慮にガスの胸のあたりをさまよった――ハリーが不愉快になるほど無遠慮に。ガスは軽い気持ちで付き合っている愛人ではない。彼の妻なのだ。「いやあ、ハーグリーヴ、きみについてはさんざんひどい話を聞かされたよ。変わり果てた姿になったってね。それが嘘っぱちでよかったよ」

「さもしい人間の下劣な誇張だ」ハリーは昔のように虚勢を張ろうとした。松葉杖を外から見えない座席の下にしまっておいてよかった。副木をつけた脚がガスの大きく広がったスカートで隠れているのも幸いだった。

「知っているかい、クラブできみについての賭けも行われているんだよ」コブハムは、それが最高の冗談であるかのように言った。「いちばん賭け率が高いのは、きみは頭を打って気が変になり、北部の精神病院に送られた、という話だ。次に高いのは、外科医が怪我の直後に脚を切断し、きみが義足でロンドンに帰ってきて、さんざん女を――いやその、散歩をしている、という話だよ」

彼はうっかり口を滑らせたことを気にして不安そうにガスに目をやった。義足、と考えてハリーはうんざりした。現実はそこまでひどくないのがせめてもの慰めだ。しかしコブハムのような愚かな人間は、ひどい可能性ばかりを考えるものだ。

「わたしが妻を伴って戻ってくるとは、誰も予想しなかっただろう」ハリーは見せつけるようにガスの手を握った。

「まったく予想外だった」コブハムが力をこめて言う。「ミス・ウェザビーがきみを置いてロンドンに戻ってきてサウスランドと付き合いはじめたから、ぼくたちはみんな、きみはもうだめだと思ったんだ」

「わたしは正気を失わなかった」ハリーは軽く言った。コブハムはジュリアとガスが姉妹であることを知らないらしい。ばかな男だ。コブハムが意味のないおしゃべりをつづけるにつれて、ハリーはなぜこんな男と親しくしていたのかと不思議になった。「意識を取り戻して、姉妹のうちまともなほうと結婚することにした」

「へえ、そうかい」ハリーが妻への愛情を露骨に示しているのを見て、コブハムは居心地悪そうにしている。「なあ、ハリー。水曜日は遊べるかい？　いつもの仲間とちょっとした賭けをしているんだ。ハムステッドヒースの西の端を、どれだけ速く横切れるかという賭け。きみは昔から乗馬が得意だっただろう。やらないか？」

ハリーの笑顔がこわばった。馬車に乗っているかぎり、そのような誘いを受けることはないと思っていたのだ。だが、どうせ噂はすぐに広がるだろう。それならさっさと真実を明かすほうがいいかもしれない。

「それは無理だな。実を言うと、脚はまだ回復していなくて馬には乗れないんだ」

「そうなのか？」コブハムは首を伸ばしてのぞきこもうとした。「それは残念だな。すごく残念だ。クラブでよく会うハーパーが、きみがミルデンホールに泊まっているのを見たような気がすると言っていたんだ。びっこだったたって。まさかやつの言うことが正しいとは思わなかったよ」

「すみません、ロード・コブハム」ガスが初めて口を開き、きつい口調で言った。「驚きましたわ、紳士が別の紳士を〝びっこ〟と呼ぶなんて」

コブハムの言葉はハリーの上機嫌だった気分をナイフのように切り裂いた。それでもハリーはすぐさま彼女の袖に手を置いた。

「もういいよ、ガス」彼女が察して黙ってくれることを願って言う。「たしかにわたしはびっこ、障害者だ。コブハムは好きに呼べばいい」

「悪気も、彼を傷つけるつもりもなかったんです、奥様」コブハムは後悔の表情を見せた。「以前はみんなを率いていた友人の、そんな不幸な知らせを聞いて――残念に思っているだけです」

「そうだな」ハリーはそっけなく言った。「では失礼するよ、コブハム」

「ああ、うん」コブハムは馬を後ろ向きにさせた。「ごきげんよう、奥様」

「どうしてあんなふうに言われて許したの？　あの人はあからさまにあなたを侮辱したのよ」コブハムが声の届かない距離まで離れるやいなや、ガスは憤然と言った。「あなたの友人ですみたいな顔をして、よくもあんなことが言えたものね」

「コブハムはばか者だからだ」ハリーはそっけなく言い、深呼吸して怒りと苛立ちを抑えようとした。「きみはコブハムがわたしに向けた言葉を気に入らなかったようだが、わたしはやつがきみに向けた視線が気に入らなかった。彼とは長年の知り合いだが、そろそろあんな人間との付き合いはやめたほうがいいかもしれない」

「わたしのためにお友達と絶交してほしくないわ」ガスは不安で大きく目を見開いている。「競走でもなんでも、行きたければ行けばいいのよ、わたしのことは心配しな――」

「行きたくなどない」そう言ったことにハリーは自分でも驚いていた。ほんの数カ月前なら、彼はコブハムたちを連れて真っ先にハムステッドヒースに駆けつけただろう。だが、いま彼らと群れることに魅力はない。たとえ馬に乗れたとしても行かなかったと思う。自分が変わったのは脚の怪我のせいだと考えていたけれど、それは間違いだったかもしれない。おそらく愛が彼を変えたのだ、それもいいほうに。

愛が、そしてガスが。

「あんなやつらとは、まったく一緒に行動したくない」ハリーは断言した。「妻と一緒にいるほうがずっといい」

「ほんとうに?」ガスはおずおずと問い返した。「夫のことにあれこれ口出しする、いやなガミガミ女にはなりたくないの」

「きみが口やかましいガミガミ女になるところなんて想像もできないね」ハリーはにやりとした。「きみはわたしの愛する人、我が妻、伯爵夫人、わたしの擁護者だ。ガミガミ女などではない」

ガスは顎を引き、帽子のリボンだらけのつばの下から彼をうかがい見た。「好色女でもあるわ。それを忘れないで」

「忘れるものか、一瞬たりとも」ハリーはわざとらしくあくびをした。「公園にいるのはもう疲れた。くたびれ果てたから、ベッドに入ることしか考えられない」

ガスがにっこり笑う。「だったら家に連れて帰って、あなた」低くかすれた声を出した。「家に、そしてベッドに連れていって」


ガスは純粋な幸せを感じて吐息をつき、劇場のボックス席の椅子にもたれこんだ。役者たちが最後の挨拶を終えて舞台からおりていく。ほかのボックス席の客はすでに立ちあがり、荷物をまとめて帰りかけている。でもガスはもうしばらく、この魔法のようなひとときに浸っていたかった。

「すばらしかったわ。かわいそうなハムレット王子！　彼が呪われていて死ぬ運命にあるのは初めからわかっていたけれど、それでもなんとかして救済されないかしらと思っていたのよ」

彼女の気分が伝染して、隣に座るハリーもにこにこしている。「残念ながら、ハムレットは決して救済されないんだよ、スイートハート。いくら革新的な演出で知られるミスター・ギャリックでも、シェイクスピアの書いた結末を変えはしないだろう。ことに、これほど長年人気のある作品なら」

「そうよね」ガスは扇で自分の膝を叩きながら考えこんだ。「だけどわたしだったら、ハムレット王子とレディ・オフィーリアの両方を生かしておいて、ふたりを結婚させるのに」

ハリーは笑った。「『ハムレット』は恋愛物語として書かれたわけじゃないんだよ」

「そんなこと知っているわ！」ガスは扇で彼の腕を叩きながらも、一緒になって笑った。

「だけど、すばらしかったのはお芝居だけじゃなかったのよ。すべてが――今夜のすべてがすばらしかった」

彼女は笑顔でハリーを見つめた。ロンドンにいるあいだはガスの好きなだけ何度でも劇場に連れてくると彼は約束してくれたけれど、この初めてのときは特別なものとしていつまでもガスの記憶に残るだろう。ロウソクの明かりに照らされた劇場、音楽、着飾った観客、すてきな芝居。でも最高なのは、隣にハリーがいることだ。ハンサムで完璧な、愛する夫。ガスは衝動的に身を乗り出してキスをした。感謝の気持ちを表す、長くゆったりとしたキス。そのあとハリーがあまりにみだらな笑みを見せたので、ガスは家に帰るのが待ち遠しくなった。

「噂好きな連中は、明日の朝食の席でいまのキスを話題にするだろうね。『ハムレット』を見てきみが好色な気分になるなんて、誰が予想しただろう？」

「あら、妻が夫にキスすることのどこがそんなに破廉恥なの？」ハリーの言葉が正しいことを知りながら、ガスは冗談で返した。

芝居のあいだ、休憩のたびにふたりのボックス席には客が訪れていた。ふたりの幸せを祝福しに訪れる人々、ガスに会いハリーのロンドン帰還を歓迎しに来る彼の友人知人。芝居の最中も、観客の多くが自分たちのほうを向いていたのをガスは強く意識していた。皆、新しいハーグリーヴ伯爵夫人をひと目見たくてたまらなかったのだ。最初のうちガスは、まじまじ見つめられるのが恥ずかしく、きまりが悪かった。自分とハリーはショーウインドーに飾られた新しい商品のような気がしていた。

でも時間とともに徐々に慣れ、注目を楽しむようにすらなっていった。王立劇場の専用ボックス席でなくウェザビー・アビーにいるかのように、くつろいでハリーの友人と談笑した。ハリーが約束どおりリラックスさせてくれたからだ。ガスが相手の名前や素性を忘れていたら思い出させてくれたし、皆に見えるよう愛情をこめて肩を抱いてくれた。これ以上彼を愛することは不可能だとガスが思うたびに、ハリーはそれが間違いであると証明してくれた。単にハリーらしくふるまうことによって。

「愛しているわ、ハリー」ガスはまたしても口にせずにはいられなかった。

「わたしも愛しているよ、ガス」ハリーは愛情たっぷりに言い、またすばやくキスをした。それからため息をついて松葉杖をつかみ、ゆっくりと立ちあがる。「もう混雑はましになって、馬車も見つけやすくなっただろう。そろそろ帰ろう」

彼はほんとうに疲れているようだ。ガスは心配になって、すぐさま彼の横に立った。劇場に来てから人ごみを抜け、ボックス席まで階段をのぼってこなければならなかったし、今夜は彼にとって長い夜だったに違いない。

「ロビーにベンチがあったわ。そこで馬車を待ちましょう」ガスは彼の腕を取った。

「ベンチ」ハリーは軽蔑をこめて言い、彼女の憂慮をしりぞけた。「ベンチで待つなんて、いったいどんな夫なんだ？」

「分別ある夫よ。脚が痛むのならね」ガスは即答した。「わたしの夫。ちゃんとした判断力があるなら……」

「ロード・ハーグリーヴ」突然、きらびやかな宝石で身を飾った威圧感のある年配女性がボックス席の入り口に現れた。女性の後ろには数人のお供が立っている。ひとりは小型犬を抱いていた。「花嫁さんに会いに来たわ」

「レディ・トリヴァー、ようこそお越しくださいました」ハリーはすぐさま身を屈めてお辞儀をした。ハリーがこんなに低く頭をさげるのをガスが見たのは、知り合って数カ月で初めてだ。「妻のレディ・ハーグリーヴを紹介いたします。オーガスタ、こちらはトリヴァー侯爵未亡人だ」

彼がいつになくうやうやしい表情をしているので、レディ・トリヴァーがハリーの言うところの〝貴顕《きけん》婦人〟であることはガスにもすぐわかった。ロンドン社交界における重鎮の貴婦人だ。ガスは即座に彼の横でお辞儀をし、レディ・トリヴァーが扇を返して顔をあげるよう合図するまでうつむいていた。

「顔を見せてちょうだい、レディ・ハーグリーヴ」彼女に言われて、ガスはロウソクのほうに顔をあげた。おしろいと頬紅を塗りたくった顔の上で高く結いあげた髪に髪粉を振ったレディ・トリヴァーは、目を細めて一心にガスを見つめた。ガスは顔がほてるのを感じつつも、レディ・トリヴァーの鋭いまなざしから目をそらさなかった。臆病風に吹かれてはならない。自信たっぷりで落ち着いていなければならない。それがハーグリーヴ伯爵夫人のあるべき姿だ。

「声が出ないの、レディ・ハーグリーヴ？　ハーグリーヴがあなたと結婚したのは、口が不自由で彼に言い返すことができないから？」

当然ながら、ガスは驚きのあまり自己弁護の言葉が思いつかなかった。ほんとうに話すことができないかのようにぽかんと口を開け、シルクのドレスをしわくちゃにしてしゃがみこみそうになった。

侯爵未亡人はうんざりして顔をしかめた。「恥ずかしいわね、ハーグリーヴ」ガスが話せないだけでなく耳も聞こえないかのように言う。「この情けない女が、どうして伯爵夫人としてふるまえるの？　それだけじゃないわ。どうしてブレコンリッジ公爵夫人の肩書きを受け継げるというの？」

「わたしの妻だからです」ハリーはきっぱりと言った。ガスの手を取ってしっかり指を絡め、彼女をまっすぐに立たせ、肩に腕を回して抱き寄せる。「この女性と結婚したのは愛しているからですが、いずれすばらしい貴婦人になると確信しているからでもあります。いえ、すでにそうなっています」

ガスは感謝と愛をこめて彼の手を握り返した。侯爵未亡人が目の前に立ちはだかっていなかったら、ハリーの肩に抱きついてキスをしていただろう。いま、この劇場で。

けれど侯爵未亡人はいまだに立ちはだかっている。

「どうして、ハーグリーヴ？」彼女は非難めいた口調で答えを迫った。「説明しなさい。どうしてこの娘が、あなたの役に立つというの？」

「わたしは役に立つ人間だからですわ、レディ・トリヴァー」ハリーの彼女に対する信頼と肩に回された腕が、ガスに答える勇気を与えていた。いったん話しはじめたあとは、勇敢に話しつづけた。「六年前に母が亡くなったあと、わたしは父の屋敷を切り盛りしてきました。今後は夫の屋敷を、同様に倹約して効率よく管理するつもりでおります」

「そのとおりです」ハリーは言った。「彼女はわたしの独身時代のいいかげんな家政を改めるべく最善の努力をしてくれています。どうやらわたしは、きわめてだらしのない主人でしたので」

レディ・トリヴァーはガスに視線を据えたまま、疑わしげに片方の眉をあげた。「お父様の屋敷というのはノーフォークにあるのよね。かなりの広さがあるの？」

ガスはうなずいた。「屋敷には使用人が十四人おり、厩舎ではさらに十数人が働いております」誇らしく言う。「わたしは帳簿をつけ、物品の購入と支払いの管理もしておりました」

レディ・トリヴァーはようやくうなずいた。ゆっくり微笑むと、紅を塗った頬にひび割れたようなしわが入った。

「それは感心ね。怠け者なのを得意がる自堕落な若い娘たちと違って、あなたが自分の努力に誇りを持ってはっきり正直に話してくれてうれしいわ。あなたは現実的な人のようね、レディ・ハーグリーヴ。そうなの?」

「はい、レディ・トリヴァー」ガスはいまさらながら、自分らしくあるようハリーに助言されていたのを思い出した。少なくともこのことだけは、完璧な自信を持って答えられる。「非常に現実的です」

「現実的、しかも有能です」ハリーがあと押しをするように言った。

レディ・トリヴァーは彼の言葉を無視した。「それから、あなたがあの気取ったばか者のピーターソンよりも上手にハーグリーヴの折れた脚の手当てをしたとも聞いているわ」

「必要なことをしただけです」侯爵未亡人がハリーの滞在についてそれ以外になにも聞いていないことを願いつつ、ガスは答えた。「ロード・ハーグリーヴの苦痛はひどく、わたしはその回復のために自分のできることをいたしました」

「非常に謙虚ね。それに、花瓶の花を描くよりもはるかに評価すべき功績だわ」レディ・トリヴァーはついに褒め言葉を口にした。「たしかに現実的な女性ね。いい相手を選んだわね、ロード・ハーグリーヴ」

「ありがとうございます。オーガスタがわたしとの結婚を承知してくれたことには感謝しています」

「感謝して当然ね、この生意気坊主」レディ・トリヴァーは高笑いした。「あなたのお祖母様が生きていらしたら、こんなお相手と結婚したなんて信じなかったでしょうね」

ガスに向き直る。「うちを訪ねていらっしゃい、レディ・ハーグリーヴ。あなたがどうやってロード・ハーグリーヴをこんなに元気になるまで看病したか、もっと聞きたいわ」

「ありがとうございます」ガスはさっとお辞儀をした。「ごきげんよう、レディ・トリヴァー」

「ごきげんよう、ロード・ハーグリーヴ」侯爵未亡人はそう言って部屋を出ていきかけた。「花嫁さんをしっかり守りなさいね、ハリー。この人は最高の宝物よ」

ハリーは頭をさげた。侯爵未亡人が去るやいなやガスのほうを向き、感心の目で見つめた。「すごいぞ！　きみは、かの恐るべきレディ・トリヴァーを味方につけた。ロンドンの上流階級の中で最も手ごわいドラゴンを」

「あなたが助けてくれたからよ。そうでなかったら、わたしは床に崩れ落ちて溶けて水たまりになっていたわ」

「ばからしい」ハリーはうれしそうに笑った。「わたしは有能でも現実的でもなく、ただの生意気坊主だ。彼女がそう言ったのはきみも聞いただろう」

「でもわたしには助けになったわ」ガスは面白がるというより、ほっとして笑った。「あなたが横にいてくれなかったら、ひとことも話せなかったでしょうね」

「そんなことはない。すべてきみ自身の力だ。これで、きみの社交界における成功は保証された。彼女は祖母のいちばんの親友だったんだが、わたしのことは見こみがないとすっかりあきらめていたんだよ」

「ほんとうに？　わたしは気の利いたことはなにも言えなかったし、ばかみたいに赤面していたのよ。話したことといえば、使用人や家の管理のことだけ」

「だけど、彼女に認めてもらうにはそれで充分だった」ハリーは誇らしく言った。「わたしの言ったとおりだろう。きみが自信を持って自分らしくしていれば、世間はきみの前にひざまずく。さあ、家に帰ってお祝いしよう」

ふたりはゆっくり通路を通り、階段をおりてロビーに向かった。観客の大部分はすでに帰っていたけれど、それでもまだ多くの人々が劇場に残っていた。予想されたことだったが、ようやく階段をおりたあと、従僕が馬車を捜すあいだハリーはロビーのベンチに座って休むことを頑として拒んだ。やっと馬車が劇場の扉の前に現れたときには、ハリーは疲労のため黙りこみ、顔をゆがめ、ぐったりと松葉杖に寄りかかっていた。ガスが心配しながら彼をうながして外に出て、ふたりで馬車の開いた扉の前に立ったとき、酔っ払いの小さな集団がハリーの名を呼んだ。

「ハーグリーヴ、きみなのか？」声をかけた男性は酔ってろれつが回っていなかった。服装からして彼やその仲間が紳士であるのは明らかだったが、一緒にいる若い女性たちが貴婦人でないのも同じくらい明らかだった。「ついにロンドンに戻ってきたわけだ」

ハリーは振り返り、ちらちら揺れる街灯の明かりで彼らの顔を見分けようとした。「マックレイか？」

「正解」男性は言った。女性のひとりがみだらにしなだれかかっている。「しかし見違えたな、ハリー。すっかり変わったじゃないか！　どうしたんだ？　サザークにたむろする物乞いみたいに足を引きずって！」

四人の男性は耳ざわりな声で笑い、ガスはハリーが身を硬くしたのを察知した。

「無視して」ガスは小声で言って、彼の腕をぎゅっとつかんだ。「お願い。あの人たちは酔っているし、なにも考えていないのよ」

ハリーは息を吸い、ゆっくり吐き出した。やがてうなずき、馬車のほうに体を向けようとした。

「旦那様、障害者のじじいに哀れみを！」マックレイは笑い転げる友人たちに向かって、懇願する物乞いのまねをした。「どうかこの障害者のじじいに半ペニーをお恵みくださいませ」

「無視するのよ」すでに馬車に乗っていたガスは強くうながした。「お願い、ハリー」

ハリーはこわばった表情で馬車に乗りこんだ。苛立ちと疲労のため、いつも以上に動きがぎこちない。従僕が扉を閉める直前、数枚の硬貨が馬車に投げつけられ、塗装した側面にあたって響いた。一枚が中に入ってハリーの足元に落ちた。彼はそれを拾いあげ、怒りをこめて窓から投げ捨てた。

「家だ」従僕に向かってぶっきらぼうに言う。「家に帰るぞ」

14

「サー・ランドルフがいらっしゃいました」ウィルトンが言った。

「すぐに会う」ハリーが答える。「ここにお連れしろ」

ハリーは書斎で、シャツとブリーチズの上からゆったりした上っ張りを着て座っていた。まだ九時だが、彼は日が昇る前からここにいる。疲れているのに眠ることもできず、下におりてきてからずっと飲んでいるコーヒーは頭をすっきりさせてくれない。気分はコーヒーのように暗く、憂鬱な気持ちはどうしても振り払えない。昨夜劇場前の道で起こった屈辱的な場面が頭の中で繰り返し再生されているとき、どうして陽気になれるだろう？

「コーヒーをポットにもう一杯と、サー・ランドルフ用にカップをお持ちして、ウィルトン」ガスが言った。もちろん彼女はハリーとともにここにいる。もちろんピーターソンの診断を聞きたがっている。結婚して障害のある夫という重荷を負った以上、彼女は自分がどのような状況にいるのかを正確に知る権利がある。だが昨夜以来ふたりのあいだに会話――楽しい言葉の応酬――はなかった。ハリーが望まなかったからだ。彼女の質問には木で鼻をくくったような返事しかしなかった。彼女はなにも悪くないのに。ハリーはそんな態度をとる自らが腹立たしく、そのためいっそう機嫌を悪くしていた。

ピーターソンが案内されて入ってきた。ウェザビー・アビーを訪れていたときに毎回着ていたのとまったく同じに見える服を着て、何週間もしているのとまったく同じことをした。ハリーの膝と足首の関節を曲げ、すねに手を滑らせて骨折していた部分の感触を確かめる。しかし今回、診察のあと彼は副木を戻さず脇に置いた。

「立ってみてください、閣下。脚を支える副木なしで。脚をまっすぐ伸ばして全体重をかけていただきたく存じます」

「大丈夫なのですか、サー・ランドルフ？」ガスが心配顔で尋ねた。「骨はもうそんな負担に耐えられるのでしょうか？」

「そのはずです、奥様。しかしながら、お決めになるのは閣下ご自身です。閣下が現状でご満足であれば、無理をなさる必要はございません。ですが、いま脚の力を試してみなかったら、その機会はもう訪れないかもしれません」

「くそっ、わたしはやるぞ」ハリーは胸をどきどきさせながら、最初は松葉杖を使って立った。怪我をした脚をゆっくり伸ばし、事故以降初めて足の裏全体を絨毯に置いた。大きく息を吸ったあと、副木を外した足に少しずつ全体重をかけていく。

脚は持ちこたえた。恐れていたように膝が折れることはなかった。彼は勝ち誇った笑みを外科医に向けた。

「松葉杖は手放さないでください」ピーターソンは警告した。「まだしばらくは必要です。しかし、試しに一、二歩歩いてみてください」

ハリーは意を決してうなずいた。副木でまわりを覆っていない脚はむき出しのようで弱々しく感じられる。彼はぎこちなく足を前に出した。数カ月ぶりに、ほんとうの意味で歩いたのだ。もう一歩踏み出す。簡単ではなかったし、痛みはあった。それでも歩けた。大事なのはそのことだった。

気持ちが高ぶった。単なる喜びを超越した、より高みへ到達した気分だ。反射的にガスのほうを見ると、彼女は両手を頬にあてて泣いていた。

「やったわね、ハリー。すごいわ！」

しかしサー・ランドルフは顔をしかめていた。「違いを意識しておられますか、閣下？」不安げに尋ねる。「骨が折れたために、そちらの脚は二センチあまり短くなっています。それはおわかりでしょうか？」

言われてみれば、たしかにそうだった。まっすぐ立っても少し体が傾くのだ。ハリーは肩をそびやかせ、背筋を伸ばして、両足のバランスを取ろうとした。もう一度足を前に出したとき、外科医の言ったことが理解できた。最初歩いたとき体が横揺れしたように感じたのは、ずっと副木をつけていたせいで脚がこわばっていたからではなく、実は両脚の長さが異なるからだった。

「時間がたてば治るのだろう？」ハリーの声には必死さがあふれていた。「脚の回復が進めば、違いはなくなるんじゃないか？」

外科医の表情から、答えは聞くまでもなかった。

「まことに残念ですが、この変化は永続的なものだと思われます。骨が癒えたことに伴う必然的な結果なのです。時間の経過と訓練とによって、いずれ松葉杖でなくステッキを使ってお歩きになれるでしょう。しかし、バランスの悪さゆえに、そうしたものの助けなしにお歩きになれる日が訪れるとは思えません」

「つまり、わたしは二度と走ることができないわけだ」ハリーはゆっくりと言った。「ダンスをすることも。剣やこぶしで戦うことも。船を漕ぐことも。砂浜を歩くことも。要するに、平凡な楽しみと考えていた多くのことが生涯にわたって不可能になり、わたしは未来永劫、もたもた足を引きずる障害者とみなされる、というわけだな」

「乗馬できる可能性は残っていると考えます」サー・ランドルフはなんとか希望を持たせようとした。「うまくいけば一年以内に、このまま順調に回復が進めば」

「なんだ、おとなしい子馬なら乗れるのか？」ハリーは辛辣に言った。彼の希望は上昇しかけたとたんに落下して砕けちっていた。「馬丁に頭絡をつかんでいてもらって？」

「失礼ながら、閣下はあまりにご自身にきびしすぎます」外科医はガスと同じく、できるかぎり明るい面を強調しようとした。「閣下はこれまで目覚ましい回復を見せてこられました。最初に診察しておみ足の損傷を拝見したときのわたしの予想を、はるかに超えた回復ぶりです」

けれどもハリーは聞きたくなかった。ひとことも。自分がほんとうには現実を見ていなかったことを思い知らされていた。最悪のことに対する心構えはできている、と自らに語っていた。でも実は、完全に回復してもとの自分に戻れるという愚かな希望を育んでいたのだ。

ガス、彼女との結婚、父、ロンドンへの帰還などに思いを向けて、真実から目をそらしていた。しかし、もうこれ以上きびしい現実を無視するのは不可能だ。愚か者——それがハリーの真の姿だ。そもそも落馬したことが愚かだったし、それをなかったことにできると思いこんだのも愚かだった。そのことを認識したとき、自分の将来についての真実に耐えられなかった。

「こんなことを言って悪いが」ハリーの言葉は辛辣なののしりでしかなかった。「おまえの言う回復も、わたしのいまわしい脚も、地獄へ行くがいい」

よろよろと部屋を出ていく。いまは、外界から遮断された自分の部屋でみじめな気持ちに浸ることしか考えられない。

「ハリー、待って」ガスは椅子から立ちあがった。できるかぎり早足で部屋を出ていくハリーから、書斎の中央でたたずむサー・ランドルフに目を移す。「サー・ランドルフ、こんなことになって申し訳ありません。主人は落胆のあまり、その、機嫌を悪くしたようです」

サー・ランドルフは悲しげに微笑んだ。「お謝りになる必要はございません、レディ・ハーグリーヴ。閣下のお心の痛みは充分理解しております。同様の症例で、こういうことには遭遇してきました。閣下はまだお若い。一時の激情に駆られやすい若者です。失われたものにばかり目がいっていて、残されたもののありがたみをお感じになれないのです。時間とともに閣下がその違いを理解できるようになられることを祈るのみです」

ガスはうなずき、体の前で両手をきつく組んで頭を垂れた。

「閣下のところに行ってさしあげてください」サー・ランドルフは言った。「出口はわかっております。わたしよりも閣下のほうがはるかに、奥様の慰めを必要としておられるはずです」

「ありがとうございます、サー・ランドルフ」ガスはそう言うと、ハリーを追って階段を駆けあがった。

ハリーは自分の寝室で、こちらに背を向けて窓の外に目をやっていた。うつむいて、怒りで胸を大きく上下させている。この部屋のマントルピースにはかつて磁器製の燭台がいくつかと中国製の派手な鉢が置かれていた。いまは粉々に打ち砕かれた磁器の破片が炉床にあるだけだ。椅子は倒れている。なにが起こったのかは明らかだ。ガスは、更衣室に通じる扉のそばでおろおろしているテュークスにうなずきかけて追い払った。これは妻が対処すべき問題なのだ。といっても、どうすればいいのかは見当もつかない。

「ハリー」彼女はそっと呼びかけた。

「わたしにかまうな」ハリーは振り返りもしなかった。「ひとりになりたい」

怒れるハリーは扱いにくい。けれどガスの経験によれば、頑固なハリーはさらに扱いにくい。どうして、事態は一気にこれほど悪くなってしまったのだろう？　もちろん、ゆうべ嘲笑されて硬貨を投げつけられたのは言葉にならないほど残酷なことだった。けれどもそれは、コブハムにびっこと呼ばれたのとどう違うのだ？　最近のハリーは自らの限界を受け入れたように見えていた。サー・ランドルフの診断に喜び、副木がなくなったことに喜ぶべきではないのか？　ところが不可解にも彼は怒りだした。いまガスは、最初に戻ったように感じている。彼がウェザビー・アビーで怒りと苛立ちにまみれて横たわっていたときに。

「ひとりでいることで、なにが解決できるの？　磁器や椅子をもっと壊すだけでしょう？」

「それがわたしの望みだ」ハリーの声はよそよそしかった。「きみとはなんの関係もない」

ガスはため息をついた。「一時間後にお父様とシーリアのお屋敷に食事に招かれているのよ」

「よければきみひとりで行ってくれ」

「全然よくないわ」こんなふうにハリーの背中に話しかけるのはいやだ。「あなたが一緒に行かないのなら、行けなくなりましたとお伝えするわ」

「きみの好きなように伝えればいい。わたしは行かない」

「わかりました」ガスは深く息を吸った。このあとどうすればいいのかわからない。「ではお断りの伝言を届けます」

ハリーは答えず、振り返りもしなかった。ガスはもう一度ため息をついたあと、部屋を横切ってハリーのすぐ後ろに立った。そっと彼の腰に手を回し、背中に頬を押しつける。ハリーは肩をこわばらせたが、それ以上の反応は見せなかった。

「愛しているわ、ハリー」ガスはやさしく言った。「なにがあっても、いつまでも愛しているわ」

これはガスに関係ないことだとハリーが言いたいなら言えばいい。でも彼がいまみたいに彼女を無視するなら、彼が望もうと望むまいとガスにも関係があるのだ。こうやって拒絶されるのはつらい。ほんとうにつらい。

ガスは伸びあがって顎の横の肌にキスをした。それから彼の望みどおり手を離して部屋を出ていった。ほかにどうすることもできなかった。

彼が一緒に食事をしようと呼んでくれるのを願っていた。なのに呼んでくれなかったので、ガスは自分の部屋でひとりで夕食を取った。いや、より正確に言うなら、紅茶を飲みトーストを食べた。それしか喉を通らなかったのだ。ひとりで座りこみ、家計簿を見直して気を紛らわせようとした。でも無理だった。数字は寂しさを癒やしてくれない。メアリーは命じられもしないのにベッドの用意をした――伯爵夫人の寝室にある伯爵夫人のベッドを。悲しいことに、伯爵夫妻の初めての喧嘩について使用人はすでに噂しているようだ。

いや、あれは喧嘩ではなかった。喧嘩なら謝罪とキスで仲直りできる。ハリーの暗い気分にガスは怯えた。自分を無力に感じてしまうからだ。

あの冷たく空っぽのベッドでは眠れないし、眠りたくもない。メアリーがさがるやいなや、ガスは燭台を持ち、素足で長い廊下を歩いてハリーの暗い寝室に向かった。彼は規則的な寝息を立ててぐっすり眠っている。ハリーのせいでガスは目が冴えてどうしようもないのに、彼は眠っている。それはひどく不公平に感じられる。でもガスは、そのおかげで勇気を奮い起こすことができた。

ガウンと寝間着を脱いで彼の隣に滑りこみ、裸体を押しつけた。ハリーはすぐさま寝返りを打った。眠ったまま無意識にガスを捜し、守るように腕を彼女の腰に巻きつけて抱き寄せた。それで充分だった。彼女はようやく眠りに落ちることができた。

翌朝目覚めると、ハリーは愛の営みをしようとしていた。彼の暗い陰気な気分が明るくなったことをガスは願った。でも残念ながら、実際にはなにも変わっていなかった。彼は部屋を出るのを拒み、ガスがそばにいることは許したものの、それを喜びも楽しみもしていないようだった。

昔の彼が垣間見えるのは——これを〝昔の〟彼と考えるのは悲しい、なぜならそれは過去のもので二度と戻ってこないように思われるから——ベッドをともにしているときだけ。でも、それは穢れたことのように感じられる。喜びの輝きのない、心のこもらない交わりにしか思えないのだ。それでもガスは彼の苛立ちを募らせたくないのでなにも言わず、彼が自分から安らぎを見つけてくれるのを祈るばかりだった。

四日間、そのような状態がつづいた。でも五日目、ガスはもう我慢できなくなった。彼がテーブルの向こう側に座って朝刊を読みふける——あるいは読みふけっているふりをする——無言の朝食のあと、ガスはついに口を開いた。

「ハリー」できるかぎり強く言う。実際にはまったく強くなかったけれど。「ハリー、あなたの気持ちを察しよう、あなたの願いに従おうと努めてきたわ。でもわたしたち、こんな状態をつづけることはできないわ」

ハリーはコーヒーカップを手に持ったまま新聞から顔をあげた。今日も暖かい日で、ハリーは黄色いシルクの上っ張りをはおっただけの姿だったので、彼が動くと魅力的なむき出しの胸がちらりと見えた。

「前にも言っただろう、スイートハート。これはきみとはなんの関係もないんだ」

「関係あるわ。隠者みたいに屋敷にこもりつづけるのは無理よ。挨拶まわりをしないといけないし、夕食会やパーティのご招待をたくさん断ってしまったわ。レディ・トリヴァーのお招きはどうするの？」

ハリーはそっとカップを置いた。「きみはこのほうがいいと思っていたよ。社交界があまり好きではないとはっきり言っていただろう」

「でもこれは社交界の話じゃないわ。わたしの望みとも関係ない」ガスは彼から見えないテーブルの下でエプロンをいじった。「あなたが自分で言ったでしょう。わたしたちの義務、責任はどうなるの？　今日の王妃陛下への拝謁は？」

「断ればいい。王妃陛下が落胆で死ぬことはない」

「それだけじゃないわ」ガスはあきらめなかった。「あなたのお友達は、きっとあなたがどうしたのかと思っておられるわ。ご家族も心配なさっている。毎日お客様がいらっしゃるのに、わたしたちは誰にもお会いしていないのよ」

「やつらがどうして心配するんだ？」ハリーはもう一枚トーストを取り、端から端まで丁寧にバターを塗った。「わたしたちは蜜月を過ごしている新婚夫婦だ。ほかの人間に会いたがらなくて当然さ」

「わたしも蜜月の――過大な情熱が理由であればいいと思う」ガスは悲しみを隠しきれなかった。「あなたがサー・ランドルフからもっといい知らせを期待していたのは知っているわ。失望したのはわかっている。だけど世の中には、もっとひどい怪我に苦しんでいる人がたくさんいるのよ。そんな人たちだって――」

「違うんだ」ハリーは悪態をつき、バターナイフをカチャンと皿に放り投げた。「問題なのは怪我じゃない。昼も夜も常にわたしを悩ませているのは、その事故が起こったいきさつだ。自分が軽率で愚かだったために、人生が一変してしまった。この前の夜、ばか者どもにあんなふうに嘲笑され、今度はピーターソンにあのようなことを言われ――すべてが鋭い剣となってわたしの胸を突き刺すんだ」

ガスは息を吸いこんだ。「あなたはなにも覚えていないと思っていたわ。頭を打ったから」

「最初は覚えていなかった。いまは覚えている。きみのお姉さんに会って記憶が戻った」

前回このように彼が暗い気分になったときのことを、ガスは思い出していた。ジュリアと父が結婚式の前日にウェザビーに戻ったときだ。あのとき理由はわからなかったが、いまようやく理解できた。

「原因はお姉様だったのね？」ガスは不安におののきながら尋ねた。「お姉様はぜったいに話してくれないでしょうけど、簡単に推測できるわ。お姉様がなにかしたせいで、あなたは落馬したんでしょう？」

「悪いのは彼女じゃない」彼の声は、いまはおなじみとなった辛辣さで満ちている。「わたしだ」

ハリーはじっとしていられなくなり、椅子を後ろに押して立ちあがった。「あの朝わたしがしたことすべてが間違いだった。あんなに地面が濡れている朝に乗馬に出ることを承知しなければよかった。きみのお父上の馬を断ればよかった。プライドにとらわれず、あの馬は乗りこなせないことを認めればよかった。知らない森の中までジュリアを追いかけなければよかった。彼女が目の前に飛び出してくることを予測しておけばよかった」

「やっぱりお姉様のせいだわ」ガスは驚かなかったものの、姉がまたしても無責任で危険な行動をとりながら責めを免れていることには憤りを覚えた。「あなたは死んでいたかもしれなかったのよ」

「彼女を責める気はない」ハリーは記憶に追い立てられているかのように部屋を行ったり来たりした。黄色いシルクが後ろにはためく。

ガスはこの状況の皮肉に気づかずにはいられなかった。ハリーは骨を折ったときのことを思い出して苦悩していながら、自分の歩調が不規則なのもすっかり忘れて歩きまわっている。

「ジュリアがああいったことをするのを予期しておくべきだった。わたしが分別を示して、愚かなゲームを断ればよかったのだ。なのにそうしなかった。その一瞬の愚かさが、永遠にわたしの人生を変えた。ああ、あの朝に戻って、いまわしい出来事をすべてなかったことにしたい！」

「あの朝のことすべてが悪いわけじゃないわ」ガスは恐る恐る言った。

ハリーは唐突に足を止め、あきれ顔でガスを見つめた。「いったいどうしてそんなことが言えるんだ？」

「それが真実だからよ」ガスの声はこみあげた感情で震えている。「あなたが落馬せず怪我しなくてすんでいたら、わたしと愛し合うこともなかったでしょう」

彼がなにを言うと期待していたのかは自分でもわからない。折れた脚よりガスのほうが価値があると彼が言ってくれることを望んでいたのだろうか。

でも彼は言わなかった。無言だった。黙ってガスを見つめている。ガスがなにも言わなかったかのように、青い目に浮かんだ表情はまったく変わらなかった。

もうここにはいられない。ガスは身を翻して部屋から走り出た。使用人の前で泣かないよう、手を口にあてて。

彼女は賭けに出たのだ。何日ものあいだ心の内にとどめていたことを、思いきって口にした。そして賭けに負けた。絶望のあまり自分のベッドで丸くなり、涙がぽろぽろ流れるに任せた。

「失礼します、奥様」メアリーが遠慮がちに声をかけた。「ミスター・ウィルトンから、ブレコンリッジ公爵夫人が奥様に会いにいらっしゃって階下でお待ちだとお伝えするように言われました。奥様がお留守だということを、公爵夫人は信じてくださらないそうです」

ガスは大きく震える息を吐き、なんとか涙を抑えようとした。シーリアに会わないわけにはいかない。断ったら、シーリアは間違いなく階段をのぼって自らガスを捜しに来るだろう。

それに、部屋にこもって隠れていたらハリーと同じになってしまう。

「ミスター・ウィルトンに、公爵夫人を〈緑の間〉にご案内するよう伝えてちょうだい」ガスはハンカチを取り出して涙をぬぐった。「すぐに行くわ」

廊下の姿見の前で立ち止まって髪を撫でつけ、急いで階段をおりてシーリアに会いに行った。

「かわいいガス」公爵夫人は温かく言ってガスを抱きしめた。「やっぱり家にいたのね。今日の午後王宮に行くお手伝いをしようと思って来たのよ。そろそろ着替えないと間に合わないわ。あなたの侍女だけで大丈夫？　お辞儀したとき羽根がぶらぶらしないよう、しっかり留めないとだめなのよ。念のため、わたしの髪結いをここに呼びましょうか？」

「わたしたちは行かないんです」ガスは言った。「ハリーの具合が悪いので」

「より正確には、ハリーは行きたくないのね、ここ数日どこへも行きたがらないのと同じく」シーリアは優雅にスカートを広げてソファの端に腰をおろし、自分の横をポンと叩いて、座るようガスにうながした。「みんな気づいているのよ。なにがあったの？」

ガスはシーリアの隣に腰かけ、膝の上できつく両手を握り合わせた。ダイヤモンドの婚約指輪がきらりと光る。ハリーを裏切ることはしたくないけれど、彼の義母に打ち明けるのは、同年代の友人に彼の秘密を明かすのとは違うだろう。

「先日サー・ランドルフが診察にいらっしゃって、怪我をした足に体重をかけるお許しをくださったんです。ハリーは立派に部屋の端から端まで歩けました。ああ、シーリア、ほんとうにうれしかったですわ！」

「そうでしょうね。あなたはずっと彼の看病にあたっていたんですもの。彼がまた歩けるようになったのは、あの子のがんばりもあるけれど、あなたが起こした奇跡でもあるのよ」

ガスはかぶりを振った。「わたしたちから見れば奇跡ですけれど、彼にとっては違いました。彼はひどく落ちこみました。脚が完全にもとどおりになったわけではないからです。サー・ランドルフによれば、一生もとには戻らないそうです。松葉杖は使わずにすむとしても、ステッキか杖のようなものは手放せません。彼はそんなことを聞きたくなくて、部屋から駆け出しました。あのふるまいはひどく――ひどく無礼でした」

「あるいは子どもっぽい」シーリアはずばりと言った。「先をつづけてちょうだい」

「彼が落ちこんだ理由は、人からじろじろ見られたり嫌みを言われたりするのがつらいからだと思っていました」ガスはがっくり肩を落とした。声には絶望がにじみ出ている。「彼は人から哀れみをかけられるのが嫌いですし、サー・ランドルフ相手のときみたいに、ちょっとしたことですぐかっとなります。でもついさっき彼から、それが理由ではないと言われました。そもそも脚を骨折したことについて、自分を責めているんです。そのためにひどく腹を立てて不機嫌になっているので、もう彼とは一緒にいられません。彼がこんなふうだと、わたしたちは結婚しなかったほうがよかったのかしらと思ってしまいます」

ガスはまた泣きだした。大粒の悲しみの涙が頰を流れ落ちていく。ポケットに手を入れてすでにぐしょぐしょのハンカチを取り出そうとしたが、シーリアがさっと自分のハンカチを渡してくれた。ブレコンリッジ公爵の紋章が入った上等のハンカチだ。

「さあ、落ち着いて」シーリアはやさしく言い、体を寄せてガスの震える肩に腕を回した。「この話はもうやめましょう。わたしはすてきな男性と結婚して、十八年間未亡人だったあともう一度すてきな男性と結婚した。だからはっきり言えるの。すてきな男性――たとえばハリー――との結婚生活は、ひとりでいるよりずっとずっとすばらしいことよ」

ガスは力なく首を横に振った。「でも、わたしが思いきって、前から考えていたことを――彼が落馬したのにはいい面もある、それがなければわたしたちは愛し合うようにならなかったと――言ったとき、彼は聞きたがりませんでした。彼にとってはどうでもいいことだったんです」

「まあ、そんなことないわ。ハリーが心の底からあなたを愛しているのは誰の目にも明らかよ。彼を見ていればわかるわ」

「愛情の表し方としては、あまりに残酷です！」

「そのとおりね。でも、ハリーもきっと戸惑っているのよ。彼は生まれてからいままでずっと、お父様のお世継ぎとして甘やかされ、褒めそやかされてきた。だからこそ、自分がいちばんであることを自覚してきたの。弟ふたりが戻ってきてハリーと一緒にいるのを見たら、あなたにもわかるわ。彼が長男という立場をどれだけ真剣に受け止めているか。彼は常になにをするときも、最高で、どこからどう見ても完璧であろうと努力してきた。ところが骨折した脚のせいで完璧ではなくなった。彼には欠陥がある。そのために、まわりの人間を失望させたと感じているんでしょう。とくにあなたを」

ガスは心がざわめき、シーリアの腕から逃れて立ちあがった。無意識に花模様の絨毯の上を行ったり来たりしはじめる。まさにハリーがしていたように。

「だけどハリーは誰も失望させていません。彼は勇敢で決然としていました。だから、わたしはいっそう彼を愛しているんです」

「だから彼もあなたを愛しているのよ」シーリアはそう言って扇を広げた。「ハリーとお父様はそっくりなの。ふたりとも英雄であろうとしている。愛する者を守りたいと思っているし、そのためならなんでもするわ。考えてみて、ハリーが怪我をしたと聞いたときブレコンはすぐに海を渡って帰国したし、あなたたちを結婚させるためにどんな困難をも進んで排除してきたのよ」

ガスはシーリアの前で立ち止まって考えこんだ。公爵夫人の言うとおりだ。たしかにハリーはガスを守りたがっている。ドラゴン退治のような派手なことはしなかったとしても、ガスが彼にそばにいてほしいとき、くじけそうになったとき、彼はいつもそこにいて支えてくれた。

「わかってくれたのね」シーリアは自分の手袋の甲を撫でながらうなずいた。「その表情を見ればわかるわ。それこそが、彼を憂鬱から引っ張り出すための鍵ね。あなたを救出しなければならないと彼に思わせる作戦を考えてみるのよ」

「わたしを救出する？」ガスは戸惑って訊き返した。「シーリア、わたしは塔に閉じこめられた乙女ではありませんし、ハリーは白馬の騎士ではありませんわ」

「もちろんよ」シーリアは辞去すべく立ちあがった。「わたしたちは現代の住人だもの。だけどあなたなら、なにか方法を考え出せるはずよ。今日の午後の王宮訪問に間に合うようにね」

「でも、どうやって？　どうしたらいいんですか？」

シーリアはにっこり笑った。「彼と結婚したのはあなたよ、わたしではなく。あなたはハリーを愛しているし、ハリーもあなたを愛している。方法は見つかるわ。身支度を手伝うために、すぐ髪結いをよこすわね。わたしたちは王宮で待っています。がんばってね、ガス。午後にあなたたちふたりに会えることを祈っているわ」

ハリーは寝室の窓から外を眺めていた。最近はそればかりしている。けれど、この五日間見ていた、ツゲの生け垣に囲まれて二本のサクラの木が立つ庭は、ほとんど目に入っていなかった。思いはあまりに乱れていて、目の前のものがちゃんと見えていない。

ぜったいにしたくなかったこと、するわけがないと思っていたことをしてしまった。ガスの心を傷つけたのだ。無神経な言葉によって、剣で切りつけたかのような鋭い傷を負わせてしまった。あの美しい目には苦悩と涙があふれ、あまりの動揺のため彼女はいつものように言い返すこともしなかった。彼を残して逃げていった。まさにハリーが自ら招いたことだ。ガスをあんなふうに傷つけたことに、どんな言い訳ができるだろう？　彼女は真実を口にしただけなのに。真実。ハリーは自分のこと、自分の不幸のことしか考えていなかったので、ガスが示したまじり気のない真実を完全に見落としていた。

馬から落ちなかったら、ハリーは決してガスと愛し合わなかっただろう。

それよりも重要な真実はあるか？　ここしばらく、彼は落馬によって自分の人生の可能性が狭まり、悪いほうに向かったことばかりを考えていた。ただの一度も、ヘラクレスの背の上にとどまっていたらどんな人生になっていたかを考えなかった。その場合ハリーはジュリア・ウェザビーに求婚し、ジュリアは承知しただろう。彼はジュリアと結婚しただろう。ふたりはロンドンで最もおしゃれな夫婦となっただろう。そして数カ月後には、ハリーはすっかりジュリアに飽きただろう。

ガスと愛し合うことはなかっただろう。愚鈍な最低男のハリーは彼女に目を留めなかっただろうから。ガスは常に目立つことなく、月が太陽の前で色あせ消えてしまうように、姉の陰に隠れてひっそり生きていっただろう。ハリーがガスのキスのすばらしさ、彼女のやさしさ、寛容さ、情熱を知ることはなかっただろう。彼女のそばかすの位置を知ることも、彼だけに微笑みかけてくれたときの笑顔のぬくもりを感じることもなかっただろう。ガスを愛し、ガスに愛される喜びは知らずに終わっただろう。

ガス。彼の妻。

もたもた歩いて生きていくことはできても、ガスなしで生きていくことは想像もできない。

なのにハリーは自らの言葉で、彼女を永遠に追い払ってしまった。

扉を開け、廊下を急いでガスの部屋に向かう。彼女を取り戻すためなら、謝罪し、許しを請い、彼女が欲しがるものはなんでもあげるつもりだ。立ち止まってノックすることも、従僕が扉を開けてくれるのを待つこともしなかった。

ほうきを持ったふたりの女中が唖然としてハリーを見つめ、あわててお辞儀をした。

「妻はどこだ？ なぜここにいない？」

若いほうの女中はいまにもわっと泣きだしそうだ。「お許しください、旦那様、わからないのです。この一時間お姿が見えません」

ハリーは身を翻した。なんとしてもガスを見つけねばならない。ここは彼の屋敷だ。彼女はどこかにいるはずだ。すでに彼を捨てて家を出ていき、もう手遅れになったのでなければ――。

「なにをしているの？」ガスが階段をのぼりながら穏やかに尋ねた。「まるで種牛みたいに走りまわっているのね。そんなふうにしていたら使用人を怯えさせてしまうわ」

笑顔で彼を見あげる。いま彼女の顔には涙の跡も苦悩の跡もない。さっきとすっかり様子が違うので、ハリーは面食らった。

「どこに行っていたんだ？」

「あら、下にいたのよ」彼女は曖昧に答えた。「見て、今朝の郵便で届いたものを。『ロンドン・オブザーバー』の最新号。あなたの療養中にこれを読んであげたときのことを覚えている？」

「ああ」中傷と言われないようイニシャルで名前をぼかした扇情的なゴシップ記事にガスが目を丸くしたことを、ハリーは思い出していた。

「また読んであげたら、あなたが楽しめるかもと思ったの」ガスは階段の途中で立ち止まったまま顔を上に向けている。「面白いと思わない？」

ハリーがうなずくとガスは微笑み、彼の横に並んで一緒に部屋に戻った。

「きっと、ひどいスキャンダルやばかげた話ばかりなんでしょうね」ガスはページをぱらぱらとめくりながら明るく言った。「でもそれがどんな嘘っぱちか、あなたなら説明してくれるでしょう。前にもそうしてくださったもの」

なにごともなかったかのようにガスがふるまっているとき、ハリーはどうやって謝ればいい？　なにも謝罪すべきことがないように見えるとき、どうやって彼女の許しを求めればいい？

ガスは銀のコーヒーポットに手を触れた。「まだ温かい」うれしそうに言う。「お代わりを入れてあげるわね」

彼のカップにコーヒーを注ぎ、好みの量の砂糖を入れる。「でもトーストはすっかり冷たくなっているわ。厨房に言って新しいのを持ってこさせましょうか？」

「いや、いい」ハリーはふたたびテーブルのガスの向かい側に腰をおろした。非常に奇妙だ。彼の怒りの爆発をなかったことにするため、朝を初めからやり直しているように感じられる。

過去に戻ってやり直せたらいいのにというようなことばかりハリーは言っていたけれど、いざ実際にそうなってみると、あまりうれしくは感じられない。

「あったわ、『街の噂』よ」ガスはページを開いて伸ばした。「スキャンダルのコーナーね」ちょっと咳払いをしたあと、彼女は声に出して読みはじめた。

〝レディ・G―t―nは最近、コヴェント・ガーデンのとある菓子店で売られているレモネードが格別お気に入りらしい。婦人は、このレモネードはご自身にとっての若さの霊酒であると断言し、ますます美しくなっているのはこの奇跡のような特性のおかげだと説明しておられる。しかしながら、彼女の元気さと顔色のよさは、菓子店のハンサムな店主による官能的な奉仕、そして彼だけが生み出せる別の不老不死の霊薬の服用の結果ではないかとささやかれている〟

ガスは楽しそうに笑った。「まあ、ハリー、これってわたしが考えているようなみだらなこと? このご婦人はフランス人の菓子商と情事を持っていると言っているの?」

「それ以外の解釈は思いつかないね」ハリーも笑みを浮かべた。ガス自身も非常に魅力的でおいしそうなので、彼女をベッドに寝かせて自分もちょっとした情事を楽しみたくなる。だが、機会をとらえて謝罪するまでそんなことはするな、と彼は自らに言い聞かせた。これは罪を償うための苦行だ。彼女が欲しいなら、まずはこの苦しさに耐え抜いて謝罪する必要がある。「もちろん、これはレディ・ガンストンのことだ。彼女が従僕や馬丁と戯れていることは周知の事実だ。だからフランス人の菓子商と戯れても、なんら不思議はない」

「とりわけ、その人がハンサムならね」ガスは楽しげに締めくくった。「あら、花嫁さんの話よ！」

〝我々は新婚夫婦が発する至福と満足の雰囲気を愛しており、蜜月の喜びを目撃する以上に興味深いことはほとんどない。そして、田舎における長期の療養を終えてロンドンに帰還した新婚のロード・H―g―eをめぐる状況も、興味深いことこの上ない〟

「まあ、ハリー、あなただわ！」ガスはうきうきして言った。「H―g―eはハーグリーヴのことよね」

「そうらしいね」ハリーは即座に警戒心を抱いた。「先を読まないほうがいいんじゃないかな」

「もちろん読むわ。あなたのことを人がどう言っているか知りたいもの。あなたがレモネードをつくるフランス人女性のところに通っているとわかったら、わたしは怒るわよ」

ガスは雑誌を掲げ、声をより大きくして読みはじめた。

〝伯爵閣下がふたたびロットン・ロウで馬車を走らせるのを見て我々は非常に喜んだ。閣下が回復なさったことも、勇猛な閣下がロンドンに戻られたことも、きわめて喜ばしい。しかし、閣下が花嫁としてお選びになった女性には感銘を受けなかった。この元ミス・W―yはそばかすだらけの顔をし、上流の雰囲気を漂わせない、地味な田舎の女性であった〟

残酷な言葉を読み進むにつれてガスの声は弱々しくなっていった。ハリーは雑誌を取りあげようと、テーブルの向こうに手を伸ばした。

「読まないほうがいいと言っただろう。それは憎むべき誹謗中傷にすぎず、なんの意味もない」

ところがガスは彼の手から逃れ、辛辣な言葉の連なりを最後まで声に出して読みつづけた。

〝話によると、この婦人は伯爵閣下の世話係であり、閣下の看病にあたっていたそうである。しかし、彼女のやさしさを称賛すべきではある一方、伯爵閣下がなぜこれほど平凡な女性に結婚という形で返礼する必要を感じたのかと不思議に思わずにはいられない。この不幸な夫妻が最近あまり目撃されていないことには多くの者が気づいている。そのため、閣下は不器量な花嫁に関してすでに心変わりしたのではないか、とのささやきが広がっている〟

「くそっ、ガス、だから読むなと言ったのに!」今回ハリーは彼女の手から雑誌をひったくり、燃えている炉床に放りこんだ。たちまち炎があがって紙を焼き尽くす。「そんなものはすべてたわごとだ、意味などない」

しかしテーブルの向かい側に座ったガスは真っ青な顔でうなだれ、悲しみに意気消沈していた。

「ああ、ハリー」彼女は声を詰まらせた。「だから外に出たくないの？　わたしのことが恥ずかしいから？」

「どうしてそんなふうに思うんだ？」ハリーはあきれて訊き返した。「わたしほど妻を愛している男はいない。匿名の卑劣漢がどんな下劣なことを書き立てようと、わたしの心は変わらない」

「わたしが看病したから、そのお礼に結婚したわけじゃないわね？」

「もちろん違う！」ハリーは荒々しく言った。腹立ちがますます募る。「愛していたから結婚した。いまも愛しているし、生きているかぎり愛しつづける」

「ああ、ハリー」ガスはそっと言った。「わたしも愛しているわ」

もちろんそれを聞いてハリーはうれしかったが、気がすみはしなかった。彼女について書かれたことを考えれば考えるほど、怒りは増大する一方だ。

「どれだけ愛しているかを証明する」こぶしをテーブルに叩きつける。「こんなことを書いた最低の記者を誹謗中傷で訴えて、きみに関する嘘を雑誌に載せた罪で牢屋に放りこんでやる。そいつら害虫どもが二度と雑誌できみの名を出さないようにさせる。やつらは身をもって、きみを中傷してはいけないことを知るんだ」

「そんなことしなくていいのよ」ガスは不安そうに言った。「スキャンダル紙を相手に戦うのは不可能だとあなたも言ったことがあるでしょう。わたしがそんなに敏感にならず、噂を無視できるようになればいいのよ。それに、わたしたちが外出しない理由がそういうことだと思いこんでいる人はほかにもたくさんいるし、あなたもロンドンじゅうに真実を触れまわることはできないでしょう」

「いや、できるとも」ハリーはガスのことを思って威勢よく言った。「どんなにきみを愛しているか、きみを妻にできてどれほど光栄に思っているかを、みんなに教えてやる。今日王妃に拝謁に行って、みんなに見せつけてやるぞ」

ガスは息をのみ、手を口にあてた。「ほんとうにいいの？　みんなにじろじろ見られるのよ。あなたはかなりの距離を歩かないといけないし」

「かまうものか」ハリーはガスの異議を一蹴した。彼女のためなら、王宮を端から端まで往復でもする。「皆に見てほしいんだ、わたしがきみと一緒にいるところを」

彼は立ちあがって整理ダンスまで歩いていき、角の丸い革の箱を取り出した。ガスの前のテーブルに置く。

「ほら。きみのためにこれを持ってこさせておいた」

ガスはいぶかしげに彼を見あげたあと、そろりそろりと留め金を外して蓋を開けた。ガスがまた息をのんだのを見てハリーは満足を覚えた。当然の反応だ。これで謝ったことにはならないが、手始めにはなるだろう。

「母のティアラだ。今日の午後これをつけてほしい。結婚式のときにあげたネックレスとブレスレットも」

ガスは慎重に箱からティアラを取りあげた。彼女の手に握られたティアラはハリーの記憶よりさらにすばらしく見える。小さな半円形の頭飾りにちりばめられたダイヤモンドが、窓から差しこむ日光を浴びてきらきら輝いている。

「まあ、ハリー。こんなことまでしてくれるなんて」

「これでもまだ足りないくらいだ」ハリーは誇らしく言った。「それを頭につけて、金銀の刺繍をしたウエディングドレスを着たきみは、間違いなくその場にいる中でいちばん美しい女性だよ。わたしはあらゆる男性から嫉妬されたいし、あらゆる女性にきみのようになりたいと思わせたい。愚か者の誹謗中傷などでわたしたちが傷つかないことを、ふたりで証明するんだ」

ところがハリーの予想に反してガスは笑みを浮かべず、顔をあげもしなかった。ひと財産もの値打ちがあるダイヤモンドをもらうという幸運に恵まれたなら、ほとんどの女性は大喜びするはずだ。しかしガスがほとんどの女性と違うことは、ハリーもとっくにわかっていた。たいていの場合、彼はそのことを喜んでいる。けれど、いまのように喜べないときもある。彼女がなにを考えているのか、まったくわからないときだ。ガスには戸惑ってしまう。

「ガス」ハリーはやさしく言い、顔を合わせられるようふたたびテーブルの向かい側に座った。「どうした？　やっぱり行きたくないのか？」

ガスはまだうつむいて目を合わせないようにしながら首を横に振った。なにか心に引っかかっていることがあるらしい。彼女はなぜこんなに物事を難しくするのだ？

「ティアラが気に入らないのか？」ハリーはおずおずと尋ねた。「たしかに少し時代遅れだが、今日使ったあとは、きみの好きなように宝石をつけ直させ――」

「違うの！」ガスは驚いたようにさっと顔をあげた。「そんなことするもんですか！　お母様のティアラだったのよ。今日これをつけられるのは光栄だわ。あなたの横にいられるのが光栄なのと同じくらい」

「よかった」ハリーは椅子にもたれこんだ。ガスが言いたいのに言わなかったことはほかにある、まだなにかに心を悩ませているのは察していた。けれどもガスのことだ、こちらがどれだけ詮索し催促しても、彼女自身が言う気にならないかぎり口を開きはしないだろう。それがなんであれ、ほんとうに言うべきことなら、いずれ彼女がときを選んで言ってくれるのを待つしかない。「わたしもきみの横にいられて光栄だ。それを世間に見せてやろうじゃないか？　そうしよう、ふたりで一緒に」

ようやくガスは微笑んだ。彼女の手の中にあるダイヤモンドよりも輝かしい笑みに、ハリーの心も喜びで浮き立った。

「ええ、そうね、ハリー。ふたりで一緒に」

「見て、この馬車の列を」ガスは髪を乱さないようにしながら、自分の馬車の窓にできるかぎり顔を近づけた。「ロンドンにこんなに馬車がたくさんあるなんて、誰が想像できたかしら？」

ハリーが微笑むと、ガスも微笑み返さずにはいられなかった。向かい側に座ったハリーはとてつもなくハンサムだ。金糸で重厚な刺繍を施したダークブルーのスーツに身を包み、目は明るい青色に輝き、黒髪は髪粉が振られておしゃれな灰色になっている。なによりも彼自身が、夜が昼になったようにすっかり変わっていた。ハリーは自分が彼女を守っていると感じる必要がある、というシーリアの言葉は正しかった。とはいえ、今日都合よく雑誌に特別残酷な記事が載ったという暗合を、ガスは不思議に思わずにはいられなかった。『ロンドン・オブザーバー』と愛との組み合わせによってハリーを取り戻せるなんて、いったい誰が想像できただろう？

「王宮での拝謁のために、あらゆる貴族とその馬車がぞろぞろ現れてくる。池にパンくずを投げたら、金魚が一匹残らず水面に出てきて餌を貪るのと同じだよ」

ガスは振り返ってハリーに目をやった。「おかしな比喩。まともな金魚なら、真っ昼間にこんなに着飾ったりしないでしょう。お辞儀するとき深く屈みこみすぎて羽根を落としてしまうんじゃないかと心配だわ」

「落とさないよ。髪結いが装備一式を使って羽根をティアラに、ティアラを髪に留めたからね。その重装備ならぜったいに外れない」

「そんなこと言わないで」ガスはいま一度、髪に軽く手を触れた。ばかな金魚ではないにしても、こんな格好をしていたら体がこわばって自由に動かせず、飾り立てた木製の人形になった気分だ。これほど手がこんでいてフォーマルな、そして着心地の悪いものを着たのは初めてだ。

きらきら輝くドレスの下には、ペチコートを二枚多くはき、宮廷にふさわしい大きさにスカートを広げておくための張り骨を入れていて、身のこなしを優雅に見せるため袖にはレースのひだ飾りをたっぷりとつけている。ドレスがかなりの場所を取るため、スカートにしわが入らないよう座席にはハリーと向かい合わせになってひとりで座らざるをえなかった。ダイヤモンドのネックレスとブレスレットのため喉と手首は重く、髪にはティアラとそれを留めるピンがつけられている。

けれど、いちばん大変なのはティアラの前方につけた羽根だった。既婚者であることを示す三本の白いダチョウの羽根は、頭上六十センチ近くの高さまでそびえ、先端が垂れている。こんな羽根はばかばかしくて不格好だと思うけれど、貴族の女性は皆王宮につけていくことになっている。いまもガスは、羽根が馬車の天井にぶつからないよう少し前のめりに座っていなければならない。

「きみはまさに、あるべき姿に見えるよ」

ガスは鼻にしわを寄せた。「つまり、あまりすてきには見えないということね」

「そうだね」ハリーは同意した。「髪に粉を振って灰色にして、頭に羽根をつけた女性は決してすてきではないし、張り骨についてのわたしの意見はきみも知っているとおりだ。しかし、顔に化粧を塗りたくるのをきみがきっぱり拒んでくれたのはうれしい」

ガスはにっこり笑った。「断って髪結いを驚かせちゃったわ」

「髪結いだけでなく、たくさんの人間を驚かせるだろうね。しかしわたしはきみを愛しているから、そのそばかすも大好きだ。きみのどの部分とも同じく、そばかすも喜んで王妃にお見せするよ。それに、女性が微笑むたびに厚化粧の頬にひびが入るのを見るのは痛々しい。さあ、やっと番が回ってきたぞ」

ハリーが先に、馬車のまわりで忙しく動きまわる従僕たちの中に足を踏み出し、振り返ってガスに手を貸した。この動きにも慣れてきて、いまではふたりとも無意識にできるようになっていた。ただしガスは、張り骨や羽根をつけたまま馬車の扉をくぐるためカニのような横歩きをしなければならなかったが。

彼女は胸をどきどきさせ、一瞬顔をあげてセントジェームズ宮殿の正面を見つめた。この宮殿が大きいだけの時代遅れの不便な建物だという不平を聞いたことはあるけれど、彼女の目には、着飾った紳士淑女であふれた非常に立派な御殿に映った。ゆっくりと玄関をくぐり、長い廊下を通り、謁見室の手前にある控え室に入ったとき、ガスはなじみの緊張と不安を感じていた。

ハリーが手をぎゅっと握ってきた。「大丈夫だよ、スイートハート」彼女の心配を感じ取って言う。「わたしが見るかぎり、この宮殿には、きみにかなうすてきな女性はひとりもいない」

ガスはおずおずと彼に笑みを向けた。「でもわたしは王妃陛下に拝謁するのよ、ハリー。王妃様よ」

「きみに会えて喜んでくださるさ。きみは、名前を呼ばれたらできるかぎり深くお辞儀をし、王妃の手にキスをし、それからさがるだけでいい。たぶん王妃はひとことも言葉を発しないだろうし、きみも黙っている。忘れないで、彼女は恐ろしい怪物ではなく、きみとそれほど年齢の違わない人間の女性なんだよ」

「怖くないのね？」そう言いながらも、ガスは心の奥底でそれを信じていなかった。

「まったく」ハリーはウインクをした。

だがガスはほかのことにも気づいていた。「ハリー、あなた両足で歩いているわ」

「三本脚だよ」ハリーが皮肉っぽく言う。「一本は木製だ、松葉杖も数に入れるなら」

これが彼にどれほどの負担を強いているか、ガスにはわかっていた。彼がこんな歩き方を始めたのはつい最近だし、まだ足の運びはぎこちなく不規則だ。でも彼にとっていちばんつらいのは、周囲の注目を集めていることに違いない。好奇心からちらりと目を向ける人もいれば、あからさまにじっと見つめる人もいる。ハリーののろい歩みは耐えがたいとばかりに、わざとらしく――そして無礼に、とガスは思った――彼を迂回して追い抜かしていく人もいる。いまそういったことを自ら冗談にできるという事実こそ、彼がどれほど必死に努力しているかを示している。他の人たちも以前と同じ態度で彼に接してくれたらいいのにとガスは思った。

「二本よ、三本じゃなくて。上手に歩けているわ」

「きみのためにも、もっと上手に歩きたい。皆に、わたしでなくきみを見てほしい。だから、できるかぎり目立たないよう努めている」

ガスは緊張しながらも、思わずにやりと笑ってしまった。松葉杖を持っていようがいまいが、金糸で飾ったスーツを着た長身で笑顔のきわめてハンサムな夫が目立たないなど、考えるだけでもばかげている。でもハリーは、自らの不安をよそにガスの不安をやわらげようとしてくれているのだ。そのことで、彼に対するガスの愛はいっそう深まった。

「真面目に言っているんだよ」ハリーは混雑した廊下でガスにだけ聞こえるよう顔を寄せた。「きみがいるから、わたしもがんばれる」

ガスが首を横に振ると、頭の羽根が額の上でゆらゆら揺れた。

「いいえ、それは逆よ」彼女は慎重に言葉を選んだ。「あなたは、脚のために自分がわたしにふさわしくない、わたしを失望させたと心配しているんでしょう。だけどあなたはわたしのために、できることをすべて、ほんとうにすべてしてくれた。それがどれだけすごいことか、言葉にもできないわ！」

ハリーはにやりとした。「こんなときに言うようなことでもないだろう」

「言わずにはいられないの」ハリーの言うとおりだ。いまはそういうことを言うときではない。ふたりは他人に囲まれていて、オーストリアの大使が前に、商人の妻と娘たちが後ろに並んでいる。狭い廊下は混雑して息苦しくてやかましく、ロウソクの煙や、過度に着飾った多くの人が緊張をやわらげるために——あまり効果はなかったが——つけた香水などのにおいが充満している。

けれども、いったん真の感情をハリーに話しはじめたガスは、途中で止めようとしなかった。止められなかった。心の内に閉じこめていた気持ちが、言葉となってほとばしった。

「わたしが恥ずかしがったり心配したり不安になったりするたびに、あなたはいつも励ましてくれたし、わたしが失敗しないよう気をつけてくれた。あなたのお父様がいらっしゃったときも、ミルデンホールの宿屋でも、劇場のボックス席にレディ・トリヴァーが来られたときも——あなたはいつも横にいてくれた。どんな夫もかなわないくらい、力強く、自信たっぷりで。一度も——ほんとうにただの一度も——あなたの脚はなんの悪影響も及ぼさなかった」

胸が詰まり、空気を求めて大きく息を吸う。こんなことはいままで言っていなかった。ハリーをますます動揺させるのではと心配だったからだ。けれどもようやく口にしたいま、安堵のあまり目まいを起こしそうになった。

ところがハリーはひとことも返事をしなかった。眉根を寄せ、黙ってガスを見つめている。怒った顔をしていないのが救いだ。考えこんでいるように見える。そのことにガスは心を慰められた。

「きみを愛しているからだよ」ハリーは当然のように言った。「きみが傷つくのを見たくなかった。物事がきみにとって正しく進むようにしたかった。それはわたしの脚とはなんの関係もないことだ」

「全然ね。あなたの脚の怪我なんて、わたしにはどうでもいいの。あなたと一緒にダンスできなくてもかまわない。わたしにとっては、あなたはいつでも完璧よ。だってあなたを愛しているし、あなたが愛してくれているんですもの。それで完全なのよ」

「それは違う」ハリーがゆっくり言ったあと言葉を切ったので、ガスは少し不安を覚えた。「完璧なのはきみだ。きみはわたしのことを、わたし自身よりもよく理解している。なにがほんとうに大切なのか、きみに教えてもらわねばならなかった。わたしは鈍感で強情だったから、自分ではわからなかったんだ。もう片方の脚や両方の腕の骨を折ったとしても――」

「だめ、そんなことを言わないで！」ガスは不安に駆られて声をあげた。「運命の神をそそのかしてはいけないわ！」

「なぜいけない？　運命の神はすでにわたしに対して最高のカードを切ってくれたんだぞ」

彼はガスの顔に視線を据えたまま、握った手を持ちあげて彼女の手の甲に軽く口づけた。「運命の神はわたしをあのいまわしい馬に乗せ、そこから投げ出させた。しかしきみを連れてきてくれもした。いちばん重要なのはそのことだ。きみなんだよ、ガス」

ガスは言葉を失っていた。いい意味で。これ以上言うことがなかったからだ。彼がすべてを言ってくれた。彼にキスしたい。謁見を待つ貴族の列の真ん中で。彼のほうに伸びあがって唇を開いたとき、ガスは思いとどまった。だがハリーは思いとどまることなくキスをした。

「いまのは幸運を願ってだよ。我が妻に幸運が必要なわけではないが、念のためにね」

ガスは小さく笑って顔を赤らめた。周囲の人々の非難の視線には気がついているけれど、平気だった。ハリーは夫であり愛する人なのだから、彼とのキスになにも悪いことはない。

しかし謁見室に通じる扉の前まで来たとき、高揚した気分はしぼんでいった。謁見室は広く、一方の壁の赤いカーテンがかかった背の高い窓から夏の日光が差しこんでひどく暑い。廷臣が壁際にずらりと並んで謁見の様子を見守っている。客たちのどこかに、ブレコンリッジ公爵やシーリアをはじめとしたハリーの親族もまじっているはずだ。部屋のいちばん奥、小さな赤い天蓋の下で、おつきの者に囲まれて手のこんだ彫刻入りの肘かけ椅子に座っているのが、王妃陛下だった。

「思っていたより、ずいぶん奥まで進むのね」ふたりの番が近づくと、ガスはおののきながらささやいた。

「勇気を出して」ハリーがささやき返す。笑みは見せていたものの、彼も不安を感じているのはガスにもわかった。不安になるのはあたりまえだ。こんなふうに歩くのは、ガスにとってよりもハリーにとって、はるかに大きな試練なのだから。

　ガスはできるだけ温かな笑みを返した。「あなたも勇気を出してね」

「一緒にだ。ふたりで一緒に勇気を出そう」

　ガスはうなずいて一歩横に踏み出し、作法どおり彼に握られた左手を少し上にあげた。それからようやく、王妃に向かってふたりで歩きだした。

　ガスは羽根に注意しながら頭を高くして、まっすぐ前を見つめた。何十人もの高位の人々の視線が注がれていること、部屋の奥で王妃が待っていることは考えまいとし、ハリーの手を強く握りすぎないようにした。ハリーの歩調に合わせて慎重に進む。いまでは、それは自然にできるようになっていた。

「すまない、ガス」ハリーの小さな声に、ガスはびくりとした。

ぱっと彼に目をやる。彼は作法に従ってまっすぐ前に顔を向けている。ガスもそれを見てあわてて前を向いた。

「それだけは言っておきたかった」ハリーの声はとても小さかったので、ほかの人には彼が口を利いたことすらわからなかっただろう。「わたしのしたこと、言ったことできみを傷つけてすまなかった。もしも許せるなら許してほしい」

ふたりはかなり王妃に近づいていて、いますぐ答えなかったら機会はなくなるだろう。

「許すわ」ガスはそっと言った。「どんなときでも」

もっと言いたかった。もっともっと。どんなに彼を愛しているかを千通りもの言い方で。けれども王妃は目の前にいて、期待の表情でガスを見あげている。

「ハーグリーヴ伯爵夫人です」いささか退屈そうに男性の声が告げた。

ハリーは一瞬彼女の指をきゅっと握ったあと、手を離した。ひとりになったガスはできるかぎり優雅に深くお辞儀をした。張り骨やコルセットがきしみ、スカートはしわになって床につく。うつむいたまま王妃の手を見た。ふっくらして色白で、ガスの手とはまったく違っている。さらに屈みこんで手の甲に短く口づけ、下を向いたまま体を起こした。あとはハリーのところまであとずさっていくだけだ。よかった。転ばなかった。ティアラは頭から落ちなかった。自分やハリーを辱めなかった。やり抜いた。これで終わりだ。

ところが王妃は終わったと思っていなかった。

「あなたがロード・ハーグリーヴと結婚した田舎の花嫁さんね?」訛りのきつい英語で質問してきた。

ガスは仰天して顔をあげた。会話はないとハリーは請け合っていたのに、いま王妃はガスに話しかけている。

「は、はい、王妃陛下」ガスはつっかえながら答えた。

王妃は微笑んだ。顔は横に広く、鼻の穴は大きくて、格別美人ではなかったけれど、ガスにはやさしそうに見えた。

「あなたたちの恋愛の話は聞いているわ。伯爵が伏せっているとき、あなたが献身的に看病したのは感心でした。回復したのでしょう、ロード・ハーグリーヴ?」

「はい、ありがとうございます、陛下」ガスの背後からハリーが言った。「妻のおかげで、ずいぶんよくなりました」

「それはよかった。そのような愛と献身は称賛されるべきだわ。これからも、あなたたちふたりには宮廷でお会いできるわね」

王妃はうなずいてガスとの話を終えた。次の人の名が呼ばれ、ガスはようやく解放された。ハリーが手を取り、ふたりでおごそかな表情のまま決められた歩数あとずさったあと、ようやく群衆の中に戻ることができた。立派にふるまって王妃に気に入られたことで人々がガスを称賛し祝福しているのがぼんやりと意識される。けれど彼女にとって意味があるのはハリーの存在だけだった。彼は群衆の後ろ、窓のそばのアルコーブまでガスを引っ張っていった。

「やったな、ガス。きみは完璧だった」

「わ、わ、わたしたちよ」ガスは息を切らしている。「わたしたちは見せつけたのよ、そうでしょう? みんなに見せつけた、それから――それから――ああ、ハリー、心から愛しているわ!」

ハリーは彼女を引き寄せてキスをした。大勢に見つめられていることも、羽根も、松葉杖も、なにも気にならなかった。大事なのは、ふたりが一緒にいることだけだったからだ。

一緒に。

エピローグ

一七六九年六月

ロンドン市内　ケニントン　ヴォクソール庭園

六月にしては暖かい夜だった。雲ひとつない空に浮かんだ無数の星が、テムズ川の水面を銀色に照らしている。けれどもその夜ボートで川を渡っているロンドンっ子たちにとって、星や月は、ヴォクソールの遊園での興奮とは比べものにならなかった。明るく塗られた晩餐用のボックス席にいる者、木の下の広い散歩道をそぞろ歩くだけの者。陽気に浮かれた群衆は笑い、戯れ、飲み、踊った。ひとり残らず、こんな面白い場所で楽しめることに大喜びしていた。

ハリーとガスもその中にいた。父公爵とシーリア、その他数人の親戚たちとともに、最上級のボックス席にいる。音楽を楽しめる程度にはオーケストラ席に近く、かといって会話ができないほど近すぎることはない。食事はとっくに終わって片づけられ、仲間は庭園を散歩に行ったため、ハリーとガスだけがボックス席のクッションの効いたベンチに残された。

「こんなにすてきな夜は初めてよ」ガスはハリーの肩に頭をもたせかけた。「どちらのほうが明るく輝いているかしら。満天の星、それとも木のあいだに吊るされた豆ランプ。豆ランプはすてきね」

「たしかにね。だけど、きみを驚かせたかったのは木のあいだの豆ランプじゃないよ」

「まあ、なにで驚かせてくれるのかしら」ガスは吐息をついて彼と顔を合わせた。「正直言って、今夜すごいことで驚かせてくれるというのを飽きるほど聞いたから、実際それが起こっても気づかないかもしれないわ」

ガスの考えでは、夏の夜を過ごすのに、ボックス席の暗がりにいて漂う音楽を聴きながら夫の胸にゆったりもたれる以上にすてきなことはない。驚かせてもらう必要などまったくなさそうに思える。

「きみは驚かされるのが好きだと思っていたんだけどね」ハリーは守るようにガスの腰のくびれに腕を回した。いや、くびれがあったところに。いまガスの腹には初めての子どもが宿っている。妊娠五カ月で、シルクのスカートに包まれた腹は徐々にふくれて目立ちはじめていた。「驚くのは楽しいだろう」

「そうよ」ガスは指を軽く彼の顎に滑らせた。「楽しくないなら、あなたとの結婚生活には耐えられなかったでしょうね」

ハリーは含み笑いをした。「まったく退屈していないことは認めてほしいね」

「していないわ。それから、あなたには変わってほしくない。だからこそ、あなたがこの特別な驚きはすごいことだと言い張ったのに警戒しているのよ」

彼は大げさにため息をついた。「もう待ちくたびれたみたいだね。さ、立って。そろそろ驚かせてあげよう」

ガスは不承不承に立ちあがった。ハリーも立ち、愛情をこめてガスの手を取った。ようやく松葉杖に代わって使えるようになった黒檀のステッキをつきながら、彼女を連れてボックス席を出る。群衆の中をゆっくり通って音楽のするほうに向かった。お仕着せ姿の従僕がうやうやしく後ろからついてくる。一年近くハーグリーヴ伯爵夫人として過ごしてきたので、いまではガスも、自分とハリーがどこへ行こうと注目を浴びることに慣れていた。ふたりはロンドン社交界で人気の夫婦だ。彼らの愛は誰の目にも明らかなので、赤の他人すら微笑ましく見ている。

「それで、なにで驚かせてくれるの？」好奇心に駆られていることはガスも否定できなかった。「音楽が関係していること？」

「ある意味ではね。さあ、こっちだ。前のほうに」

ガスは躊躇し、二列に並んだ踊り手たちがにぎやかなカントリーダンスで飛び跳ねるのを見つめた。「あの人たちが踊り終わるまで待ちましょう。足を踏まれたくないわ」

「約束はできないな、スイートハート。最近あまり練習していないから」

ガスはいぶかしげに顔をしかめた。音楽が終わり、踊り手たちが離れていく。「なんの練習？」

「ダンスだよ」ハリーは従僕にステッキを渡し、ガスに向かってお辞儀をした。表情は真剣だったけれど、彼女の手を取ったとき青い目は輝いていた。「このダンスをわたしと踊っていただけますか、奥様？」

ガスはハッと息をのみ、つかまれていないほうの手を口にあてた。気がつけば、ほかの人は誰もダンスフロアに戻ってきていない。彼らはフロアの端に集まり、にこにこして期待の目で見つめている。ハリーの父親やシーリアたちもいた。オーケストラの指揮者すら大きな笑顔で指揮台の上からふたりを見おろしていた。

「まあ、ハリー」ガスは大喜びしながらも、ハリーがひどい判断の誤りを犯しているのではないかと心配になった。彼は自分の屋敷内ならステッキなしで動けるようになったけれど、ほかの場所で足に体重をかけて歩くのを見たことはなかったし、ましてや踊れるとは思えない。「ほんとうに大丈夫？」

「去年の夏に約束しただろう。ヴォクソール庭園の星空の下できみとダンスをすると。たしかに予想より長くかかってしまったが、今夜約束を果たすつもりだ。きみが受けてくれるなら」

ハリーは彼女の目を見つめたまま、握った手を自分の唇まで持ちあげた。ガスの胸を高鳴らせるには、それで充分だった。

「ではお受けしますわ、伯爵様」彼女はハリーに導かれて前に進んだ。「あなたとダンスをします」

「よかった、受けてもらえて」ハリーはまわりで起こった小さな拍手に応えた。「受けてもらえなかったら、わたしは大ばか者になった気がしただろう」

「わたしがあなたの頼みを断るはずがないのはわかっているくせに」ガスは彼と向かい合わせになった。「たとえこんなことでも」

「とくにこんなことはね」ハリーはウインクをした。「きみとの初めてのダンスだ。わたしがよろけたら受け止めてくれ」

ガスの息が止まりそうになった。そんな可能性は考えたくもない。でも音楽はもう始まっていて、いまさら止めることはできない。ダンスは耳になじんだ曲で、指揮者は荘厳にも聞こえるほどゆったりしたリズムで演奏させた。後ろ、前、回って回って、また後ろ。ガスはやすやすとステップを踏んだ。そしてハリーも。完璧なステップではなかったけれど、完璧でなくてもいい。最後の音が木々のあいだに響き渡ったとき、ハリーはガスを引き寄せてきつく抱きしめた。ヴォクソールにいるすべての人々にはやし立てられながら。

「驚いたかい？」ガスだけに聞こえるよう、ハリーは耳のそばで声を低めた。「やってみる値打ちはあっただろう？」

「ええ、もちろんよ」あまりの幸せに、ガスの目は潤んだ。「約束を守ってくれたのね、必ず守ると言っていたとおりに」

「きみのためなら、約束は必ず守る。それこそが、きみへの愛の証しなんだ」

「それなら、わたしがあなたを愛しているのと同じくらい、これからもずっとわたしを愛すると約束して」ガスはキスをしようと彼の体に手を回した。

「永遠に」ハリーは唇が触れる直前に言った。「いついつまでも」

本作は、時代的背景から、現在では差別用語とも受け取れる言葉をそのまま使用しております。ご了承ください。

訳者あとがき

イザベラ・ブラッドフォード著『A Wicked Pursuit（本書原題）』の邦訳をお届けします。

時代は十八世紀後半。

公爵の長男として生まれたハーグリーヴ伯爵、通称ハリーは、富にも地位にもルックスにも恵まれ、欲しいものはすべて手に入れてきました。モットーは、なにごとも中途半端にしないということ。やると決めたことは徹底的に、完璧に成し遂げる。完璧な男性であるハリーには、それが充分可能だったのです。

そろそろ結婚して世継ぎをもうけることを決意した彼は、当然ながら完璧な女性を妻にしようと考えます。そうして目をつけたのは、子爵の娘、完璧な美女のジュリア・ウェザビー。彼女もハリーには気がある様子で、求婚したら間違いなくイエスと言ってくれそうです。

ハリーはジュリアを追って、彼女の田舎の地所へと向かいます。ところが求婚する直前、思わぬ事故で重傷を負ってしまいました。

うろたえ、おろおろするジュリア。そんな彼女に代わってハリーの看病にあたったのは、ジュリアの異母妹オーガスタ、通称ガスです。華やかなロンドン社交界を好む派手な異母姉と対照的に、彼女は地味で目立たず、最初ハリーは使用人と間違えたくらい。でもガスは、若いながらも母亡きあと田舎屋敷を切り盛りしてきた、地に足のついた現実的なしっかり者でした。

初めのうち、ハリーは退屈しのぎにガスに断りなくロンドンから楽士や飼い犬を呼び寄せるなど、わがままぶりを発揮し、ガスを困らせます。それでも徐々にふたりの心は通い合い……。

本書は、住む世界がまったく異なるハリーとガスの恋愛を描くロマンスであると同時に、ハリーの成長物語でもあります。求めるものはなんでも得られた完璧で尊大な男性ハリーが、怪我を負うことで生まれて初めての挫折を味わい、自分の体が思いどおりにならないことに苛立ちを募らせつつも、徐々に自らの欠点を受容して人間的に成長していく様子がじっくり描かれていますので、どうぞ温かい目でお見守りください。

著者はミランダ・ジャネットやスーザン・ホロウェイ・スコット名義で四十冊以上の小説を著したのち、現在はイザベラ・ブラッドフォードとしてヒストリカル・ロマンスを発表しています。歴史オタクを自認し、日々のブログやツイッターで歴史について語っています。彼女の豊富な知識に裏打ちされたヒストリカルには、今後も期待したいですね。

二〇一五年四月　　草鹿　佐恵子

伯爵の優雅な暇つぶし

2015年08月09日　初版発行

著　者　イザベラ・ブラッドフォード
訳　者　草鹿佐恵子
（翻訳協力：株式会社トランネット）
装　丁　杉本欣右
発行人　長嶋うつぎ
発　行　株式会社オークラ出版
〒153-0051　東京都目黒区上目黒1-18-6　NMビル
営　業　TEL：03-3792-2411　FAX：03-3793-7048
編　集　TEL：03-3793-4939　FAX：03-5722-7626
郵便振替　00170-7-581612（加入者名：オークランド）
印　刷　中央精版印刷株式会社

定価はカバーに表示してあります。
乱丁・落丁はお取り替えいたします。当社営業部までお送りください。

ISBN978-4-7755-2443-5